2012年国家社科基金西部项目(12XZW014)
“二百种清代文话叙录”结项成果

江苏第二师范学院学术著作出版资助项目

江苏省“十三五”重点建设学科江苏第二师范学院文学院中国语言文学学科资助项目

清代文话叙录

蔡德龙 著

中华书局

图书在版编目(CIP)数据

清代文话叙录/蔡德龙著. —北京:中华书局,2021.1
ISBN 978-7-101-14915-9

Ⅰ.清…　Ⅱ.蔡…　Ⅲ.中国文学-古典文学研究-清代
Ⅳ.I206.49

中国版本图书馆 CIP 数据核字(2020)第 226424 号

书　　名　清代文话叙录
著　　者　蔡德龙
责任编辑　张　伟　朱兆虎
出版发行　中华书局
　　　　　(北京市丰台区太平桥西里 38 号　100073)
　　　　　http://www.zhbc.com.cn
　　　　　E-mail:zhbc@zhbc.com.cn
印　　刷　北京瑞古冠中印刷厂
版　　次　2021 年 1 月北京第 1 版
　　　　　2021 年 1 月北京第 1 次印刷
规　　格　开本/850×1168 毫米　1/32
　　　　　印张 14½　插页 10　字数 330 千字
印　　数　1-1200 册
国际书号　ISBN 978-7-101-14915-9
定　　价　88.00 元

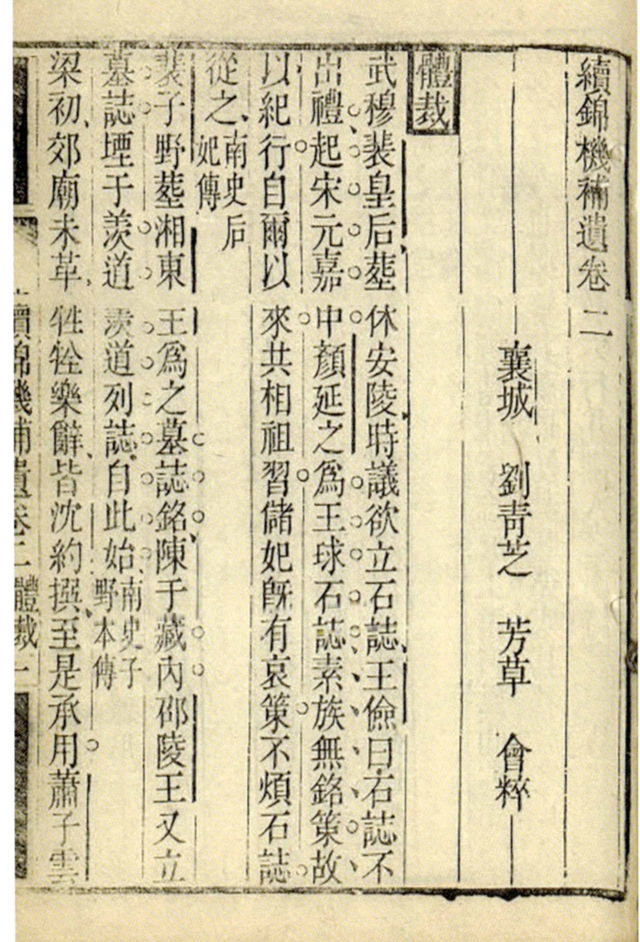

續錦機補遺卷二

襄城　劉青芝　芳草　會粹

體裁

武穆裴皇后塟休安陵時議欲立石誌王儉曰石誌不出禮起宋元嘉中顏延之爲王球石誌素族無銘策故以紀行自爾以來共相祖習儲妃既有哀策不煩石誌從之南史后妃傳

裴子野塟湘東王爲之墓誌銘陳于藏內邵陵王又立墓誌堙于羨道羨道列誌自此始南史子野本傳

梁初郊廟未革牲牷樂辭皆沈約撰至是承用蕭子雲

續錦機補遺卷二　體裁　一

刘青芝《续锦机补遗》，清刻本

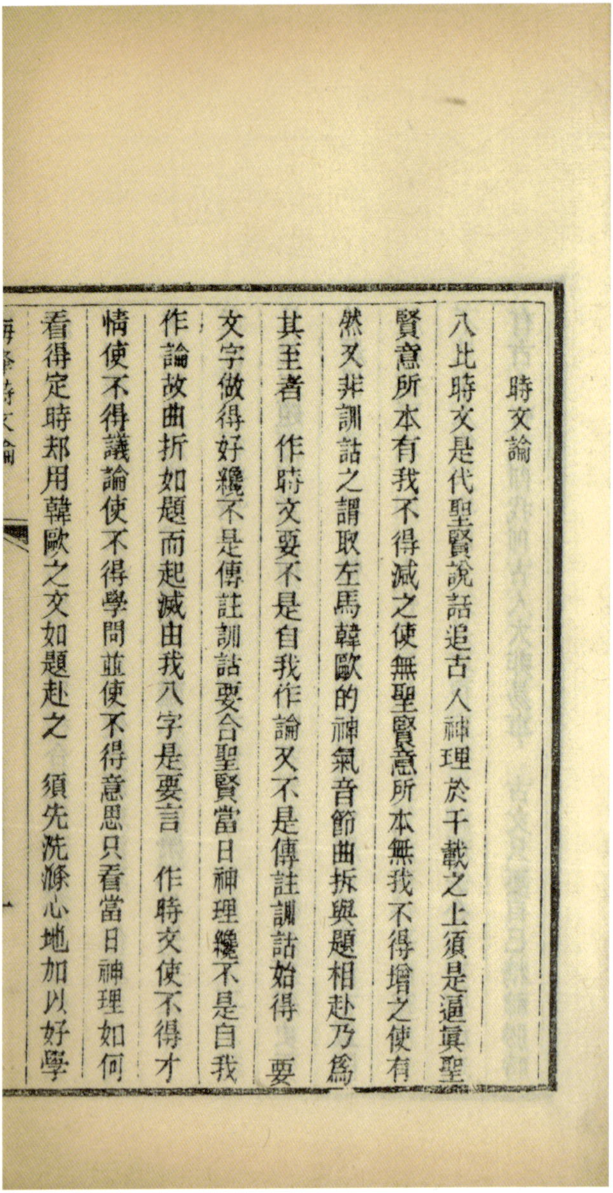

時文論

八比時文是代聖賢說話追古人神理於千載之上須是逼眞聖賢意所本有我不得減之使無聖賢意所本無我不得增之使有然又非訓詁之謂取左馬韓歐的神氣音節曲折與題相赴乃爲其至者　作時文要不是自我作論又不是傳註訓詁始得　要文字做得好纔不是傳註訓詁要合聖賢當日神理纔不是自我作論故曲折如題而起滅由我八字是要言　作時文使不得才情使不得議論使不得學問並使不得意思只看當日神理如何看得定時却用韓歐之文如題赴之　須先洗滌心地加以好學

海峯時文論　一

刘大櫆《时文论》，光绪元年（1875）刻《刘海峰稿》卷首

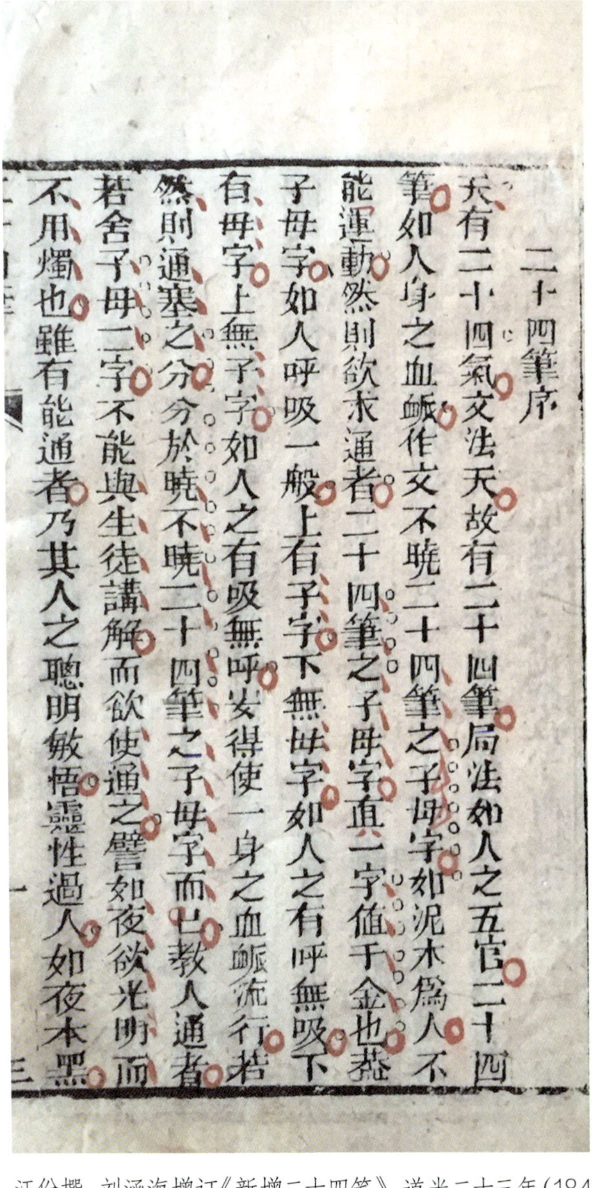

二十四筆序

天有二十四氣文法天故有二十四筆局法如人之五官二十四筆如人身之血脈作文不曉二十四筆之子母字如泥木爲人不能運動然則欲求通者二十四筆之子母字直二字値千金也蓋子母字如人呼吸一般上有子字下無母字如人之有呼無吸下有母字上無子字如人之有吸無呼妄得使一身之血脈流行若然則通塞之分分於曉不曉二十四筆之子母字而已教人通者若舍子母二字不能與生徒講解而欲使通之譬如夜欲光明而不用燭也雖有能通者乃其人之聰明敏悟靈性過人如夜本黑

汪份撰、刘涵海增订《新增二十四笔》，道光二十三年（1843）新刊本

矣伉嫫母則愈美今學士家罕有問段文者而公文之書萬本誦萬過又不獨義山之世然則段碑固韓碑功臣哉

書韓文

憶在都中寓彭西源師類潤園見同館中有持近日名公議删古文一册不覺駭然一日與師論文師曰昌黎馬說嗚呼其真無馬耶句本蘊藉可佳下接其真不知馬也太說明則索然無味矣此句可删予曰若使昌黎知此失而自改之必山上文漸漸收拾紆迴曲折以無馬句徑住方神完氣足今突删之文則是而氣不足矣夫子深以爲然顧與知言者共

范泰恒《书韩文》七则，嘉庆十四年(1809)重刊《燕川集》卷十二

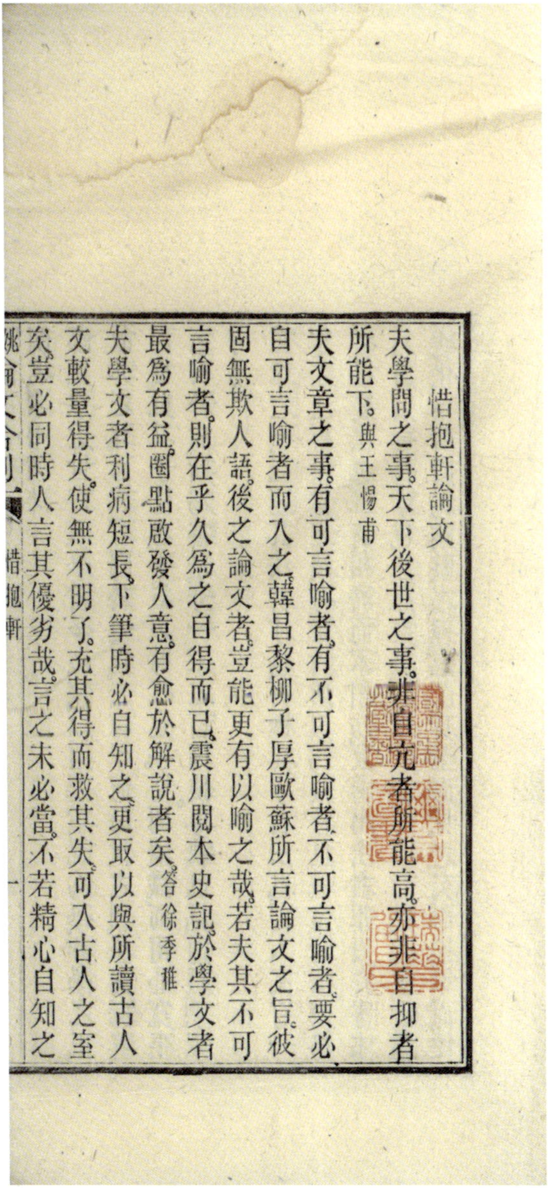

惜抱軒論文

夫學問之事。天下後世之事。非自亢者所能高。亦非自抑者所能下。與王惕甫

夫文章之事。有可言喻者。有不可言喻者。不可言喻者。要必自可言喻者而入之。韓昌黎柳子厚歐蘇所言論文之旨。彼固無欺人語。後之論文者。豈能更有以喻之哉。若夫其不可言喻者。則在乎久爲之自得而已。震川閱本史記。於學文者最爲有益。圈點啟發人意。有愈於解說者矣。答徐季雅

夫學文者利病短長。下筆時必自知之。更取以與所讀古人文較量得失。使無不明了。充其得而救其失。可入古人之室矣。豈必同時人言其優劣哉。言之未必當。不若精心自知之

姚曾論文合刊一　惜抱軒　一

《姚曾论文合刊》，民国十六年（1927）成都存古山房刊本

僕魯鈍戇直。輒敢盡言於左右。惟恕之。且因以思之。

與門人張遠覽書

僕在京師日久。交天下賢士大夫頗衆。前足下下第來見。辭氣淸峭樸直。較然有異於衆人。心固已識之。及觀所示古文辭。其意醇。其旨潔。而法度悉與古人合。甚矣文之似熙甫也。足下以不第歸。來取別。而僕適以應官去。悵惘累日。不能自釋。乾隆初言古文者。推臨川李巨來桐城方靈皐兩公。僕生晚。不得見其人。稍長。始識蔣編修恭棐楊編修

王昶撰、金学莲辑《述庵论文别录》，清刊本

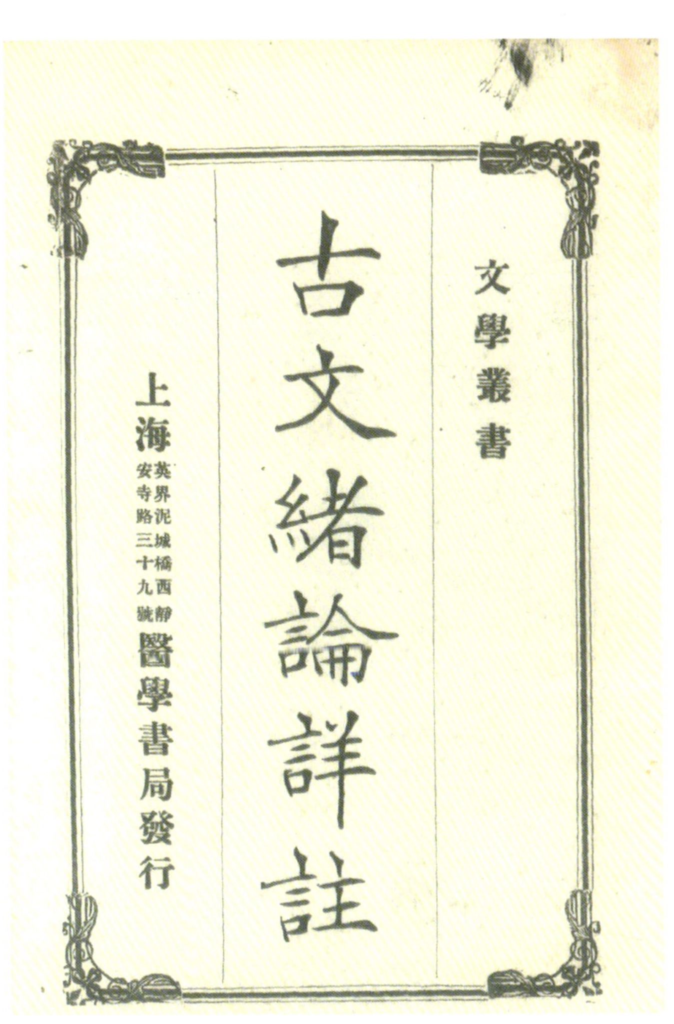

吴德旋口授、吕璜笔录、万钧注《古文绪论详注》，民国上海医学书局刊本

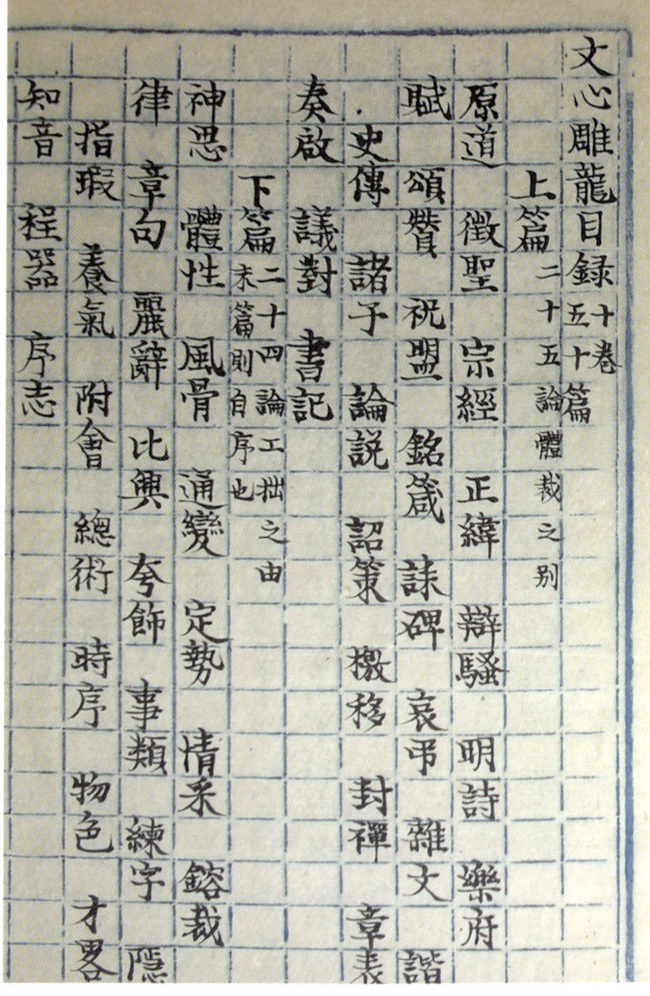

文心雕龍目録五十卷五十篇

上篇二十五論體裁之别

原道　徵聖　宗經　正緯　辯騷　明詩　樂府

賦　頌贊　祝盟　銘箴　誄碑　哀弔　雜文　諧

史傳　諸子　論説　詔策　檄移　封禪　章表

奏啟　議對　書記

下篇二十四論工拙之由末篇則自序也

神思　體性　風骨　通變　定勢　情采　鎔裁

律　章句　麗辭　比興　夸飾　事類　練字　隱

指瑕　養氣　附會　總術　時序　物色　才略

知音　程器　序志

姚椿《论文别录》，上海图书馆藏稿本

霞外攟屑卷七上　　香雪崦叢書丙集

山陰　平步青　景孫　篹

縹錦廛文筑上 論文

國語

國語卷七晉語一優施教驪姬夜半而泣篇中云今夫以君爲紂若紂有良子而先喪紂無章其惡而厚其敗鈞之死也無必假手於武王而其世不廢祀至于今吾豈知紂之善否哉數語巉險可怖而文則曲折縱橫峭削奇特柳州半山殆皆刻意橅之

韓非子

子雲解嘲故有造蕭何之律於唐虞之世則悖矣有作叔孫通儀於夏殷之時則惑矣有建婁敬之策於成周之世則繆矣有談范蔡之說於金張許史之閒則狂矣　按韓非子卷十九五蠹

平步青《霞外攟屑》卷七《论文》，民国六年（1917）刻《香雪崦丛书》本

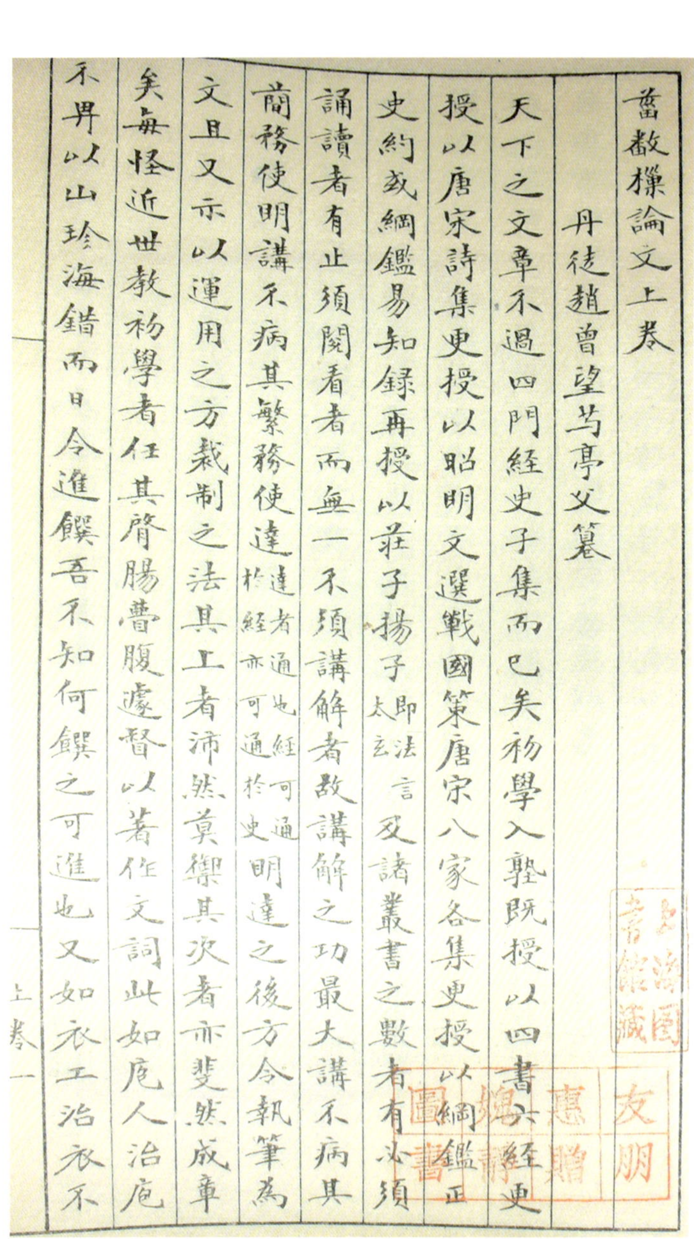

菑播櫟論文上卷

丹徒趙曾望芎亭父纂

天下之文章不過四門經史子集而已矣初學入塾既授以四書六經更授以唐宋詩集更授以昭明文選戰國策唐宋八家各集更授以綱鑑正史約或綱鑑易知錄再授以莊子揚子（即法言太玄）及諸叢書之數者有必須誦讀者有止須閱看者而無一不須講解者故講解之功最大講不病其簡務使明講不病其繁務使達（達者通也經可通於經亦可通於史）明達之後方令執筆為文且又示以運用之方裁制之法其上者沛然莫禦其次者亦斐然成章矣每怪近世教初學者任其胷腸曹腹遽督以著作文詞此如庖人治庖不畀以山珍海錯而日令進饌吾不知何饌之可進也又如衣工治衣不

上卷 一

赵曾望《菑播櫟论文》，民国八年 (1919) 石印本

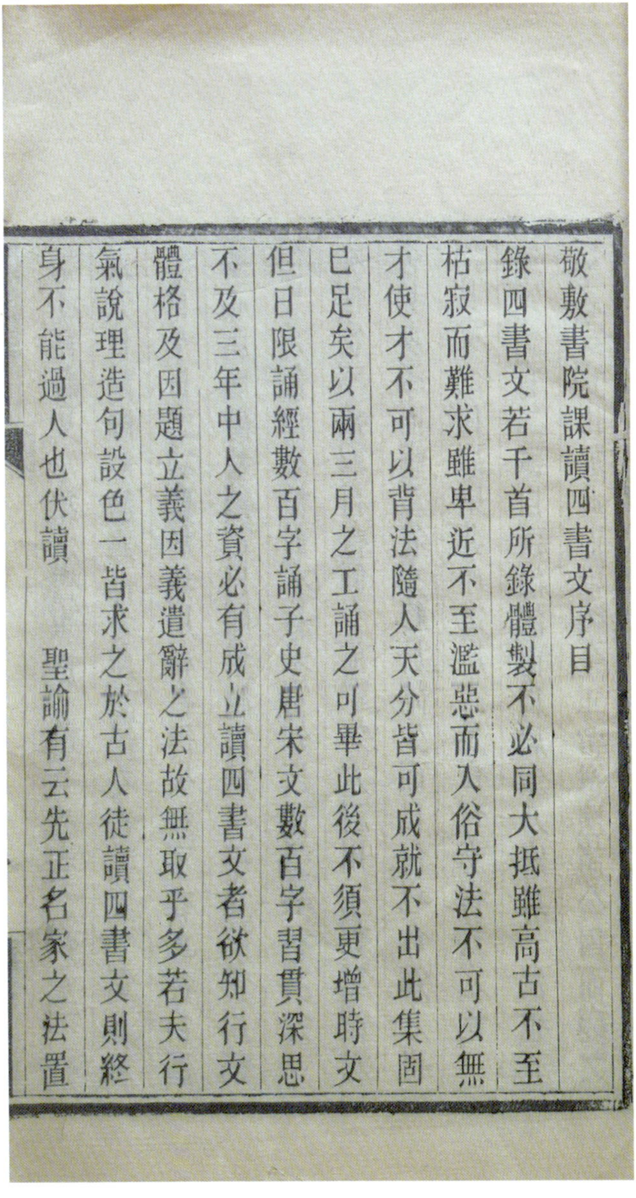

敬敷書院課讀四書文序目

錄四書文若干首所錄體製不必同大抵雖高古不至枯寂而難求雖卑近不至濫惡而入俗守法不可以無才使才不可以背法隨人天分皆可成就不出此集固已足矣以兩三月之工誦之可畢此後不須更增時文但日限誦經數百字誦子史唐宋文數百字習貫深思不及三年中人之資必有成立讀四書文者欲知行文體格及因題立義因義遣辭之法故無取乎多若夫行氣說理造句設色一皆求之於古人徒讀四書文則終身不能過人也伏讀 聖諭有云先正名家之法置

佚名编《先正论文》，光绪二十一年（1895）问经精舍刻本

邹弢《骈文速成捷径》，民国二十一年（1932）上海文瑞楼书庄版

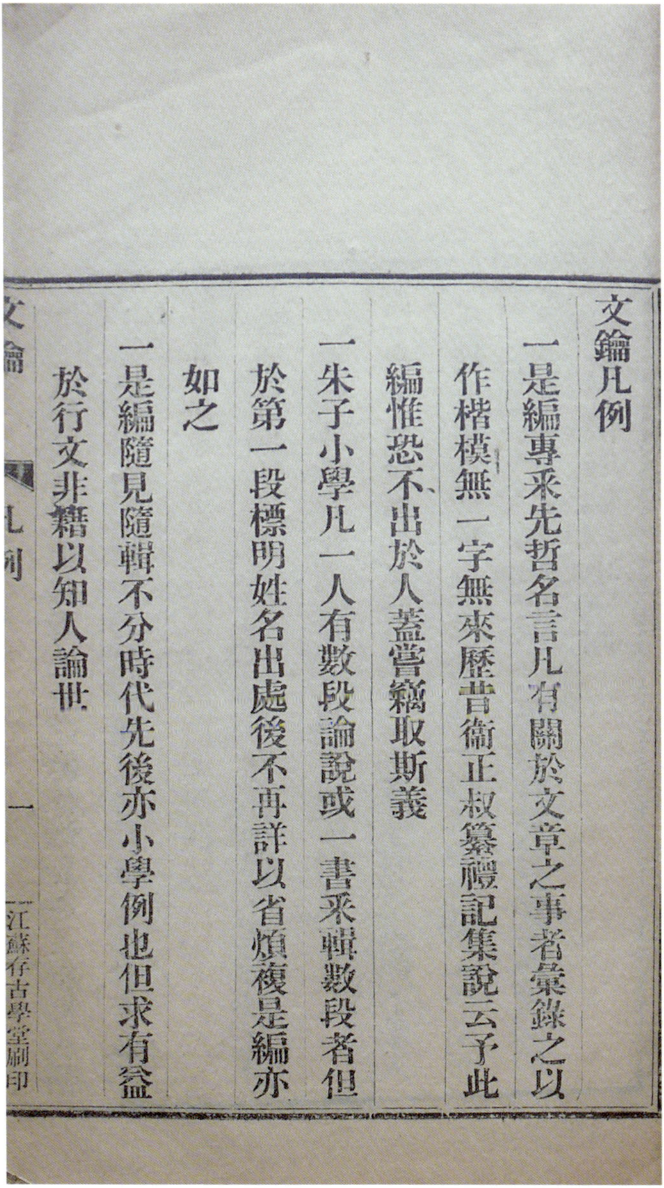

文鑰凡例

一是編專采先哲名言凡有關於文章之事者彙錄之以作楷模無一字無來歷昔衞正叔纂禮記集說云予此編惟恐不出於人蓋嘗竊取斯義

一朱子小學凡一人有數段論說或一書采輯數段者但於第一段標明姓名出處後不再詳以省煩複是編亦如之

一是編隨見隨輯不分時代先後亦小學例也但求有益於行文非藉以知人論世

文鑰 凡例 一 江蘇存古學堂刷印

邹福保《文钥》，宣统元年（1909）江苏存古堂铅印本

古人論文大義目錄

卷上

緒言

韓退之答李翊書　答劉正夫書　答尉遲生書　與馮宿書　上兵部李侍郎書

柳敬叔答裴尚書書　答楊中丞書　與徐給事書　與盧大夫書　答鄭使君書

柳子厚西漢文類序　楊評事文集後序　答韋中立書

李習之答載言書　寄從弟正辭書　答皇甫湜書

皇甫持正答李生書　答李生第二書

孫可之與王秀才書　與友人書

歐陽永叔答吳充秀才書　與黃校書書　與樂秀才書

唐文治《古人论文大义》，民国九年（1920）上海徐家汇工业专门学校刊本

石例簡鈔自敘

碑文之濫開於宋甚於元至明而破壞已極推原其
故大抵昧義法而好阿諛也元潘蒼崖創撰金石例
奉韓文爲標準欲爲流俗樹其坊而後之儒生推承
美意上自漢魏下逮遼金依例增文燦然大備著述
之富逾十數書其說可謂詳矣然同一例也往往稱
於前者復譏於後甲以爲是者乙又以爲非或名義
破碎或考據紛繁太史公所譏博而寡要勞而少功
者諸書不能免其失焉此任恒所以有簡鈔之作也
簡鈔者鈔自諸家之說集其大成分門而簡括之義

黄任恒《石例简钞》，民国十七年 (1928) 刊本

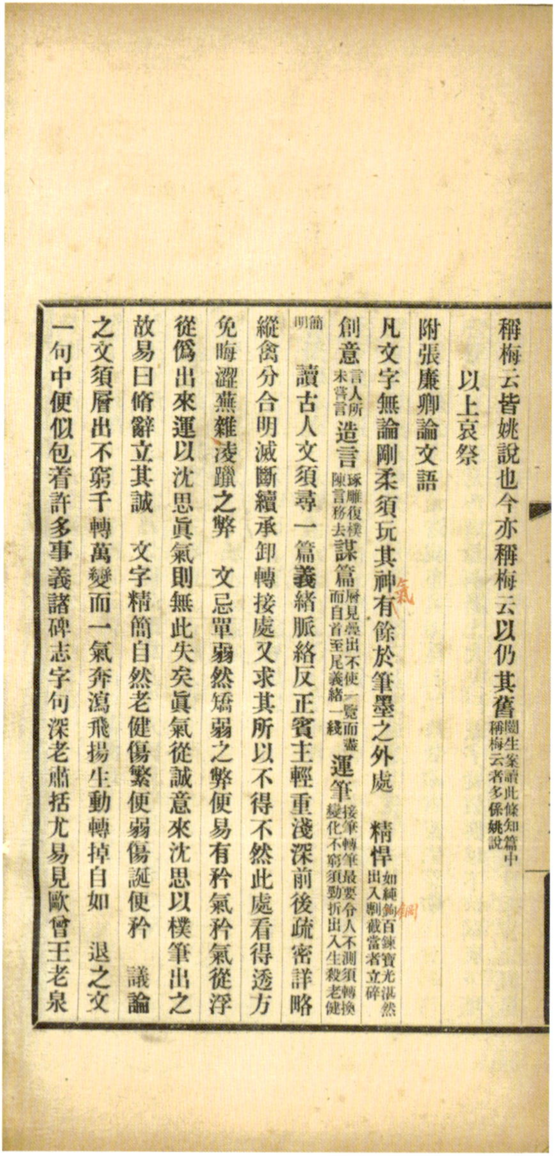

稱梅云皆姚說也今亦稱梅云以仍其舊（闓生案讀此條知篇中稱梅云者多係姚說）

以上哀祭

附張廉卿論文語

凡文字無論剛柔須玩其神有餘於筆墨之外處　精悍（如純鈎百鍊寶光湛然出入剸截當者立碎）

創意（言人所未嘗言）造言（琢雕復樸陳言務去）謀篇（層見疊出不使一覽而盡而自首至尾義絡一綫）運筆（接筆轉筆最要令人不測須轉換變化不窮須勁折出入生殺老健）

（簡明）讀古人文須尋一篇義緒脈絡反正賓主輕重淺深前後疏密詳略縱禽分合明滅斷續承卸轉接處又求其所以不得不然此處看得透方免晦澀蕪雜淩躐之弊　文忌單弱然矯弱之弊便易有矜氣矜氣從浮從僞出來運以沈思真氣則無此失矣真氣從誠意來沈思以樸筆出之故易曰脩辭立其誠　文字精簡自然老健傷繁便弱傷誕便矜　議論之文須層出不窮千轉萬變而一氣奔瀉飛揚生動轉掉自如　退之文一句中便似包着許多事義諸碑志字句深老肅括尤易見歐曾王老泉

吴闿生、高步瀛辑《张廉卿论文语》，民国三年（1914）京师国群铸一社铅印《古文辞类纂诸家评识》附

前　言

一、“文话”的名与实

与诗话、词话相比，“文话”是较为特殊的一类批评文体，这主要体现在它的名、实问题上。

“文话”一词，在中国文学批评史上使用的频次并不高。自北宋末年王铚空谷足音首提“文话”之名，迄于明代，以“文话”为名的著述也只有寥寥数种而已，与“诗话”“词话”之名的普及不可同日而语。清中叶以降，学者发现历来多“诗话”“词话”之名而罕有“文话”之书，本着“弥补”艺林缺憾的初衷，开始有意识地以“文话”名书。此种现象同样出现在江户时代的日本学界，《拙堂文话》《渔村文话》也是以“补缺”的名义而相继问世①。其实，回到古代诗文评的现场，可以发现古代研讨文章的著述不可谓不多，只是极少以“文话”为名而已，可谓有“实”而无“名”。清人十数种《文话》及日人《拙堂文话》《渔村文话》，在内容、文体形式、文风上与古典论文著述并没有本质差异，唯一的差异可能就是对“文话”之名的重启。

“文话”一词得到较为普遍的接受是在民国时期，主要途

①参见拙文《文话的辨体与溯源》，《文学评论丛刊》第12卷第2期，南京大学出版社2010年版。

径是借助于民国报刊的推动。1914 年出版的《江东杂志》第一期广告自称其为“研究文学之好范本”，小字云：“正论诗话、词话、文话。”“文话”已经可以与“诗话”“词话”并称了。“文话”与“诗话”“词话”一般刊登在报刊的文苑版，如 1916 年 10 月 26 日天津出版的《益世报》，文苑版即刊有署名“超尘”的《亦园文话》。此版的风格以轻松、活泼为主，对文学作品“月旦评”式的赏鉴，是编辑与读者乐于见到的，故而报纸上的“文话”“诗话”“词话”，往往是评论作品的居多。在民国报刊上，“话”体批评已经扩展到一切文体，1914 年 6 月 22 日上海《申报》刊登的《文苑滑稽谈出版广告》称：“是书分联话、诗话、词话、赋话、文话、谜话、译话、制义话、公牍话、诗钟话等十余类，每类多则六七百条，少亦百余条。”以一“话”字而笼盖诸体，无体不可“话”，其清谈、休闲的性质显而易见。

民国报刊对“文话”之名的推动，既体现在以“文话”一词与“诗话”“词话”并称，刊登《亦园文话》这样的以“文话”为名的连载文章，也表现在将古来有之的有“实”无“名”的论文之体纳入“文话”这一概念之中，突破了清人对“文话”之名的拘泥。以 1915 年出版的上海《双星杂志》（第四期以后改组为《文星杂志》）第四期为例，该期杂志有文话、诗话、词话栏目，“诗话”栏刊登张峰石《一虱室诗话》，“词话”一栏刊登的是署名“鹊脑”的《梅魂菊影室词话》，两栏的作品与栏目名皆一致。唯独“文话”栏刊登的则是章绂云《论文琐言》，题名并非《文话琐言》，可见杂志编辑已将传统的“论文”之名等同于“文话”了。该栏不称“论文”而称“文话”，与“诗话”“词话”相对应，可能是出于保持刊物版面整齐划一的考虑，但客观上的确促成了“文话”名与“实”的统一。此后在对现代文的文体特性、写作要点的讲述中,“文话”一词也被借用过来,典型者如二十世纪三十年代夏丏尊、叶圣陶编《国文百八课》每课设有“文话”,后结集为《文话七十二讲》,“文话”之名遂由古而贯通于今。

与此相牵连的另一个问题是,既然古代题名“文话”者不多,后世何以不沿袭古代既有的叫法?从古代相关著述的实际名称来看,称“论文”“文法”等名为多,尤以“论文”之名最为常见,这可能与该词语义的模糊性有关。不管是论文体、论文法、论文风,还是其他内容,对文章的任何角度的探讨皆可以由“论文”来涵盖。1917 年上海有正书局出版发行的《文学津梁》是民初出版的古代文话丛书,收录《文章缘起》《文则》《文章精义》《修辞鉴衡》《文说》《文章薪火》《伯子论文》《日录论文》《退庵论文》《古文绪论》《文概》《论文集要》,编者周钟游在自序中便称之为“论文之书”。笔者据本书叙录的文话之名统计,即便是在“补缺”意识最强的清代,仍以称“论文”者最多,以 75 种高居榜首,占全部清代文话三分之一弱。据此而言,或许本书称《清代论文之书叙录》最为契合实际。不过,人所共知的是,在现代汉语中,“论文”一词已有了专门的含义,若仍坚持用来指称古代论文著述,极易引起概念的混淆。“文话”之名借鉴“诗话”“词话”而造出,在古代已经出现但使用不多,在现代汉语中重新启用以指代论文著述是较为合适的。如晚清学人宋恕于 1894 年在《瓯风杂志》发表《六斋论文》,后被其改名为《国朝先辈文话举是》,也是以“论文”等同于“文话”之证。

对于古典文话著作,当下日本或称之为“作文法”。诸桥辙次《大汉和辞典》立“作文法”条目，释为“文章の作り方”①，即“文章的作法”。他认为汉语谈“作文法”之书，以《典论·论文》为嚆矢，继之以《文心雕龙》《文章缘起》《文则》《文章精义》等。在清代部分，开列了魏禧《日录论文》、唐彪《读书作文谱》、方以智《文章薪火》、薛福成《论文集要》四种“作文法”。对日本本国，则开列出藤原肃《文章达德录纲领》、荻生徂徕《文变》、太宰春台《文论》、山县孝儒《作文初问》、伊藤长胤《作文真诀》、山本信有《作文志彀》《作文率》、皆川淇园《淇园文诀》、斋藤拙堂《拙堂文话》《续文话》、海保渔村《渔村文话》、石川鸿斋《文法详论》、土屋凤洲《文家金丹》十三种。从其列举的中、日书目来看，日人所谓的“作文法”之书，实不限于文章作法，也包含文章评论、文体、文风等内容，是广义的“论文”，以“作文法”称之亦不确切。

以上是对文话之“名”的述论，按之以“实”，则涉及两个基本问题，其一，文话研讨文章的主要角度为何？其二，文话与其他文章学批评文体如选本、总集的区别何在？关于文话的主要研讨角度亦即主要内容，刘师培曾总结说“所论之旨，厥有二端：一曰文体，二曰文法”②。文体、文法固然是古代文话的重要研讨内容，但以之概括全部文话，亦有失偏颇。文格、文体、文法、文道、文术、文风等内容，均是文话的常见话题。如作为文话总集，《文学津梁》的广告介绍其主要内容云：“斯集所采录者，均为历代名人论文之作，有述文体之源流者，有论文章之优劣者，有研究段落篇幅者，有考求炼字造句者，莫不序述详明、引例确切。故成材者得此，可为他山之

①诸桥辙次：《大汉和辞典》卷一，大修馆书店 1984 年修订版，第 723 页。

②刘师培：《文说》序，《刘申叔先生遗书》第 20 册，1934 年宁武南氏校印。

助，初学者得此，可知入门之方。”①涉及文体、文评、文法、文术等多个方面。而在特殊学术背景或学术理念下，文话还可能出现新的内容，比如清代朴学兴盛，则谈论训诂小学的内容在文话中便时常出现；清代金石学繁荣，则导致清代出现了大量探讨碑志义例的“金石例”类文话；清代批评文体的编纂郁勃，有人为了“补缺”而撰写“文话”，则可能刻意摹拟诗话的文体特点，如“因仿前人诗话之例，名之曰《文话》”的孙万春《缙山书院文话》，模仿《随园诗话》，加入了不少本事，使得该文话有“闲书”的性质，“可以消遣”②。可见，文话内容的多元与不确定性使得难以为其作具体内容上的规范。名与实是紧密关联的问题，反观文话之“名”，既然“论文”之名在古代采用最多，则亦可用“论文”一词来确定其“实”的问题。对文话内容最简单的定义，正是“论文”一词，其实这也是最准确的。中华书局上海编辑所1961年出版的罗根泽《中国文学批评史（三）》中设立有《诗话、词话、文话、诗文评点》一章，同样接受了“文话”概念并将其与“诗话”“词话”并列：“今存宋人谈文专书，当以陈骙《文则》为最早。”③罗根泽将标题中的“文话”解说为“谈文专书”，“谈文”正是源于“论文”之名。

关于文话与文章总集、选本的区别问题，其实也是作为

---

①见《文学津梁》本《文章义法指南》第一册内封，民国六年（1917）上海有正书局版。

②孙万春：《缙山书院文话·话端》，王水照编《历代文话》第6册，复旦大学出版社2007年版，第5872页。

③罗根泽：《中国文学批评史（三）》，中华书局上海编辑所1961年版，第255页。

批评文体的文话的边界问题。在文章学研究尚处于起步阶段,相关概念、范畴的界定不妨参考已经高度成熟的诗学、词学领域。应该说,在学界的研究中,诗话、词话与诗选(诗歌总集、选本)、词选(词总集、选本)是泾渭分明的。前者为理论批评著述,虽然会有诗句、词句甚至整首作品的出现,但作品是为批评、理论服务的,或是出于鉴赏的需要,或是论述相关诗词理论的例证;后者虽然可能含有对作品的评点,却是建立在对作品的遴选的基础之上的,先“选”后“评”,“评”是依附于“选”的。简言之,诗话、词话是以展现理论与批评为宗旨,诗选、词选是以展现经过“选”“评”后的作品为目的,二者在编纂旨趣上判若鸿沟。文话与文章总集、文章选本的关系同样如此。虽然并不排除有将二者混合的个例,如1914年《江东杂志》第1—4期刊登的张破浪《惟精惟一室文话》,便是论文与选文的结合体。但清人已经能将“论文”和“选文”区别开来,清初的王之绩《铁立文起》在凡例中作了这样的界定:“是编论文,非选文也,故名作如林,皆所弗录。”①作为两种不同的批评文体,文话(“论文”)与文章选本(总集、评点等)的区别一如诗话、词话与诗词选本的区别。

综上,本书的观点是,对于古代研讨文章的理论、批评著作,使用“论文(之书)”一词指代最为准确。“论文”一词达到了名与实的高度统一,但因其在现代汉语中易引起歧义,故可使用借鉴“诗话”而造出的民国以来渐渐推广的“文话”一词。

---

①王之绩:《铁立文起》凡例,《四库全书存目丛书》集部第421册,第687页。

二、清代文话普查与叙录的历程

本书所称的"清代文话"，主要是指清人编撰的探讨文章理论、文章批评的专著或成卷的著作，另外清人文集中散见的论文条目，如《论文十四则》《论文四则》之类，虽未足一卷，实则为独立的论文著作，故亦属本书叙录范围。文话作为清代文章学的重要载体，与序跋、尺牍、评点、选本等批评样式一起构成了清代文章学的基础。清代是诗文评著作异常繁荣的时代，单论数量，清代文话已经超越前代之总和。清人对本朝的文话著作，非常自信，晚清刘声木《苌楚斋续笔》卷四《国朝论文各书》条称："窃谓论文之语，至国朝而最精。"①对清代文话的叙录，在当时即已开始。《四库全书总目》"诗文评"类、"诗文评存目"类录有四种文话。日本明治三十九年(1906)，广池千九郎编成《支那文法书批阅目录》，叙录中日两国文话及语言学类书籍，涉及清代唐彪《读书作文谱》《父师善诱法》、方宗诚《论文章本原》、张秉直《文谈》等数种文话。民国时罗继祖于《续修四库全书总目提要》中叙录三种，分别是阮福《文笔考》、方宗诚《文章本原》、吴铤《文翼》。清末民初学者中，对清代文话研究倾注大量心血者，以刘声木、刘咸炘二氏最为特出。二刘对清代文话的关注立场又有不同，刘声木对清代文话的研讨，不仅体现在其《苌楚斋随笔》系列笔记中对吴铤《文翼》、曾国藩《论文臆说》等文话多有论述，更表现在他对桐城派传人这一身份的高度认同。刘声木早在少时即有汇编桐城文话之志："予少时亦欲编辑《桐

---

①刘声木:《苌楚斋续笔》卷四，见《苌楚斋随笔续笔三笔四笔五笔》，中华书局 1998 年版，第 310 页。

城文学论文汇编》□(按:此处缺字)卷,仅钞录建宁朱仕琇、桐城姚范等数家,已有二三万言。后以家贫出门谋食中止,此愿竟不能偿矣。"①其《桐城文学论文汇编》为桐城文家论文之言的汇编,虽最终并未成书,但清末这一总结桐城派文论的编撰活动,仍值得关注。他站在桐城派立场上,多年致力于文话搜集、整理工作,最终整理出《桐城文学渊源考》《桐城文学撰述考》,为桐城派做了近乎家谱修纂的工作。与之不同,刘咸炘则纯乎出于学术研究的公心而对整个清代的文话著述予以观照。他对清代文话的研究分多种样式,或是受章学诚"辨章学术"之说影响,对文话的源流进行辨析,如指出姚永朴《文学研究法》以《国文学》为基础编成;或是对清代文话文本进行校注,如补正吴曾祺《涵芬楼文谈》《文体刍言》,注释包世臣《文谱》等;或是采用传统的点评方式评骘清代文话,虽三言两语,却是在对清代文话广泛阅读基础上凝练而成,如:

> 桐城家法虽狭隘,而其通说词意,详备尚过宋人。如吴仲伦《古文绪论》评论近代主八家者颇当。若刘海峰《论文》则虚幻无取。薛氏辑《论文集要》,姚氏辑《文学研究法》,吴氏《文谈》,合而观之,亦略具矣。此外二魏论意、局,亦有可取。至于探源八代,标举正宗,则包氏《艺舟双楫》、王氏《王志》最多卓见,然尚语焉不详。②

---

①刘声木:《苌楚斋续笔》卷十,见《苌楚斋随笔续笔三笔四笔五笔》,中华书局1998年版,第873页。

②刘咸炘:《推十书》(增补全本)戊辑第2册,上海科学技术文献出版社2009年版,第983页。

他在精读清代文话后，更能熔铸而化为己用，以自己的文章理念为主导，将多种文话中的重要内容辑录为一新作："吾既详图词派，要删八代唐文，因钞撮先哲绪言散见群书者而申正之……又以平日所讲者散入之，作述相参，取足以明大旨而已，不琐琐评品拈举，效诗话之冗杂也。"①这种"作述相参"的著述模式，具体又可分为古文话、时文话二类。在时文话上，他择选清代崔学古《少学》、唐彪《读书作文谱》、李光地《榕村语录》、郑献甫《制义杂话》中核心内容裁剪而成《制艺法论钞》。在古文话上，他抄撮清代方以智《文章薪火》、刘熙载《艺概·文概》、梁章钜《退庵随笔》及诸多论文书信、文集序跋等于一体，编成《文说林一》《文说林二》，成为新的古文话。

在白话兴、文言废的大背景下，以刘声木、刘咸炘为代表的晚近学者的清代文话研究，难以为继。二十世纪五六十年代，只有文话整理本前的校点前言，可算是对清代文话的叙录研究，其内容过于简单，涉及的清代文话种类也非常少。八十年代，台湾学者王更生教授指导了两篇关乎清代文话叙录的硕士论文：李四珍《明清文话叙录》、林妙芬《中国近代文话叙录》。二书意在分别叙录明清文话和近代文话，清代都是其关涉的重要部分，然从其所录条目来看，多是常见的传世文话，且二书未能厘清"文话"与其他批评样式之间的关系，误收了姚鼐《古文辞类纂》、归有光《评点史记》、吴闿生《孟子文法读本》等多种选本和评点著作。但这两种著述毕竟是最早的对明清以来文话的普查与叙录，筚路蓝缕，其功不可没也。此外叶国良教授《石学蠡探》（台湾大安出版社

①刘咸炘：《推十书》（增补全本）戊辑第 2 册，上海科学技术文献出版社 2009 年版，第 983 页。

1989年版)关注到清代金石义例之作,叙录有清代黄宗羲《金石要例》、梁玉绳《志铭广例》、李富孙《汉魏六朝墓铭纂例》、郭麐《金石例补》、吴镐《汉魏六朝唐代志墓金石例》、王芑孙《碑版文广例》、梁廷枏《正续金石称例》、冯登府《金石综例》、鲍振方《金石订例》、刘宝楠《汉石例》。2007年,王水照教授主持的大型文话汇编——《历代文话》出版,此书收录历代文话143种,其中清文话62种,《历代文话》对收录的清代文话皆有简要的叙录,这是清代文话研究与整理史上的重要节点,由此开启了对文话叙录与研究的新阶段。此后余祖坤编《历代文话续编》(凤凰出版社2013年版),其中收录清代文话8种,多为新发现的文献,在书前对每种文话也有简要的介绍。而在文学批评史、提要类著作中也会涉及清代文话,孙立《中国文学批评文献学》(广东人民出版社2000年版)、刘德重主编《中国古代诗文名著提要·诗文评卷》(河北教育出版社2009年版)等各叙录了多种清代文话。不过在此类兼综各体的著述中,对文话的关注度还是要远低于诗话、词话的,如刘德重主编的《中国古代诗文名著提要·诗文评卷》清代部分,叙录有文话十余种,数量与数百部的清代诗话相去悬殊。这种差距既是缘于清代文话数量本就低于诗话数,也与诗话研究更为成熟有着密切关联。随着研究的深入,也有学者开始对相关学术史进行回顾与梳理,诸雨辰《清代文评专书整理与研究综述》(《励耘学刊(文学卷)》2015年02期)便系统回顾了研究史。

综上,自清代《四库全书总目》以来,对清代文话的叙录工作渐由零星而趋于饶多,但对清代文话著述的全面普查并叙录尚付阙如。调查清代文话的存世情况,进而予以叙录,评析其主要内容、版本及文章学价值,正是本书的主要工作。

凡　例

一、本书所谓的“文话”，从内容而言，主要指的是以古文、时文（八股）、骈文等为论述对象的著作，讨论诗、词、赋的诗话、词话、赋话不予著录；但诗、文共论的具有诗文合话性质的著作，也予收录。

二、本书所谓的“文话”，从批评形式而言，主要指的是以专书或专卷的形式论文者；清人文集中收录的集中出现的论文条目，如《论文十四则》《论文四则》之类，虽未足一卷，但明显为独立的论文著作，故亦予叙录。但对于选录文章原文的选本，则不予收录。清初王之绩《铁立文起》凡例云：“是编论文，非选文也，故名作如林，皆所弗录。”已将“论文”的文话与“选文”的选本、总集、评点等批评文体明确区分开来。对于具有选本、总集、评点性质的清代文章学著述，如叶燮《汪文摘谬》、方苞《左传义法举要》、王又朴《史记七篇读法》、魏茂林《文法一揆》、马树堂《文法辨体》、曾国藩《鸣原堂论文》等，本书则不收录。

三、本书将叙录的清代文话著述，分为上下两编，上编著录目见的清代文话，按时间顺序分为四卷，即卷一顺治、康熙卷，卷二雍正、乾隆卷，卷三嘉庆、道光卷，卷四咸丰、同治、光绪、宣统卷。以作者生年排序，生年不详者，据其大致生活时代，将其排在同时代作者的附近。个别较为稀见的（未见书目著录、未见影印本及整理本)且按照传统文话方式撰写的民国时期文话亦予著录,附于卷四。下编著录的为待访清代文话,清人笔记、文集、方志、书目等文献中著录、提及的清代文话,有些尚可寻见,有些则难觅踪迹,各大图书馆未见收藏,是否尚存人间,亦不得知,本编将此类文话称为“待访文话”而不称“亡佚”。

四、本书在叙录次序上,未按照文体分为古文话、时文话(制艺话)、四六话三类。主要是因为清人多认为古文与时文、散文与骈文有其相通之处,“以古文为时文”、骈散合一是清代文章学的重要理念。清人常在古文话中兼论骈文、时文,于四六话、制艺话中又兼论古文。他们或是期望通过对比,发掘古文、时文各异的文体特质,或是借以提炼适用诸体的文章学普遍原理。无论原意如何,结果都使得清代诸多古文话、制艺话、四六话你中有我,我中有你,相互交融而难以剥离,故本书按照时间顺序而非文体进行叙录。

五、本书对清代文话的“叙录”,主要包括:1.述作者生平信息,着重揭示作者文章理念与文章学渊源。对生卒年、字号在今人书籍中被著录错误的,亦作辨正。2.列卷数,卷数有异同者,注明某书作几卷;考述该书存佚情况及成书时间,稿钞本、名人旧藏本则注明馆藏地。3.清理版本系统,评述版本优劣,特别是对祖本及重要传本进行介绍,对一些已经出版的文话,指出因其所用版本不佳,致使作者和文话价值被低估的问题。4.重点对每书作理论上的阐发,揭示该书文章学意义与价值。5.仿朱彝尊《经义考》例,将部分稀见文话的序跋节选或全文录入。

六、因叙录过程中已对每种文话的版本作了详细介绍,故按照叙录类学术著作惯例，在援引文话原文时，不再另以脚注形式注释版本；本书在援引古书原文时，按古籍原貌照录，不强改古书以求统一。如“制艺”“制义”在古代通用，有时同一书中“制艺”“制义”二词互见。又如“（古文）作法”“（古文）做法”二词，清人多通用。凡此，本书援引时均据原书过录。

七、书后附录《清代文话总目》，将本书所收文话以音序排序，系以页码，并作简要著录，庶便读者查检。

目　次

上编　清代文话经眼录

卷一　顺治、康熙卷

卷二　雍正、乾隆卷

卷三 嘉庆、道光卷

下编　清代文话待访录

上编

清代文话经眼录

卷一 顺治、康熙卷

《逸楼论文》一卷

李中黄 撰

按：李中黄，字子石，号逸楼，湖北麻城人，活动于明末清初。其父李长庚为明万历乙未(1595)科进士，曾任吏部尚书。李中黄具体生年不详，知其与清初邓汉仪友善。邓氏《诗观》简要记其生平："子石力学砥行，诗歌、古文辞皆卓荦不群。癸卯闱中拟元，因索后场弗得，竟致放废。子石孤愤，遂焚弃生平著作，片字不存。"后邓汉仪令弟子搜辑逸文，得其诗五首，赞赏不已，谓其"奇崛雄浑，允为诗家领袖"①。李中黄曾广泛批点古书，《逸楼论文》最后一则云："予于《诗经》、《庄子》、《世说》、《近思录》、王龙溪《录》，各有评本。锺、谭《诗归》，有删本。《金刚注》凡八易，草自辛丑，迄丙午乃定。《楞严》不置语，而纲领、条目、浅深、轻重、圈点分明，是亦无字之注也。后世不无杨子云，予书未必传尔。"其著述今

---

①邓汉仪：《诗观》三集卷八，《四库全书存目丛书补编》第40册，第638页。

大多已亡佚，传世尚有《逸楼四论》四卷，即论禅、论史、论文、论诗各一卷。邓汉仪有《寄赠李逸楼先生，时读其〈四论〉，兼选其诗》四首，第三首评价《逸楼四论》云："仙佛吾侪事，诗文异代心。百年须老笔，《四论》抵兼金。秘帐虽秦劫，新书未陆沉。茅斋频把颂，落叶万重阴。"①

《逸楼论文》前有《论文小引》云："李子曰：文有二谛，高文典册、黼黻太平，《尚书》是也；道源理窟，言其所不得不言，《周易》《春秋》是也。后世诏诰话文，既付中书之手，而著书立说者，往往无疾而呻，则词章而已矣。夫词章者，文而非所以为文也，作《论文》。"全书主要为作品论与作家论，对于秦汉古文，主要是具体解析作品；对于唐宋以降古文，主要是对作家进行总体评论。在秦汉古文中，作者偏爱《左传》，对《左传》评论尤多，如：

> "王以诸侯伐郑"，"战于繻葛"，"王卒大败"，天下事尚忍言哉！至"祝聃射王中肩"，此古今罕有之变，乃曰"王亦能军"，不知是称赞耶？是嘲讥耶？说得惭惶杀人。"祝聃请从之，公曰：'君子不欲多上人，况敢陵天子乎？'"志得气满，故作此持盈之语，骄矜极矣！"夜，郑伯使祭足劳王，且问左右"，滑稽甚，游戏甚。
>
> 楚子"观兵于周疆"，"定王使王孙满劳楚子，楚子问鼎之大小轻重焉。对曰：'在德不在鼎。'"末云："周德虽衰，天命未改；鼎之轻重，未可问也。"词严义正，不待言。乃其情状如处女对暴客，一语稍狎，即正色而拒之，王室威灵扫地矣。

---

①邓汉仪：《诗观》三集卷八，《四库全书存目丛书补编》第40册，第638页。

“屦及于窒皇，剑及于寝门之外，车及于蒲胥之市”，妙在节奏，间亦有紧迫之态，此段极似《穀梁》。

以上评论的分别是《左传》桓公五年、宣公三年、宣公十四年的文字，与明人评点古文无异。李中黄认为：“古叙事之文，断自《左传》始，以《尚书》详于记言，凡叙事不过数语也。《左传》叙事有明易者，有艰奥者，有热闹者，有冷淡者。”此外，他也非常欣赏《檀弓》，提出“《檀弓》为文章清妙之宗”，认为“钟竟陵谓文到绝无烟火处便是机锋”，只有《檀弓》可以当之。对于汉代文章，他推举“贾生《治安策》是汉人第一篇文字，亦是古今第一篇文字。其指陈时务既切实可行，而行文如电掣风驰、龙翻海啸，真天地间大观也”。李氏对《史》《汉》的评价也较有新意，如论对败仗的描写：“叙战胜，易生色。叙战败，索然矣。《史记·项羽本纪》《汉书·李陵传》叙战败，愈生色者也。”对《史记》“奇”与“愤”的处理：“太史公耐不得许多奇，只到《秦本纪》后便尽情搬出。盖子长胸中一半是愤，一半是奇，如《货殖传》一半是吐愤，一半是搬奇。世但谓其羞贫贱而作，不尽知子长者也。”对阅读《史》《汉》状态的比较：“《汉书》自得史家之正，其体庄，其叙事却奥。盖《史记》疏宕，可粗心读之。《汉书》委曲，非粗心者所能读也。读《汉书》须是静坐细览，乃得其妙。苏子美以《高祖纪》作下酒物，以予论之，还当属《史记》耳。”所论皆有新意，自出手眼。

李中黄重古文而轻骈体，称：“文至六朝而愈靡，出类拔萃者，范史而外，《世说新语》《水经注》二书而已。”他对以骈文为主的《文选》评价不高：“昭明太子殊非具眼，《文选》一书专取词藻，失大雅之宗矣。但词藻亦文之一体，譬京都壮丽、吴越繁华，自可留连岁月，何必岱衡江海哉？然荡而忘返则大不可。”唐以后作家，他对八家较为推崇，如赞韩愈文论云：“文章之道如人饮水，冷暖自知。读昌黎《答李翊书》，若老农话桑麻，说得有原有委，不但门外汉不能道，即升堂而未入室者，亦不能臆量家珍也。气隆法古，是西京以上文字。”评论晚唐古文家，以为杜牧胜于孙樵：“孙樵，有意起衰者也，然规模却狭。杜牧之，不离旧习者也，然气宇却豪，诗文果佳，亦不拘何体也。盖牧之诗不及太白，而文欲进之。”评欧、王云：“欧公谈经济，实乃当时第一。”“志铭推韩、欧，固也。予谓王介甫尤拗得妙。昔人谓其止宜馆职，若使穷谷著书，则尤佳耳。”“三苏之文入理稍浅，不如王介甫说理较深。”

此书对历代文章也有总评，评南宋文云：“宋人之文，每失之弱。朱子《大学》《中庸》两《序》，气脉渊长，在刘子政、曾南丰之间，与胡澹庵《乞斩秦桧疏》，皆南渡后有数文章。”评元代文章云：“元人之文不少概见，近始得喻无功先辈手抄几二百篇，大抵与宋人不甚相远，而满畅过之，然卑者则似今之制艺矣。”认为元文与宋文相去不远，评价不可谓不高。李氏对时文嗤之以鼻，认为其导致了明代古文的衰落：“历代之文，各成气运，无论先秦两汉，即靡如六朝、碎如唐，未有作措大语者。宋元之际，制艺渐出，而古文词遂作措大语，至明益甚可鄙也。”值得注意的是，本书并未提及在清代享有盛誉的归有光。清初在钱谦益等人的大力推扬之下，归有光逐渐被推尊为“明文第一”。而此书中李氏推崇的却是王阳明之文：“明文当以阳明夫子为第一，以其无意为文，只言所欲言，而滔滔不竭，亦不知其为秦、为汉、为唐、为宋也。韩、欧论文，必推本于道，夫韩、欧真知道，若阳明又所谓有本者如是耳。”凡此，均说明李中黄《逸楼论文》反映的还是明末文章学思想,是明代文章学理念在清初的余波。

此书有康熙年间刊本。国家图书馆所藏《逸楼论史》《逸楼论文》合刊本为郑振铎先生原藏。

《文丹》一卷

王铎　撰

按:王铎(1592—1652),字觉斯、觉之,号嵩樵、十樵、石樵等,河南孟津人。明天启二年(1622)进士,累官吏部侍郎兼教习翰林院庶吉士、礼部尚书等职,于南明弘光朝任东阁大学士,加太子少保、吏部尚书等衔。清顺治二年(1645),于南京城投降清军,后任清廷礼部左侍郎等职。王铎是明末清初著名书家,《文丹》为其文话专著,带有艺术家论文的特色。从《文丹》内容看,似撰写于明末,具体撰写时间不详。

王铎在书法史上的巨大影响,使得当下对《文丹》的研究出现了偏差。与《文丹》有关的研究与援引几乎全出自书法研究者论著,即《文丹》长时间被视作王铎书法理论著作。当然,作为书坛巨匠,其文论著作难免有书法视角的介入,这在精通多艺者身上较为常见,如晚清刘熙载,同样是精通诗、文、词、赋、书法等多个门类,其《游艺约言》便是将多种文艺样式综合而论的"艺术概论"。不过《文丹》与《游艺约言》有明显差异,从内容来看,《文丹》主要还是研究文章尤以论时文为重,是一部纯粹的文话著作。可以从中探讨其与王铎书法观念的相合之处,但径直将其视为书论则是不合适的。王铎行草飞腾跳踯,其论文也有相似理念，欣赏“虎跳熊奔，不受羁靮”之文。明清论举业时文之书甚多，千人一面地致力于时文格套的总结。《文丹》对明末程式化的时文深恶痛绝，力主为文灵动、活泼有生气，“文要风流如王谢子弟”，希望提升时文品格：“文不可降格以谐俗，改度而求工。”《文丹》开卷第一则即云“文以妙悟为第一义”。第二则再次强调：“作诗作文以不了语、言外意为上乘，举业亦然。”但时文毕竟是考试文体，一味追求含蓄、韵味，对考生而言，又有“不透”的风险：“作文不说尽，则不透骨。然太说尽了，恐又无远烟秋水澹荡不尽之致。”在含蓄、灵动与尽意、板实之间的平衡点是作者要用心之处。追求风神摇曳之姿与规矩的动态平衡，是《文丹》的文章理念：“文不宕，则痴板。既宕，又须按部就班、引绳批根，纵笔态于规矩之外，操枢纽于规矩之内。”故而《文丹》既阐述了其偏“虚”的审美理想，也论述到了偏“实”的文章作法。在诸多的时文文法之中，王铎极重审题，认为：“千古极会作文人，止极会认题。”主张“以题还题”：“题浅不得深，题深不得浅。题含蓄不得说尽，题反说不得正讲。”他将风格理念落实到审题这一具体实践细节：“奇者，只是发透本题而已。”他甚至以掘墓为喻，能发掘他人未见之宝，在于比他人多掘几尺。王铎学识渊博，《文丹》论文也常借助其他知识作比，如以诊脉论文，再如以堪舆、风水之学为喻：“文如风水，认龙脉、合砂水、论生克、合理气，最要一着定向。”“堪舆与道家，皆用逆不用顺，文能用逆用倒，此是玄而又玄之门。”

《文丹》为王铎《拟山园选集》最后一卷即第八十二卷，有顺治十年(1653)王鑨刻本，《四库禁毁书丛刊》集部第88册影印。另，《北京图书馆古籍珍本丛刊》第111册、《清代诗文集汇编》第7册所收《拟山园选集》，与上述版本刊刻年份、刊刻者一致，但无此卷内容。

《操觚十六观》一卷

陈鉴　撰

按：陈鉴，字子明，号仲醇，广东化州人，明末清初文人。吴道镕（1852—1936）编《广东文征作者考》著录陈鉴生平信息如下：

> 陈鉴，字子明，明化州人，万历戊午经魁，官江夏教谕。入新朝，授华亭知县。鉴聪明绝代，下笔横溢豪迈，酷类大苏。罢官后遨游江浙间，尤展成、毛西河、徐而农辈皆推重之。晚年落拓，侨居苏州，藉其妾卖画以给。著有《癖草》《天南酒楼集》。今《高凉耆旧集》选《癖草》一卷，仅得文七首。①

民国时期署名天台野叟所编《大清见闻录》则称陈鉴其人“心术险僻，无所顾忌，又喜讪人”，书中所载陈鉴生平云：“曾以侵粮褫职下狱，事后仍租居松郡，士大夫无与往还者。每至旧役家索饮食，稍不如意，即讦其阴私，或讼之官，人皆畏而避之。及年老耆，无以糊口，落拓江湖，不归故里。夫妇相携，行乞于道。年八十，竟以馁死。”②聊备一说。《广东文

①吴道镕：《广东文征作者考》，民国铅印本，下册，第161页。

②天台野叟：《大清见闻录》下卷《艺苑志异》，中州古籍出版社2000年版，第611—612页。

征作者考》著录的陈鉴《癖草》中七篇文章为《罗山纪行诗序》《游七星岩诗序》《癖草序》《哭卧子》《陈公文》《石龙赋》《广骚》。此外,陈鉴还著有《虎丘茶经注补》,书首云:"予乙未迁居虎丘,因注之补之。"据此,知陈鉴于顺治十二年(1655)迁居苏州生活。

《操觚十六观》结构较为奇特,全书没有文章批评、理论阐发等常见文章学内容,而是以十六则故事贯穿始终,借助故事隐喻作文之道。此种批评方式,源于明代流行的"十六观"式的著述之风,陈鉴自序云:

> 浮屠修净土,有十六观。云间陈仲醇仿之,作《读书十六观》。予谓士之有文章,如山川之有烟云,草木之有华滋,操觚其可苟乎?唐时张旭善草书,尝观公孙大娘舞剑器,浑脱浏漓,遂得低昂回翔之妙。吴道子为裴旻画鬼神,使旻军妆缠结,驰马舞剑,激昂顿挫,因用其气以壮画思。观于物,得于心,应于手,讵独书画哉?操觚摛文亦然。因取往事作《操觚十六观》。

佛经中有《观无量寿经》,是为净土宗经典,此经论述十六种观想之法,因有"十六观"之说。明人文艺著述多有仿此而命名的,除陈鉴自序中提及的陈继儒《读书十六观》外,尚有吴恺《读书十六观补》、何伟然《山游十六观》等。身处明末清初的陈鉴,正是在此背景下撰写出《操觚十六观》。

《读书十六观》每则内容均以"读书者当作此观"结尾,《操觚十六观》亦在每则故事之末缀有"操觚当作如是观",提醒读者于故事之中领悟操觚作文的道理,犹似佛家参禅。如第四则云:"凌歊台,工匠精巧,先秤量众材轻重,然后造构,乃无锱铢相负揭。台虽高峻,常随风摇动,而终无倾倒之理。

魏明帝登之，惧其势危，别以大材扶持之，楼即颓坏。论者谓其轻重力偏也。操觚当作如是观。”此则选取《世说新语》故事，以造楼为喻，说明文章结构之重要。全书故事对作者的创作心理、文章情感、创作状态、文章风格、结构呼应、日常观察等皆有论述，颇有可取。

此书有康熙三十四年(1695)刊《檀几丛书》本，上海书店出版社 1994 年版《丛书集成续编》第 156 册据之影印。又有《广虞初新志》本、日本天保七年(1836)本、《古今文艺丛书》、《历代文话》本等。

《少学》一卷

崔学古 撰，王晫、张潮 辑

按：崔学古，字又尚，安徽当涂人，清初蒙学教育理论家。王晫、张潮合编《檀几丛书》二集卷九收录崔学古《少学》一卷，主要是指示蒙学中时文教学之法，篇末另附书法教育方法数则。

《少学》论文分为《督责初功》《开示路数》《八法》《五要》《四十字诀》《行文变化》六种，其中《五要》后被刘咸炘以《作文五要》之名撮录收入其《制艺法论钞》。《督责初功》部分反对“读时艺几篇，便侈口谈文”的时风，主张蒙师指示学生阅读完《四书》之后，继续阅读其他经书及古文大家之文，当然这也是在时文眼光下去读的，学生的“读”与蒙师的“讲贯”并重。《开示路数》部分主张教生徒作文，“须先与之讲明书旨”，然后“将所出题目,再与细说一番”。学生作文完毕,作为教师“当屡改”,甚至当学生没有思路无从下笔时,“为师者,当与之代思代作”。《八法》部分对破承、起讲、入题、起股、虚股、中股、后股、束语作了简明扼要的释义。《五要》部分是集中论述时文写作的五个要领、技巧,分别是宾主虚实、脉理(起承转合)、步骤、能转、生造。《四十字诀》可谓是《五要》的扩展版,作者拈出扼顶、提振、反正、宾主、开合、照应、点缀、省补等四十字,每两字为一组,每组字或正反对待、或同义连文,组合成二十组作文要诀。《行文变化》部分则是在生徒掌握基本时文技巧之后,提出的更高层面的要求,以尽量避免其陷入固定的程式窠臼。总体而言,《少学》是为清代蒙师撰写的时文“教学法”性质的著作,对今人欲初步了解八股文的,也是较为适宜的读物,对当下的作文教学也不无借鉴作用。

有《檀几丛书》本,上海古籍出版社 1992 年影印版。

《文训》四则

傅山 撰

按:傅山(1607—1684),原名鼎臣,后改为山。原字青竹,后改为青主,号朱衣道人、石道人等,阳曲(今属山西太原)人。傅山为明末清初著名遗民、思想家,他学问淹博,是少见的“全才”式人物,在书画、医学、文学、小学、武学等诸多方面均有精深造诣。

《文训》为古文话专著,与《诗训》《韵学训》《音学训》《字训》等同属傅山《家训》内容。傅山论文重情："文者，情之动也；情者，文之机也。文乃性情之华，情动中而发于外，是故情深而文精。气盛而化神，才挚而气盈，气取盛而才见奇。"情为文的产生动力，文是情之结晶。在文章繁简观上，傅山重视简洁："文章未有高而不简、简而不挚者。"傅山以其言行操守成为清初遗民典范、节义表率，论文亦重节操大义："凡人养性作人，皆有一安身立命之所，即文章小技，亦然。"他读《左传》，认为其中"犯教伤义大节目一眼便知，不待讲解"。同时对于《左传》文章之妙亦予盛赞："文章之妙，大段大段，细曲细曲，铺张组织，补缉波澜，前人多少评论，总不能尽尔。"他告诫子侄，以《左传》为典范："以后凡遇古人用此法，论此义者，莫要置之，皆须留心分晰。"

《文训》一直随傅山《家训》流传，收于《霜红龛集》卷二十五，有乾隆十二年（1747）刻本。又有宣统三年（1911）山阳丁宝铨刊本，山西人民出版社 1985 年版《霜红龛集》及《续修四库全书》《清代诗文集汇编》本《霜红龛集》均据之影印。今人整理本有山西人民出版社 2016 年版《傅山全书》第二册（尹协理主编）、北京大学出版社 2018 年版（《儒藏》精华编第 266 册，王薇校点）。

《诸家制义题辞》二十五则

黄中　撰

按：黄中，字平子，号雪瀑，安徽舒城人，生卒年不详，顺治十四年(1657)举人。此书为时文话,收录于《黄雪瀑集》。《黄雪瀑集》目录称之为“诸家制义题”,书中则称其为“诸家制义题辞”。此处所谓“题辞”,是指对各家时文的评论,如明人张溥所编《汉魏六朝百三名家集》,每家集前皆有张溥所撰的评论性题辞。黄中《诸家制义题辞》评论有二十九家制义,即《王守溪稿题辞(王鏊)》《黄蕴生稿题辞(黄淳耀)》《茅鹿门稿题辞(茅坤)》《归震川稿题辞(归有光)》《黄葵阳稿题辞(黄洪宪)》《杨维斗稿题辞(杨廷枢)》《吴梅村稿题辞(吴伟业)》《瞿昆湖稿题辞(瞿景淳)》《薛方山稿题辞(薛应旂)》《陈大士稿题辞(陈际泰)》《张天如稿题辞(张溥)》《张受先稿题辞(张采)》《周介生稿题辞(周钟)》《陶董二稿题辞(陶望龄、董其昌)》《钱希声稿题辞(钱肃乐)》《唐荆川稿题辞(唐顺之)》《包长明稿题辞(包尔庚)》《陈卧子稿题辞(陈子龙)》《熊次侯稿题辞(熊伯龙)》《龚芝麓先生稿题辞(龚鼎孳)》《王茂远稿题辞(王自超)》《马章民稿题辞(马世俊)》《刘克猷稿题辞(刘子壮)》《胡思泉稿题辞(胡友信)》《章大力、杨维节、罗文止、艾千子稿题辞(章世纯、杨以任、罗万藻、艾南英)》,共二十五则文话涉及二十九人。黄中所论的这二十九人,均为明代或清初八股名家。如章世纯、陈大士、罗万藻、艾南英是著名的明代时文“豫章四家”。王鏊、唐顺之、瞿景淳、薛应旂则被称为明代时文四家。刘子壮为顺治六年(1649)状元,熊伯龙为顺治六年(1649)榜眼,马世俊为顺治十八年(1661)状元。《明史・胡友信传》称:“明代举子业最擅名者,前则王鏊、唐顺之,后则震川、思泉。”①这些人均在黄中的论述范围之内。

①《明史》卷二八七《胡友信传》,中华书局1974年版,第7384页。

《诸家制义题辞》多关注时文之风格、气象等宏观层面的问题，不讨论具体的时文写作技巧。黄中于明代时文最为推崇王鏊：“守溪先生之文，为有明一代之冠。”他赞赏王文的气象云：“守溪文雄浑高秀，不必言也。而一种噩噩之风，如商彝周鼎气象，不可屑屑以玩，尤为可敬。至于拔山之力，雷霆风雨倏忽骤至，乃天才轶发，人力莫可摹拟。”称黄淳耀：“蕴生制义，集明一代之大成……较先儒之注疏而无其牵合，较诸子之灵奇而无其矫异，较名臣之奏议而通以时宜，较道学之语录而济以神化。”称茅坤文云：“文章有大家、名家之分。先生之文，大家也。”对于“知兵法”“兼文武”的茅坤，黄中将其与文武兼备的王阳明相比：“鹿门推尊王阳明为一代人豪，其文章为本朝第一，诚知言哉！盖两人之才力颇近，故相知之深，针芥之合也。”称归有光：“文章为一代大家之冠，古文辞大端近曾子固，制义其一班耳。”评论时文名家黄洪宪云：“其脉理之正直，据昆仑而溯星宿。”据此得出“先正之为文章，所以明道，所以用世，非徒纸上陈言也”。《诸家制义题辞》有时由对具体文家的评论推演出一般性的通论，如在对杨廷枢的时文评价后，黄中进而申论云：“先辈说理则精透明快，治道则确实大方。所以致此者何也？盖其读书精究注疏，探索诸儒之语录，考定其是非，参较其同异，萃聚性命、先后天之学，融会而贯澈焉。”黄中认为作文之根柢在于儒学修养，而非具体的行文技巧：“帝王之大经大法，圣贤之精义微言，无不洞悉而融会，触处皆通，有感即发也。何意于文哉？自写其胸中之蕴蓄而已。此先辈读书作文之故，后世鲜能及也。”清初以来，时文话多热衷于对饾饤琐碎的技巧探讨，黄中却不谈技巧，只谈根柢、气象、风格等，当有扭转时风之意。

《诸家制义题辞》无单行本，收录于《黄雪瀑集》中，有康熙年间刻本，《四库未收书辑刊》第7辑第23册影印。

《金石要例》一卷附《论文管见》一卷

黄宗羲 撰

按：黄宗羲（1610—1695），字太冲，号南雷、梨洲等，浙江余姚人，明末清初著名学者、思想家。碑志义例文话是文话中一特别类别，始于元代潘昂霄所撰《金石例》。潘氏《金石例》以韩愈碑志古文为例，总结出若干碑志文章写作义例，黄宗羲以为其书尚有未尽之处："顾未尝著为例之义与坏例之始，亦有不必例而例之者。"故他"摘其要领，稍为辩正"，撰成《金石要例》，其意在于"补苍崖之缺也"。《金石要例》凡三十六则，大体以唐宋作家所撰碑志为准，所举文例尤以杨炯、韩愈、柳宗元作品为多，汉代碑志作家中，只涉及蔡邕一人。全书考证精密。书后另附有《论文管见》九则，为黄宗羲论文心得。《论文管见》论文主宗经："文必本之六经，始有根本。"但他反对只以经文作为门面语："近见巨子，动将经文填塞，以希经术，去之远矣。"显是针对明文之弊而发。黄宗羲论文重理，但也强调情感："文以理为主。然而情不至，则亦理之郛廓耳……古今自有一种文章，不可磨灭，真是'天若有情天亦老'者。"明代文章家崇尚复古，却多将复古等同于摹拟乃至剽窃，徒具形式而无情感的木偶之作泛滥。清初文人对此普遍持批判态度，黄宗羲作为由明入清的遗民，是清初较早对此进行反思的学者和作家。他本人既是学识淹博的大学者，所为文章自然能彰显经史之底色，不同于斤斤计较于文法技巧的文人之文。黄宗羲从学于明代心学大家刘宗周，心学思想亦影响到其对“文”的看法：“所谓文者，未有不写其心之所明者也。心苟未明，劬劳憔悴于章句之间，不过枝叶耳。无所附之而生。故古今来，不必文人始有至文，凡九流百家，以其所明者沛然随地涌出，便是至文。”受心学影响，黄宗羲主张“学贵履践，经世致用”，清初重经世致用之学，中期以后汉学大盛，实事求是之朴学风气兴起。以学术入文、以考据入文，是清代散文发展的一个新特点。黄宗羲于清初强调学问对于文章之重要作用，为清代学术文章的兴起，埋下了理论上的伏笔。

黄宗羲《金石要例》为清代第一种金石义例类文话，影响深远。李慈铭称：“自黄梨洲《金石要例》出后，文之义法，已括其凡。为碑版者，谨守不渝，即为定则。”①此书版本众多，卢见曾将其与元潘昂霄《金石例》、明王行《墓铭举例》汇刻为《金石三例》。道光十二年(1832)，李瑶以《金石三例》加上郭麐《金石例补》，出版泥活字印本《校补金石例四种》。光绪十一年(1885)，朱记荣又增添至十种，编成《金石全例》。

是书版本除上述《金石三例》《金石例四种》《金石全例》外，尚有《四库全书》本、《借月山房汇钞》本、《式训堂丛书》本、《昭代丛书》本、《丛书集成》本等。

---

①李慈铭撰、由云龙辑：《越缦堂读书记》九《艺术·金石》，中华书局2006年第2版，下册，第1062页。

《读诸文集偶记》不分卷

张履祥 撰

按:张履祥(1611—1674),字考夫,号杨园,浙江桐乡人。明末清初著名理学家,世居清风乡炉镇杨园村,故学者称杨园先生。张履祥初从明末大儒刘宗周学,晚年专习程朱,是清初朱子学的倡导者。入清后隐居不出,以讲学、耕种为生。

《读诸文集偶记》收于《杨园先生全集》卷三十,与《读史》《读史记》《读厚语偶记》等同属《读书笔记》部分,是理学家文话。《读诸文集偶记》中史论、文论皆有,是作者读柳宗元、欧阳修、李纲三人文集后所书。论文者,如论北宋李纲文章:"忠定文章,全学欧、苏。盖宋之文章,至熙宁、元丰而盛极矣。至此,流风所被,盖有莫之知而出此者。若忠定者,即以文章而论,岂不足自鸣一代?"认为李纲文章出于欧、苏而自成一家,只是为其政声所掩。史论如:"欧公《为君难》二论,大都为荆公而发,词多讽切。""子厚《论语辨》二篇,一是一非,不可无别。"史论与文论结合者如:"(柳宗元)特其文字雄霸,足以发挥,读者毋为所欺可也。""学校之设,不独造士,亦以化民,故曰:'人伦明于上,小民亲于下。'欧公《吉州学记》,其言造士殊略,而于化民特详,甚得三代建学遗意。"对经历了明清鼎革的张履祥而言,痛恨明末士风衰敝,阅读宋代民族英雄李纲文集,也引出异代知音之感:"士者,公卿大夫之所出,而小民之所观望也。士风既敝,而欲国政之成,民俗之厚,自古及今,所未之有。用人才以激士风,诚有国之本论。”

有同治十年(1871)江苏书局刻本,整理本有中华书局2002年陈祖武点校《杨园先生全集》本等。

《文章薪火》一卷

方以智 撰,方中德 辑

按:方以智(1611—1671),字密之,号曼公、鹿起等,安徽桐城人。明崇祯十三年(1640)进士,明末士子领袖,明末清初著名思想家、哲学家、文学家、科学家。方中德(1632—?),字田伯,号依岩,方以智之子,清初学者。

此书为古文话专著,汇录方以智在二十年间对学生问题的回答而成,内容以论文为主。方以智重视文章的地位,《文章薪火》开篇引《潜草》之语说:“性道犹春也,文章犹花也。”将文章视为显现性与天道的外化之物。此书对先秦至唐宋之文作了评论,尤其是对先秦诸子作了较多论述,同时对诸子产生时代也较关注,如认为《商君书》《韩非子》之文具有决绝的特色,与其法家本色一致:“商、韩文最决绝,如其法然。荀子主礼法,文故明当。”“《关尹子》后起者也,其论道器颇平。《鹖冠》《亢仓》搜剔铦锋,甚则为《阴符》。奇其事为《山海经》《穆天子传》。守其业而浸广之,《灵枢》《素问》也,皆周末笔。《阴符》《关尹》《鹖冠》《亢仓》则晋唐笔也。”关注《灵枢》《素问》,则与其精通医学有关。

全书推崇为文“致中和”的境界,认为同时代的屈原、孟子、庄子之文可以相通，指出《管子·内业篇》与《老子》相合等。总体而言，《文章薪火》较为推崇秦汉之文，认为“周末文盛”，后世未有能超越秦汉文章者。书中盛赞《史记》之“奇”，欣赏其“直为叙事，据款结案”的风格。同时也指出《左传》“未免隽伤”，《汉书》情词俱尽，缺乏余味。

方以智强调“学”之于“文”的重要，指出“八家大同小异，要归雅驯”，强调为文需有根基：“动则曰唐宋大家，抑知唐宋大家皆有深造之火候乎？今欲一蹴而偃袭之，唐宋大家未许也。”指出唐宋大家都有各自“深造之火候”，后来者若无根柢，难以比肩。如在文法讲评上，方以智提出“道寓于器，正意寓于旁意”，认为《史记·荆轲传》“倚柱而笑”四字为点睛之笔：“前有鲁句践，后有高渐离，奇峰湍流，互相穿激。”他将韩愈视为司马迁传人：“昌黎叙睢阳，述南八详，其闻此者，‘张籍云’，正法此传，惟恐其冷落无余声耳。”又认为“作文如用兵，有正有奇。正者文之法，奇者不为法缚”。方以智重视散体文，但对骈体并不排斥，对于东汉以降愈发明显的骈偶倾向，方以智并未一味批判：“孟坚整肃之中亦能错落，范史因东京平对而顺载之，伯喈则喜比偶矣。趣至六朝，尚丽掞藻，势也。徐庾始娴，唐宋遂为别体。吾取其流爽者。”总体而言，此书兼重道与文章、重视文法、推崇《史记》等，对桐城派的兴起有一定的影响。

书末有曹晟、方中德、揭暄跋语。曹晟跋称：“我师天才横逸而好学不厌，立论平恕而因才自达，渊源三世，旁通百家，出其绪余，范围皆备。”方中德为方以智之子，其跋云：“子厚略为比兴、著述二流。老父则曰：析理、举事、极物，文之正用也；达志、陶情，文之乐群也，士业生于典籍之后，何乐而不因其井灶，续其无欺之火也乎？闭防以甚，大决伤多，故以经学藏道，雅音作人，所慺慺于末世者，高标不可与争。而时风若以薰之，此即薪泯火之中和饮也。谨取辛巳至今前后条说汇而录之。皖桐方氏不肖子中德拜记于浮山。”据此，知是书原非方以智有意撰著，乃是对弟子有关文章诸问题的回答，再由方中德据其父言论辑录而成，因而全书缺乏条理。方以智弟子揭暄跋亦云：“此一卷语，皆二十年中之随问随举，而田伯汇录之者。”田伯即谓方中德。

此书经方中德辑录而成后，原收于方以智学术专著《通雅》之中，与《音义杂论》《读书类略》《小学大略》《诗说》并为《通雅》卷首五种独立著作。除随《通雅》流传之外，作为单行本，另有道光《昭代丛书》戊集续编本、有正书局《文学津梁》本、《丛书集成续编》本等。2007 年复旦大学出版社《历代文话》本据《昭代丛书》本录入。

《日知录·论文》一卷

顾炎武 撰

按：顾炎武（1613—1682），原名绛，明亡后改为“炎武”，字宁人，江苏昆山人，明末清初著名大儒。《日知录》为顾氏积三十余年之功而成的一部论学名著，内容颇为丰富，其中卷十九专论古文，可以文话视之。

顾炎武亲历明清鼎革之变，倡言经世致用，为清初经世思潮的发轫者之一。在文学创作上，他不屑于作吟风弄月的风雅文人，重提文须明道，《日知录》卷十九首条即名为“文须有益于天下”：“文之不可绝于天地间者，曰明道也，纪政事也，察民隐也，乐道人之善也。若此者，有益于天下，有益于将来。”对于明人文章的弊病，《日知录》卷十九立有“文人摹仿之病”“文人求古之病”等名目，进行批判，如批评明人所作之伪古文云：“以今日之地为不古，而借古地名；以今日之官为不古，而借古官名；舍今日恒用之字，而借古字之通用者，皆文人所以自盖其俚浅也。”顾炎武强调文章须经世致用，但他并不轻视文章创作本身，对于文章的修辞同样致意，《日知录》“修辞”条云：“后之君子，于下学之初即谈性道，乃以文章为小技，而不必用力。然则夫子不曰‘其旨远，其辞文’乎？不曰‘言之无文，行而不远乎’？”他反对明人受心学影响以语录为文的恶习：“尝见今讲学先生从语录入门者，多不善于修辞。”在文章繁简方面，顾炎武广引诸家之说，以证“辞达而已矣”，反对单以繁简论优劣，这是对唐宋以来散文创作片面求简的有力反拨。

《日知录》版本较多，最初有八卷本、三十二卷本两种。道光年间，黄汝成以遂初堂三十二卷本为底本，参以阎、沈、钱、杨四家校本，汇集九十余家之说，著成《日知录集释》，为后世影响最大的《日知录》版本。今人整理本有安徽大学出版社2007年版陈垣《日知录校注》等。《日知录》卷十九除随《日知录》全书流传外。早在清代，就有人将卷十九中论文条目别裁单行。目前所见较早的，是姚椿(1777—1853)编纂的辑录体文话《论文别录》(稿本)中列有《顾亭林日知录论文二十条》。张文治(1898—1956)于1920年所编《古文治要》之《历代论文名著》部分，从《日知录》中选录六则，称《论文六则》，其中前五则取自卷十九。钱基博《国学必读》卷上《文学通论》(上海中华书局1924年版)则有"明顾亭林《日知录》论诗文十一则",其中前五则亦录自卷十九,条目亦与张文治《古文治要》同。王水照《历代文话》则将《日知录》卷十九完整录入。

《救文格论》一卷

顾炎武 撰

按:本书名为《救文格论》,实为论史书义例之作,民国学者刘咸炘所撰《学略》便将其置于史评类之中。清代文章重叙事,多将史书视为古文楷模,故文法多借鉴于史法。顾炎武将书名取为《救文格论》,其意还在以史救文,故此书亦具备文话性质。

《救文格论》凡十一则,其标题即标明其每则内容,标题分别为"论史家之误""论古人不以甲子名岁""论史重书日例""论史家追纪日月之法""论史家月日有不必顺序""论以干支为年号""论年号地名必全书""论古人必以日月系年""论史家书郡县同名之例""论史书一年两号""日分十二时之始"。明代以来,复古之风盛行,而学古不精、似是而非者不在少数。顾炎武以《春秋》《左传》《史记》《汉书》等经史要籍为据,考证后世史书书法之误。"论古人不以甲子名岁"条云:"甲乙以下十名、子丑以下十二名,古人用以纪日,不以纪岁。岁则自有阏逢以下十名为干,困敦以下十二名为支。后人遂谓'甲子岁''癸亥岁',非古也。自汉以前,无用者。"顾炎武又举例云:“如称登极之年,当曰洪武元年,不当曰洪武戊申。”此种时、地用法之误,不仅存在于史书编纂中,在古文写作中也会常常涉及。再如书中“论年号、地名必全书”一则,顾炎武强调“地名亦必全用,如‘宛大’‘上江’之类,亦为不通”,认为行文中不可随意摘省地名,这在清代得到回应。方苞因简称其家乡“桐城”为“桐”,而遭到李绂、钱大昕等人的批评。钱大昕《跋方望溪文》曰:“望溪以古文自命,意不可一世,惟临川李巨来轻之。望溪尝携所作《曾祖墓铭》示李,才阅一行即还之。望溪恚曰:‘某文竟不足一寓目乎?’曰:‘然。’望溪益怒,请其说。李曰:‘今县以桐名者五:桐乡、桐庐、桐柏、桐梓,不独桐城也。省桐城而曰“桐”,后世谁知为桐城者?此之不讲,何以言文!’”①其实,称“桐城”为“桐”,实为自宋以来古文家为求简而用的“减字法”。李绂等反对称“桐城”为“桐”,可以看作是他对古文家所津津乐道的“减字法”的反对。《救文格论》从史书出发所作出的判断,是后世反对随意简称地名的重要理论依据。

此书对后世影响较大,章太炎于清末(1901年)曾撰《广救文格论》一篇,沿袭顾书救文之初衷,自称:“间作《广救文格论》一首,此件较宁人原著,意趣稍别,亦以针砭时俗,盖常恐高材者堕轻清魔也。书约二千余言,较去岁赠宋君诗跋,稍益繁重。”②章太炎《广救文格论》今未见流传,不过章氏另著《文例杂论》,同样是学习顾书救文而作。

---

①钱大昕:《跋方望溪文》,《潜研堂集》,上海古籍出版社1989年版,第564—565页。

②章太炎:《与吴君遂》,见马勇编《章太炎书信集》,河北人民出版社2003年版,第58页。

《救文格论》原收入吴震方《说铃》前集第九册，有康熙四年(1665)刻本。《历代文话》本据之录入。又有朱记荣《亭林先生遗书汇辑》，《顾炎武全集》本据之录入。又，南京图书馆藏有抄本《救文格论》，此版有二卷，为诗文合话著作，卷一论诗，卷二论文，作者署名为“娄东顾绛”。卷二有“论古人著述不贵多”“论纂辑之难”等条目，与传世本《救文格论》差异较大。

《夕堂永日绪论外编》一卷

王夫之　撰

按：王夫之(1619—1692)，字而农，号薑斋，又号夕堂，学者称船山先生，湖南衡阳人。此书凡五十四则，以论八股时文为主，涉及文章写作的一些普遍性问题。

全书评论了多位明代八股名家，是一部简练的明代八股文小史。王夫之在书中将顾宪成推为明代时文第一人，而对公认的明代八股名家几乎全部否定。此书开篇即对明代所谓的时文“四大家”提出质疑，认为王鏊只关注文章架构，不通微言大义。钱福学无根基，文不雅驯。他对明代时文家奉为密钥的钩锁之法嗤之以鼻，并指出茅坤正是以时文钩锁之法评点八家古文：“陋人以钩锁呼应法论文，因而以钩锁呼应法解书，岂古先圣贤亦从茅鹿门受八大家衣钵邪?”“钩锁之法，守溪开其端，尚未尽露痕迹，至荆川而以为秘密藏。茅鹿门所批点八大家，全恃此以为法，正与皎然《诗势》同一陋耳。”讲求时文钩锁之法，其弊在于“并将圣贤大义微言，拘牵割裂,止求傀儡之线牵曳得动”,王夫之进而认为“有《八大家文钞》而后无文”。在王夫之看来,归有光外腴中枯,只用心于间架结构、前后呼应,不能体认题理,名过其实。王夫之不满明代八股文法,强调“文字至琢字而陋甚”,他对时文中的代字法、叠字析用法等均有批驳,主张为文虚实结合,反对填砌虚字。他又痛斥科考命题者割裂经文的“搭题”方式,认为这也是导致时文低劣的原因之一。

在师法对象上,王夫之主张学文应广读四部典籍,不能只局限于对八股范文的揣摩。他对明代流行的孙月峰评点《考工记》《檀弓》《公羊》《穀梁》等书也有批判,指出这些著作中的所谓“奇”字只是当时方言俗语,后人无学,却奉以为学文典范。他认为《公羊》《穀梁》是师弟间问答的记录,与《左传》刻意成书不同,并不具备文章典范的价值。对于唐宋八家,他认为学苏洵、曾巩、王安石易有弊病,八家之中,只有欧阳修可以师法。

由于王夫之本身博学,是书也多从其他艺术门类的角度论文,体现出文、艺相通的特色。如以书论比文云:“罗长源论字学云:‘胸中无数千卷书,日用无忠信之行,则虽蚕尾银钩,八法备举,求其落玉垂金、流奕清举者,乃至一点不可得。’尝服膺此言,以为论文之善,莫过于是。”书中又有以棋喻文:“闻之论弈者曰:‘得理为上,取势次之,最下者着。’文之有警句,犹棋谱中所注‘妙着’也。妙着者,求活不得,欲杀无从,投隙以解困厄,拙棋之争胜负者在此。若两俱善弈,全局皆居胜地,无可用此妙着。非谓句不宜工,要当如一片白地光明锦,不容有一疵纇,自始至终,合以成章,意不尽于句中,孰为警句,孰为不警之句哉?……陋人惊为好句,相袭而不知其秽，皆于句求工之拙法启之也。”

此书收录于曾国荃刊《船山遗书》，有同治四年（1865）本、民国本等，整理注释本有戴鸿森《薑斋诗话笺注》附录（人民文学出版社1981年版、上海古籍出版社2012年版），2007年复旦大学出版社《历代文话》本则据同治本排印。

《论文四则》

谷应泰　撰

按：谷应泰（1620—1690），字赓虞，号霖苍，直隶丰润（今河北唐山市丰润区）人，顺治四年（1647）进士。曾任户部主事、员外郎等职，后提督两浙学政佥事，著有《明史纪事本末》等。《论文四则》为谷应泰在浙江任上所撰，共分四则，前有序文，其云：

> 照得两浙人才渊薮，艺苑邓林。本道以畿辅竖儒，幸操铅椠。问奇兹土，凡雕龙绣虎之才、学海经笥之彦，前于科试时，悉窥涯涘。今当岁校，诸生载笔而前者，皆见放之士也。孤音独赏，诸生谅不因按剑而更弦；而壁垒从新，本道则望其加鞭而进步。偶因册定文翼，著有《论文四则》，出本道甘苦自得之言，亦诸生韦弦当佩之语。愿复古道，先洗时蹊，特为拈示，就正通明。虽蠡测管窥，大方所哂。然多士虚怀，庶几问途老马，幸毋以常谈忽之。

《论文四则》第一则首先强调文理，这与谷应泰官方身份相符：“文之于题，犹射之有鹄也。”他告诫学子要杜绝文章

“邪说乱真”“野狐畔道”，强调经文原文是最直接传递圣人思想的文本，建议士子跳过注解直接看经书白文：“读讲说不如读传注，读传注不如读白文。诸生但取四子白文，上下前后，百番涵泳，索理解于题中，寻虚神于题外，心溯神迎，使题意当前活现，奋笔力追，稍纵则逝矣。此行文最要三昧，不可不知。”第二则针对文章枝蔓而无实质内容之弊而言：“行文贵有自然之节，意为断续，皆非妙径，今见试牍，往往冗长难止，岂真人尽潘陆致患才多？实缘作者胸中本无名理真诠，可阐圣贤之心蕴，遂为蔓词浮调。”清初李渔《资治新书》收录有《论文四则》，此则天头部分有李渔评语云：“文之短者难于长，犹诗之绝句难于近体，近体难于古风也。古风、近体代不乏人，以绝句擅长者，古今宁有几人哉？无怪乎藏拙之流，止知以多为贵。”第三则针对时文格套而言：“时文为初学津梁，譬仙家之铅汞，善为之，则得鱼忘筌；不善为之，则刻舟求剑，陈陈相因。”作为浙江学官，谷应泰对浙江学子提出了要求：“两浙异才辈出，岂肯随人步趍。有能以巨掌擘华、裹毡缒蜀之智，行之制义中者，定将悬格待之。若专取恶套，窃掠时文习语者，置诸下驷。彼所甘心，亦何惜之有。”第四则与前数则相关，系针对士子八股空虚无物而言。谷应泰分析当时时文通弊云：“迩来士子，藉口清空，掩其疏拙，一意数转，已是十行。几字更移，便成两股。借上影下，本题之位置反作过文；避实击虚，义理之根源都为剩语。铸局则于题外强为呼应，炼股则于句末自相即离。此等伎俩，正如倚门献笑，令人不顾而唾。尤可鄙者，枯木寒鸦，动曰先辈自应尔尔；打油市诨，又曰趍时不得不然。眼大于箕，腹空犹磬。”对此，谷应泰强调经史之学之于八股的作用：“谈理必以经学为归，论事则以史学为要。”经、史两相比较，则经尤重于史：“文章之道，明理为宗，博学为辅。六经，理之源也。诸史，学之辅也。”在谷应泰看来，经之理具有普世性，适用于后世：“圣贤立言，虽在三代以上，本自囊括古今，范围治乱。”

《论文四则》被收入清初李渔编辑的《资治新书》（初集）卷六《文告部》之《训士》部分，题为《正文体示》，此版有康熙二年（1662）刻本。又被凌铭麟编辑的《律例指南》卷十六《条约》中收录，以《正文体》称之，此版有清康熙二十七年（1688）刻本。与一般时文话不同，《论文四则》是具有官方律令色彩的文章写作指南，故被《资治新书》收入《文告部》之《训士》篇，被《律例指南》收入《条约》篇。凌铭麟《律例指南》版《论文四则》在文末有对其整体性的评价，颇为中肯：“明理学、戒冗长、禁剿袭、崇经史，文章之源流备矣。以正文体，可谓要言不烦，有典有则。他人多其条目，繁其文词，以训士流，觉其鲜当。”

《伯子论文》一卷

魏际瑞　撰

按：魏际瑞（1620—1677），原名祥，字东房，后改名际瑞，字善伯，号伯子，江西宁都人，清初“易堂九子”之一，著有《魏伯子文集》十卷、《杂俎》五卷等。此书为清代古文话著作，偶而论及曲艺等。由魏际瑞撰，张潮编辑独立刊印。

《伯子论文》前有清初出版家张潮《题辞》，张潮认为：“古有诗话而无文话，即有之，亦不过散见于各篇之中，未有汇为一卷者。今宁都魏伯子集中独有之。三魏之集,合为一部,购者不易,读者亦难,余因特取此卷以行于世。”在张潮看来,古代文话多散见夹杂在文集之中,少有独立成书或成卷的,因此将魏际瑞集中专门论文的一卷别裁出版,称为《伯子论文》。张潮所指的是魏际瑞所撰《与子弟论文五十六则》,收录于魏际瑞撰、魏禧审订的《魏伯子文集》卷四《杂著》部分。张潮将其作为独立著述,收于《昭代丛书》之中。《与子弟论文五十六则》文末原有魏禧跋语,《昭代丛书》未收,现录于此,其文云:“叔弟冰叔曰:‘篇中所论为文之法,皆于人情、物理最近最平处触悟而出,信口说来,毕成妙解,他人俱从规矩生神明,吾兄是从神明生规矩也。要知人情、物理即是文章。’”

魏禧指出,别人论文是由规矩入手而追求神明,魏际瑞论文是“从神明生规矩”,高屋建瓴而又具体细微。《伯子论文》对文学传统既有认同,也不拘泥。既赞同传统文学观念中由规矩而生变化的观点,也强调不从规矩入手同样可以生成变化,自合规矩。这对破除文学程式化创作有积极意义。魏际瑞将诗、文要素归纳为情、事、景,认为情为根本。受明末阳明心学影响,他强调“作文贵有本心,有良心”。认为文章以意为主,特别指出庸人传记、祭文、墓志等应酬文体的撰写,应“另立主意议论,似借此人事实点缀吾文”,此系针对明清应酬文字泛滥低劣而发。魏际瑞认识到秦汉文章质朴、自然的一面,他以名帖的败笔、古琴的焦尾比喻古文的“累句”“涩句”,主张“存瑕”以免伤气格,反对据后世文法去删改。指出后世文章“佳语佳事太多,如京肆列杂物,非不炫目,正为有市井气”。在繁简论上,《伯子论文》反对唐宋以来唯简是从的文章学审美倾向,指出文章有的宜简,有的不宜简,这与清初顾炎武的文论相呼应。《伯子论文》的言说基于人情物理，长于类比。如形容南曲与北曲的区别，用南风与北风、六朝与汉魏、酒与水的区别等六个类比进行说明。又以画论文，如“画家丑须极丑，容不得一笔俊，俊亦不容一丑，文章亦然”，均便于读者理解。

在《与子弟论文五十六则》天头处有数处评语，张潮编辑《昭代丛书》时删除。评语均为魏际瑞亲友所评，如“南曲如抽丝”一则评语：“彭躬庵云：不但论曲，并唱曲之理，无不入神。”“仙人之术，何难治疾”一则云：“季弟云：欧不似韩，苏不似欧，可以见矣。”“本欲提起至天”一则云：“叔弟云：奇论。推之子产，赂伯石、焚载书，亦真识得此理。若王猛于桓温，便是半天跌下矣。”

《伯子论文》多附于丛书之中流传，有《昭代丛书》乙集本，《丛书集成续编》（上海书店）第 156 册据之影印，又有《文学津梁》本等。钱基博《国学必读》卷上《文学通论》选录有《伯子论文》九则。整理本则有《历代文话》点校本。目前对魏际瑞文话的影印、整理工作皆据《昭代丛书》整理出版的《伯子论文》，而魏际瑞文集中原有的《与子弟论文五十六则》则未被直接影印或据之整理。

《论学三说·文说》十一则

黄与坚　撰

按：黄与坚（1620—1701），字庭表，号忍庵，江南太仓（今属江苏)人,顺治十六年(1659)进士,官知县。康熙十八年(1679)试博学鸿儒,授编修,著有《忍庵集》《愿学斋集》等。黄与坚长于诗歌,徐世昌《晚晴簃诗汇》"黄与坚"条《诗话》评论其诗云:"忍庵早慧,八岁即好唐人诗,自录小本。少长,嗜古学,遍读周秦至六朝书。其诗为钱牧斋、吴梅村所称,名列'太仓十子'中。词条丰蔚壮丽而有情韵,几社遗风未坠。"①《论学三说·文说》中的最后一则,具有自传性质,记录了黄与坚的生平重要著述:

> 余少于经济诸书,钩纂多年,得其条贯,已于《东南之水利田赋》稍有论次。恐亦时久乖违,猝难施用,以备稽考而已。史论数十篇,并没浈江。今齿力衰残,无能补缀。阳侯一怒,殆非无因,但《字释》三卷,以参订义理。《渔庄漫录》十二卷,以辨证古今事物,皆素所裒辑,出入自随,意欲少需授锓,便于来学。亦尽付东流,绝无副本。立斋先生闻之,恨不先令抄录,余亦甚自惋惜也。

据此,知其撰有《东南之水利田赋》《字释》《渔庄漫录》等,黄氏另有《乾清宫赋》《乾清殿赋》等。

《文说》为作者《论学三说》中之一种,专论古文。《论文三说》卷首云:"余髫龀学为诗,中岁学古文,晚耽理学,诗少杀,古文乃益进。大约余所学,先诗后文,已又极诗文之要,而归于理,次第有然。"诗歌、古文、理学是黄氏一生所致力的三个方向。《论学三说》便分论三者,分为《理说》《文说》《诗说》三种。黄与坚比较自己学诗与学文的经历,感觉古文尤难:"文之为道,甚深且大,加功一二十年,卒未竟其底里,较

①徐世昌:《晚晴簃诗汇》,中华书局1990年版,第1620页。

之诗道，难易悬殊。”《文说》专论古文，凡十一则。黄氏学术既以理学为依归，论文亦以理学为准则，《文说》对此言之甚明：“余论文先理学，以理学是非之正也。尽天下大小事物，皆有一是非，若是非定，而诐辞讹说胥遁矣。”明代自茅坤编选《唐宋八大家文钞》之后，世人论文多以八家为准则，黄氏不以为然。他认为初学者应根据自身情况，选择合适的学习对象，而不一定拘泥于八家：“唐宋诸家文，自茅鹿门选八家，人徇以为然。究之唐宋，不止八家；八家亦疵类不少。凡学者当有所别择，然后以材力各造其所至。若学殖未成，即以是枵然者规趋大家，是又以大家一途自便其不学，初学者之大戒也。”对于古文师法对象的选择，明清以来一直存在着秦汉、唐宋之争。黄氏则于秦汉、唐宋皆有所取，以为“秦汉不足以掩八家，而八家必取资于《史》《汉》”。《文说》引马大林语评黄氏古文渊源云：“得力于秦汉，乃是真大家。”黄氏于此亦不否认：“余虽不敢当，然亦是学问紧要语。”就其个人而言，黄氏“尤以《史记》为特绝”。他赞同柳宗元以“洁”字许《史记》：“洁之一字，为千古文字金针。”时人多将文字繁冗看做“不洁”的表现，黄氏则更进一步，反对义理的不洁：“文之病不洁也，不独以字句，若义理丛烦而沓复，不洁之尤也。”识见尤为高明。黄氏《文说》并非枯燥地讨论古文理论，书中有不少记录源于作者亲身见闻，有一定的史料价值，如其中一则云：

凡行文，有一题必有一吃紧处，注目须在此。往者吴梅村先生谓余曰：“古人作文多离题者何？”余曰：“此擒题，非离题也。凡遇一题，头脑必多，不能处处周帀。得其要处，纵横发挥，总不离此。甚有将题面撇开，题之奥妙，恰已说尽。如用兵者，必据一要害以争奇，所谓擒贼擒王，乃见机用，若营垒行列，岂暇一顾哉！”

此则既阐发了擒题之特点，也记录了其与清初著名文人吴伟业的交集，将理论解说与叙事结合起来，较有特点。

《文说》并未单行，一直随《论学三说》流传，有《学海类编》本，《丛书集成初编》据之排印。《历代文话》将其别裁为单行本。

《论文杂语》二种

徐枋 撰

按：徐枋（1622—1694），字昭法，号俟斋、秦余山人，长洲（今江苏苏州）人，明末清初著名遗民。徐枋《居易堂集》卷二十中有《论文杂语》两种，第一种借“偶阅一叙事之文”的机会，进而谈论叙事文弊病，其列举的有六种，即“支”“复”“芜”“赘”“谩”“习”。《论文杂语》对叙事类古文中常见的这六种弊病作了系统论述。“支”即是“支离”，徐枋将“支”分为两种，一种是“有本可直捷而故为曲折”者，一种是“有见理不明、说事不畅而依阿牵缀，不可究诘”者。“复”即是“重沓”。“芜”是“杂也、冗也、荒也、秽也”。“赘”即是“赘疣也”。“谩”即是“欺谩也”。“习”即是“习套也、熟烂也”。

此六弊虽属文事中之老生常谈，但徐枋却能于老话题中谈出新意。如论“复”弊，前人论文，多以“简”为胜，以“复”为弊。徐枋亦以“复”为文家之弊，但他对“复”的内涵却有发掘，其云：

复，重沓也。然非如《檀弓》之“沐浴佩玉”，非如《史记·伯夷传》之“非耶”“非耶”，贯高事之“泄公”“泄公”，《项羽纪》之“军鸿门霸上”，《贾生传》之“长沙卑湿，寿不得长”，非如《汉书·王吉传》之“吉上疏谏曰”“吉即上奏疏诫王曰”“吉上疏言得失曰”，《龚胜传》之“胜称病不应征”“胜称病笃”“胜曰：‘加以年老被病也。’”此正史家妙境，未易可几。

古文家多将字句的繁多重复认作“复”，力求文字之简。徐枋以《檀弓》《史记》《汉书》为例，指出后人认作的“复”，往往正是史家行文的妙处，这实是缘于后人未能理解何者为真“复”之故。徐枋所论的“复”，也是“彼不自知其复而复者也，彼自以为绝不复而实复者也”，实有正本清源之功。

在《论文杂语》第二种中，徐枋与友人专门谈论对己作的修改。此前徐枋为友人之父撰有行状，其后“复加详阅，觉通篇是病”，遂现身说法，专论其病，指出前作有“体裁之谬”“段落之谬”“行文之谬”三谬。“体裁之谬”是指其未能准确把握行状特点：“人家行状，虽云件系，然实是叙传中文，须语其大者、重者。今逐岁挨排，直是年谱。随地标题，直是游记，失其要矣。”前文写作时，事无巨细均被录入，故近于年谱、游记，而远于行状。徐枋在修改稿中删改了部分材料，使其更为符合行状文体。“段落之谬”是指其原文段落布置不妥。徐枋认识到：“凡叙传之文，烦简重轻有划然不可淆者，故每于繁琐处必须一总题过，然后再著其精神命脉处，故有直说完一生，而重新追叙其中一二事者，如是，始觉精神明了。”“行文之谬”与“段落之谬”相关联：“段落既失，未有行文俊快者。”徐枋发现原作“半篇之中而连著四段‘府君曰’”，使得全文“沓拖重复，不可究诘”。

徐枋认为前文的三谬，本于“稚”“杂”“芜”“陋”四病，而“究竟四病，总繇于一稚也”，将前作之病归结于一“稚”字，亦即不老成之谓。“稚”之表现在于贪，有一“好字”“好句”“好事”可入文者，“必欲入之”，结果使得文章“杂”“芜”“陋”。可见，此篇《论文杂语》所论侧重于文章的裁剪，删字句、删事例，以达意为准。

此二种《论文杂语》分别借助对己作与他人之作修改的机会，阐发徐枋文章学理念，其形式在文话中较为特殊。二者均收录于徐枋《居易堂集》卷二十，有康熙二十三年（1684）潘耒刻本，《四部丛刊三编》《续修四库全书》分别据之影印。又有黄曙辉等点校《居易堂集》本（华东师范大学出版社 2009 年版）、《历代文话》本等。

《日录论文》一卷

魏禧 撰

按：魏禧（1624—1681），江西宁都人，字冰叔、叔子，号裕斋、勺庭，“易堂九子”之一，清初著名散文家。

魏禧声名大于乃兄，刊于康熙三十三年（1694）的宋荦、许汝霖《国朝三家文钞》，将其与侯方域、汪琬并列，称为“国朝三家”。而其文论，亦受后人推重，清初出版家张潮《日录论文题辞》云：“宁都三魏之文，当以叔子为第一。即其论文之语，亦惟叔子为最精。”魏禧本无论文专书，张潮称：“然叔子之论文，初非如伯子之专有其书也。”此书作为魏禧古文话著作，乃张潮因爱赏其文论透辟精当，而从其《里言》《杂录》中摘出二十一则论文条目而编成，作为《昭代丛书》乙集的一种印行。魏禧《日录论文》与魏际瑞《伯子论文》均为张潮编辑出版，书末有张潮跋语云："予尝谓：论文之乐，莫过于兄弟。盖父子、师弟，未免为礼法所拘；朋友，又苦于暂。惟雁行同气，朝夕可以相依，昔人所谓'兄弟相师友'也，今宁都三魏诚能擅其乐者矣。"

此书偏于论述文法，如揭示古文中有"顿挫沉郁"之法，指出在文章转折的地方，可以用"驻"法："每于字句未转时，情势先转，少驻而后下，则顿挫沉郁之意生。"这种文章蓄势之法，可以使文意曲折而文笔有力。魏禧认为痛快驰骋的好文章，大多是"往而复还"的，否则文章会"势直气泄，语尽味止"。他将《史记》、欧阳修文作为此类"顿挫沉郁"的代表，指出它们具有"说而不说""说而又说"的特点，别有韵致。又比如魏禧揭示出古文中有"翻旧为新"之法，即作者在窥见"古人作事主意"后，自己生出见识，发出新的议论，再证以古事，苏轼便长于用此法。但魏禧也反对刻意作翻案文章而不得要领，指出议论文中有"二不可作"——攻前贤之短却不中要害的，翻昔人之案却不切情实的。又强调议论文有"三不必作"，即前人已言、众人易知以及无关宏旨的小事。"二不可作"和"三不必作"均系针对文坛现实而发，切中议论文的常见弊病。

魏禧生当明末清初，亲见明末泥古而陷于伪的不良文风，故其论文强调："吾辈生古人之后，当为古人子孙，不可为古人奴婢。盖为子孙，则有得于古人真血脉。为奴婢，则依傍古人作活耳。"《日录论文》重视文体差异性，认为书信、曲与其他文体有异，书信是用于交流的，“要与面谈相似”。曲“原以代话”，所以也“只如说话为妙”。他主张严格区分古文、时文，反对古文中掺杂时文气：“或问：何以为古文？曰：欲知君子，远于小人而已；欲知古文，远于时文而已矣！”在繁简观上，不同于句中删字、篇中删句、集中删篇的常见作法，《日录论文》提出“真简”，即“删意”和“删题”，“删意”是文章立主脑，“删题”是不妄作。《日录论文》将古文分为三类，分别是“简劲明切”的作家之文、“波澜激荡”的才士之文和“迂徐敦厚”的儒者之文。鉴于儒者之文易流于腐的现实，魏禧又提出去除儒者之文晦重、烦碎、泛衍、方板、靡弱等弊病的主张。综合而言，《日录论文》拈出明末清初文坛积弊，揭示行文文法，为清代文章学的展开导夫先路。

此书有《昭代丛书》乙集本、《文学津梁》本等，《丛书集成续编》据《昭代丛书》影印。钱基博《文学通论》选录有《日录论文》七则，今人整理本有《历代文话》点校本。

又，魏禧文论除被张潮编成《日录论文》外，在日本亦有较大影响，如明治十一年(1878)出版有龟谷行(1838—1913)校《魏叔子论文》。日本学者土屋弘则据魏禧文论编成《文家金丹》二卷，《早稻田大学图书馆所藏汉籍分类目录》著录。土屋弘(1841—1926)，字伯毅，号凤洲。明治维新以后，在日本多所高校任教，与晚清古文家吴汝纶等有交往，著有《周易辑解》《孝经纂释》《苏诗选详解》《晚晴楼文钞》《晚晴楼诗钞》等。明治十三年(1880)三月，《文家金丹》于大阪晚晴舍出版。全书共两册，收录魏禧评点《孟子牵牛章序》及《魏叔子论文》，另有土屋弘《评释〈孟子荀卿列传〉》。清初彭士望(躬庵)曾评魏禧《答施愚山侍读书》为“论文一段，精要深阔，可为文家金丹”①。《文家金丹》书名或即据此而来。

《四六金针》一卷

（旧题）陈维崧　撰

按：陈维崧（1625—1682），字其年，号迦陵，江苏宜兴人，清初著名词人、骈文家，亦工诗。

《四库全书总目》认为此书是托名陈维崧的伪作，其云：“此书载《学海类编》中，取元陈绎曾《文说》中所论四六之法，割剥成编，颇为浅陋，必非维崧之笔。”②不过尚未展开论证。吕双伟《〈四六金针〉非陈维崧撰辨》③则从《学海类编》多伪书、《四六金针》与《四六附说》的比勘等角度全面地考证了其伪书性质，辨之甚详。今可以确定此书是编者据陈绎曾《四六附说》改头换面而成，元明以来，书商将旧书割裂换名是常见之事④，此书或是出于明末清初书商之手。

《四六金针》编者在伪造此书时，删改未尽合理，出现了一些讹误，吕双伟文对此已有揭示，今还可补充的是：其一，《四六附说》分为法、目、体、制、式、格六个部分，从六个角度

①魏禧：《答施愚山侍读书》附评语，《魏叔子文集》卷六，《续修四库全书》第1408册，第461页。

②永瑢等：《四库全书总目》卷一九七，中华书局1965年版，第1805页。

③吕双伟：《〈四六金针〉非陈维崧撰辨》，《中国文学研究》2006年第4期。

④《四库全书总目》考辨了诸多集部伪书，参见柳燕《〈四库全书总目〉集部研究》，湖北人民出版社2013年版，第186－188页。

论述四六文。《四六金针》则将“法”独立出来改成了书序，这使得全书实际论述的有六个问题，而标题却只有目、体、制、式、格五个，名、实不符。其二，《四六附说》“法”字目下，分古、今二法，古法有“约事”“分章”“明意”“属辞”四种，《四六金针》对此全部袭用未改；今法有“剪截”“融化”二种，其中“剪截”又分“熟”“剪”“截”三法，“融化”又分“融”“化”“串”三法。《四六金针》为了显示与其有别，刻意将“剪截”“融化”的名目删除，直接代以“熟”“剪”“截”“融”“化”“串”六法。从二法到六法，内容似乎有所增多，实则不然。而在改动过程中，由于编者删改痕迹未尽，使得《四六金针》内容出现了错误。《四六金针》中有“截剪事意有深长而非片语所可明白者，于是作者取古人事意与此相似者”一段，段首一直以来语意不明。今与《四六附说》相校可知，“截剪”二字(《四六附说》作“剪截”)原为独立的名目，指“熟”“剪”“截”三法的总名，与“事意有深长而非片语所可明白者”等内容之间原有空格分开。《四六金针》将“剪截”“融化”名目删除，只保留具体的六法，却又在此处遗漏了“截剪”一词未删，使其误与下文相连①，造成语意不通。其三，《四六附说》原书有“四六其语，谐协其声，偶俪其辞，凡以取便一时，使读者无聱牙之患，听者无佶屈之疑耳”②，被《四六金针》改为“以对偶成文，谐协其声，以便宣读。俾听者易晓，斯亦古文之一体也”。《四六金针》凭空多了一句“斯亦古文之一体也”，或是据《四六附说》后文而来。在《四六附说》“法”字目下，有“串”字法：“连串两

①《学海类编》刻印本及《丛书集成》断句本《四六金针》，均将“截剪”一词与下文相连。

②陈绎曾：《文筌》，《四库全书存目丛书》集部第416册，第90页。

句，融化明白。一段数联，又须融化相串。篇串数段，仍须融化照应。脉络贯通，语意浏亮，浑然天成。则式虽四六文，与古文不异矣。”①“串”字法与其上的“融”“化”二法相连，指四六文中的对偶上下句要融为一体，乃至联与联之间、段与段之间皆需串联一体、融化无迹，不能有界画分离的痕迹。这样的话，虽是四六骈体，却也可以和古文一样，做到全文浑然一体，脉络贯通。这是从文法的角度，提出的四六逼近古文的具体方法。而《四六金针》直接在序文中加上“斯亦古文之一体也”，显得过于突兀，对于四六何以成为古文一体，并没有作出解释。

《四六附说》附于元代陈绎曾《文筌》之中，《文筌》树立了古文、赋、四六等创作格式，是典型的古代文格著作②。从性质来说，《四六附说》实际上是古代不多见的四六格类著作，与王铚《四六话》、谢伋《四六谈麈》等着眼于叙事与佳句品鉴的四六话差异很大。文格类著作对于写作的指导更加具体，可操作性更强。《四六金针》改自《四六附说》，详细地探讨了四六创作格法，保留了原有的四六格性质。虽是伪作，但因其随《学海类编》流传而广为人知，清人又普遍相信其出自陈维崧之手，因此《四六金针》客观上对于推动陈绎曾四六文论的传播、清初四六文的繁荣起到了积极作用。

此书有《学海类编》本，《四库全书存目丛书》据之影印，《丛书集成初编》据之排印。

---

①《文筌》，《四库全书存目丛书》集部第416册，第91页。

②《文筌》具有文格性质，详参拙文《文话的辨体与溯源》，《文学评论丛刊》第12卷第2期，南京大学出版社2010年版。

《读书作文谱》十二卷

唐彪 编撰

按:唐彪,字翼修,浙江金华人,曾在杭州等地课徒讲学。书前有毛奇龄、仇兆鳌序,仇序称:“翼修金华名宿,胸罗万卷,而原本于道。向者秉铎武林,课徒讲学,人士蒸蒸蔚起。”此书主要论述古文、时文,以论时文为主。全书十二卷,凡例八则。此书在流传中常与唐彪的《父师善诱法》二卷合刻,称《家塾教学法》。《家塾教学法》辑录大量古人言论及唐彪本人文论而成,初稿为二十五万余字,后删为九万余字。身处清初,唐彪书中自然对明人文论多有引述,但唐彪对明人著述中引录他人言论而不注明的惯常做法不满,故而此书对引文出处一一注明,以孙月峰曰、袁坤仪曰、武叔卿曰、先儒曰等形式标注,自己的论述则以“唐彪曰”的形式标注,不掠人之美。

此书卷一分“学基”“文源”与“读书总要”,论作文的根本工夫。唐彪从理学工夫论切入,强调“静”字在临文之前涵养性灵的重要作用。卷二介绍读书方法,强调熟思、细读。卷三提出作文要“熟”的目标和方法。卷四专论书法。卷五论读文与作文的关系。卷六论临文体认、布置等。卷七论文法和虚字。卷八论时文题目出题种类及各自作法。卷九论时文的特征及作法。卷十论古文,涉及三《传》、《檀弓》、《孟子》《战国策》、《庄子》、《史记》、董仲舒以及唐宋八家。卷十一论读古文、选古文以及古文诸文体。卷十二主要论述诗歌诸体。除卷四论书法、卷十二论诗之外,其他十卷皆论文。此书是唐彪基于多年写作及教学经验而成，他将古文、时文的文法予以贯通，同时也注意二者的区别，或统而论之，或分别阐述。唐彪论文重经史之根柢，仇兆鳌序谓："自经师受业以还，先令穷究经史，次及秦汉唐宋之文。莫不有条绪可依而循途易致。"可谓知言。唐彪还很注意读书对于创作的作用，全书多次论及读与写的关系，对于现代写作教学也有一定的借鉴意义。

《读书作文谱》十二卷、《父师善诱法》二卷合刻本版本较多，有康熙三十八年(1699)、康熙四十七年(1708)、嘉庆八年(1803)、嘉庆十九年(1814)、日本吉野屋仁兵卫本等。点校本有1989年岳麓书社《传统蒙学丛书》版、台湾伟文出版社有限公司《秘籍丛编》本(1976年出版、1977年再版)、1991年华东师范大学出版社选注本等。因为此书对时文写作有重要作用，故在刻本之外，清代亦不乏抄录此书以传阅者。常见单行本则有《历代文话》本。另乾隆四十四年(1779)于光华刻清代文话丛书《增订集录》中收录部分《读书作文谱》条目，于光华(1727—?)跋语云："唐翼修先生《读书作文谱》《父师善诱法》二书，自童蒙以迄成材，无不指点殆尽，而大旨先以端本为要，故卷首即以《学基》开端，意至深远。"

《万青阁文训》一卷

赵吉士　撰

按：赵吉士(1628—1706)，字天羽，号恒夫、寄园，原籍安徽休宁，寄籍钱塘(今浙江杭州)，顺治八年(1651)举人，官交城令。著有《寄园寄所托》《万青阁全集》《续表忠记》等。

《万青阁文训》为清代时文话专著。赵吉士长于时文创作,《万青阁全集》中便收录有其时文集《万青阁自订制艺》,可见其对自己时文的自信。《万青阁文训》在《全集》中,位于《自订制艺》之后,集中体现了其时文创作的理念,全书分《总论》《作文法》《读文法》三篇。《总论》先列出常见的行文之病:一是文章主题不显而杂论间出,一是文章有时文调无古文气。赵吉士主张临文先做解题功夫,确定文章主意之后,再分解出每股的意思,每股之中也要注意起承开合。在解题之后,要从古文之中借鉴结构、议论、机调、字句。他认为好的时文,“亦必自古文得来”。为了打破惯常的时文程式即所谓的“门面”,他提出《作文》与《读文》二法。《作文法》分为四纲领、六条目、一归宿、二诀。四纲领是理、气、骨、法。因理有真、伪之分,故他提出要取诸先儒,最好以朱子注为准。理足则气充,气要取资于大家。骨是文章品格、气象,要端凝超迈。法指的是文法,有局法、股法、句法、字法、整法、散法、浓法、淡法等。赵吉士主张追求活法,认为“其法亦莫备于古文”。在四纲领中,赵吉士认为理、气、骨不易言,可以明言的只有法。法分为六条目,即局、意、机、调、句、字六者。一归宿指的是“神”,“神”贯穿于理、气、骨、法之内,又超越于理、气、骨、法之外,达到“神”的境界则有二诀,一是炼,一是灵,二者不可分,“炼是工夫,灵是进见”。他以幼儿学步为例,指出先会爬再炼(练)步是常态,步行相对于爬就是“灵”。步行之后再炼(练)跑,学会跑时,相对于步行也是“灵”。赵吉士说的“炼”不等于炼字、炼句,而是指对文章整体格局的调整、改变:“格局板而不化者,炼之使化。”“字句旧而不新者,炼之使新。”在《读文法》中,赵吉士明确提出“古文者,散八股也。八股者，整古文也”，打通古文与八股的文体界限。对于古文阅读，赵吉士提出了一整套由宏观到微观再到宏观的方法，即先通读全文，感悟其命意、眼光。然后逐段细读，分析其章法。然后更进一步，分析其用笔。最后再通读全文，感受其奇正、浓淡等文章特色。这样就可在临文时，将古文特色融入时文之中。

《万青阁文训》虽为时文专论，其中偶尔论及古文之处，也多有见解。如评《史记》中的长句云：“句法不可太长，然史公一句，每至二三十字，甚至五六十字。盖其长句，乃是一气卷舒，浑灏流转，而非芜冗累坠之谓也。”清代古文家多以复、繁为文章之累，赵吉士能将《史记》长句与“芜冗累坠”区别开来，欣赏其“一气卷舒”之美，较为难得。

总体而言，此书逻辑性强，层层推导，善于提炼名目，这在中国古代文学理论著作中比较少见。它在清代较早地提倡“以古文为时文”，对清代文章学的发展也有明显影响。

常见版本有康熙二十九年（1690）《万青阁全集》本，《清代诗文集汇编》《四库全书存目丛书》据之影印，今人整理本有《历代文话》本。

《东皋遗选前集论文一则》《东皋遗选今集论文三则》《程墨观略论文三则》

吕留良 撰

按：吕留良（1629—1683），字用晦，号晚村，浙江崇德（今浙江桐乡）人，明末清初著名思想家、诗人、时文评论家。

《东皋遗选前集论文一则》《东皋遗选今集论文三则》《程墨观略论文三则》论述的均为时文。其中《东皋遗选前集论文一则》以不到四百字的篇幅，论述了明文“三百年升降之大略”。明人对于本朝时文颇为自信，清人也多视明代时文为八股正宗。吕留良由明入清，对明文有深入研究，他将明文分为几个阶段，认为万历以前皆可圈可点，各有所成：“洪、永之文质朴简重，气象阔远，有不欲求工之意，此大圭清瑟也。成、弘、正三朝，犹汉之建元、元封，唐之天宝、元和，宋之元祐、元丰，蔑以加矣。嘉靖当极盛之时，瑰奇浩演，气越出而不穷，然识者忧其难继。隆庆辛未，复见弘、正风规，至今称之。”吕留良将万历视为明文的转折点：“文体之坏，其在万历乎？丁丑以前，犹属雅制，庚辰令始限字，而气格萎薾，癸未开软媚之端，变征已见，己丑得陶董中流一砥，而江湖已下，不能留也。至于壬辰，格用断制，调用挑翻，凌驾攻劫，意见庞逞，矩矱先去矣。再变而乙未，则杜撰恶俗之调，影响之理，剔弄之法，曰圆熟、曰机锋，皆自古文章之所无。村竖学究喜其浅陋，不必读书稽古，遂传为时文正宗。自此至天启壬戌，咸以此得元魁。展转烂恶，势无复之。于是甲乙之间，继以伪子、伪经，鬼怪百出，令人作恶。崇祯朝加意振刷，辛未、甲戌、丁丑崇雅黜俗，始以秦汉唐宋之文，发明经术，理虽未醇，文实近古，名构甚多，此犹未备也。庚辰、癸未，忽流为浮艳，而变乱不可为矣，此三百年升降之大略也。”吕留良是清初著名时文评选家，对于选政最有心得，《东皋遗选今集论文三则》中他强调选家对于文风的引导作用云：“一省一科之风气，定于主司。天下数科之风气，定于选手。……聚远近先后而论断之，引绳削墨，是非灼然，此选手之予夺专于理者也。”对于清初选本庸滥的现状，他批评说：“今之选手，本领庸劣，其腹之空疏，手之甜俗，更甚于学究秀才，助彼说而张其焰，昔之选手能转天下，今之选手为天下转，故曰，今之选手，今之秀才之罪人也。”八股盛行，使得许多士子只识八股范文，不读他书，吕留良云：“吴次尾讥万历末年，士自本科十八房而外，不知宇宙尚有何书，前此作者尚有何人，实学之衰极重难挽。近时习尚正复如此。”因许多考生“目不识经史为何物”，作文时却“欲练饰辞彩”，故“不得不出于俗谈诨语，臭秽不堪”。吕留良云：“次尾标摘当时俚俗字句为《文禁》，且曰此等恶习始于一二空疏之子，以侥幸取捷，后人无学无识，转相套袭，日增月盛。”吴应箕指出的时文弊端，清初的吕留良深有同感并认为“今之恶习尤甚矣”。《程墨观略论文三则》延续《东皋遗选今集论文三则》的论点，继续揭示八股弊端缘由：“文体之敝也，由选手；而选手之敝也，出蒙师。”吕留良认为蒙师为八股肤滥的缘由，在他看来，时人连八股的基础技法都未掌握，不得不归因于蒙师。他列举了大量八股基本要领，如“破承之贵简切而高浑也，小讲之虚涵而勿尽也，提挈之得脉而勿痕迹也”等等，吕留良认为“此宜童子试笔时讲明久矣”，“而今之巨公皆犯之，选家赏叹之”。追本溯源，“盖今之选家，亦今之蒙师之弟子也，则岂非蒙师罪哉”。吕留良在《程墨观略论文三则》中将八股文分为“思辨之文”和“记诵之文”两种：“学者有思辨之文，有记诵之文，二者工夫皆不可少。今人但解记诵，而不知思辨，此文之所以日下也。”对于八股举子来说，默诵范文、按套路作文是司空见惯之事，吕留良特意强调“思辨之文”的可贵：“不知思辨处得力最多！思辨长识见，记诵长机神。机神所附丽，止于腔调句字。若识见长，则道理精、法度细、手笔高、议论畅，文品不可限量矣。”八股文强调代圣人立言，考生不能有自己的思辨。而吕留良特别推崇“思辨之文”，反对“记诵之文”，这在清代时文话中是一异数。

以上三种时文话，收录于《吕晚村先生文集》卷五之中，有雍正三年(1725)吕氏天盖楼刻本，《四库禁毁书丛刊》据之影印。

《吕晚村先生论文汇钞》一卷

吕留良 撰，曹鑴、吕程先 辑

按：此书以论时文为主，兼论古文，由曹鑴与吕留良曾侄孙吕程先从吕氏诸多选评之书中辑选论文之语而成，共三百零二条。因“语多杂见，不便分类”，便大致以“所论古今、先后，纲领、节目第其次序”。书末附《八家序文摘钞》一条、《程墨凡例》二则、《墨评旧序》一篇。吕留良为清初时文评选名家，在士子中有较大影响力。吕留良认为八股虽与其他文体有异，文法却有相通之处：“八股与诗、古文只体格异耳，道理、文法非有异也。”此论可与赵吉士《万青阁文训》“古文者，散八股也；八股者，整古文也”之说相通。

书中对明代近三百年文章发展大略作了评论，认为洪、永两朝之文气象阔远；成、弘、正三朝，如汉之建元、元封，唐之天宝、元和；嘉靖朝文章盛极一时，其后隆庆朝再现弘、正之时文风。万历以后,文体渐坏。崇祯朝初期则回到以古文为时文之路。明代时文,吕留良最为推崇归有光。明朝末年古文,吕留良首推云间派,认为陈子龙最著。总体而言,此书对明代时文的经验与教训作了较为全面的总结与评论,对清代时文的发展有较为重要的影响。

吕留良尊程朱理学,此书论文先义理而后文法。认为明代时文评选家以艾南英为优,其知古今体格之变,唯独于理不精。但吕留良反对以理学讲章为文,认为这样会使得文章理、文两方面皆沦为俗下一路。他批评以说"大话"的口吻来说理者,指出《论语》是经书,也只是从记载孔子日常琐屑事写起,并非靠冠冕堂皇的大道理来服人。文章直接说道理,反不如平实去写效果好。吕留良与一般空言大道的讲学先生不同,他指出,圣贤之道,不外人情物理,深谙人情事理,下笔自然曲尽其妙。

在古文方面,此书推崇《左传》《庄子》《史记》《公羊》《穀梁》等秦汉文章,认为《公羊》《穀梁》用意深细、笔法峭冷。又指出唐宋八家取法脱胎于秦汉文章,却不僵化,学文而知变化。他以韩愈、欧阳修为例,指出二人的记、序、碑志文章取法于《史记》,后人却不能指出是学《史记》具体哪一篇,正是学而善变的表现,这也是针对明代秦汉派学古而近于伪、泥古不化所发。在文法上,吕留良欣赏古文中的长句,认为朱熹《四书集注》、归有光文章有此特点。对于文章的转折、开合、风格等也很重视。在风格上,赞赏欧、曾古文有"一唱三叹"的特点,推崇风神、气韵、清辣,反对甜、熟、圆。指出短文贵锻炼,说理文字贵真、实、醇。

在作家修养方面,吕留良强调要"人情事理透明烂熟",

则“下笔作文自然曲尽”。尤为可贵的是，针对士人只会死读书，纸上谈兵的弊病，吕氏强调“体验”亦即实践的作用：“世间读书人自谓能识道理，及至一事至前，不觉首尾衡决、手足无措，是读书时于处世接物不去体验，书自书，人自人，不相关涉。作文亦只依样葫芦而已。究竟含糊鹘突，无益也。”读书人读书时“不去体验”，使得于书中所悟道理与事实脱节，没有自己实践所得的独特体验，实际仍属无识。而对于作家而言，“有识”才是成功的关键因素之一。对于形而下的时文技法，吕留良亦颇为关注，称：“起手换头处，转拓得开，则超远不测。转关押尾处，停蓄得住，则悠闲有余味。不熟古文间架出落，无从得此筋节。”“文必以筋骨为主，筋骨之浑脱处，即是气度，其流利处，即是风神。无筋骨而讲风神、气度，皆刍狗之文绣也。筋骨须从古文求之，向熟烂本头中寻取，那可得。”他将文章的间架筋骨、转折呼应等技法层次的东西作为通向风神气度等高级层次的途径，强调由低到高，可操作性强。

此书有康熙五十三年(1714)吕氏家塾刻本，《四库禁毁书丛刊》据之影印，《历代文话》《吕留良诗文集》(浙江古籍出版社2011年版)、《吕留良全集》(中华书局2015年版)等据之排印。

《耐俗轩课儿文训》

申颋 撰

按：此书为时文话专书，乃家族课子弟之书。《四库全书总目》卷一八三别集类存目《〈耐俗轩诗集〉提要》载申颋生平云："颋，字敬立，广平人，副榜贡生。明太仆寺丞佳允之孙，涵光之侄也。"申颋为康熙十七年(1678)副榜贡生。著有《耐俗轩诗钞》《耐俗轩新乐府》等。此书虽为举业之用，作者却在书中明确表达了对于时文的不满，他认为时文与文人诗、文不能相比："书记序传之文切于人事，人自不能废也。诗歌声韵之文，无益人事而自乐为之者，性情之业。"甚至认为"苟非设科取士，则无一人为之矣"。是书为康熙间刻本，专论时文。

《铁立文起》卷首　前编十二卷后编十卷

王之绩　撰

按：王之绩，字懋公，旌德三溪镇(今安徽旌德)人，邑庠生，据县志，他"为人沉静简默，不妄言"①，著有《评注才子古文》《五经人物志》《至性录》《黄山游略》等。王之绩斋号"铁立"，此书书名即源于斋名。

是书为文体学专著，书前有康熙四十二年(1703)张玉书、梅鋗、方伸序及自序。张玉书序云："《铁立文起》凡四编，一论文，二论诗，三论词，四论曲。盖文章之总持，古今之统会也。嗟夫！今之士往往沉溺八比中，子史百家，不暇一览，

①旌德县地方志办公室整理：《清嘉庆旌德县志 清道光旌德县续志》，卷八《人物》，黄山书社2010年版，第496页。

庄南华所谓‘拘于墟而笃于时’，其人亦大可怜悯矣！有如王子懋公之望古遥集，著书等身，雷霆精锐，冰雪聪明，岂非异人哉！予以《文起》及《五经人物志》《评注才子古文》三书，尤当鼎立于千秋。计予之知懋公，自甲子《评注古文》始，犹未见其人也。迨辛巳秋，与游黄海，见其深心静气，彝然不屑，名下无虚信矣。即以《黄山游略》观之，上下千年之识，纵横万里之才，具见乎辞。”张序多有人情因素在内，不过王之绩生平资料较为模糊，据此却可略知其与清廷重臣张玉书有交集。方伸序文则指出“为文难，而论文尤难”，可谓别有识见。方序指出：“夫尽一己之长，以见诸篇章，只自成一家言，可也。评著述之正变，集古今之大成，既欲公听并观，又欲尽态极工，使人各如己心所欲出，仍如钟司徒书，中有意外奇妙，非复恒情可得而测识，斯称论文仅事矣。往观挚虞《流别》、昌谷《谈艺》诸书，非不辉煌前后，而使览者终有偏而不举之遗憾焉。”方序将论文之书分为两类，一类只是阐发一己之见，“只自成一家言”；一类综合诸书，“集古今之大成”。在方氏看来，后者要优于前者，他将《铁立文起》视为综合类文论的典范，且总结出《铁立文起》的内容：“今观王子懋公《铁立文起》，远为往哲微显阐幽，近为承学深思长计，凡所以裨益文事者，无之不尽也。故有体制以定其规模，有家数以辨其源流，有世次以叙其升降，有群书以著其博达，有意匠以尽其变化。”王之绩在康熙四十二年(1703)自序中则直接说明其书系承继明代文体学著作而来：“予以《雕龙》修饰词章，未能淋漓委曲，畅所欲言，非独伤于文，而其体亦不备。自西山《正宗》后，则无如吴文恪《文章辨体》、徐鲁庵《文体明辨》。惜其持论，不无千虑一失，而文章极致，犹多未尽。于是思觅一毫发无憾之书以为导师，而卒不可得，为之郁郁不乐者久矣。乃发愤合采二书，于诸小序，片言不遗，删其重复，正误补阙，以归于允当。及观他籍，有可以互相发明者，急为手录，如获异珍，喜不自胜。"书前又有凡例七则，介绍编纂意旨。在《凡例》第一则中王之绩明确指出："是编论文，非选文也，故名作如林，皆所弗录。"他能清晰地认识到文话与古文选本、总集的区别，把文话与选本严格区分开来，殊为难得。

王之绩延续了明代细论文体的学术风气，他认为古文数量众多，只有先把体制辨明，才能提纲挈领，辨体是学习古文之"诀"。全书分卷首一卷及前、后二编二十二卷，卷首为《文体统论》，辑录历代综论文体的言论。前编有十二卷，卷一至卷八论古文各体，卷九至卷十二论颂、箴、铭、赞、赋等韵文文体。后编十卷论古文诸体。全书共分文体为一百零九类，分类之细，清代少有。每体下广引各家之说，注明出处，尤以明代《文体明辨》《文章辨体》引述为多。对前人文论或赞同，或有辨析，其说以"王懋公曰"为区别，重视文体的正、变、古、俗之别。

王之绩重视文体实用功能，基于此，他认为文的地位应高于诗。古文诸体中，序的地位又应最高："概论诗文，当先文而后诗。专以文论，又当先序而后及他文。"他不认同《文选》以来将赋置于各体之首的惯常作法，称："今人多首称赋，此梁萧文孝《文选》陋例，不足法也。"他将赋体置于卷末，也是因"其与诗词相近"。他将序类置于诸体之首，则是因其认为"自古迄今，文章用世，惟序为大，更无先于此者"。王之绩赞赏真德秀《文章正宗》将"诗赋"置于四体之末的作法，评论说："西山《正宗》亦列诗赋于叙事、议论后，诚以诗赋虽可喜，而其为用则狭矣。”可谓中的之论。《铁立文起》将赋置于诸体之末,是对真德秀《文章正宗》实用文学观的继承。

此书有康熙四十二年(1703)刊本,《续修四库全书》《四库全书存目丛书》据之影印,《历代文话》本据之排印。

《作文家法》一卷

吴自肃 撰

按:吴自肃(1630—1712),山东海丰(今山东无棣)人,字克庵,号在公。康熙三年(1664)进士,曾任江西万载县知县、戊午科江西乡试同考官、云南提学道按察使佥事等职,纂修《云南通志》、选刻《滇南文起》,著有《我堂存稿》《万行草》等。

《作文家法》为时文话著作,本书主要论述了八股文的破题、承题、起讲、领笔、提股、出题、中股、后股、结股等。书中对时文特点的总结凝练易记,如在体式上将时文分为“流水行文格”“散文格”“整散兼行格”三种;风格上“文有三种”,最上为“雄浑博大”,其次为“沉着痛快”,又其次为“雅训新刻”;论文章优点则称“文有八佳”,即气足、色鲜、机畅、神流、局宽、势紧、脉清、法老;论时文诀窍则称有“三诀”,即紧、确切、轻清,又曰典、显、浅。

海丰吴氏是清代著名科举家族,先后出过九名进士,而发其端者正是吴自肃。此书除了在清代诸多书院中被用于教学,在吴氏子孙中更是被代代研习。嘉庆十年(1805)黄州本《作文家法》便是吴自肃孙吴之勷重刻。书以“家法”为名,正是将文章之学作为家学之意。曾在清末任江西巡抚、河南巡抚等要职的吴氏子弟吴重憙，编有《海丰吴氏诗存》《海丰吴氏文存》等书，存录海丰吴氏诗文。此外，他还编有《海丰吴氏硃卷》《海丰吴氏试艺》，将海丰吴氏的科举之作予以刊刻。光绪本的《作文家法》便是作为附录，与吴重憙《海丰吴氏硃卷》《海丰吴氏试艺》合刻出版，成为海丰吴氏的"科举三书"之一向世人展示。

此书在清代影响较大，有乾隆三十一年(1766)刻本、嘉庆八年(1803)玉环重刻本、嘉庆十年黄州(1805)重刻本、光绪七年(1881)陈州府署本等。嘉庆十年黄州本为吴自肃孙吴之勷重刻，前有吴烜、金甡、钱琦、魏椿年、王洛五人序，其后为吴自肃孙吴绍诗所撰《刻〈作文家法〉缘起》及宋希陈作于康熙四十一年(1702)的《原序》，书末为刘宗贤作于乾隆十年(1745)的后序。今国家图书馆藏本为陈垣先生旧藏。

《论文四则》一卷

杨绳武 撰

按：杨绳武，字文叔，号皋里，吴县(今江苏苏州)人。杨绳武出身名门，祖父杨廷枢为明末复社领袖、反清志士，后殉国；父杨无咎为清初著名遗民，与徐枋等齐名，明亡后隐居不仕。杨绳武则为康熙五十四年(1715)进士，曾任翰林院编修。杨氏一门的不同人生抉择，也反映了遗民不过三代的客观现实。

绳武以古文称于时，著有《古柏轩文集》，编选有古文总集《文章鼻祖》。王昶《与沈果堂论文书》云："迩者杨文叔、蒋迪夫相继逝，于时能以古文鸣，盖非先生莫属也。"将杨绳武视作可以代表一时最高成就的古文家。

作为科举出身的文人，杨绳武有义务推广当时的官方文学政策。《论文四则》篇幅短小，主要是阐述雍正"清真雅正"的御定文章政策。开篇便云："皇上圣谕，实为千古论文之极则也。"杨绳武认为"知孟子之所以为醇，太史公之所以为洁，可以得清真雅正之所从入矣"，将《孟子》《史记》作为文章达到清真雅正的途辙。此书对于明、清时文发展史亦有论述，认为明代时文开端于成、弘之际，隆、万之际有所变革。启、祯之时，名家辈出。延至清初，时文之风多雄浑、深厚，是因"国家元气萃于是时也"。杨绳武在《论文四则》中的时文史论，可与其《钟山书院规约》中的时文论对读。杨氏曾于雍正年间任上元县（今属江苏南京）钟山书院院长，其间为书院制定《规约》十一则。《论文四则》则为其任杭州敷文书院讲席时所撰，杨复吉《钟山书院规约跋》云："皋里先生讲敷文书院，著有《论文四则》，语皆创获，实为制艺之津梁，业钞入《广编》。今于钟山书院会课中得此规约，厉志勗学，备见诱掖后进之心，非好为人师、趋利若鹜之流所可同年语也。"①

《钟山书院规约》中有《论制义得失》一则，与《论文四则》中的时文论相仿佛，而文字更多。于《钟山书院规约·论制义得失》中可以见出《论文四则》的撰述背景及其引而未发之义。《论制义得失》论制艺的起源云："制义之体起于宋，而明

①杨复吉：《钟山书院规约跋》，《丛书集成续编》第78册，上海书店出版社，第864页。

代用为取士之制，本朝因之。洪、永之时，规模草创，元气浑沦。至成、宏而称盛。成、宏、正、嘉之文，理胜而法具。隆、万之文，法密而才寓。天、崇之文，才盛而法变。国初之文与天、崇相上下，而加以廓清摧陷之功，故其时为极盛。后此风气递变，作者代兴。要未有能驾乎其上者也。"①此段对明代及清初时文的论述，与《论文四则》大致相似。《论制义得失》进一步指出了康雍以来时文发展的两种弊端，即"近二十年来文章之病有二"，其一为"枯槁其面目，钝置其心思，开卷索然，了无意味"，这是"假先辈之病也"；其二为"臃肿其支体，痴肥其肠胃，掩卷茫然，不知何语"，这是"烂时文之病也"。此二种时文之弊的出现，也正是杨绳武撰作《论文四则》的背景。对于救弊之法，《论文四则》提出以雍正的"清真雅正"为极则。而"清真雅正"作为文章风貌，并不能展示出具体的行文法则，这在《论制义得失》中得到了补充。《论制义得失》提出救弊之法在于"培其本而澄其原"，亦即"多读书"之谓。杨绳武认为多读书则可以"熟于古人之义理，娴于古人之法度，而有以得古人之议论识见、气味骨力"，如此，则可以实现时文"清正雅正于是乎出"。

杨绳武重视经书之根柢作用，在《论文四则》中推崇向经书学习："唐宋八家根柢皆从经出。"在《钟山书院规约·论古文源流》中则更进一步阐述了其以古为尊的理念："今人言古文者，动称八家。不知八家之于古文，委也，非原也。古文之原，当溯诸经，尤溯诸经之最先者，经莫古于《尚书》，亦莫高

①杨绳武：《钟山书院规约》，《丛书集成续编》第78册，上海书店出版社1994年版，第861—862页。

于《尚书》……《尚书》，千古文字之祖也。”①八家源出经书，经书又以《尚书》为最古，故将《尚书》视为文章之根柢，打破了“以古文为时文者”多学八家的局限。

总体而言，杨绳武《论文四则》是清代较为细致阐述官方“清真雅正”的文章导向的文话。不过全书篇幅过简，而杨绳武《钟山书院规约》中的相关文章学内容，则有助于对《论文四则》的产生背景及理论的进一步理解。

《论文四则》有《昭代丛书》戊集本，《丛书集成续编》据此影印。

《文章鼻祖例言》五则

杨绳武 撰

按：杨绳武在《论文四则》之外，另编有古文选本《文章正宗》，《文章正宗》书首附有《文章鼻祖例言》五则，有独立的文话性质，其文章学理念可与《论文四则》《钟山书院规约》互参。

杨绳武论文以古为尊，在其《钟山书院规约》中，他便将《尚书》推为“千古文字之祖”，又将《尚书》以后的古文谱系大致梳理为：“《尚书》以后，能以文章继其传者，《左》《国》，得《左》《国》之传者，八家。《尚书》，宿海也；《左》《国》《史》《汉》，龙门积石。以下八家，则九河入海之处也。其余诸子百家，

①杨绳武：《钟山书院规约》，第860—861页。

亦无能出《尚书》之范围。""今人读《尚书》者，知尊之为经，而不敢目之为文"，杨绳武认为这是数典忘祖之举，故论文必推其源头。而《文章鼻祖》以"鼻祖"命名，正是崇古之义，其意是指书中所选皆是最古之文章。

《文章鼻祖例言》共五则，主要围绕"鼻祖"即古文源头角度立论，指出作文的"向上一路"。第一则云："《尚书》，经之祖。《左》《国》，传之祖。《史》《汉》，史之祖。而其中又自有祖之祖。"①认为《易》的产生时代虽早，但起初"未有文字"，目前看到的《周易》文字出现在《尚书》之后。而诸子被其视为外篇，八家被视为苗裔，故以《尚书》《左》《国》《史》《汉》为"文章鼻祖"。第二则主要论述的是如何评价作者水平的问题。杨绳武认为，即便是优秀的作者，其作品水平也不会完全一样，"必有其一生极得意之笔，为全力所贯注者"，这些作品才是判断"其人之本领身份高下"的依据。对于由众多篇目组成的专书来说，亦复如是。此论极具理论内涵，他以作家最有价值之作品判断其文学水准，极为公允。杨绳武认为"取其不甚经意与一时兴会偶属之文，遽以定其高下，则不足服作者之心而衷学者之论矣"。杨绳武认为《史记》中的《项羽本纪》《高祖本纪》《平准书》《封禅书》便是"太史公全力所贯注也"；《汉书》中的《霍光传》《金日磾传》是《汉书》中"全力所贯注也"；《尚书》中的《尧典》《禹贡》《洪范》三篇则是《尚书》中的"作者全力所贯注也"。作者"全力所贯注"而完成的篇章，也正是读者应"全力所贯注"学习的对象。第三则与第二则相关，主要论述师法对象的问题。学文者应能知晓"文字

---

①杨绳武：《文章鼻祖例言》，《四库全书存目丛书》集部第408册，第4页。

有大小，笔力有高下，气味有厚薄”，学文应以“千古来第一种大文字，笔力最高，气味最厚者”为学习对象，这样才可“自立基址，自成结构”。第四则与第五则主要论读书法。杨绳武将文人读书类比成法官判案，即“读书如断狱”。其关联即在于，读书须能“论定古人文字之得失”，而法官也须能判断当事双方之利益得失。学文与学法者的相似还在于，断狱者若能“将历来大案卷审得明，断得当，则其余小案卷，皆游刃矣”。读书亦是同理，“将古来大文字看得透，讲得彻，则其余小文字皆破竹矣”。对于六经、《左传》、《国语》、《史记》、《汉书》等传统经典，杨绳祖要求“须全本熟读，无选择之理”。他还特意强调，《文章鼻祖》对这些书有所选录，“乃一隅之义，用以推明文章之道”。第五则主要是说明《文章鼻祖》中的评语数量有限，而古书的古注很多，不应局限于选本中的评语，应广参诸家以求深入理解。

此书有乾隆二十八年(1763)刻本，《四库全书存目丛书》据之影印出版。

《论文十四则》不分卷

赵俞 撰

按：赵俞(1635—1713)，字文饶，号蒙泉，江苏嘉定(今属上海)人，康熙二十七年(1688)进士，曾任山东定陶知县，著有《绀寒亭诗集》《绀寒亭文集》等。

本书主要论述时文。赵俞《论文十四则》体现出的时文观远高于坊间时文技巧类书籍，他针对常见的考前拟题训练，批评说："拟题最足误人，欲杜剿习雷同之病，先在出题，使书义总无坊本蹈袭，皆在闱中构思，则人人得尽所长，真才自出。"他推崇时文中的"真意""真理"："文以说出题目真意为难，差一针锋，已落旁论。""文贵说理，然不真则为狐禅；文贵作气，然不真则为客气。能别真伪，然后文无遁情，此外总肤论耳。"赵俞甚至不认同"以古文为时文"的理念，他认为古文并不适宜阐释经书："《老》、《庄》、《国策》、《史》、《汉》、唐宋八家与四子书不能强合，高才博雅之士，往往不事持择，搀入篇中，惟荆川、震川，粹然儒者之言。即颜、曾、思、孟各有分际，亦各各肖似，寻绎两先生文乃见。"

《论文十四则》收录于赵俞《绀寒亭文集》卷二中，有康熙年间刻本，《四库全书存目丛书》《清代诗文集汇编》影印。

《更定文章九命》一卷

王晫　撰

按：王晫（1636—?），号木庵、丹麓，又号松溪子，浙江杭州人，顺治间诸生。明代王世贞撰有《文章九命》，极言文士多贫困不遇之偃蹇命运。王晫以为："天下后世尽泥斯言，岂不群视文章为不祥之莫大者，谁复更有力学好问者哉?"故他反其意而作是书，备言文士之显达："庶令览者有所欣羡，而读书种子或不至于绝。"其书从古代文人中遴选通达顺遂者，分类编纂。全书分为九部分，亦即九类，每类排列大量古代人名，好似录鬼簿。其一“通显”，即仕途通达者，如丁宽、施雠、颜师古等人以经，司马迁、班固、金履祥、朱熹等以史，贾谊、桓谭、归有光、茅坤、王世贞等人以文，陶潜、颜延之、李攀龙、宗臣等以诗，宋玉、司马相如等以赋，韦庄、周美成、柳耆卿等以词，皆致通显。其二“荐引”，即文人得遇伯乐而命运改变者，如贾谊得遇吴公、司马相如得遇杨得意、李白得遇贺知章、王维得遇岐王、李商隐得遇令狐楚等。其三“纯全”，即品行高洁的文人，如“陈蕃言为士则，行为世范”，“黄宪德量汪汪如千顷波”，“张绪清简廉静，有正始遗风；权德舆至性过人，七岁以孝著”。此类是为了证明文人有行，“此如浑金璞玉，奕世犹见其宝，何可以轻薄概文人耶？”其四“宠遇”，即文人受到帝王恩宠者，如“李太白立进《清平》，玉妃捧研；王岐公坐论《华屋》，宫女簪花”，“杨亿七岁善属文，太宗召对御前，赋诗授职”，“张九龄风生论辨，光华升七宝之床”等。诸例皆旨在说明以“文翰词华，承人主赏识优异，亦儒者之极荣矣”。其五“安乐”，即免于祸患、得享安乐者，如“申屠蟠见几明决，超然免于评论；郭泰明哲保身，怨祸不及”，“陶渊明北窗高卧，自谓‘羲皇上人’”，“王敬美栽花治圃，申瑶泉归来适适”等为例，论证文人生活之安乐。其六“荣名”，即文名远播者。如“左太冲、谢灵运、谢惠连、庾仲初、邢子才篇赋一出，能令纸贵”，“王昌龄、王之涣、高适诗章歌遍名妓”，“契丹人能诵苏子瞻文，日本、西番用重宝购张鷟文”为例，说明文人可以远播声名。其七“寿考”，即得享长寿之文人，按照寿命短长排列，如“刘知几、张耒六十一岁，张衡、应璩、杜预六十二岁”等，所列寿最长者为“钱朗百七十余岁，孔安国二百岁”。其八“神仙”，即民间传说中死后为神之文人，如“屈原为海伯，统八海。淮南王与八公上升”，“沈文通为地下曹司，徐昌谷为第二殿帝君”等，论证“慧业文人终归天上”。其九“昌后”，即后世昌显之文人，如“司马谈、刘向并有佳儿；班彪、范泰咸生令子”，“韩退之子皆擢高第，苏明允子俱作词林”等，论证文人多有杰出后代。

总体来看，是书以历代文人之实例来论证文人之通达，其形式在文话中较为别致。此书的编纂既是源于王晫担心后来者惧于文人多舛的传言而不愿读书，反王世贞《文章九命》之意甚显。“通显”是针对王世贞书“贫困”而发，“荐引”系针对王世贞书“嫌忌”而发，“纯全”系针对王世贞书“玷缺”而发，“宠遇”系针对王世贞书“偃蹇”而发，“安乐”系针对王世贞书“流贬”而发，“荣名”系针对王世贞书“刑辱”而发，“寿考”系针对王世贞书“夭折”而发，“神仙”系针对王世贞书“无终”而言，“昌后”系针对王世贞书“无后”而言。王世贞《文章九命》乃是根据其文人多不幸的论断来搜集材料，自然有其偏颇性，引起了一些文人的不满，王晫《更定文章九命》是较为典型的反《文章九命》者。《更定文章九命》所附张潮跋语，介绍了此书编纂背景：

> 余向读弇州《文章九命》，心窃疑之。无论其他，姑即以盲论，古今之盲者何限？其挟琵琶而谈星命者，一郡不下数百人，世皆不之惜，而独惜邱明、子夏。古今之宦寺亦复何限？一朝之额不下数百人，世皆不之怜，而独怜司马子长。岂左、卜如虞帝重瞳，独异于诸人之目，而宦寺之被宫，独不知痛苦耶？向欲作一文辨之，而因循未果。及阅华闻修《文章九命》，与弇州同者六，异者三。三通而六穷，三之数不足以敌六，仅稍增气色耳。今读丹麓此篇，觉古今荣幸，未有过于文章之士者，岂不

大为吾侪吐气乎哉?既得是编,予可不复辨矣。

张潮在跋语中指出了王世贞《文章九命》有偏颇的一面,意见颇为中肯。不过这种偏颇以及逻辑的不通,同样存在于王晫的《更定文章九命》之中。而王晫为了反对王世贞书中的文人多"无终"一书,竟列出"神仙"一目,列举所谓"成仙"文人,更属荒诞不经。书中其他不确之处亦复不少,如"通显"类目中的归有光,终生老于乡间,适为该类的反证。将借酒避祸的阮籍列入"安乐"类中,亦属不伦。

此书常见版本有《昭代丛书》甲集本,《丛书集成续编》本据之影印,排印本有《历代文话》本。

《榕村语录·诗文一》一卷、《榕村续语录·诗文》一卷

李光地 撰,徐用锡、李清植、李清馥 编

按:李光地(1642—1718),字晋卿,号厚庵,别号榕村,福建泉州人,清代著名理学家。《榕村语录》由李光地弟子徐用锡、李光地孙李清植合编,卷二十九《诗文一》专门论文,卷三十《诗文二》专门论诗,前者可以文话视之;《榕村续语录》由李清馥编,卷十九亦专门论文,卷二十专门论诗,前者亦可以文话视之。《榕村语录》《续语录》中的两卷论文,是李光地文章学思想的集中体现。

《榕村语录·诗文一》认为文章受气运影响:"文章与气运相关,一毫不爽。"李光地最为推崇西汉古文,也是与西汉风气、

气运相关:“古文自当读汉文,亦是彼时风气厚,自然风调不同。”《续语录》中当弟子询问:“西汉文章尚有流弊否?”李光地回答:“何弊之有?”认为“六朝之弊已极”。西汉之后的古文,李光地以韩愈为尊,《榕村语录》谓韩愈:“真是文宗!其气极古雅,如西汉人。”李氏对宋代古文家已有所不满:“欧、苏之文,何尝不好,然见解不甚透。”李光地理学家的身份使其对载道、论道之文较为关注,《榕村语录》中便论及《原性》《原道》《原毁》等文。他又称自己“古文近颇知其做法”,“其本自然要以经书道理为主,文字却不要规摹那一家”。《续语录》中他称理学家“朱子、王阳明皆能文,而晚年故意不为文”。他对明代古文家的排序,也是以理学家为先:“明朝古文,王阳明、方正学为首,次宋景濂,再次归震川、唐荆川、王遵岩。”不过,李光地对文法也较关注,他反对多用“也”“矣”“焉”等虚字,认为多用虚字会“气一住便弱”。他承认古文中结构、呼应等文法技巧的存在,《榕村语录》云:“作文章熟后,虽无意写出,必有结构、有呼应。”并以韩愈《读仪礼》为例分析其结构、呼应之妙。

书有《四库全书》本、道光《榕村全集》本、中华书局 1995 年陈祖武点校本。又,王绍曾主编《清史稿艺文志拾遗》著录有《榕村文谈》一种,抄本。可能即据《榕村语录》《续语录》论文部分抄录而成。

《评文颂》三则

廖燕　撰

按:廖燕(1644—1705),原名燕生,字人也,号柴舟,曲江

(今广东韶关)人,清初思想家、文学家。《评文颂》以四言颂体论文,形式新颖。前有廖燕所撰小序一篇云:“予作《评文说》,已略言其概矣。兹复作颂,以实其义。”廖燕原有《评文说》一篇,后再撰《评文颂》三则“以实其义”。《评文颂》需与《评文说》对读,方知其义。在《评文说》中,廖燕盛赞文学选本与评点的价值,认为选本是展现编者眼光的场所:“盖将以见吾手眼于天下也。”①但“选”需与“评”结合,才能展现其文学批评价值,只有“选”而无“评”,“则亦谓之代抄而已”。“选”“评”结合,则“文章之妙,作者不能言而吾代言之,使此文更开生面。他日人读此文,咸叹其妙,而不知评者之功之至此也”。廖燕甚至认为,对于作品而言,选评者已经具备第二作者之意义:“此文虽为他人之文,遂与己之所作无异。”

《评文颂》凡三则,其一为:“妙亦能传,巧亦能与。画龙点睛,破壁飞去。”此则在《评文说》中的对应内容为:“故予尝谓评文有师道焉。巧亦能予,何况规矩。”其二为:“句批字释,钩隐索玄。与君一夕,胜读十年。”此则在《评文说》中的对应内容为:“有父兄道焉。句批字释,不难取古人而生活之,使子弟有以知其用笔之意,则可以神明而无难。”此二则论述评点与选文的功用之大。其三为:“寻章摘句,探流溯源。金针尽度,鸳鸯能言。”此则从宏观角度论述评点之价值。《评文颂》虽只有三则,但论述主题集中,专门针对文学选本、评点而发,是清初较为重要的选本、评点学研究。

此书一直随廖燕《二十七松堂集》流传,整理本有上海古籍出版社 2005 年《廖燕全集》版。

---

①本书所引廖燕《评文说》,皆引自上海古籍出版社 2005 年版《廖燕全集》,第 264—265 页。

《覞斋论文》六卷

张谦宜 撰，张颀 编

按：张谦宜（1649—1731），名庄，字谦宜，一字稚松，以字行，号山南学究，山东胶州人，康熙五十一年（1712）进士。书后有张谦宜子张颀跋语云：

> 先大人论文之旨，散见群书日记，当时未及纂录者凡数百卷。颀恐其久而遗失，罪戾滋甚，努力编集，得三百七十余则，合原本百八十条，略分类次，抄为六卷，谨藏于家，以待后之有文字缘者。癸丑八月发轫，清录成册则在甲寅五月，时先严见背已四年矣。男颀抆泪谨志。

结合书前张谦宜自序，可知此书原为作者应人之邀而撰，六日之内撰成一百八十余条，后其子张颀从其读书笔记、日记等材料中又辑录出论文条目三百七十余条，合为一书。张颀又将全书按类重新编排，分为六卷。卷一《统论》，综论古文。卷二《细论一》，论源流、品格、章法、笔法、调法、句法。卷三《细论二》，论体制、传记文作法。卷四《细论三》，论序文作法、记体文作法、策文作法、杂部作法、箴赞作法、骈文作法。卷五《评品》，评论历代重要文章。卷六《初学入手》《丛语》，论初学文章的要领及其他论文杂语。全书内容广博，涉及古文的文体、作法、评论等各方面。以论古文为主，兼论骈文、箴赞等。书中所谈，多为作者研文心得之语，如其论叙事文创作云："叙事之文，当于平处著精神。如战斗、节烈、豪侠、廉介以及鬼神怪异等事，皆易于出色。惟孝友忠信、学道潜修诸人，平淡无色，出奇甚难，要在得其意思，开其眉目，庄重坦易中，有蝼曲飞腾之势，思路缜密，自发光芒，须以义理为准则，笔力严核，不带世情、世法为上品。《史记・万石君传》乃平事浓叙之祖，最宜留心。”他指出平淡人、事最难书写，诚为其创作心得。正如清人赵翼《瓯北诗话》所云：“事本易传，则诗亦易传。”①散文题材较狭，只能就日常交友身边琐事着笔。张谦宜将《史记・万石君列传》作为“平事浓叙之祖”，实为有得之见。

在文道观上，此书论文重理重意，排斥佛、道乃至诸子，称“文以载道明理”，“后学莫看老、庄佛书”（卷一），认为“理学文字最不易作”。但其重道而不轻文，认为作文需“谈理不腐”“说道理不得带冬烘味”（卷一）。准此，此书推崇朱熹、方孝孺、归有光之文，常常引用《朱子语类》中的评文部分。另外，对西汉、唐宋八大家之文也较欣赏。

在古文风格上，此书较为细致地论述了古文“质”“峭”“炼”“苍”“涩”“雅”“净”“核”等多种风格（卷二），尤其推崇“涩”，这在文章学史上较为罕见，称“古文妙处，全在有涩味”（卷一）、“涩之一字，文家所忌而不知其妙”，并举刘向、韩愈文章的涩趣为例（卷五）。在文体作法上，张谦宜对人物传记独有心得，此书用了较大篇幅予以讨论。如指出为人立传，不能只据行状润色，否则“如塑泥神，全无生趣”，要写出“意思精神”。提出写人要“以心体心”“以身代身”等理论（卷三），是古代较为重要的人物传记写作理论。

---

①赵翼：《瓯北诗话》卷九，郭绍虞《清诗话续编》，上海古籍出版社 1983 年版，第 1283 页。

在批评方式上，此书常借助其他事物或艺术样式来比拟文章学。如借助美玉、铜器色泽来形容古文风貌（卷二）；以大小李将军父子画作的落墨、设色形容归有光文章的章法、色泽（卷五）；以“子昂画马，即据地作马势”比喻作传要体察传主内心（卷三）；以武术打斗来形容古文之妙：“如绝顶武艺与打场人交手，初无架势花点，等他枪棒逼身，但转调进步，彼已受伤仆地。”（卷一）形象的类比，使得此书在文话中别具特色。

此书有乾隆二十三年（1758）刻本，《续修四库全书》《山东文献集成》据之影印，《历代文话》本亦据之排印。

《学规类编·论文》二十六则

张伯行　编

按：张伯行（1651—1725），字孝先，号恕斋，又号敬庵，仪封（今属河南兰考）人，康熙二十四年（1685）进士。清代著名廉吏、理学家，学者称“仪封先生”。

《学规类编》为张伯行所编类书，其中卷十九有《论诗》《论文》，《论文》部分专论古文，有文话性质，与同时代的李光地《榕村语录》《榕村续语录》论文部分同为清代典型的理学家文话。

张伯行以为道无处不在，却需通过学以近道：“今夫天地之所以不敝者，恃有道以维之也，而道之所以常存者，恃有学以运之也。大而纲常伦理，小而日用饮食，无在非道，即无在非学。”①他在《学规类编》中搜集了历代书院学规、诸儒读书法、儒者讲义等，汇为一书，“以示学者，使党庠塾序之间，人守一编，学共一规”。而张伯行在《论文》部分选择了程子、龟山杨氏（杨时）、朱子、鲁斋许氏（许衡）、薛文清（薛瑄）、罗整庵（罗钦顺）等宋元明六位大儒的论文之语，凡二十六条，以朱子之语最多。虽然张伯行在《学规类编》原序中自称“采摭昔圣贤所以为学之目，与夫从入之途、用功之要，类集成帙”，但翻阅之后，可以发现，他在编选《学规类编》一书时，并非一无依傍，而是参考了明人胡广所编的《性理大全书》。有些部分则是径直从《性理大全书》中挪移而来，《学规类编·论文》便是在《性理大全书·论文》的基础上删减而来。《学规类编·论文》所选六家文论中，程、杨、朱、许四家论文之语，皆见于《性理大全书·论文》。《性理大全书·论文》所选的四家文论，比《学规类编·论文》的内容要多，如《学规类编·论文》中选用鲁斋许氏一则，此条亦见于《性理大全书·论文》，后者除录有此条外，另有一条：“或论凡人为诗文出于何而能若是？曰：出于性。诗文只是礼部韵中字已，能排得成章，盖心之明德使然也。不独诗文，凡事排得着次第，大而君臣父子，小而盐米细事，总谓之文。以其合宜又谓之义，以其可以日用常行又谓之道，文也、义也、道也，只是一般。”此条没有入选《学规类编·论文》。另有薛文清、罗整庵两家的三条文论，不见于《性理大全书·论文》，为张伯行所添加：

薛文清曰：“凡有条理明白者，皆谓之文，非特语言词章之谓也。如天高地下，其分截然而不易；山峙川流，

①张伯行：《学规类编》原序，《续修四库全书》第948册，第609页。

其理秩然而不紊，此天地之文也。日月星辰之照耀，太虚云雾之斑布，草木之花叶纹缕，鸟兽之羽毛彩色，金玉珠玑之精粹，此又万物之文也。以至三纲五常之道，古今昭然而不昧，三千三百之礼，小大粲然而有章，此又人伦日用之文也。至于衣服器用之有等级次第，果蔬鱼肉之有顿放行列，此又万事之文也。推之天地之间，凡有条理明粲者，无往而非文，岂特见于文词言语，然后谓之文哉！”

赠言以名位期人，不若以德业期人。（张伯行《困学录集粹》卷三云：“朱子曰：‘赠言以名位期人，不若以德业期人。’今之赠言者，皆以名位期人者也。以德业期人者，在明只有薛文清、吕仲木而已。”①）

罗整庵曰：“文贵实，诗书之文无非实者。《易》彖、象之辞特奇，然皆实理，无一字无着落，故曰‘《易》奇而法’。”

可以看出，张伯行是从《性理大全书·论文》中挑选了部分论文条目，再加上薛文清、罗整庵文论便编成了《学规类编》的《论文》部分，自创之功不多。《性理大全书》为明清两代科举用书，影响甚大。因其卷帙浩繁，康熙时，命李光地等加以删改，成《性理精义》，《性理精义》将《性理大全》中《论诗》《论文》两部分糅合成《文艺》，篇幅也大为缩减。总体而言，《学规类编·论文》是清初较为典型的体现程朱理学文艺观的代表，对于文章技巧比较排斥，重朴质无华载道之作。

《学规类编》初刻于张伯行康熙四十六年（1707）福建巡抚任上，是为《正谊堂全书》本。又有同治间重刻《正谊堂全书》

---

①张伯行：《困学录集粹》卷三，中华书局1985年新1版，第47—48页。

本，《续修四库全书》《四库存目丛书》《丛书集成初编》据之影印。

《论文杂著》二卷

黄越 撰

按：黄越（1653—1727），字际飞，号退思，晚号退谷，江苏上元（今南京）人，康熙四十八年（1709）进士，改翰林院庶吉士，后任武英殿纂修，有《四书大全合订》《退谷文集》传世。

此书收录于《退谷文集》第十四、十五两卷。第十四卷分《辛未十一则》《癸酉六十二则》《甲戌二十五则》三部分，第十五卷分《乙亥二十六则》《庚辰一则》《癸未三十一则》《乙酉三则》《戊戌十二则》。黄越为当时时文批评名家，《论文杂著》为其时文理论的荟萃，论及单题、全章长题、两截题、二句滚作题、倒纲题、顺纲题、立纲发明题、二扇题、二扇分轻重题、三扇题、段落题、浅深相应题、横担题、援引题、攻辩题、比兴题、记事题、序事题、长题、截上题、截下题、截上下题、割截题、游戏题等，又主张文贵雅、忌俗、贵神气、贵自然等。

《论文杂著》后有黄越之子黄白麟跋语云："右文共四百首，除乡会遇合之文十数首是曩时所为，余皆大人年来课麟，示以标准之作。"知此书原为时文范本，每类时文作品前，有黄越自撰的作法，后删除时文作品，将作法汇总而成《论文杂著》。黄越认为时文学习应从文体、文法入手："题各有体，文各有法。"（《跋语》）在讲解时文作法时，也能运用譬喻，通俗易懂。如《散行八股文》一则，主张八股之文虽以偶对为主，但不应排斥散句，“所谓有数行整齐，有数行不整齐者是也”。他以人体器官奇偶并存为喻，“耳目偶而元首奇，鼻奇而孔偶，脐奇而乳偶。奇偶相生，不能偏废”。以人体喻文体，正是古代文体学的常见方法。他继而指出：“吾谓偶易而奇难。时文比偶，古文单行，时文易而古文难。”在文体尊卑上，视古文高于时文。主张散行八股，也是“以古文为时文”的表现。

《论文杂著》附于《退谷文集》流传，有雍正九年(1731)刻本，《四库全书存目丛书》第265册、《清代诗文集汇编》第186册据之影印。

《古文评论》十八卷

爱新觉罗·玄烨 撰，张玉书 编

按：爱新觉罗·玄烨(1654—1722)，即清圣祖康熙帝。康熙精通汉文化，于传统文章学颇有造诣，曾于二十四年(1685)编选古文总集《古文渊鉴》，这是清代著名御选古文总集之一。同时，康熙君臣对所选文章一一进行评论，此书因系康熙御选御评，在清代影响很大。张玉书(1642—1711)，字素存，号润甫，丹徒(今属江苏镇江)人，顺治十八年(1661)进士，官至文华殿大学士。张玉书在编辑康熙文集《圣祖仁皇帝御制文集》时，将《古文渊鉴》中选文及群臣评语删除，只保留康熙御评，遂成为康熙古文御评辑录著作，称“《古文评论》”。《古文评论》作为独立于《古文渊鉴》之外的新书，收录于康熙《圣祖仁皇帝御制文集》第三集杂著类中，成为清代帝王御撰古文话。全书十八卷，凡一千三百九十一条，评论对象以《左传》始，以南宋谢枋得《交信录序》结束。评语虽也有从政治、史学角度进行评骘的，但如其书名所示，此书仍以古文评论为主，因而《古文评论》实为清代官方文话著作，直接反映了康熙的文章学思想，对当时文人及清代后继统治者有着直接的影响。

作为官方文论著作，《古文评论》对理学家的文章尤为关注。理学家周敦颐、张载、程颢、程颐、杨时、范育等本不以文章闻名，本书却从文章角度置评。朱熹的文章最为康熙所重，《古文评论》中评论的朱熹文章之多，超过了韩愈和苏轼，朱熹成为全书评骘文章最多的一家。康熙对理学的推重，完全是为其统治所服务。他较少从哲学层面论说理学，而是更为强调其实际功用。他在文道论上强调文章需要醇正，文章思想符合儒家义理，也是从文章有益教化、稳定统治的功用角度而言。《古文评论》中评朱熹《静江府学记》的“切要不浮，有资教化”八字，正是此书衡文的一个重要准则。《古文评论》常以“醇正”“纯正”“典正”论文，与北宋理学家“作文害道”观不同，康熙的文章观更为通达，他既要求从事文章学者懂得理学，以充实文章。同时，也要求理学家能够作文，康熙并不欣赏不留心于诗文的道学家，他在《古文评论》中评析了大量“理”与“文”合的理学家文章。

康熙以理学作为官方哲学，强调作文须要符合儒家义理，有益教化，进而提出“雅”“醇雅”的文章境界。《古文评论》推崇文章之“雅”，康熙的“雅”论使得“雅”开始成为贯穿清代的持续稳定的衡文准则，逐渐成为清代文章学的一个关键词，为其后的官方文章政策奠定了基调。雍正、乾隆时期提出文必“清真雅正”的圣谕，即是从康熙文论发展而来。

康熙对文章写作的具体文法也很重视，他在《古文评论》中常从层次、布局等文法角读对文章进行解读，表现出对文法的特别关注，对文章的结构布局以及转折、开阖、宾主等文法技巧的运用均非常重视。康熙以帝王之尊，在清初提倡文法，改变了文法只限于村夫子言的传统看法，提高了文法的地位。值得注意的是，此书虽名《古文评论》，却也评论了一些骈文，这反映了康熙对于骈文的开明态度。在清初的文坛语境中，骈文仍被许多人视为徒具形式的空洞无物之作。康熙能以帝王之尊而评论骈体文，在一定程度上，对后来清代骈文的中兴起到了积极作用。

《古文评论》一直随《圣祖仁皇帝御制文集》流传，常见版本有《文渊阁四库全书》本。

《新增二十四笔》，又名《一步青云》一卷

汪份　撰，刘涵海　增订

按：汪份（1655—1721），字武曹，长洲（今江苏苏州）人，康熙四十三年（1704）进士，曾任广西乡试副主考。汪份是清初著名时文评点家，编有《明文初学读本》《甲戌房书》，批点有《四书大全》，著有《遄喜斋集》等。刘涵海，道光年间存世，生平不详，曾任四川龙门书院掌院。

汪份所撰之书原名《二十四笔》，介绍时文二十四种笔法，后刘涵海对其进行增订。作于道光二十二年(1842)的刘涵海《增文注序》云："但人人习之，究不能人人用之者，良由无所印证，虽日取而讲论之，无益也。兹特于各笔原注之外，更加详释，复缀以文，间附以坊刻，初不计其工拙，只取其易晓。庶俾学者有所印证，由此通之，以至于神明变化。一存乎其人焉耳。"刘涵海增添了部分注解，又在原书基础上添加了例文，方便读者揣摩印证。

汪份总结的二十四笔为擒笔(带穿笔)、反笔、翻笔(带明暗)、撇开笔、斡旋笔、脱卸笔、追忆笔、相形笔(带引证笔)、设疑笔、摹写笔、咏叹笔、推原笔、推进笔、破开笔、对面笔、反掉笔、缴足笔、敷衍笔、连环笔、高叫笔、明暗代笔、省替笔、顺往逆来笔、浅深浓淡笔(带整散疏密笔)。其云："此二十四笔之名，无论古今经书文字，无能出其外者，犹天不外乎二十四气也。舍二十四气，无以行四时而生万物，舍二十四笔又何以作文而取青紫乎?"将二十四笔与化生万物的二十四气相比，以之作为文章变化的基础手法。不过正如刘涵海《增文注序》所说："文人之笔，变化离奇，千状万态，莫可纪极，甚不可以成法拘也。"在刘涵海看来，汪份撰写此书："原其意，只为初学引进法门，非谓笔法已尽于此也。"前有未署姓名者所撰序文，详细论述了汪份所论文法的特色：

> 天有二十四气，文法天，故有二十四笔。局法如人之五官，二十四笔如人身之血脉，作文不晓二十四笔之子母字，如泥木为人，不能运动。然则欲求通者，二十四笔之子母字，直(真)一字值千金也。盖子母字如人呼吸一般，上有子字，下无母字，如人之有呼无吸。下有母

字，上无子字，如人之有吸无呼，安得使一身之血脉流行。若然，则通塞之分，分于晓不晓二十四笔之子母字而已。教人通者，若舍子母二字，不能与生徒讲解，而欲使通之，譬如夜欲光明而不用烛也。虽有能通者，乃其人之聪明敏悟灵性过人，如夜本黑，而是夜有月，亦能光明也。若非性灵之人，虽多读十年而于文之转接字句，不能无差。倘一字差，文机便塞矣。且聪明之子，虽自作文无不通，彼亦不知有二十四笔之子母字，但文机已熟，自与暗合，而卒不能教人。嗟乎！茫茫天地，旷旷古今，饥不食而夜不寐，夏饱文而冬侵霜。苦于青灯之下而终无成者，不知其几千万亿也。岂知乃二十四笔之子母字不晓，故徒劳罔益，愈读愈昏乎？予师杨老先生，曾受学于汪武曹夫子，乃得二十四笔，因遨游十省，于年终、年老而不得通者，以子母字教之，竟豁然洞然，无滞涩者百余人。则此书诚初学之引进秘诀也。余于丁酉秋得受此抄本，奉为至宝。后之见此书者，须珍重之，勿轻视焉，则幸甚焉。

书中所论笔法，先总论其特色、用法，再以按语形式详细注明，如“擒笔第一”部分云：“擒笔有反正、顺逆、明暗、借擒之别，盖擒题如射马擒王一般，其笔多用于起讲，而通篇未尝不用。但擒宜急不宜缓，故起讲擒题，不出三句外。提比擒题，当在三句中。”按语云：“此言擒笔，乃小讲起笔擒题，其法在初学秘诀，前人论之甚详。兹无庸复赘。但文中擒纵之法，又初学不可不知。所谓擒者，拍题是也，所谓纵者，宕开是也。拍题只是一样，不过分微拍、紧拍、虚拍、实拍、层次拍而已。至纵笔，则非一端，有反笔纵、有衬笔纵、有撇笔纵、有翻笔纵、有斡旋笔纵。有高一层纵、低一层纵、进一步纵、退一步纵。总之，擒得紧，须纵得开。惟纵得开，乃愈擒得紧。中腹大中股，必有几纵几擒。擒后又纵，纵后又擒，擒中有纵，纵中有擒，愈多愈妙。若只一擒一纵，便不成文理矣。”

又如全书最后一部分“浅深浓淡第二十四笔”云：“浅深浓淡笔，虚处为浅，实处为深。讲题面是浅，讲题意是深。推原为浅，推进为深。用词藻为浓，清翻为淡。至于整散疏密之笔生，整者，整整齐齐，凡小讲多用此笔。散者，段落数行，零零星星。凡时文中短兵相接十数比者，亦名为散。疏者，稀也，分也，即与密相反。凡文稀稀朗朗，分疏得清，不至蒙混者是也。密者，周也，足也，凡文钩针线缕，周匝完密，无毫可漏，无隙可间者是也。”按语云：“浅深浓淡笔，疏密整散，分之共为八笔，其实非一味浅，一味深，一味浓，一味淡，一味整散疏密便可以成文，其中俱有相参相兼之妙。盖作文有宜浅处即有宜深处，有宜浓处即有宜淡处。一味浅，固不得，一味深，亦不得。一味淡，固不得，一味浓，亦不得。推之整散疏密亦然。”对于浅深浓淡的论述较为灵活，不拘泥于死法，有鲜明的辩证味道，可视为全书的阅读方法。

此书有道光二十三年(1843)年新刊本。

《时艺书评》一卷

何焯 撰

按：何焯(1661—1722)，初字润千，后改字屺瞻，号义门、茶仙。崇明(今属上海)人,为官后迁居长洲(今江苏苏州)。先世曾以“义门”旌,学者称义门先生。康熙四十一年(1702),康熙南巡,经李光地推荐,召直南书房。后赐进士,改庶吉士,后兼武英殿纂修。著有《义门读书记》《义门先生集》《困学纪闻笺》等。

是书稿本,一册,经折装,藏于上海图书馆。有许乃钊、戴熙、毛庚、乔有年等跋,钤有“许乃钊印”“信臣”“醇士”“戴熙”“习苦斋”“苍岩乔氏臧书画印”等印。何焯一生热衷于时文点评,该书是将若干何焯评语剪切后粘贴于经折之上,已不知所评原文为何,成为一形式独特的时文话著作。评语中既有对时文的气韵、格调的评论,也有从文法技巧等方面着眼的评价,前者如:“照‘思’字落笔,‘晓露精神妖欲动’,极画家渲染之妙。”“疏畅条达,尺幅有干霄之势,可望入彀。”“卷舒一气,风起水涌,视钩章棘句者苦乐悬绝矣。开讲更要清机徐引。”“波澜不阔,时有云气往来。”以上评论或以画学为喻,或以极具画面感的自然景象为喻,体现了其对自然天趣的审美追求。戴熙跋语称何焯的时文评语“专法清劲,天趣盎然”,所言不虚。后者如:“言简而意尽,后更淋漓满志,但尾句喻意不便豫提,亦须旁击。”“子居心近□①而出语不锐,然小题老实不得,字句浅率处,多意所不达,亦信手填凑。充之以学,始免此病。”“‘学之’句宜特提,三句平列,机局不紧,而文气则颇清折。”以上评语则从切题、字句等技巧层面论述。可见,何焯的时文评语在宏观与微观层面皆有论及。

---

①按:此字漫漶不清。

《此木轩论制义汇编》三卷

焦袁熹 撰

按:焦袁熹(1661—1736),字广期,号南浦,江苏金山(今上海金山区)人,康熙三十五年(1696)举人。焦袁熹著述等身,《清史列传》本传谓"袁熹穿穴经传,于诸经注疏皆有笔记"。王宝序《此木轩杂著序》称:"南浦先生论著至多,其所见于年谱及泾南司寇所撰行状中者,未易屈指数。"①焦氏一生勤于著述,不求闻达,王宝序称:"先生读书浦南,不近名,无所求于世。暗然于荒江寂寞之滨,至老而不倦。"②焦氏所作制艺及对制艺的评论受到时人的推崇:"世之目论者,徒谓先生制艺有不可名言之妙,其论制艺亦有味乎言之,故当为吾郡本朝之第一人。"③其著述常见者有《儒林谱》《太玄解》《潜虚解》《小国春秋》《此木轩四书说》《此木轩诗集》《此木轩杂著》等。

卷一《制义谱略》云:"余述《制义源流》,未卒业也,乃先为斯谱,以志其略,用告吾徒之习斯艺者,语云'孙阳相马,在骊黄之外',观者当自得之。"可知其意本在编撰《制义源流》,此书原是其准备的相关材料。从本书内容来看,也显得较为凌乱,似非定稿。全书分《制义谱略》《皇朝制义谱》《文评十

---

①王宝序:《此木轩杂著序》,《续修四库全书》第1136册,第455页。
②王宝序:《此木轩杂著序》,《续修四库全书》第1136册,第455页。
③王宝序:《此木轩杂著序》,《续修四库全书》第1136册,第455页。

九条》《举隅》《尚志轩论文》《丙申年论文》《癸丑年论文》《会元墨评》。其中《丙申年论文》末有徐颖柔识语，其云："按此卷作于丙申、丁酉间，而后卷则癸丑年笔也，体类相同，而时有先后，其中议论间有重出之处，今并存之。"

总体看来，焦氏论文，对清人普遍推崇的"以古文为时文"之法，有不同意见，书中多处对此有所论述，如云："古文不贵连片写，熟烂古文，人人写者，尤来不得。"又如："墨卷用古文不可乎？曰：何为不可？只不要落套耳。有等题人人能写古文句调者，却不要写。如'君赐食'一节，须是还他墨卷文字，若仍以小题光景，必有数见不鲜之患。又如'夏礼吾能言之'一节，若写做欧文腔子，则又何难之有？能为此者，多便不须为也。"既承认"以古文为时文"的可行，但也注意到此法已经成为新的程式，故其强调做时文不落俗套，对于人人皆可以古文为之的题目，需要注意出新，突破程式。从本质上来说，这仍是以考生墨卷能在众人之中脱颖而出为目的而提出的观点。

是书抄本，凡二册，前后无序跋，藏于上海图书馆。

《王墙东论文四字诀》一卷

王汝骧 撰

按：王汝骧（1661—？），字云衢、耘渠，世称王墙东，江南金坛（今属江苏常州）人，卒年不详，由选贡生官通江知县。著有《墙东草堂文集》、诗集《炳烛集》等。

王氏为清早期著名时文家，其论文“四字诀”在清代影响较大：“一曰鲜”，此诀“非故求新异之谓，只将题目看得透，说得醒”。“一曰先”，此诀“全在出笔处，须将章旨题旨或承上，或冒下，或本题眼目所在，最要紧处，开口喝明，以下逐节提阐，俱要争先一步，使阅者望而知我之为健将”。“一曰铦”，此诀意谓“通体命意、遣词俱要从锐利一路，以令阅者惊心爽目”。“一曰仙”，此诀意谓“但将前三字揣摩成熟，而加之以酝酿，进之以变化，自然如飞天仙人，脱尽尘埃”。王氏长于总结，在“四字诀”外，又提出“文必讲于四炼”，“四炼”指的是炼局、炼意、炼句、炼字。又总结出试用于初学的“初学入门四字诀”：“一曰清。清楚而不模糊也。一曰醒。醒豁而不晦闷也。一曰紧。紧密而不松懈也。一曰警。警策而不庸弱也。”又总结出“读书两字诀”，分为“一字诀”和“二字诀”，“一字诀”曰“紧”：“谓文之接缝斗榫处也。古人布局宽，结构紧。今人布局紧，结构宽。”“二字诀”曰“刻露”：“不刻不露，固不可以言文，然刻而不露，亦不能使浅人得解，露而不刻，又不能使深人刮目。”

明清制义理论的阐释中，“字诀”因字简义丰而较为流行，但也容易造成死记字诀却感觉临文无助，要在领悟内涵、善用其诀，而非拘泥于其字。于光华跋语云：“得其诀，则一字可变化万千，不得其诀，即数十字横于胸中茫于把握。”他提出要“对病用药”：“宽缓者用‘紧’字诀，肤浅沉晦者用‘刻露’二字诀。”他在跋语中破除了对字诀形式上的迷信，主张对《墙东论文四字诀》“贯而通之。随举一字、两字诀，则诸字诀俱在其中”。跋语又指出“前辈或举数字，或只一字，不过就学者资禀所偏、浅深高下”而相应提出字诀，“使知三反，非谓作文、学文之道可执一字、二字论也”。

有乾隆四十四年(1779)于光华刻《增订集录》本。

《孙氏家塾〈檀弓论文〉十则》

孙濩孙　撰

按:孙濩孙(1668—1738),字遂人,号沛村,江苏高邮人。

孙氏将《檀弓》视为古文经典,曾对其进行评点,成《檀弓论文》二卷,书前有对《檀弓》文章学特点的集中论述,称《〈檀弓论文〉十则》。孙氏认为《檀弓》是学文的较佳途径:"谨严似《春秋》,蕴藉似《三百篇》,殆炉冶诸经而成一家言者。熟此,则推之《左》《公》《穀》,再降而秦汉唐宋诸家,文章之宗派门径,了如指掌矣。"他将《檀弓》视为"最利举业"的经典,认为"能读《檀弓》,则于守溪、荆川之以古文为时文者,思过半矣"。在孙氏的文章学观念中,"简炼"是一重要衡文标准:"今之言古文者,问涂八家而流为浮滑冗蔓,不知'简炼'二字乃文章要诀。"他认为《左传》简炼却不宜于初学:"《左氏》之文简矣炼矣,而其奇古奥折处,初学又未易率读,譬食橄榄者,回味乃佳。"只有《檀弓》简炼而适合初学:"惟《檀弓》炼之至乃如不炼,遒紧中有宕逸之神,峭劲中有流动之趣。"王葆心《古文辞通义》卷七云:"高邮孙遂人濩孙《孙氏家塾〈檀弓论文〉十则》有'熟《檀弓》以推之《左》《公》《穀》,再降而秦、汉、唐、宋诸家,文章之宗派门径了如指掌'之说。其说较之陈恭甫为约,而求诸《礼记》一篇之中更为简练。"

有康熙六十年(1721)序刻本,《四库全书存目丛书》据之影印。

《史记评语》一卷

方苞　撰，王拯　编

按：方苞(1668—1749)，字灵皋，一字凤九，号望溪，安徽桐城人，清代著名散文家。方苞编选有多种文章选本，但并无文话专著。后人将其评选《史记》的批语汇总，王拯(1815—1876)过录而成《史记评语》。邵懿辰在《史记评语》卷首称："学者由是可悟作史为文之法。"此书考史与论文并重，有时以文断史，如谓《龟策列传》："此篇文气颇类班孟坚，非褚少孙所能作。'余至江南'以下，义支辞弱，或少孙增入耳。"而著名的"义法说"即出自于《史记评语》，对桐城派影响甚大。此书与方苞其他读书札记被编为《读书笔记》，后被收入《方苞集集外文补遗》。

《四部备要》《万有文库》版《望溪先生全集》均有收录。

《塾课小题分编论文》不分卷

王步青　撰

按：王步青(1672—1751)，字罕皆，学者称已山先生①，江

---

①按，清刻本《已山先生文集》中时而作"已山"，时而作"巳山"。《四库全书总目》作"巳山"，《塾课分编》作"已山"。按，已山即茅山，因山形似"已"而得名。

苏金坛（今属江苏常州）人，《清史列传》有传。王步青为雍正元年（1723）进士，授翰林院检讨，二年而告假归，于乡里教授生徒。有《四书朱子本义汇参》、《已山先生文集》十卷、《别集》四卷等。《已山先生文集》《别集》被列入《四库存目》，又编有《天崇十家文钞》《明文钞》《国朝制义所见集》《国朝制义所见集补》等大量科举用书。时人称："王太史罕皆前辈，自翰林归，家居二十余年，讲学论文，习举业者奉为圭臬。世所称'已山先生'者也。"①王步青是清初讲授时文的名家，因其去明不远，故对明代时文有深入研究。其编选的《天崇十家文钞》，录《徐思旷先生文钞》《章大力先生文钞》《艾千子先生文钞》《罗文止先生文钞》《金正希先生文钞》《杨维节先生文钞》《陈大士先生文钞》《陈大樽先生文钞》《黄陶庵先生文钞》《高苏生先生文钞》十家，仿《唐宋八大家文钞》形式，评选出明代天启、崇祯年间时文名家十人，值得研究时文者关注。

王氏家族多有长于八股时文者，王步青叔父王汝骧即为清代时文名家。四库馆臣为《已山先生文集》所作提要称："金坛王氏以能八比著称于世者，凡六人，所谓'王氏六子'是也。""六子"之中，"法律谨严，不失尺寸，在近时号为正宗。于古文，则余力及之，非所专门也。"②《塾课小题分编》是王步青退居乡里后编纂的时文话与时文选本相结合的一种时文教材，王步青自述谓："余自为诸生垂三十年，通籍归里，仍理旧业。""余老于研田，与生徒口讲指画。""今且屏迹课孙，爰

---

①雷鋐：《已山先生文集序》，《四库全书存目丛书》第273册，第714页。

②永瑢等：《已山文集十卷别集四卷》提要，《四库全书存目丛书》集部第273册《已山先生文集》附，第865页。

汇辑诸选小题文。”①全书分为八集，此八集时文选本中，每一集均有王步青撰写的时文话，后被摘出收进其《已山先生文集》之中。四库馆臣对王步青文集中的时文话有过简要评论：“（王步青）惟以评选时文为事，平生精力尽在于是。故讲论时文之语，至于积成卷帙。考论文之书，自挚虞《文章流别》后，凡数百家。其专论场屋程试者，则自元倪士毅《作义要诀》始自为一编，于例当入诗文评类，以其原附本集之末，故仍其旧焉。”②四库馆臣认为其作为时文话，本应独立出来编入“诗文评”类目之中，因其原附于文集之中，故“仍其旧焉”。

《已山先生文集》收录的时文话包括《论启蒙》五条、《论式法》六条、《论行机》三条、《论参变》四条、《论精诣》五条、《论大观》六条、《论老境》四条、《论别情》三条。又有《启蒙续引》《式法续引》《行机续引》《参变续引》《精诣续引》《大观续引》《老境续引》各一则。均为《塾课小题分编》中对每一集的解读，故可以《塾课小题分编论文》称之。

这八个门类，“等级分明而指归自一，学者从容讲习，旁推交通，其于小题，得手应心，而大题之道，亦莫能外”③。清代科举试题首重出自《四书》的小题，小题向被认为难作，王步青强调应举子业，“尤以小题为初阶”，故专门针对小题立论。八类的设置，体现了王步青时文教学的阶段性特征：“初一曰启蒙，导其源也。次二曰式法，正其趋也。次三曰行机，畅其支也。次四曰参变，博其趣也。此四者初学熟之、复之，

---

①王步青：《塾课小题分编序》，《四库全书存目丛书》第273册，第846页。

②永瑢等：《已山文集十卷别集四卷》提要，《四库全书存目丛书》集部第273册《已山先生文集》附，第865页。

③王步青：《塾课小题分编序》，《四库全书存目丛书》第273册，第847页。

相题行文之概亦既骎骎得之。自是按之愈深，则为《精诣》；恢之弥广，则有《大观》；绚烂之极，归于平淡，是为《老境》；谨严之余，溢为奇怪，是为《别情》。”①王步青在《论精诣》中对八个门类的时文话作了宏观上的区分：“凡物必由粗而致精，而文为甚。前四集余于相题行文之道为学者粗陈其概。过此，则不可不引而深之，以致其精。”则前四门为初学文法的常识、技巧，这也是一般时文评选家论述最多的内容。后四门的内容则是旨在提高时文的品位、艺术价值，由浅入深，循序渐进。前四门中如《论启蒙》主要论述相题，强调从实字观义理、虚字审精神。《论式法》主要论述时文的忌讳等。后四集是在已经掌握时文写作常法的基础之上，更进一步求其味道、风格，如《论精诣》主要论述文意。值得注意的是，其中的《论老境》一则，“老”是明代时文家特别推崇的时文境界，明末清初如王夫之、吕留良等人评选时文时，常将其作为时文精进的表现，但少有人对其作过专论。王步青《论老境》四条及《老境续引》一条对“老”之意味作了较为深刻的论述。其云：“平淡为绚烂之极。此名甚美，实则非有成法可求。夫文之所以渐老渐熟乃造平淡者，固法老使然。然惟识老、气老，而后可言法老。”他将时文应追求的境界设为“老”，“老”作为一整体效果，实难以捉摸。王步青则将“老”由整体的审美范畴落实到具体的“识老”“气老”“法老”，让人有阶可寻。因“老”境虚幻难以捉摸，王步青指出学“老”不得法易陷于优孟衣冠的境地：“每叹世间耳食之徒，以直抄传注为书旨，以空疏迂拙为先辈，其病岂特优孟衣冠而已。试读集中文，体未

①王步青：《塾课小题分编序》，《四库全书存目丛书》第273册，第846—847页。

尝不简，貌未尝不苍，而其古在骨，其腴在神，藏匠巧于浑成，寄至味于澹泊。”他将“老”的境界定为外澹泊而内丰腴，以枯淡浑成之表象深藏文理法度，非仅有“空疏迂拙”之外表而已，是对“老”这一审美概念内涵的丰富。于此也可见出清代时文家努力提高时文品格、探索时文艺术价值的努力。

此书有乾隆十七年(1752)敦复堂刻本，半页九行，行二十字，左右双边，单鱼尾。

《塾课分编注释·先正论文》一卷

王步青 编，于光华 注

按：《塾课分编注释》原名《塾课分编》，即《塾课小题分编》，是清代著名的时文写作教材，在清代流传较广，时人韦鸿称：“已山先生《塾课分编》行之海内越数十年，亦既家弦而户诵矣。”①后于光华为其作注，书名遂改称《塾课分编注释》。于光华(1727—?)，字惺介，号晴川，江苏金坛(今属江苏常州)人。书前有韦鸿序言。有乾隆五十一年(1786)敦化堂写刻本，四周单边，无界格。又有清大文堂刻本，四周单边，单鱼尾，半页十一行，行二十五字。

在《塾课分编注释》初集卷首有编者辑录的《先正论文》一卷，具有时文话性质。《先正论文》辑录有《茅鹿门四则》《沈虹台论文》《武叔卿论文》《吴因之论文》《郭青螺论文》等，

① 韦鸿：《塾课分编注释序》，乾隆五十一年(1786)敦化堂写刻本。

按茅鹿门即茅坤(1512—1601),明嘉靖十七年(1538)进士;沈虹台即沈位(1529—1572),隆庆二年(1568)进士;郭青螺即郭子章(1542—1618),隆庆五年(1571)进士;武叔卿即武之望(1552—1629),万历十七年(1589年)进士;吴因之即吴默(1554—1640),万历二十年(1592)会元。上述诸人皆为明代八股名家,又都有科举成功的荣耀,适宜将其文论作为成功经验介绍给后学者。明人袁黄《游艺塾文规》《游艺续文规》大量收录了明人文论,通过比对可知,王步青所编《塾课分编注释·先正论文》系从袁黄《游艺续文规》中摘抄而成。如《游艺续文规》卷二有《鹿门茅先生论文》《虹台沈先生论文》《青螺郭先生论文》,卷六有《因之吴先生论文》,卷八有《武叔卿论文》为题排列,内容大致相同。

《先正论文》所选录的明人时文话,均是对时文写作的细致指导,如《沈虹台论文》"文要布置"条:"文章最要相生次序,如先虚后实,先略后详,此其常也。亦有先实后虚,先详后略者,则其变也。知此布置,则文有起伏,有首尾,轻重徐疾,各得其所,观者不厌。""文要开合"条云:"一篇中自有开合,一股中自有开合。如欲抑先扬,欲扬先抑,正题先反,反题先正也。"《郭青螺论文》将题目细致分解为"单题式""两扇题式""三扇题式""四扇题式""长题式""一句分两截""前后照应题式""两句作一句式"等,逐一讲解。如"单题式"称:"制义最难于单题,故以弁诸首。单题贵前不突后,不竭如溪壑之水,渐入江淮。江淮之水,渐入海河。""一句分两截"云:"题本一句,分作两截,须上下照应。""前后照应题式"云:"前后照应题式,须于起处先提起下文字面为要。亦有不便明提者,须暗中埋伏,或语势相激射亦得。"与《郭青螺论文》相呼应,《武叔卿论文》亦强调“单题”训练的重要:“初学欲穷变化,须从单题下手。盖单题,有提,有反,有小讲,有大讲,有缴,有束,而其中操纵合辟、抑扬顿挫、起伏错综之法、挑剔转折之势,无不毕具。能尽单题之变,余皆举而措之耳。”

袁黄《游艺塾文规》《游艺续文规》对清代八股时文教育影响很大,清人时文话常摘抄、节录其中内容,这又可分为两种情况:一种是时文评选家从中摘抄部分内容附于己作之中,增加自己时文话或时文选本的权威性,王步青《塾课分编注释》卷首所附的《先正论文》便是如此。此外,再如清代高嵣《论文集钞》是辑录体文话,其书上卷内容多是从《游艺续文规》中摘抄而来;另一种情况的摘抄,应是应试举子自己随手抄录以作本人习文之助,并非为了出版,如国家图书馆藏佚名抄本《樽酒余论》同样从中摘录大量内容。又如清代佚名者所抄的《董先生论文要诀》,便是录自《游艺续文规》卷六《思白董先生论文》。不过为了突出其核心内容,抄本删去了序及原文所举的八股文例,以“宾”“代”“转”“反”等字诀提起全文。在“擒”字诀后,有数段文字云:“先辈云:作文须识相题。……数段与‘擒’字有合,因附录于此。”即抄录者认为《吴因之论文》的此段内容与《董先生论文要诀》“擒”字暗合,故抄录于“擒”字诀后,以为参照。

《四六余话补》一卷

成　芸　撰

按:成芸,字季芷,号雪岩,山东邹平人,生卒年不详,康熙三十八年(1699)举人,著有《雪岩翁集》《闲居笔麈》《珠船录》《雪岩杂录》《竹头木屑录》《冬行漫草》等多种。

南宋杨囦道有《云庄四六余话》,记录唐宋四六本事,赏鉴四六名句。成芸《四六余话补》似是为补《云庄四六余话》而作。全书从古代笔记中辑录出谈四六之语,且偏于对四六佳句的鉴赏。如第五则云:

> 汪伯彦罢相,自辨杀陈少阳事。吕元直报启云:"方一男子之上书,众知无罪;而诸大夫曰可杀,公独何心。"如此四六,真可喜也。

此则选自南宋沈作喆《寓简》。第六则云:

> 曾子固《谢日历表》云:"去亲方远,已惊岁月之新;许国虽坚,更叹功名之晚。"吕东莱以为妙处在一"晚"字。

此则选自南宋《后耳目志》。辑录群书四六话语之时,成芸在《四六余话补》中亦偶有按语,以小字出之,如第四则云:

> 汪内相《劝康王听政表》云:"汉家之厄十世,唯光武之中兴;献公之子九人,念重耳之独在。"佳语也。或曰:若上下移置之,其善不可加矣。按,此非表,乃代孟太后作诏也。

《四六余话补》为四六话,但也偶尔论及赋,主要是对赋体的偶对进行赏析,如第三则,此则是对南宋俞成《萤雪丛说》中相关内容的撮录。

> 吴处厚《剪刀赋》云:"去爪为牺,救商家之旱岁;断须烧药,活唐帝之功臣。"当时屡易,唐帝上一字不妥帖,

因看游鳞，顿悟“活”字。

成芸《四六余话补》与宋代杨囦道《云庄四六余话》以及王铚《四六话》、谢伋《四六谈麈》类似，本质上都是以鉴赏四六佳句、记录四六本事为主的四六话，清人彭元瑞《宋四六话》亦是如此。不过因彭氏名声清华，《宋四六话》又得以刊刻，故影响较大。而成芸作为一地方性文人，《四六余话补》又是手稿未曾刊刻，仅藏于山东图书馆，故而少为人知。此书有《山东文献集成》影印本。

卷二　雍正、乾隆卷

《秋山论文》一卷

李绂 撰

按：李绂(1673—1750)，字巨来，号穆堂，江西临川人，清代著名理学家，曾任侍讲学士、广西巡抚、直隶总督、礼部侍郎等职，康熙四十八年(1709)进士，李绂座师李光地、张廷枢及同年友中多为古文名家，如戴名世为桐城派先驱，蔡世远编有《古文雅正》，是清代著名的古文选本，张大受辑有文话《文法辑要》。李光地对李绂古文评价甚高，常安《〈穆堂别稿〉序》云："而安溪李文贞亦言，欧、曾六百载来，未有嗣者，当归此子。"据书前李绂《刻〈秋山论文〉序说》，康熙四十一年(1702)，张士琦出任永新知县后，创办秋山书院，延聘李绂为书院山长。此书为李绂任江西永新秋山书院山长之时所撰，以之代答学生之问。李绂于"雍正二年四月初五日奉命出抚广西，六月到任"①，旋即修缮当地宣成书院，重印《秋山论

---

①李绂：《广西二兵记上》，《穆堂别稿》卷二十一，《续修四库全书》第1422册，第363页。

广西桂林榕湖北岸，建于宋景定三年桂林当地最早的书院，历代屡有兴废，李绂履任广巡抚后，又重加修缮。《秋山论文》的重印也是为了方便宣成书院学子学文。

此书凡四十则，兼论古文、骈文、时文。书中认为作家立言不是独立之事，立德、立功皆有助于立言。主张以学问为文章根基，“为文须有学问，学不博不可轻为文”，字句需有出处，也要避免抄袭。认为只有作者先识得道理，文章立意才能不同流俗。书中有对古代散文史的简短评述，对于先秦散文，李绂在前人“文本于经”之说的基础上，更进一步分析经书的文章风格，认为《典》《谟》《儒行》《乐记》等醇正，《盘》《诰》《象传》《说卦》等奇崛，《檀弓》隽逸，《公羊》《穀梁》峭拔等，并把《左传》作为叙事文的代表，《孟子》作为议论文的代表。强调古文要识别真体、伪体之别：“文章最急在别裁伪体。体之真伪恶乎辨？辨之于雅俗而已。”对于秦汉以后文章，他将《史记》、《汉书》、唐宋八家视为正宗。对元明之文也不轻视，认为虞集、揭傒斯、黄溍、柳贯为元文代表作家，认为明代成、弘以前文章不失规矩，嘉靖前后“七子”登场以后文章才江河日下。

《秋山论文》长于归纳分类，将四六文分为三类：一类是六朝体，在平仄、属对上没有过于严格的要求；一类是唐人体，音韵无不合、对仗无不工，句子不超过七字，连续对偶不超过两句；一类是宋人体，参以虚字，施以长句，萧散而流转。李绂强调为文要得体，馆阁文章要有官样，山林文章要有烟霞气，古体诗用字可以生僻，近体诗用字则应雅驯。他指出时文最忌讳合掌即两股意思一致。又认为文章中以叙事最难，叙事文应以史法为准，地名、官名要以当下为准，不宜采用古名，但骈文与议论文则不受此限制。他将叙事方式分为顺叙、倒叙、分叙、类叙、追叙、暗叙、借叙、补叙、特叙等九种，并对每一类的特色皆有阐发，如称顺叙之文“最易拖沓，必言简而意尽乃佳”，称特叙“意有所重，特表而出之，如昌黎作《子厚墓志》，独抽出‘以柳易播’一段是也”。李绂认为将表达方式交叉相用，能收到更好的效果，他说：“论事之文以说理出之，则根柢深厚而无小非大矣；说理之文以论事出之，则精神刻露而无微不著矣。”

此书版本情况，据李绂《刻〈秋山论文〉序说》，“永新张邑侯刻《秋山课义》，曾列之于卷首，颇有删润，失余本意”。因不满张氏对《秋山论文》的增删，雍正三年（1725），李绂在广西巡抚任上重刻此书。乾隆十二年（1747）刻李氏《穆堂先生别稿》时，又将《秋山论文》附于卷四十四同时印出，《续修四库全书》第1421册据之影印，《历代文话》据之排印。

《古文辞禁八条》

李绂　撰

按：《古文辞禁八条》附于《秋山论文》之后，同见于《穆堂先生别稿》卷四十四，乾隆十二年（1747）刻本。

前有李绂小序云：“有明嘉靖以来，古文中绝，非独体要失也，其辞亦已弊矣。曾子谓：‘出辞气斯远鄙倍。’文则辞气之精者也，鄙且倍其可乎？余约其弊之类，凡八条，俾初学之士自检所作，别择而汰之。庶乎韩子‘去陈言’之意，于圣朝文治或有少裨焉。”鉴于明代古文伪体盛行，清初以来，为了纯净文体，为古文创作划出禁区者不乏其人。李绂的《古文辞禁八条》是其中较为知名的一种。李绂所列八种分别为“禁用儒先语录”“禁用佛老唾余”“禁用训诂讲章”“禁用时文评语”“禁用四六骈语”“禁用颂扬套语”“禁用传奇小说”“禁用市井鄙言”。

以上所列古文禁忌多与方苞所论相合，沈廷芳《书方望溪先生传后》引方苞语曰：“南宋、元、明以来，古文义法久不讲。吴越间遗老尤放恣，或杂小说家，或沿翰林旧体，无一雅洁者。古文中不可入语录中语、魏晋六朝人藻丽俳语、汉赋中板重字法、诗歌中隽语、南北史佻巧语。”①其后桐城派姚鼐弟子吴德旋也说：“古文之体，忌小说、忌语录、忌诗话、忌时文、忌尺牍。此五者不去，非古文也。”②清人对古文文辞雅洁的重视，李绂《古文辞禁》实为较早发其端者。

但李绂与方苞文章学观念并非完全契合。钱大昕《跋方望溪文》记录的称“桐城”为“桐”之争，实为古文家为求简而用的“减字法”。李绂《秋山论文》《古文辞禁》中的论文观点多与方苞合，而此处反对称“桐城”为“桐”，可以看作是他对古文家所津津乐道的“减字法”的反对，这在《古文辞禁八条》中得到印证，《古文辞禁八条》文末云：“已上八条，世俗谬以古文自负者，多习而不察。试逐一检点所作，恐不犯此病者无几首也。他若减字、换字法，尤为不可。前人已有论及之

①沈廷芳：《隐拙斋集》卷四十一，《四库全书存目丛书补编》第10册，第517页。

②吴德旋：《初月楼古文绪论》，人民文学出版社1959年版，第19页。

者，余亦尝与友人详论，今不复云。”他将古文家常用的减字法、换字法也列为古文禁忌之中，这与方苞等人观点明显不同。

《史席闲话》一卷

鞠濂 讲授，董元赓 记录

按：鞠濂（1674—?），字莲隐，号悦轩，山东海阳人。董元赓，字赓陈，号冷磵、思凝子，鞠濂学生，监生，著有《冷磵集》①。宣统二年（1910）孙葆田《悦轩文钞序》称：“吾乡鞠莲隐先生，以古文鸣雍正、乾隆间，为法迂斋、韩理堂诸先生所推重。余向从坊刻及县志中得见其文数篇，窃叹文之善学《史记》者，有明归震川后，当推先生为近代作手。”“先生文诸体略具，尤以叙事文为盛，盖真得太史公义法者。余尝得先生所评《史记》与《勘定归震川文》，辄爱玩不忍释手。”乾隆三十九年（1774）李中简序《悦轩文钞》称：“先生之文，绳矩八家，长于传志。叙次法整以密，而生趣不乏。其论事，往复推阐，穷极笔力，殆出入庐陵、半山间。”

鞠濂推重《史记》，《史席闲话》列出的文法，大多以《史记》为例佐证，如书中总结的古文叙事之法，在解说之后，均以《史记》为例证，如阐述“虚叙”云：“虚叙者，总括其人生平之事浑叙，不指其某条事若何、某条事若何也。如《晏子传》

① 孙葆田等：《山东通志》卷一四五《艺文志第十》，华文书局股份有限公司1969年影印版，第4202页。

中‘食不重肉’云云一段。《游侠传》中‘少时阴贼’至‘若遇赦’一段是也。”以《史记》中的《晏子列传》《游侠列传》为据。再如阐述“抽叙”云：“抽叙者，历叙数条事，此一条事，前数条中或已见，或浑括在内，而独抽出畅发，如《货殖传》中‘山东食海盐’一段；《韩非传》中单抽出《说难》来叙；《主父偃传》中所言九事，单抽出谏伐匈奴一事；韩文《柳子厚志》中‘其召至京师，而后为刺史’一段；欧文《杜祁公志》中‘治吏事如其为人’一段；《丁元珍志》中‘国家自削除僭伪’云云一段。以通篇文法论，如《李广传》中既将大小七十余战，俱括于上文‘力战’二字中矣。下乃抽出三战详叙，以例其余。《大宛传》中前路历叙诸国，而独抽出大宛来，皆此类也。”除了以韩、欧古文为据，鞠濂更是列举了《货殖列传》《主父偃传》《李将军列传》《大宛列传》四篇《史记》中的传记予以印证。以《史记》文例解说文法，在此书中俯拾即是，此书实可视为一部《〈史记〉文法例举》。

全书对叙事文的作法作了细致的梳理与总结，是古代叙事学中较为重要而又未受到关注的一部著作。全书以较大篇幅论述了正位与结穴的关系。正位指文章的主脑、通篇的立意所在，结穴是关键的一、两句点题的句子。作者指出正位在前、在中、在后，结穴用与不用皆可。又根据有结穴与无结穴两种情形，分别论述文章写法。围绕正位，又总结出十余种写作技巧，有胎蓄、借胎、反注、提掇、逆提、倒起、半腰起、觑逗、虚擒等。又分叙事法为类叙、前事撞后事、后帐搭前帐、追叙、预叙、先搭入而后追叙其故、搭上叙、补叙、抽叙、夹叙、侧叙、口中叙、虚叙、以议论叙等多种，是清代叙事法分类中重要一家。书中将叙事文技巧又分为牵上搭下、起伏掇头、埋伏、穿插、断续、经纬、省互、错综、详略、纲目、代说、旁脉、练格、纪言格、连环格、回顾、暗照、借照、衍足、反掉、赞中别见等，均附有文例，易于读者理解。

是书有嘉庆二十五年(1820)于学训《文法合刻》本，余祖坤编《历代文话续编》据之排印。又有《悦轩文钞附史席闲话》本，宣统二年(1910)海隅山馆斠刊，《清代诗文集汇编》第235册据之影印。

《续锦机》十五卷《补遗》六卷

刘青芝　编

按：刘青芝(1675—1756)，字芳草，号实夫，晚年自号江村山人，殁后门人私谥"文惪先生"，许州襄城(今河南襄城)人，刘宗泗次子。襄城刘氏为清代著名文学家族，刘青芝汇编的《刘氏传家集》收录刘氏两代"八人所著共计三十三种一百九十卷"①，有刘宗洙、刘宗泗、刘青霞、刘青藜、刘青莲、刘青芝、刘伯梁、刘伯川八人著作。在襄城刘氏的文学创作中，古文是重要的内容。刘宗洙《天佣馆遗稿》前附有刘青藜《先伯父孝友公行状》，称刘宗洙其人："喜购书，家藏几万卷丹铅，皆偏于古文词。"刘青芝对于古文的爱重即是在这样的家庭氛围中形成的，他在《续锦机》自序中也特别强调了其家庭藏书对其编撰文话的帮助。青芝于雍正五年(1727)中进士，

①张庚：《刘氏传家集总序》，《刘氏传家集》，乾隆二十年(1755)刻本。

改授庶吉士，未几引疾归，闭户著述垂三十年。著有《尚书辨疑》《学诗阙疑》《周礼质疑》《史汉纪疑》《史汉异同是非》《拟明代人物志》《古今孝友传补遗稿》《江村随笔》等，编修《古汜城志》等，文集则有《江村山人未定稿》《江村山人续稿》《江村山人闰余稿》。

《江村山人续稿》卷首张庚《江村先生传》称其“与人言呐呐，而为文虽极难言者，曲折毕达，尤长传记，多史法”①。刘青芝既长于古文创作，亦长于论文，其弟子章文然云：“又时闻论文绪余，得以窥吾师为文之大指矣。”②《续锦机》则是其编纂的辑录体文话。前有刘青芝自序与章文然跋，自序云：

> 昔元遗山谓文章法度，杂见于百家之书，学者欲穷其渊源，非遍考之不可也。喻如织锦，必得锦机，因著《锦机》一书。余深爱慕而未获睹，窃仿其意，集前人议论，厘为十门，曰源流、曰体裁、曰义例、曰法式、曰自得、曰评骘、曰窜改、曰讥赏、曰辩证、曰话言，共十五卷，名曰《续锦机》。遗山闲居汜南，借书李嗣荣、卫昌叔家，以成斯编，而叹其未备。汜，襄地。昌叔，襄人。遗山，侨寓吾襄，而假吾襄人之书，乃越数百年后，余以襄人居襄地，书不假他人，而续为之，斯亦奇矣。但不知余家所有书，视遗山所假者，孰为多寡。而所谓未备者，又不知当何如也。遗山此书撰于兴定丁丑，盖元年也。遗山以宪宗七年卒，年六十八，距兴定元年凡四十一年，时年方二十七。余今年已六十有九，较遗山不啻过半，始有所慕

①张庚：《江村先生传》，《江村山人续稿》，《清代诗文集汇编》第236册，第726页。

②章文然：《江村山人续稿跋》，《清代诗文集汇编》第236册，第727页。

而效之，而欲追迹遗山以冀登古作者之堂，吾知其晚矣。乾隆八年十二月二十二日江村山人刘青芝识。

章文然跋云：

……缅古作者，如海如渊。尼山六籍，万古师尊。百家诸子，多不雅驯。东周而降，嬴秦炎汉，乃推乎马班。江左六代，要旨月露风云。唯三唐暨两宋，实文运之丕振，彪炳寓内，俨泰岱与北辰。至有明之英俊，亦各杰出其伦。今皇御极，明圣之君，济济多士，郁郁乎文……然而迷于当局，清于旁观，吹毛索疵，攻瑕指瘢，虽文士之相轻，亦寸心所未安。盖其体有万殊，法一定而不迁。譬方圆之必以规矩，长短轻重之必以度权。若不范我驰驱，何异求曲竿之直影、望清流于浊源。先民念及，往往撰著以成篇。《雕龙》则有刘勰，《史通》则有子玄，《文赋》作于士衡，《锦机》创自遗山。固皆良工与巧匠，大有裨于后贤。吾师峦坡伟望，职掌丝纶，老耽著述，儿兀穷年。每论行文之道，犹如用军。奇正变化，斩关夺门，少弛纪律，鲜败而奔。又如绘像，贵得其真。苟未肖乎状貌，又何殊吴越之隔崤秦。慨古学之将坠，回狂澜于百川。夙有慕乎《锦机》，遂续纂以成编。销烛研露，历燠离寒。广征类聚，举要芟繁。畅论厥旨，则动魄而惊魂。引而不发，亦微露其端。等金科与玉律，同渔猎之蹄筌，学者宜奉为枕秘……若夫神明法度之外，变化准绳之间，略牝牡骊黄之间迹，而味有外乎咸酸，此由妙手天成，蕴于八识之田，父不能授其子，师不能为弟传，是在作者，又各存乎其人。……乾隆十三年时维孟秋月当丛残受业门人会稽章文然谨识。

《续锦机》十五卷,《补遗》六卷。傅增湘曾见此书原稿本,著录于《藏园群书经眼录》卷九。全书分类辑录文章学相关内容,即卷一源流、卷二体裁上、卷三体裁下、卷四义例上、卷五义例下、卷六法式、卷七自得、卷八评骘上、卷九评骘下、卷十窜改、卷十一讥赏、卷十二辩证上、卷十三辩证下、卷十五话言。涉及文源、文体、文法、文评、文章本事、文章考据、文章语言等文章学内容。《补遗》为六卷,即卷一源流、卷二体裁义例、卷三法式自得评骘、卷四窜改讥赏、卷五辩证、卷六话言。

刘青芝长于方志之学,撰有《古氾城志》十卷,这一学术背景也体现在《续锦机》中。他在书中便辑录了许多关乎方志体例、方志理论的评论,与其他文话著作相比,这是《续锦机》的一个鲜明特点。如卷二体裁上引朱彝尊《书新安志后》:"古文至南宋,日趋于冗长,独罗鄂州小集,所存无多,极其醇雅,所撰《新安志》简而有要,篁墩程氏取其材作文献志,此地志之最善者。"又引王士禛《香祖笔记》:"予于明代郡县志,只取关中诸公所纂,如《武功》《平凉》《朝邑》《华州》等十余种。"又引《池北偶谈》:"志以简核为得体,康德涵《武功志》最称于世。"又引《居易录》:"康修撰对山作《武功志》,文古事核……。"又引《居易录》:"今人事事不及古人,如郡县志书……潦草成书,甚可惜也。"又有:"古地志九邱之所述……其旨微而显。"诸如此类方志理论,在《续锦机》甚多,这在一般文话著作中很少见。《江村山人续稿》卷一中还有《河套志序》《重修陕州志序》《襄城县志序》等,可见其对志学的关注。刘青芝云:"郡邑之志,犹史也。备物垂规,昭往训来。撰录之际,纪述贵信而征、考核贵博而审、存汰贵公而慎、文词贵简而法，然又必出自一家，不藉众功，方称绝笔。马迁《史记》、蔚宗《汉书》、承祚《三国志》、欧阳《五代史》，其彰彰者也。"①方志隶属于史，而清代古文家多是以史为师的，故而在文话中大谈方志，也就并不显得突兀了。

有乾隆八年(1743)刻本，四册，半页十一行，行二十一字，小字双行同，黑口，左右双边，单鱼尾。又有乾隆二十年(1755)《刘氏传家集》本，为《传家集》之第55—66册，版式与乾隆八年本同。

《西圃文说》三卷

田同之 编

按：田同之(1677—?)，字在田，号砚思，山东德州人，清初著名文人田雯之孙，康熙五十九年(1720)举人，著有《西圃诗说》《西圃词说》。前有魏丕承序，此书主要内容实为辑录自前代著作，田氏却并未注明，易使后人误会其为原创性文话。全书共有一百一十一则，超过半数的内容系辑录明人著作而来，引用较多的典籍有徐师曾《文体明辨》、杨慎《升庵集》、王世贞《艺苑卮言》、茅坤《唐宋八大家文钞·论例》等，因此，《西圃文说》的成书是明代文章学理念在清初影响的体现。

此书有乾隆《德州田氏丛书》本，《续修四库全书》第1714

①刘青芝：《襄城县志序》，《江村山人续稿》卷一，《清代诗文集汇编》第236册，第743页。

册据之影印,《历代文话》亦据之排印。

《洪吉人先生论文》三卷,又名《渔村讲授论文》

洪天锡 撰,缪镗 编

按:洪天锡,字吉人,号尚友山人,岁贡生,天津人①。清代医家,殚精岐黄,于瘟疫一门尤为加意,活人甚众。撰有《补注瘟疫论》《素问解》《灵枢解》等。据《天津县志》,洪天锡"少勤于学,文名藉甚,授徒里中,著《四书论文》以示学子。同时如王又朴、朱函夏、周焯、孙嘉倖辈,俱与之商榷文字,参究经义"②。

全书分上、中、后三编。上编论作文大要,如行文先须会"拆字诀",为文须"三要"即相题、布局、用意,作文要"恰扣本位"等。中编介绍行文具体技法如"无中生有、凭空结撰""论文须万变""蝉联法""脱卸法""趁势滚下法"等。后编意在除却时文酸腐气,强调"文章最忌讲书话头""文之可传在广渊雄健""文章出词最要流利"等。书中引有吕留良、汪武曹、陆稼书、李岱云等先正文论。或因避祸,称吕留良为"吕某"。

有苜蓿山房刻本。

---

①《补注瘟疫论》署名为"鸳湖洪天锡",鸳湖指浙江嘉兴南湖。《洪吉人先生论文》则署"定海洪天锡"。

②《民国天津新县志》卷二十一之二,《中国地方志集成》之《天津府县志辑3》,江苏古籍出版社·巴蜀书社·上海书店出版社 2004 年版,第 357 页。

《授砚堂集抄古今尺牍》

佚名　编

按:此书收录于乾隆四十四年(1779)于光华刻《增订集录》中,分《论文》《论尺牍》两个部分。《论文》部分有白居易《与元九书》、杜牧《答庄充书》、苏轼《自评》《与侄》《与友》、方孝孺《答林公辅》、王阳明《示徐曰仁应试》、吴因之《与友论文五则》、黄贞父《与友临场论文》、袁黄《与张孝廉》、曹煜(字亮采)《与会文诸生》等。《论尺牍》部分录有苏轼《答王庠》、唐顺之《寄莫中江》、袁了凡《谕社读书法》、洪都《与友》、魏禧《与王若先》等。

《贯华堂案头必备》

佚名　编

按:此书收录于乾隆四十四年(1779)于光华刻《增订集录》中。贯华堂为何人斋号,向有金圣叹、韩住等不同观点①,此书有《学古》(引楼季美语)、《读史》(引孙谷祥语)、《读古文》(引唐翼修语)、《孟子》(引王守溪等语)、《会元文诀》、《董

①参见陆林《金圣叹史实研究》,人民文学出版社 2015 年版,第 66—74 页。

思白评文》等内容，是清人为科场准备的时文话汇编。

《文颂》一卷

马荣祖 撰

按：马荣祖（1686—1761），字力本，号石莲，江都（今属江苏扬州）人。雍正十年（1732）举人，曾创办荆山书院，有《亭云堂集》《石莲堂集》等。马荣祖长于以古文为时文，时人杭世骏《马石莲传》称其时文云："所为制举之文雄迈骏厉，能参太史之洁。两江南北之名能时文者，拱手推挹。桐城方望溪、金坛王耘渠尤所惬心。"《马石莲传》亦载其撰写《文颂》之事："江淮之间多治诗，而君独治古文。尝为《文颂》九十二章，以自道其利钝得失之故。"①《文颂》篇末杨复吉跋语云："作者为壬子孝廉，以古文鸣江左，《词科掌录》亦称其为文清遒深亮云。"《文颂》以颂体论文，较为罕见。

此前颂体有《橘颂》《酒德颂》等，马荣祖见未有以颂体论文的，故而"创立《文颂》"，其填补空白之意甚明。实则清初廖燕撰有《评文颂》，便是以颂论文，不过《评文颂》只有三则，内容远不如马荣祖《文颂》丰富。《文颂》全书分上、下两篇，上篇主论创作文法，分四十八类，即"体源""神思""风骨""意匠""养气""布势""动脉""运气""遣辞""结音""使事""炼字""守法""识变""取譬""风格""奇正""宾主""疏密""离合""起

①杭世骏：《马石莲传》，焦循编《扬州足征录》，广陵书社2004年版，第123—125页。《文颂》分96章，杭世骏称其为92章，不确。

落”“顿挫”“气韵”“波澜”“开遮”“纵夺”“往复”“断续”“梳栉”“消纳”“委曲”“翦截”“皴染”“胆决”“组织”“摆脱”“镕炼”“刻铄”“联络”“剥换”“驯习”“运掉”“陶洗”“兴会”“风神”“风趣”“实境”“唱叹”。上篇名目大体仿刘勰《文心雕龙》下半部分创作论而成，如“神思”“炼字”等名目既见于《文心雕龙》，亦见于《文颂》。下篇类似《二十四诗品》，品评文章风格，将文章风格分为四十八类，即“沉雄”“峻洁”“典雅”“清华”“淳古”“怪艳”“沉著”“生动”“严重”“疏放”“遒媚”“超忽”“苍润”“清越”“奇险”“轻澹”“郁折”“洸漾”“雄紧”“颓畅”“奥涩”“朴野”“蕴藉”“恣睢”“澹永”“跌宕”“瘦硬”“浑灏”“秀拔”“排奡”“修远”“夭矫”“冲寂”“鼓舞”“停匀”“雄挫”“闲适”“坚深”“清新”“古拙”“妙丽”“劲宛”“英雅”“遒逸”“复隐”“空灵”“神解”“飘渺”。

全书写法仿照《二十四诗品》，用四言颂体，进行意象式的批评，如下篇“奥涩”条云：“天门詄荡，下坐列仙。授我玉匣，朱丝系缠。开函跪读，绿字赤笺。蝌蚪纠结，鸟迹纷然。以指画肚，噤不能宣。尘根未断，谪归千年。”通过描绘形象化的场景，来表现文章之奥涩。与一般文话著作相比，《文颂》因系以颂体撰成，本身有较强的文学性，但其所指也较一般文话模糊。如“飘渺”条云：“微风萧萧，暮雨潇潇。远舟横笛，声咽寒潮。山耶云耶，云门若耶？苍茫不辨，似近而赊。我怀如何，临风浩歌。伊人天末，弥望烟波。”此则描绘了一幅由微风、暮雨、远舟、横笛等意象营造的苍茫不辨的意境，作者之意在于以此画面作为“飘渺”之风的代表，未对“飘渺”作理论性的阐述。作为理论性著述，此书显得文学性有余，理论性不足。

《文颂》版本有清道光《昭代丛书》已集广编第三十八卷本,《丛书集成续编》据之影印。整理本有1929年北平朴社郭绍虞《文品汇钞》本、《历代文话》本等。

《纂言内篇·辞章》五则

谢济世 撰

按:谢济世(1689—1755),字石霖,一字梅庄,全州(今属广西)人,著有《以学集》《居业集》《史评》《纂言》《西北域记》等。因对程朱理学有所异议,乾隆六年(1741)九月,朝廷令湖广总督孙嘉淦销毁其所注经书。

《纂言内篇》有类子书,颇有体系。分《原道》《明伦》《释经》《诸儒》《异端》《方术》《辞章》七篇。其中《辞章》论古文、诗歌。谢济世对诗、文辞章之学较为重视,将其与儒家性命之学并列:"古之学,学性命;今之学,学辞章。譬诸草木,性命,稻粱菽粟;辞章,牡丹芍药。"谢济世对古代文章史作了简略评论:"老子约,庄、列剽,屈、宋艳,左氏、孙武峭,史迁疏以宕,杨雄缜而奥,柳近左氏,韩近杨,欧近史,苏近庄。老庄害道,诸子亦未能载道。道不在,皆辞章之类也。"谢济世从实用角度出发,重散体而轻骈体:"古之文,简而赅;今之文,骈以丽。诰颂铭诔,今体非古体,犹适于用;诏册令教表奏笺启,古无而今有,亦不可废;赋,无谓也。古赋在诗内,今赋在诗外。荀宋扬镳,贾马接迹。富者倾书厨,贫者设獭祭。十年而就,《二京》《三都》何益?既不足覆瓿,则亦不足疥壁也。

七与连珠更无谓矣。”在谢济世眼中，赋、七、连珠因无实用功能而对其评价甚低。

《纂言内篇·辞章》随《纂言》流传，有光绪三十四年(1908)铅印本。

《论文约旨》不分卷附《论文摘谬》

张泰开 撰

按：张泰开(1689—1774)，字履安，号乐泉老人，江南金匮(今江苏无锡)人，《清史稿》有传，康熙五十九年(1720)顺天榜举人、乾隆七年(1742)进士。

书前有“光绪辛卯六月金匮尤棵柱臣氏”序，即光绪十七年(1891)版，行二十四字，四周单边，单鱼尾。书末题“无锡匡宗衡排印”，知其为活字本，较为少见。上海图书馆藏本封面帖有标签：“玉鉴堂藏书第384号。”知其为孙祖基玉鉴堂藏书。《论文约旨》不分卷，书末附《论文摘谬》，《论文摘谬》标题下双行小字云：“以下原刻另为数页，今接书于《论文约旨》之后。”

尤棵(字柱臣)序其重刊缘起云：“乡先生张文恪公以乾隆壬申视顺天学，尝综作文诸法为《论文约旨》一卷，刊发各属，为诸生程式。一时承学之儒，靡然有以知趣向所在。自年世贸迁，版既朽蠹，传本渐尠。曩年张君子惠偶获一册于故簏中，乃道光戊戌华君赞元手录于吴塘草堂者，欢忭逾恒，珍同拱璧。既又以孤本单行，久必就湮。且虑近世文风日趋崛诡，思有以药救之。而斯编所论，实足为聋之发而聩之振，因邀其友曹君翊臣及余姊丈顾君钦明，相与醵赀付诸梨枣。”知此版是对道光十八年(1838)华赞元手抄本的排印。出版之因，既在于保存文献，也与纠正文风有关。在尤棵看来，“论文之作，大较以路闰生《仁在堂集》为称首”，“顾皆散见于各文评语，读者骤难得其要领”，而此书为时文话性质，论述集中，便于读者集中学习。

正文第一页题“顺天督学使者无锡张泰开履安撰”。全书分为审题、布局、章法、命意、修辞、变化、根柢、养气八纲。又“仍恐中下之资溺于习染，无从摆脱，难以入门。因复条分缕析，或据先辈之言，或砭世俗之失，俾易知易从，虽其中条目与前略同者，要之义各有取，正可互相发明焉”。分论通篇、论破承、论起讲、论入题、论起股、论出题、论中股、论后股、论结束、论短股、论对股、论活局、论认题、论文气、论用意、论用笔、论用词、论字句、论虚字、论篇幅、论作论、总论等。

全书论述较为全面，且多援引古文理论入时文话中，如“论篇幅”云：“文不患短，患其短促；亦不患长，患其冗长。长短各有家数，要在行乎其不得不行，止乎其不得不止。但文之长者，当以气胜，以意胜，以波澜反覆胜，无取乎敷衍浮词，若题之不可着议论，使才情只须点缀当下情景者，断不可作长篇也。”论时文长、短本无定法，与自顾炎武以来的清代古文观念较为合拍。推崇以波澜反覆胜，这也与推崇桐城古文观念接近。张泰开以学政身份推行此书，其影响也非普通时文话所可比拟。

《菜根堂论文》一卷

夏力恕 撰

按：夏力恕(1690—1756)，字观川，号澴农，湖北孝感人。康熙六十年(1721)与兄夏力忠同榜进士，改庶吉士，授翰林院编修。夏力恕长于诗与古文，徐世昌《晚晴簃诗汇》中“夏力恕”条《诗话》云：“观川谓：‘诗以道性情，性情之正，所谓喜怒哀乐，发而皆中节，非穷理知言，尽心养气，无以与于此。’其诗虽未能尽副其言，而不事雕镂，自具天机，是能以质朴胜者。”①其生平详见于程大中《夏先生力恕传》。著有《菜根精舍诗古文》《易说》《证疑备览》《四书札记》《杜文贞诗增注》《菜根堂札记》等，编有《湖广通志》。

《菜根堂论文》兼论古文、时文，为夏力恕《澴农遗书》第十。作者曾于雍正时加日讲官、起居注官。又曾于雍正元年(1723)出任顺天乡试同考官，次年任山西正考官，后讲学于江汉书院，对雍正“清真雅正”的论文之旨自然多有领会。《菜根堂论文》称“为文之的，雅正清真，包括无余矣”。不过夏力恕独出机杼，此书不是对“清真雅正”作正面阐释，而是从“清真雅正”之反面展开论述。指出“雅”的反面为“俗”，“正”的反面为“邪”。如果说“正邪”是论文章的“心”，则“雅俗”是论文章的“声”，“言为心声”。“清”的反面是“浊”，“浊”

①徐世昌：《晚晴簃诗汇》，中华书局1990年版，第2489页。

即是堆砌古书词语,徒具其表,并非真“古”。“真”的反面是“伪”,“伪”既指文章中的性情不真,也指文章学古而陷于伪“古”,后者与“浊”又相关联。夏力恕主张“雅正以立其本,清真以致其精”。二者紧密关联,“未有不雅正而能清真者,则又有虽雅正而犹未必清真者”。在从反面解说何为“清真雅正”之后,夏力恕为读者指出实现文章清真雅正的途径,在于熟读经典。首先应熟读的是五经、四子之书,夏氏认为“文章之窔奥皆不出此”。再次应熟读的是《史记》《汉书》等大家之书,以“观其运用变化”。最后是有选择地学习明代时文名家归、唐、金、陈等人的文章,以“观其规模次第”。在夏力恕看来,归、唐、金、陈等人的“规模次第”,便是《史记》《汉书》的“运用变化”,也正是五经、四子的“窔奥”。明代时文向来被视为八股文的正宗,夏力恕将明代时文的成功,归功于儒学经典的义理滋养和古文经典的影响,试图为清代时文指出发展路径。

在作家论方面,夏氏点评了古代诸多文章名家,多以“清真雅正”为准绳。如他认为“宋六大家惟欧、曾二公气象从容,文品更高”,而欧、曾二家之中,“欧文犹略见才人风调,曾文则蔼然一出于学者之言”,对于曾巩的推崇,便是因其所作经术之文一依于理,最为符合“清真雅正”的评判标准。他称:“文品之最上者,无矜气而有灏气,无溢理而有全理,……其气象若亲炙焉,方可代圣贤立言。”其文论最终指向,仍是基于其“代圣贤立言”的文道观。夏力恕明确提出:“文章者,学之枝叶也,而根本寓焉。”他将理学经典作为文章经典:“六经、四子之文章,其根柢于天人性命而流露于规矩神明。”提出学作文章者,应以此为根本,而非仅求诸司马迁、韩愈、欧阳修等文家,否则便是本末倒置。

值得注意的是,《菜根堂论文》还注意到了文章中的声音问题,夏力恕称之为“音节”,又称之为“响”。优秀的古文作品中具备节奏与声响,是客观事实。夏力恕便指出:“前辈为诗与文皆有音节。”然而后人学习古人之文,大多只效其辞,少有从声音角度关注的。这样的学习结果,往往是文章辞胜而无“音节”,夏氏对此感慨道:“言文字而知音节者鲜矣。”他将韩愈名言“言之短长与声之高下皆宜”作为“精乎响者”之言论。《菜根堂论文》论述声音之于文章的作用云:“夫所谓音节者,非以悦口耳为也,将以宕其神,使有远致。留其味,使有余变。”夏力恕又将文章中的“响”即“音节”细分为数类:“凡文字之佳者,未有不响,而有今响,有古响,有杂奏之响,有孤鸣之响,有有声之响,有无声之响。”他以韩愈《祭田横墓》《柳州罗池庙碑》等文为有音节的古文典型。清代中叶以后,文章学著作对古文中的声音问题越来越重视,夏力恕《菜根堂论文》无疑是其中较早注意到这一问题的。

此书有清刻《澴农遗书》本,《历代文话》据之排印。

《文谈》一卷

张秉直 撰,李元春 评

按:张秉直(1695—1761),字含中,号萝谷,陕西澄城人。李元春(1769—1854),字仲仁,号时斋,陕西大荔人,著有《时斋文集》《时斋诗集》《桐阁拾遗》《桐窗残笔》《桐窗余稿》《桐窗散存》等。《文谈》为辑录体文话,前有张秉直自序,全书分

《作文之害》《作文之本》《作文之旨》《作文之法》《论文之概》五部分，主要援引韩、柳、苏轼、王安石、朱熹、魏际瑞、魏禧等人文论，张秉直间以“直按”的形式予以评点。张秉直论文推崇八家，认为：“八家者，唐宋之大宗，初学之模楷也。”张氏重八家而不轻视秦汉：“盖不读《左》《史》，无以探文章之本；不读八家，无以尽文章之法。合之则两美，离之则两伤。”不过，有鉴于明人多学秦汉而沦为伪古，张氏认为八家更适于初学：“学八家而不成，所谓‘刻鹄不成尚类鹜’者也；学《史》《汉》而不成，有明之伪古，所以至今诟厉耳。”后李元春对《文谈》予以点评，李氏主张“朱子之理，参以昌黎之笔，是文章正则”。李氏评语刻于《文谈》天头处，形成具备评语的文话著作，在清代文话中较为少见。

是书有道光十五年(1835)《青照楼丛书》本，台北新文丰出版有限公司《丛书集成续编》影印，《历代文话》据之排印。另有光绪十八年(1892)关中书院刊本。

《先正论文钞》不分卷

江上受轩老人 定，伍荣元 习

按：本书分卷上、卷下各一册，由署名江上受轩老人者辑录明清时文话而成，亦引有宋人读书法，原为其子伍荣元习文而编，前署“雍正十年壬子秋九月都门”。

书中引录徐楚白、汤子方、汪武曹、方灵皋、汤宣城、凌文起、李九我、袁了凡、归太仆、黄际飞、董少白、汪钝翁、王耘渠、艾千子、储允玻、茅鹿门、李安溪、杨维斗等人文说，对归有光较为推重。如引王耘渠语云:“经义之有震川,犹人伦之有孔子。”书中注意由读书法引到作文法,“看书须分界限、段落、节次”条引唐翼修语云:“经书将界限分清,则此段某意,彼段某意,虽极长难解之书,其纲领条目、精微曲折,可以玩索而得。”进而引申到作文亦须分清界限:“文章之篇幅较经书倍长,宜将其界限、段落分别清白,而后文之精微变化始能显露。苟模糊混过,如何知其全篇大旨、逐段细意及结构剪裁之法?”全书特别重视审题,涉及单题、全章长题(附长题)、两截题、二句滚作题(兼筌蹄相因题)、倒纲题、顺纲题、二扇题、三扇题、段落题(四扇至九扇)、浅深相应题(顺纲倒纲全)、横担题、援引题、攻辩题、比兴题(附游戏题兼筌蹄影射题)、记事题、序事题、截上题(兼筌蹄上题及结上题)、截下题等。以上对各种时文题目的分析,“本黄际飞《明文商》,删去五则,附于内,而兼以李九我《举业筌蹄》十则”。下面论及时文技法,涉及宾、转、反、斡、代、翻、脱、擒、离、破承、首二比、三四比、五六比、七八比、布置、开阖、照应、错综、清新、无中生有、尔我相形、华赡、咏叹、模写、圆熟、股法等,又有诸多散论。

该书有国家图书馆藏抄本。

《时文论》十八则

刘大櫆　撰

按:本书为时文话著作,专论时文八股。

刘大櫆(1698—1779),字才甫,一字耕南,号海峰,枞阳(今属安徽铜陵)人,副榜贡生,乾隆元年(1736)以博学鸿词征，未果，官黟县教谕。清代桐城派重要古文家。

刘大櫆非常重视时文，曾说："夫文章者，艺事之至精；而八比之时文，又精之精者也。"①《时文论》共十八则，是系统反映刘大櫆文论思想的时文话专著。《时文论》指出，八股文写作的最终目的是为了准确传达圣人之意，且不能有所增减。这也是古文与时文的重要区别所在，古文须"自己精神胜"，即有自己的见解；时文须"己之精神与圣贤精神相凑合"，刘大櫆强调："作时文，使不得才情、使不得议论、使不得学问，并使不得意思，只看当日神理如何。看得定时，却用韩、欧之文如题赴之。""作时文只要求其至是处，或伸或缩，要之不离本题真汁浆，不得别生支节。""作时文不要求新，只说本题应有意思，便是千古常新。若别生议论，纵经经纬史，要于题没干涉。"不过八股时文虽是代圣贤说话，不是作者自我作论，但也与汉学家通过训诂以达圣贤之意不同。这种文体特征决定了其写作特色不能自我作论，决定了其具有代言的特点，要以惟妙惟肖的口吻模拟圣人；不同于经传训诂式地解经，便对其提出了文学性的要求，《时文论》提出要借鉴古文艺术特色，充分利用左、马、韩、欧等古文家文中的神气、音节、曲折等，使得八股文"文字做得好"。刘大櫆针对"谈古文者，多蔑视时文"的现象，指出"不知此亦可为古文中之一体"，其意即在强调以古文为时文。《时文论》针对僵化定型的八股文体制，指出时文体裁本无一定，需要根据题目确定整、散布置。这也是出于赋予八股文文学性的用意。《时文论》还对明代这一时文的黄金时代予以肯定："明代以八比时

①刘大櫆：《徐笠山时文序》，吴孟复标点《刘大櫆集》卷三，上海古籍出版社1990年版，第93页。

文取士，作者甚众。日久论定，莫盛于正、嘉。其时精于经，熟于理，驰骤于古今文字之变，震川先生一人而已。荆川之神机天发，鹿门之古调铿锵，卓然自立，差可肩随。”总之，《时文论》既确保了八股文代圣人立言这一最大文体特征，也尽最大可能来提高八股文的文学色彩。

《时文论》收录于同、光间刊刻的《海峰诗文集》之中，又见于光绪元年(1875)刻本《刘海峰稿》卷首，上海古籍出版社1990年吴孟复标点本《刘大櫆集》据前者收录，成为常用的通行本。不过《海峰诗文集》所附《时文论》只有六则，而《刘海峰稿》中收录的《时文论》则有十八则之多，是为足本。

《论文偶记》一卷

刘大櫆　撰

按：此书为桐城派重要文话著作，前有刊印者黄秩模、李瑶序。黄、李二人均对《论文偶记》盛赞不已，黄序称此书“议论精博，高高下下，直言无隐，洵学古者驰骋之大涂也”。李序称刘大櫆其人云：“学有根柢，本出望溪方氏门下，故能出入周、秦、两汉、诸子及唐、宋以来诸大家，世虽称其制艺，实则不仅以制艺见也。”认为《论文偶记》“盖自道其一生得力处也”，评论其价值称：“征士此论，精邃透澈，直可与宋李耆卿《文章精义》、元陈伯敷《文说》等著并驱传世。”刘大櫆虽位列“桐城三祖”之列，但对其古文成就，后世一直较有争议，其在桐城派中的地位也不如方苞、姚鼐之高。唯独其

《论文偶记》一书影响较大，受到后人高度重视，成为桐城派文话代表作。

《论文偶记》论文首重神、气："行文之道，神为主，气辅之。"刘大櫆既重视形而上的神与气，也重视形而下的"文人之能事"，亦即文法之作用。他认为"古人文字最不可攀处，只是文法高妙"，"文法至钝拙处，乃为极高妙之能事，非真钝拙也，乃古之至耳。古人能此者，史迁尤为独步"。尤为可贵者，《论文偶记》论述了古文中音节、节奏，这在此前的文章学中论述得不多。晚清以降，文坛流行对古文声音、节奏的探讨，与《论文偶记》的影响有一定关系。

《论文偶记》还系统地提出了十二种古文理想境界。首为贵奇，这与方苞为代表的"雅正"理念有异。雍正末年、乾隆初年，文坛上一度出现对"奇"的推崇，刘大櫆受此影响。"奇"非仅指字、句之奇，而更指气奇、神奇。气奇以韩愈文为代表，神奇最难得，以《史记·伯夷传》为典型。第二为贵高，高可分为识高、骨高与调高三种。第三为贵大，可分道理博大、气脉洪大、丘壑远大三种，认为"古文之大者莫如史迁"。第四为贵远，刘大櫆借助画学中"远"的范畴，以司马迁文字为"微情妙旨，寄之笔墨蹊径之外"的代表。第五为贵简，刘大櫆称简为"文章尽境"。第六为贵疏，疏与密相对。刘大櫆更为推崇"疏"的境界："疏则生，密则死。"他以《史记》为疏之代表："子长拿捏大意，行文不妨脱略。"第七为贵变，又细分为神变、气变、境变、音节变、字句变。他以司马迁、韩愈之文为典型。第八为贵瘦，"文至瘦，则笔能屈曲尽意，而言无不达"。第九为贵华，以《左传》《庄子》《史记》为代表。第十为贵参差，刘大櫆认为"虽排比之文，亦以随势曲注为佳"，参差正是古文与骈文的重要区别。第十一为贵去陈言，这是源自韩愈的观点。刘大櫆认为“作古文无不去陈言者”。第十二为贵品藻，“品藻之最贵者，曰雄，曰逸”。在历代作家中，“太史公雄过昌黎，而逸处更多于雄处，所以为至”。这十二种古文境界，刘大櫆多以司马迁《史记》为例证，亦可见《史记》在桐城派中的文章典范地位。

此书版本较多，有道光二十七年(1847)黄秩模刊活字本、光绪十四年(1888)《刘海峰文集》本等，整理本有1959年人民文学出版社与《初月楼古文绪论》《春觉斋论文》合刊本、《历代文话》本等。

《缓堂文述》二卷

顾诒禄　编

按：顾诒禄(1699—1768)，字禄百，又字缓堂，张大受外孙、沈德潜忘年交。著有《吹万阁诗文》《缓堂诗话》等，编有《长洲县志》《元和县志》《虎邱县志》等。《缓堂文述》有上下两卷，前有自序云：

> 丙戌之夏，炎威逼人，思从事笔墨，驱此酷吏。因念风雅之旨，前人俱有诗话，惟文章之法，未闻荟萃成书者。黄梨洲之《论文管见》、家亭林之《救文格论》，不过寥寥数则。潘苍崖之《金石例》、王止仲之《墓铭举例》，但详碑版，未足为古文据依。遂举所记忆，随手征引，共得一百四十条。非史册遗文，即前贤余论。间参

管见,咸属旧闻。述而不作,剿说之诮,予何敢辞?不根之讥,吾知免矣。乾隆三十一年七月朔日顾诒禄自序。

此书为援引历代文论而成,上卷辑录清以前文论,包括名家言论、史书中的材料等。下卷辑录清代文论,可见顾氏对本朝文论的重视,引录较多者有魏禧、侯方域、朱彝尊、徐乾学、汪琬、蔡世远、陈震等人,对其外祖张大受语亦多有引录,如:"先外祖匠门先生云:文章以西汉为极,无间架、无针线,然错综曲折,照应牵拂,最为巧妙。""诸子之书,惟荀、杨为近理,然其雄伟变幻,文字各有可观。"下卷多有文体论的内容,论及箴、颂、论赞、铭、序、赋、骈体等文体。

是书有乾隆五年(1740)刻本。

《文史谈艺》一卷

姚范 撰

按:姚范(1702—1771),字南青、南菁,号薑坞,安徽桐城人,为桐城派著名古文家姚鼐伯父,又与姚鼐之师刘大櫆友善,亦长于古文。《文史谈艺》本为姚范《援鹑堂笔记》第四十四卷,方宗诚《读文杂记》云:"惜抱先生伯父薑坞先生《援鹑堂笔记》集部中有论文数十则,皆微言也,欲作文者不可不精求其义。薑坞友刘海峰先生有《论文偶记》百数十条,亦皆微言至论。韩、欧以外,少能见及者。"将其与刘大櫆《论文偶记》相提并论。

此书曾经方东树整理，方氏在一些条目之后留下了自己的评语，方氏评语除其本身文章学价值外，还具有一定的文献学价值，如在“《题欧、曾二公帖》云”一则之后，方东树评曰：“东树旧读《抱朴子》，亦嫌其浮虚华文，尝著论道之。及见先生此条，私喜蒙见于前辈有合，故又特取先生记文靖此二条汇编于此，其旨温醇渊雅，可谓善言德行，善言文学矣。后学玩之，多所资仰，岂止采伐渔猎而已乎?”据此，知书中有些条目并非姚范在世时所审定，乃方东树从姚范著作中爬梳整理添加进去的，可见方氏对《文史谈艺》的成形作用较大。又如在“王文肃称熙甫先生之文如清庙之瑟”条下，方东树云：“以上自文章高下论文四十七则，皆言文之深趣奥旨，可与韩、柳、李习之、苏明允、朱子、归熙甫诸贤之语相印可，所谓正法眼藏也。以树少时所闻，内多海峰先生语，然先生与刘先生同术相友善，或识论素合，今不可辨。政如朱子《四子集注》取明道、伊川语，但题‘程子’，不复区别，以其道之同，即一家言也。刘先生有《论文偶记》刊行于世，要其绪言余论尚多，不尽刻编。”此则揭示出姚范《文史谈艺》与刘大櫆《论文偶记》二者之间的关系，值得关注。

书中援引李翱观点，主张“文、理、义三者兼并”，对文章的字法、句法、章法以及音响等较为重视。书中引朱熹语以表彰韩愈、苏洵古文“皆从古人声响处学”。又指出：“字句章法，文之浅者也，然神气体势，皆阶之而见，古今文字高下，莫不由此。”这些均与刘大櫆《论文偶记》观点相似。再比如，此书论文还强调文字贵持重，反对轻利快便，进而指出归有光《见村楼记》音韵轻促、《陶节妇传》句子流于轻便：“凡文字贵持重，不可太近飒洒，恐流于轻利快便之习。”“凡文字轻利快便,多不入古。才说仙才,便有此病,李太白诗、苏东坡文皆有此患,庄周亦间有之。""震川传惟《陶节妇》最胜,然'岁月遥遥'等句流于轻便,太史公文法无此。"而相似观点在刘大櫆《论文偶记》中亦可见到:"气最要重。予向谓文须笔轻气重,善矣,而未至也。要知得气重,须便是字句下得重。此最上乘,非初学笨拙之谓也。"

姚范《文史谈艺》论古文强调"气韵""情韵",如称韩愈《与孟尚书书》:"可谓工极,以视史迁、杨恽二《书》,则气韵高古沉重,去之远矣。""柳州《石钟乳记》从李斯《逐客书》来,前后气韵短促,浑雄高厚去之甚远。""欧公情韵或过之,而文体高古莫及。"这对姚鼐论文重韵有直接的影响。《文史谈艺》对评述的古文名家,多指出其不足。如既赞赏欧阳修文章长于转折、吞吐抑扬多变,也指出其瑰奇绮丽不如韩愈;既赞赏汉文高古,也认为西汉文有"文法莽苍""过于硬插"的缺点。通过细读,姚范还发现曾巩古文中有多处袭用王安石语,不为名家讳。姚范认为文章受时代局限,有人力所不能改变之处,他认为汉体高于唐体,唐体高于宋体。认为韩愈《孟尚书书》不如司马迁、杨恽二《书》高古;韩愈《画记》也无法比拟《顾命》的浑穆庄重。在他看来,此皆源于时代,与作家个人无关。

《文史谈艺》一直随《援鹑堂笔记》而流传,有道光十六年(1836)姚莹校刻本、方东树重刻本,台湾广文书局1971版、《续修四库全书》本均据之影印,单行本则有《历代文话》本。

《文说二首》

全祖望 撰

按：全祖望（1705—1755），清代著名史学家、文学家，字绍衣，号谢山，鄞州（今浙江宁波）人。《文说二首》认为“作文当以经术为根柢”，他分古文作者为“大家”与“作家”二种，“唐宋八家而后，作家多，大家不过一二”。全祖望对明代古文评价不高，认为：“明初集大成者惟潜溪，中叶以后，真伪相半。虽最醇者莫如震川，亦尚在水心伯仲之间。”第二则论文人有失气节之作，以韩愈《上宰相书》《潮州谢上表》等为例，又指出“水心应酬文字，半属可删”，进而提出“儒者之为文也，其养之当如婴儿，其卫之当如处女”。

《文说二首》收于《鲒埼亭集外编》卷四十八《杂著》之中，有乾隆间刻本、嘉庆十六年（1811）刻本等。整理本有上海古籍出版社 2000 年朱铸禹汇校集注《全祖望集汇校集注》等。

《占毕丛谈·谈文》（与《谈诗》合为一卷）

袁守定 撰

按：袁守定（1705—1782），字叔论，号易斋，晚号渔山翁，丰城（今属江西）人。雍正八年（1730）进士，历任会同、洪江、芷江等地知县，后升吏部主事，勤政爱民。著有《地理啖蔗录》《图民录》《居官通义》《占毕丛谈》等。

《占毕丛谈》书前有乾隆十三年(1748)袁守定自序，其云："丛谈何以作也？岁丁卯，仆滥竽豫章讲席。课士暇，批阅旧籍，有所见，时时为诸生言之。因叙以成帙，故曰丛谈也。"①知此书为袁守定在书院课士之用。全书共六卷，内容较广泛，卷一为《谈学问》《谈言行》，卷二、卷三为《谈治术》，卷四为《谈臣道》，卷五为《谈文》《谈诗》，卷六为《谈武事》《谈臣事》。附录《劝学卮言》《时文蠡测》各一卷。其中卷五为诗文评部分，分论诗、文。

《占毕丛谈·谈文》综论古文、时文。袁守定善于总结文法，他以《史记·屈原列传》为例，总结出诸种文法。他指出《屈原列传》中忽然插入"父母者，人之本"一段，"此文章咏叹法也"。又忽然插入张仪献商於之地一段，"此文章穿插法也"。"忽入人君无智愚贤不肖，莫不欲求忠以自为，举贤以自佐"，"此文章寄托法也"。文章中又忽然加入屈原与渔父的对话，"此文章波澜法也"。后又提及宋玉、景差、唐勒之徒的情况，"此文章带见法也"。后又提及百余年后的贾谊，并屈原、贾谊合传，"此文章飞渡法也"。从一文中总结出六种文法，令人信服。袁守定还总结出古代文章学有以水喻文的传统，其云："古人每以水喻文。"他指出韩愈、苏轼、张耒等人皆曾以水喻文，进而总结说："以水喻文，而斯道之原委性情具矣。"袁守定还注意古文的声音要素："文章虽不如歌诗、骈体拘韵限声，然亦须平仄相间，低昂相宜。使音响调协铿锵

①袁守定：《占毕丛谈序》，《四库未收书辑刊》第6辑第12册，第468页。

可听。”这与清中期从声音证古文的风气相合。

对于时文，袁守定最为推崇明代八股名家陈大士。他引清初张誉的论说，称“天地间有四圣人”，即“尧舜，帝王中圣人。孔子，道德中圣人。司马子长，古文中圣人。陈大士，时文中圣人”。但对于如何学习陈大士时文，他强调：“若内无其学，强学其文，譬如饿夫，空空无有，欲效饱健者之行路，日百十里，究何能及？徒自苦耳。”明清有不少《先正论文》之类的时文话，将明清时文名家的文论提炼汇总，如茅坤《四字诀》、董其昌《九字诀》等，对于这些专业时文技巧的著作，袁守定以为：“终日言文而不及理者，是天下无文也。”亦可见出其对重法而不重理的风气的不满。

是书有嘉庆十九年(1814)刊本、光绪十二年(1886)重刊本，《四库未收书辑刊》第6辑第12册据光绪本影印。

《时文蠡测》一卷

袁守定　撰

按：此书为《占毕丛谈》附录，独立成卷。版本与《占毕丛谈》同。书前有袁守定作于乾隆十二年(1747)的序文。全书共四十则，第一则“言取士之意”。第二则“言闻道为作文之本”。第三则“言集义为作文之本”。第四则“言致知格物为作文之本”。第五则“言文以气清为主”。第六则“言裨(败)[贩]之病”。第七则“言清浊相半之病”。第八则“言清而无味之病”。第九则“言真气”。第十则“言(大)[太]隽伤气”。第十一则“言意多伤气”。第十二则“言笔力”。第十三则“言根柢时文之病”。第十四则“言好尽之累”。第十五则“言涵蓄之妙”。第十六则“历论诸家”。第十七则“言性灵之文”。第十八则“言自是之病”。第十九则“言善变之学”。第二十则“言伪章、罗之病”。第二十一则“言爱奇之病”。第二十二则“论言情之文”。第二十三则“言括史传之文”。第二十四则“言有气节之文”。第二十五则“言无气节之文”。第二十六则“言观文以知其人”。第二十七则“言造篇”。第二十八则“言构股”。第二十九则“言修辞”。第三十则“言致思之道”。第三十一则“言文以洁为主”。第三十二则“言笔妙”。第三十三则“言不可摹人之辞”。第三十四则“言不可袭人之辞”。第三十五则“言应举之弊”。第三十六则“言趋时之弊”。第三十七则“言才不才之辨”。第三十八则“历论诸选家”。第三十九则“言渐去疵累之道”。第四十则“言成法所不具论”。

与《占毕丛谈·谈文》中的时文观一致,《时文蠡测》关注的多是时文“形而上”的论题,对于具体如何写作,《时文蠡测》并未讨论。全书四十则,前五则是正面提出作者心目中的理想之时文。其余诸条,多谈时文之弊,这也是针对时文卑下、弊病甚多的现实所作出的论述选择。

《麈谈笔存》之《论文》《论时文》《附论作时文四则》三种

徐晓亭 撰

按:徐晓亭,生卒年不详。《麈谈笔存》为诗文合话,其中有独立的论文部分,书后有于光华跋。于光华(1727—?),字惺介，号晴川，金坛（今属江苏常州）人，著有《文选集评》《古文分编集评》等。于氏自称“同邑后学”，则徐晓亭亦为金坛人。跋语称：“先生此书，自六经书史以及诗文文词诸子百家，高下得失，犁然在目。”

论文部分《论文》《论时文》《附论作时文四则》三种，将儒家经典及诸多史书纳入文章学视域，对《四书》《左传》《战国策》《史记》《汉书》《晋书》等著作的文章特色予以评价。徐氏论文，大约有三个特点，其一，注重辨析文章流别，如认为乐毅《报燕惠王书》“词本血诚”，诸葛亮前、后《出师表》“似从此脱胎而出”。认为《史记》中的断续呼应的叙事文法源于《左传》，而其雄奇文风则源于《战国策》《庄子》等。指出韩愈《送董邵南序》“节短而波致叠生”，而此特点源于《史记》诸论赞。

其二，论文尊经，以经为文，对“六经”“四书”均从文章角度进行评论：“六经之文，如日月之明，江河之流。天地赖以照临，动植赖以生遂。”“四书之文，《论语》精微，《大学》该贯，《中庸》密切，《孟子》纯明。比之于经，《论语》似《易》，《大学》似《书》，《中庸》似《礼》，《孟子》似《春秋》。统而论之，四书乃六经之阶梯。”秉此文学观念，他梳理的明代文章史，也是以儒家文派为核心：“明三百年中，文之上溯孟、韩、荀、杨者”，依次有宋濂、方孝孺、顾宪成；“文之直追《史》、《汉》、欧、曾者”，依次有归有光、王慎中、黄淳耀。

其三，徐晓亭文学史意识很强，《论时文》部分将明代时文视为“高、曾规矩”看待，他将明代时文分为“以时文为时文”和“以古文为时文”两个各自有别的支派，并分别分析二派的创作特点和支派流衍。“以时文为时文”，“所主在理，而法未尝不备，词未尝不精”，以王守溪、唐荆川、瞿昆湖、薛方山诸人为典范。“降而为陶、董，虽过圆过熟，犹未离乎典则，更降而为汤霍林、韩求仲，则拈弄虚机，而庸俗之腔调盛行矣”。“以古文为时文”，“所主在气，而理未尝不醇，体未尝不重”，以钱鹤滩、归熙甫、张小越、胡思泉为典范。“降而为金、陈，虽稍粗稍率，尚未至于横决，更降而为陈卧子、夏彝仲，则摹拟声调，而时文之法纪荡然矣”。《论时文》部分在评议本朝时文时，徐晓亭点评了共计五十三位清代制义名家，是一部简洁的清前中期时文史，有魏裔介、熊伯龙、张愿、刘子庄、王庭、张永祺、李来泰、戚藩、史逸裘、陆灿、赵炳、张玉书、马世俊、李绂、俞琰、李光地、陆陇其、徐乾学、钱世熹、韩菼、汪薇、金德嘉、高东生、金居敬、俞长城、刘谦、储欣、于采、方州（百川）、王汝骧（墙东）、魏琬、沈近思、陆师、刘严、汪越、方苞、方篥如、储在文、王澍、董思泰、曾元迈、崔纪、储大文、李震生、姜颖新、卢生甫、储龙光、王步青、张江、曹一士、陈祖范、吴黻、周白门。评语多是一句意象式批评，如评姜颖新文：“如得道之士，见客无羞涩之容。”评熊伯龙文：“如河北侠少，英爽异常。”评张永祺文：“如霜皮黛色，骨干坚老。”

又有《附论作时文四则》则从审题、时古文之别、师法、载道四个角度展开论述。

《麈谈笔存》有乾隆四十四年（1779）于光华刻《增订集录》本，又有上海图书馆、北京大学图书馆藏抄本。

《经书卮言》九则

范泰恒 撰

按：范泰恒（1707—1775），字崧年，号无崖、燕川主人，河内

(今河南沁阳)人,“乙丑岁成进士,入史馆”①,即乾隆十年(1745)进士,为翰林院庶吉士,外补江西崇义知县。曾于安徽霍山衡山书院、陕西同州府讲院、陕西关中书院等地主讲,著有《燕川集》传世。乾隆诏令编纂《四库全书》之时,《燕川集》前六集被列入《四库存目》,今《四库全书总目》集部别集类有《燕川集》六卷存目提要,为翁方纲手笔②。齐鲁书社《四库全书存目丛书》补编第十册影印首都图书馆藏乾隆刻本《燕川集》,凡六卷,正是《四库存目》著录的版本。《燕川集》在历史上曾数次重刊,每次卷数都有增加。嘉庆十四年(1809),范泰恒孙范照藜重刊《燕川集》,增订为十四卷,这是《燕川集》内容最全的版本,哈佛大学汉和图书馆等地有藏。《经书卮言》即收录在此版《燕川集》的第十四卷之中,末有杨复吉跋。

民国《续修四库全书总目提要》在经部中著录有《经书卮言》,著名藏书家、学者伦明(1875—1944)撰写的提要云:“大率以文体论经。以《古文尚书》为伪,谓辨之气骨之间。谓《大学》《中庸》亦汉文,周人无此格。《考工记》亦汉人作。论《春秋》三传,取俞宁世《左传》选本。论《论语》,谓有似《左》《史》者,有似《国语》者。识陋如此,其他所论,抑可知矣。”③《经书卮言》从文章学角度研究经书,是以文论经的典型。伦明所作提要大致介绍了《经书卮言》的内容,但伦明对其评价很低,称其“识陋如此”。今按,伦明评价可商。《经书卮言》

①范泰恒:《祭先大人文》,《燕川集》卷十三,嘉庆十四年(1809)刻本。

②翁方纲撰、吴格整理:《翁方纲纂四库提要稿》,上海科学技术文献出版社2005年版,第1043页。

③中国科学院图书馆整理:《续修四库全书总目提要》,《经部·群经总义类》,中华书局1993年版,第1334页。

常据经书文风特点判断其产生时代，其方法论确实容易产生争议，但其所得结论，与今天的学术研究成果相距并不甚远。如其称“《礼记》文最杂，有周、有秦、有汉”，这与今天对《礼记》篇章成书时间的判断基本一致①。至于对经书文风的评价，则言人人殊。《经书卮言》称《论语》“淳古淡薄”，称《孟子》“恢奇怪变”，称《考工记》“博奥奇古”，所论均可谓切中要害，未见浅陋。伦明对其评价过低，原因可能还是在于其“大率以文体论经”的特点。《续修四库全书总目提要》将此书置于经部之群经总义类，而非集部诗文评类，可见还是将其视为经学著作的。此书实则是一部文章学著作，并非经学著作，以经学的标准审视，自然难免有“识陋如此”的判断。自来文家多号称“以经为文”，但真正将经书作为文章来分析的，在明清以前却不多见。《经书卮言》不论经学，完全从文章学视域评论经籍，是清代较早开此风气者。晚清曾国藩在《经史百家杂钞》中正式将经部选入古文选本，从文章学视域遴选经文，这与范泰恒《经书卮言》以文论经，本质并无二致。

范泰恒以文论经，在他眼中，“五经三传、《周官》、《四书》，皆妙文也”(《燕川集》卷十二《书战国策选本》)，《经书卮言》可谓是此种理论视域下的具体批评实践。在《燕川集》中还有十二篇文章可与《经书卮言》相印证，即《燕川集》卷一的《论语论文序》《大学中庸论文序》《孟子论文序》《周易论文序》《尚书论文序》《诗经论文序》《礼记论文序》《周官论文序》《左传论文序》《老子论文序》《庄子论文序》《列子论文序》。这

①赵逵夫《王锷〈礼记成书考〉序》云：“(《礼记》)它是春秋末年至秦汉之际关于‘礼’的解说、补充文字和有关论文的汇编。”王锷《礼记成书考》，中华书局2007年版，序言第5页。

十二篇文章是一组系列论文，对经书及诸子的文章进行评论。范泰恒指出“有德必有言”“性道固罕闻，而文章亦未易言也”(《大学中庸论文序》)，认为经书文章本身都是佳作。所论或与《经书卮言》相似，或可与《经书卮言》相互补充。如《论语论文序》：“即以文论，《论语》之文，高简蕴藉。”与《经书卮言》的评语近似。《大学中庸论文序》云：“《大学》之前幅，《中庸》之后半，其尤神妙难言者。”则可补《经书卮言》所未论。

《经书卮言》单行本则有道光间《昭代丛书》辛集本，上海书店出版社、台湾新文丰出版公司分别出版的《丛书集成续编》，均据《昭代丛书》版影印，《历代文话》本《经书卮言》亦据之排印。

《古文凡例》十五则

范泰恒 撰

按：范泰恒所撰文话《经书卮言》因被收入《昭代丛书》，受到后人注意，被多次影印、排印。实则范氏文集《燕川集》中有多种集中论文的文话，其孙范照藜便称其“一生绩学肆力文章”①。其文章学著述主要集中在《燕川集》第十四卷中，此卷除了收录《经书卮言》外，另有《古文凡例》十五则，专论古文。另有《关中书院条约》八则，《关中书院条约》是范泰恒于关中书院主讲时所撰院规，与其他书院院规不同，《关中书院条约》内容较为集中，除了末三则分别论述诗学、书法、威

①范照藜：《恩荣恭纪》，《燕川集》卷首，嘉庆十四年(1809)刻本。

仪之外，前五则全部是对学生在文章写作上的要求，体现了范泰恒文章学家的本色。

《古文凡例》凡十五则，主要分为文章学综论与作家论两部分内容。作家论部分论及先秦、西汉及唐宋八家。范泰恒欣赏《庄子》文笔，称其为“奇文之祖”，“自汉唐来，能文之士皆法焉”。虽然后人在客观上多有学习《庄子》文章的，但古代的庄学研究，主要还是子学研究，范泰恒说：“旧评多赏其宗旨，此与腐儒读语录无异。惟吾师任处泉先生评点内七篇，就文论文，笔妙始见。”任应烈(1693—1768)，字武承，号处泉，钱塘(今浙江杭州)人，雍正八年(1730)进士，曾任翰林院编修、南阳知府等职。范泰恒受其影响，重视以文论文，即从文章学视域研究经、子著作，其对《庄子》的文章学研究，即源于任应烈的庄子文学研究。《古文凡例》中多有援引任应烈文论观点之处，如对于《战国策》的评价：“独吾师处泉先生谓多偶句是其病处，然偶句亦多峭健。”对《史记》的评论则是其师生两人的意见：“处泉任师曰：妙在突。余曰：亦妙在伏。师然之。”《古文凡例》欣赏西汉文章，称：“西汉诸帝诏古厚可诵。贾、晁、司马文笔古横，卓然特出。匡、董、刘向经术深而气味亦茂。”不喜东汉排偶之文。八家中最为推崇韩愈，范泰恒认为韩愈古文叙事高于议论：“约六经之旨，而成文高处，尤在诸碑志。”对于柳宗元古文，《古文凡例》称赞其“骨力远超宋人，其诸记佳矣”，但也指出其有“句调似赋，少昌黎参差高下之致”的不足，范泰恒以此为自得之秘，强调此点“自来无人道及”。对于欧阳修古文，不同于“自来妄推”者，范泰恒辩证看待其文。既肯定“欧公议论时有韩之变化”，也指出其“奇矫则不逮，且多近俗处”。论者对欧文叙事向来多有赞赏，范泰恒同样肯定其“碑版、《五代史》叙事近《史记》”，同时又以曹丕对刘桢的“不遒”的评语来评价欧阳修叙事文。又称欧文“其铭词不如昌黎之古”，“论赞多平实语，少味外味，亦不如《史记》也”。对王安石文，则褒多于贬，认为其叙事文逊于欧阳修而议论则胜之，“其遒折处，文品尤贵”。对于三苏父子，范泰恒认为苏洵文“老健沉着，应在大苏上”，苏轼论策“笔太直而少变化，气太纵而少停蓄”，苏辙文“近父兄而骨力较嫩”。对曾巩评价不高，认为其“多实语，少变动”。总体看来，范泰恒《古文凡例》推崇先秦、西汉以及韩愈古文，唐宋八大家中，除对韩愈没有批评之词外，对其他诸家皆是有褒有贬。

在文章学综论上，强调以经史子为学文基础，《古文凡例》指出：“学者根柢在六经，识见在诸史。”同时强调叙事为史书的主要文体功能，对于《史记》中的《伯夷列传》《屈原列传》等文被公认为叙事之“变调”，“或谓此等尤佳”，范泰恒指出：“凡事有可详者，实叙为上。事迹略而不间以议论，文于何有？”他指出《伯夷列传》《屈原列传》多议论而少叙事的“变调”写法，实在是因为传主生平事迹模糊尠少，太史公“不得已耳”，令人信服。在文法观上，范泰恒以为《战国策》已有文章架子：“《国策》以下，间架始立。”(《燕川集》卷十二《书战国策选本》)《古文凡例》认同“文至宋而法备”的既有论点，但同时强调文法只适合作为“中材准绳”，期望由程式化的文法而达文章高妙之境则甚难：“由法生巧、变化从心、随手拈来，自成一奇，此殆天分也。”由于文法程式最终在宋代确定，清代文家重唐宋古文，实则更重宋代。范泰恒则重秦汉，唐文中重韩愈：“近人好言欧、曾，似矣。然不以《史记》、韩文培其骨力，则笔终提不起，亦揉不碎。”对于叙事、议论二体的难易之别,明清以来的论者多谓叙事难于议论,但多不言明原因。范泰恒同样认为“文章之道,议论易,叙事难”,但他在《古文凡例》中陈述了具体理由:“议论之文多应酬,不工尚无关系。”“若上为朝廷作史裁,下为名山藏著述。记事纂言,叙事尤要。”丰富了清代文章学有关叙事、议论难易之辨的内容,其观点可备一说。

《书韩文》七则、《书柳文》五则

范泰恒 撰

按:范泰恒对韩、柳文有过随笔札记式的研究,这就是保留在《燕川集》卷十二的《书韩文》七则、《书柳文》五则。此外他还曾论及范仲淹、苏轼、侯方域等,即集中的《书范文正公文选本》一则、《书东坡文选本》一则、《书壮悔堂文》三则。

范泰恒于唐宋大家中特别推崇韩愈,他在《燕川集》卷十二《书战国策选本》中,曾有“八家以韩为宗,余七家参考可耳”的言论。他为自己的书斋起名称“愿起庐”,即有效法韩愈“起衰”之意(《燕川集》卷十二《跋愿起庐》)。范泰恒对韩愈的推崇,源于他自身学习古文的体会,据《书韩文》第二则记载:“余少好《庄子》《史记》,作古文无入手处。任处泉师教之读韩文,如水投乳。后虽参看柳、欧,然宗仰终在韩也。三十余年,味之愈深。”《庄子》《史记》神迹难求,难以入手,他听从任应烈的建议,改从韩愈文入手,则“如水投乳”,终入古文门径,故对韩文情感最深。《书韩文》第一则记载,其师彭西源提出韩愈《马说》末句

“其真不知马也”属于续貂之句，认为可以删除。清人对唐宋古文乃至秦汉古文进行删改，较为常见，范泰恒对此却敢于提出不同意见，他指出若让韩愈自己修改，会从上文“渐渐收拾”，若直接删除末句，会过于突兀。这既体现出其对韩文的研究之深，也有其对韩文的感情因素在内。经过三十余年浸染，范泰恒对韩愈之文愈发推崇，将其作为唐宋以降唯一可以比肩秦汉者看待。《书韩文》第三则比较韩愈《原道》与《史记》：“史公文烟雨迷离，灭尽辙迹。《原道》虽有辙迹，而离奇变幻，几与之抗。”一般认为秦汉文章无法无迹，迷离变幻，而唐宋以后拘于法度。范泰恒将《原道》与《史记》相提并论，认为《原道》亦有秦汉文特点。《书韩文》第七则则将韩愈置于文章学史的转折节点上看待：“论体在唐时逐段挨叙，犹沿两汉文法，昌黎《诤臣论》、柳州《封建论》皆然，至宋人则打成一片，局完而法备矣。学古者，以后人之法，而运以前人之神，其庶几乎？”第四则中，他将韩愈《原道》称为“论之绝”，《平淮西碑》称为“碑文之绝”，苏洵《审势》称为“策之绝”，王安石《上仁宗皇帝言事书》为“万言书之绝”，提法较为新颖。《书韩文》还谈及韩文在后世的影响，第五则中，指出韩愈《与孟尚书书》中“客位透切、叙到主位”的写法，为清初侯方域所继承。因韩愈与柳宗元同为中唐古文运动之领袖，范泰恒《书柳文》主要是通过韩、柳二人的对比，来凸显柳宗元的特点，实则是较为典型的韩、柳文对比研究。《书柳文》中对韩、柳二人的古文风格进行了多重对比，认为韩文“乘云气、御飞龙”，柳文则是庖丁式的“以无厚入有间”的手法；将韩比作“名山大川”，将柳比作“幽篁曲涧”，类比形象贴切。从擅长的文体而言，韩愈长于书序，柳宗元长于山水游记。这些比较判断都符合事实，是中肯之论。《书柳文》与《书韩文》一样，均论述自己在相应情景下对韩、柳文的感受。《书韩文》第六则中，范泰恒记载其在江西为官时，赏滕王阁美景“而不能道”，及其“读昌黎记，深为悉然”。《书柳文》第四则也写到其在江西崇义时，见其山水岩石后，“读柳州诸记，益触吾感”。以对自然山水的感悟来体悟韩、柳古文之妙，这种分析显得轻松活泼。

总体而言，《书韩文》七则与《书柳文》五则是有真知灼见的论韩、柳文的札记，无论是其对韩、柳文特色的分析，还是将韩、柳文进行比较得出的结论，均值得研究古文者重视。而其偏重记录范泰恒自身经历的写作倾向，又具有早期“话”体批评方式记事的特征。

《论文示照藜》五则

范泰恒 撰

按：照藜，即范照藜，泰恒孙，字乙青，号井亭，乾隆五十二年(1787)举人，安徽定远县知县，著有《春秋左传释人》等。《论文示照藜》为范泰恒为其孙指点时文门径之作，共五则。范泰恒喜论文，集中还有《示棂与照藜语》《论作文一则示族孙照池》等，皆为指导子孙时文门径而撰。

据《论文示照藜》开篇“选金正希、章大力、陈大士三先生之文，分为二集，授照藜，而告之曰”云云，知范泰恒为其孙照藜编有明代时文名家金声(字正希)、章世纯(字大力)、陈际泰(字大士)三人时文选本。为配合阅读，另撰《论文示照藜》，以示其入门要领。

《论文示照藜》强调学习时文必须分清门径:“时文一道有正路焉,有旁门焉。明文如唐、归、金、陈、章、罗、艾、杨,正路也。黄陶庵稍粗,亦正路也。”泰恒以明代时文为正途,最为推崇金声。而对清代以来名声愈高的归有光文,则有所保留。他称赞金声时文云:“得史迁之神为时文,明三百年止正希先生一人而已。若震川,只欧、曾耳。以震川为史迁,岂但不识震川,直不知史迁矣。”评价归有光时文说:“震川尚不逮昌黎,安望史迁?自唐、归以来,言古文者竟以永叔当子长矣。时文源流,无怪汶汶也。”他认为时文承古文而来,将金声时文比成《史记》之余响,将归有光时文比成欧阳修、曾巩之辈古文的后裔,自然有了高下之别。在古文写作上,他一直注重的是以秦汉文“培其骨力”,与之相应,在时文写作指导上,他同样注意夯实初学者之根柢。他将金正希、章大力、陈大士三人之文编为一集,即是以三人“培其骨力”之意。《论文示照藜》云:“以正希为主,而参以章、陈,时文之本立矣。”固本之后,则可以凭藉个人兴趣,于三家之外择善而从:“遒逸如百川,沉着如灵皋,近日文章又自有大宗也。勿浮、勿滑、勿率意而驰。学焉而得其性之所近,抑又补其偏而救其弊。”凡此,均能见出范泰恒是在将时文置于古文的视域之中谈论,正如其在《书胡中丞制艺后》所云:“时文者,古文之一体,而又自成其体。古之时,无所谓纪传、碑志、记序、论策也。既已有之,则是数者,又随时各有其体,不复以古文之体为体。盖不离古人,亦不貌古人,即时文,曷异焉?”①他以方剂学中的药物配伍来比喻金、章、陈三人之关系:“有对证之剂,有利导之剂,君臣

①范泰恒:《书胡中丞制艺后》,《燕川集》卷十二,嘉庆十四年(1809)刻本。

佐使、参伍错综而病始瘳。""金之曲折遒健、郁勃深沉,尚矣。然入理不精、体亦未备,故需章、陈。夫陈之宏阔恢奇,不济以章,则研味不细。而舍陈事章,又固而存之,不尽其变也。以金为主,而辅以章、陈,取菁华而弃糟粕,文其庶几乎?"金文为"君药",章、陈二人之文为"臣药"、为"佐使",以"君臣佐使"的方剂学理论来阐释金、章、陈三人的关系,别开生面。

另需注意的是,《论文示照藜》对金正希、章大力、陈大士三人的推崇,是对其时文而言。在范泰恒看来,其古文另当别论。《燕川集》卷十四有《纪金、陈逸事二则》,其中第二则谓陈大士《太乙山房古文》"不入家数,绝无可观者",同时感慨归有光亦是古文不敌时文。

《论文示照藜》论时文,主要是论时文家数、风格等,对一般时文话热衷讨论的时文作法,范泰恒并未关注,这在重文法的清代时文话中较为少见。对时文具体文法的鄙薄,在其《论作文一则示族孙照池》中表现得更为明显:"凡作文,惟在平日义蕴广、涵咏深。一题到手,随笔写去,自生曲折。及文成,谛视之,高下中度,法律自合,若立意布局,数段便成死格而无生气矣。"《论文示照藜》便是不谈布局、文法等形而下问题的时文话典型。

《惺斋论文》三卷

王元启 著,王尚珏 编

按:王元启(1714—1786),字宋贤,号惺斋,别号祇平居士，嘉兴(今属浙江)人，乾隆十六年(1751)进士，摄福建将乐知县，未几，以诬罢去。后讲学于福建、浙江、山东、河南等多地书院。有《祗平居士集》《读韩记疑》《读欧记疑》《史记三书正讹》《史记月表正讹》等著述。王元启学兼汉、宋，以宋学为主而不废汉学。翁方纲称："凡嗜学多文之士，知考订者，辄多厌薄宋儒以自喜，今日学者之通患也。先生博极群书，勤考证、工文词，而笃守程朱之旨，终身勿贰，诲人勿懈。若先生者，可谓真儒矣。"①王尚珏，字若农，监生，官西林(今属广西)知县，王元启之子。王元启著述多由尚珏编辑而成，据王昶记载："若农尊人元启，通经术，兼擅古文，而日久丛杂，尚无定本。若农从予南昌，尽发所藏，编次而收录之，为《祗平居士集》若干卷，颇完善。"②《惺斋论文》亦由王尚珏编成，乃尚珏据其父时文批语、《示儿帖》、《示学者书》等文献编选而成，这在书中有明确记录。如书中附有《示儿帖》，有王尚珏小字注云："尚珏所得手帖颇多，戊辰一帖，久经录入文集。现在行箧所存，唯近岁四五帖，今并附录于此。"其他如《论作法》部分，多由论文书信构成，有王元启乙丑四月《与朱甥信书》、壬申《萧又骞寿序》、丙子《与萧聿修书》、丙戌《与邓骥书》、癸未《曹州重华书院示学者书》等。

本书为清代制艺话著作，先论读书法，再论时文作法。王元启强调读书有疑，主张细读，提出用"抽添倒换"之法，以深入体会原书用字用句之所以然。又举《史记・刺客列传》《五代史・伶官传论》等为例进行讲评。名为读书法，实则兼

---

①翁方纲：《皇清例授文林郎赐进士出身福建将乐县知县惺斋王先生墓志铭》，《祗平居士集》，《续修四库全书》第1430册，第474页。

②王昶著、周维德辑校：《蒲褐山房诗话新编》，齐鲁书社1988年版，第167页。

有文章评点性质。作法部分对审题、开篇、结尾、转载、脉络等皆有论及。

王元启对于读文、作文,均强调"界画"的重要,这是本于时文的文体特色而提出的要求。其称:"一切古文,亦须从先后界画上看起,勿便讲求高妙。界画上看得分明,则行文时自然出来有法。"要求古文写作注意界画,这是典型的"以时文为古文"之法。但他也认识到既要界画分明,也应脉络贯穿,强调把握全文的筋骨脉络。因此,王元启将"接"与"转"视为掌控行文变化的密钥。"接"是一意相承,"转"是两意相承。在他看来,"文字之妙,只一'转'字尽之","文章胜处,全在于转。转处须以片语抵人千百"。"接"与"转"的运用也正是对行文线索的合理处理,对此,王元启说:"仆尝论作文须如线索上走,虽极意腾挪,往复尽变,总不离此线索之外,乃为神构。"

《惺斋论文》提出"窘""复""乱"为文章弊病:"文字中有一窘处、复处、乱处,便不是佳文。"具体而言:"他有上句,又会得生出下句,此是不窘。然将下句比较下句,却是两层意思,此是不复。虽是两层意思,却又俯仰相顾,而先后惬适,此之谓不乱。"不窘、不复是指文章内涵丰富,不窘迫,下句与上句意思不重复。不乱是指文意层层照应,安排合理,前后协调。八股文多由六股或八股构成,围绕文题,反复论述,难免文意重复、窘迫,此处显系针对时文特点而言,王元启认为"能不窘、不复、不乱,佳矣"。时文重审题,王元启对不同类型的题目有不同的写作要求,有论虚窘题、枯寂题、记述题、辨论题、排句题、长题、搭题、割截题、连章题等。

王元启有着多年的书院教学经验,长于讲授,书中经验多得自日常教学及自己写作体验,《示儿帖》云:"我本从村教书出身，汝看书有疑，只顾来问。”又云：“凡我所辛苦而仅有之者，皆由与学生讲论辨难得来。”故其论文往往生动、形象，常以书法、绘画喻文，如称：“文字与书法无殊，必须要讲仰覆向背之势，方使意脉清澈，而文澜亦有起伏之观。”认为论文与画家画树类似，枝节都要弯曲，不能有一直笔等。他又从看戏中悟出文章要曲为布置、不宜径遂直前等，类似通俗易懂的讲解，与其有着丰富的教学经验有关。

是书有乾隆年间《惺斋讲义》本与《惺斋先生杂著》本两种版本。整理本有《历代文话》本。

《朱梅崖文谱》一卷《附录唐宋大家论文二十二则》

朱仕琇　撰，徐经　辑

按：此书为古文话专著。版心又作“朱梅崖作文谱”。朱仕琇（1715—1780），字斐瞻，号梅崖，以号行，福建建宁人，乾隆十三年（1748）进士，改庶吉士，散馆任夏津知县，后主讲鳌峰书院。徐经，字芸圃，号桓生、甃坪居士，福建建阳人。是书为徐经从朱仕琇《梅崖集》中辑录论文之语而成，凡四十九则。朱仕琇同年友朱珪序徐经《雅歌堂文集》云：“其后得《梅崖集》，采其教人为文之说数十条，为《梅崖作文谱》，而一意讲习。”①

卷末附有《附录唐宋大家论文二十二则》，辑录韩愈、柳宗元、李翱、孙樵、欧阳修、苏洵、苏轼等唐宋古文家言论而

①朱珪：《雅歌堂文集》序，《清代诗文集汇编》第433册，第63页。

成，以示朱仕琇文论之本源。

朱仕琇曾任福州鳌峰书院讲席十年，福建学古文者，多出其门下，朱氏本人也是清代福建古文家的代表。他同桐城派古文家一样，将归有光视为唐宋八家的传人，对本朝古文评价不高，认为清初侯方域、魏禧、汪琬已经不如元明作者；认为邵长蘅、方苞等人古文肤浅，感慨"今世讲古文者益少，坠绪茫茫，旁绍为艰"，隐然有上接归有光文统之意。此书在区分诗、文之别时认为，诗歌由于可能流于"靡"而使得纤佻之人也可作诗，而古文因"正大厚重"，传古文者皆是正人君子。主张学文以韩愈为中心，进而阅读柳、欧、苏、王、曾以及元明清文章，并比较异同；向上又可及于扬雄、刘向、董仲舒、司马迁等人，总之是以韩愈等唐宋古文家为中心，广泛阅读，以穷其变。宋以后古文家逐渐将扬雄排斥出文统，而朱仕琇却对其较为推崇，认为苏轼等宋人诋毁扬雄，是"大言为欺，不可信"。

徐经对本乡古文前辈朱仕琇十分推崇，其序《朱梅崖文谱》云："建宁朱梅崖先生治古文，力与古作者抗……余恨未及门，亲承指授。今幸读全集，因采其所以教人为文之法，得四十九则，名曰《梅崖文谱》。"由于徐经对朱仕琇的推崇及其自身的古文成绩，时人也以徐经比附朱仕琇。衷以埙于嘉庆十一年（1806）称："闽中前辈治古文，皆宗王遵岩，而建宁朱梅崖以韩为宗，力矫颓俗，仡仡独造，学者翕然从之，至今言古文共推梅崖朱氏。嘉庆乙丑，有徐子芸圃自闽建阳来蜀，一时公卿咸以文墨事相嘱。"①

《朱梅崖文谱》后附《附录唐宋大家论文二十二则》。徐

① 衷以埙：《雅歌堂文集序》，《清代诗文集汇编》第433册，第64页。

经推崇唐宋古文，他以朱仕琇为唐宋古文传人，故在《朱梅崖文谱》后辑录唐宋大家文论续之。跋语云："右录唐宋大家论文二十二则，皆自道其辛苦自得之言，以诏后之学者。特人无意得师，故虽有导之先路，而亦不知循途以进也。梅崖先生痛古文之歇绝，不惜谆谆以教人，余采其集四十余条，大约皆阐发唐宋之精蕴，使人人皆可自得其师。余今复检韩氏、柳氏、李氏、孙氏、欧阳氏、老苏、大苏氏，共成二十二条，以附《梅崖作文谱》后。俾读者知朱氏之论皆本于此，而为文不至于是，终不得称大家。"

《朱梅崖文谱》附于徐经《雅歌堂全集》之《外集》卷十二，有光绪二年(1876)刻本。

《论文集钞》二卷

高塘　编

按：高塘，字梅亭，直隶顺德府南和县(今属河北邢台)人，乾隆二十五年(1760)举人。高塘信奉以古文为时文之为文法则，以时文眼光评选了大量古书，编有《左传钞》《国策钞》《国语钞》《公羊传钞》《穀梁传钞》《史记钞》《前汉书钞》《后汉书钞》《唐宋八家钞》《明文钞》《国朝文钞》《归余钞》《嘉懿集初钞续钞》等，汇为《高梅亭读书丛钞》。《论文集钞》即为《高梅亭读书丛钞》之一种，其他文钞均为文章评选，《论文集钞》则为前人文论辑录。书前高塘自序云：

> 天下百工技艺，莫不有法。由基之于射，张旭之于书，秋之奕，僚之丸，虽极神明变化，巧不可阶，而其初必自法始，惟文亦然。夫制义谓之帖括。帖者，紧帖题分。括者，浑括题义。所以代圣贤立言，有章旨有节旨，有本句之意，有言外之神。或有上文，或有下文，或本句语气未完，而题之单截长短移步换形，种种不一。与古之论传记叙诸体，可以自运机轴、自抒议论者，不特体裁各别，难易亦较然也。余自束发为文，于此道茫无所得，一行作吏后益复荒弃，然素心所在，终有耿耿难忘者。公事余，翻阅旧箧，钞得明文六编、国朝文五编，既已授之梨枣，留藏家塾。而前人程式，所遗诸论及论文、作文之法，渊源具在，取而绎之，皆文家之薪传也。因复钞以付之梓，使读文者得所印证，作文者得所法程焉。或曰："先正六家中，名作如林，固规矩准绳也。何须此琐琐为?"余曰："不然，文则'鸳鸯绣出从君看'，乃引而不发也。此则分门别类，至详且备，泄其秘，发其藏，度尽金针与人者也。虽化裁由心，不可执法以求，而欲舍法言巧，不可得已。上智学成之后，固不屑屑于此，而于中下之材，入门之始，亦未必无小补云。"乾隆五十一年十月中浣和阳高塘。

《论文集钞》全书分为上、下两卷。上卷含《茅鹿门论文》《沈虹台论文》《郭青螺论文》《王缑山论文》《吴因之论文》《武叔卿论文》《董华亭九字诀》《徐儆弦论文》《陆稼书一隅集论文》《张有堂论文约旨》《杂条》等，下卷为《题体类说》《文法集说》《文品杂说》。上卷为前人文论辑评，出自明、清两代文评家，其中明代部分皆系转录自明人袁黄《游艺续文规》。袁黄

《游艺续文规》在清代影响较大，除高嵣外，清中叶王步青所编的《塾课分编注释》亦从中转录不少时文话内容。不过高嵣在转录之后，在天头处也偶尔加上自己的评论。如《茅鹿门论文》共有四则，第一则为“认题”。高嵣评论说：“首认题。即题之神理脉旨也。文以代圣贤立言，故于实字观义理，于虚字审精神，方能切题，此为第一层紧要。”第二则为“布势”。高嵣评论说：“次布势，即所谓篇法也。前后、次第、反正、开合、浅深、虚实，俱在其内。”第四则为“中彀”，或称“中式”。高嵣既在天头处评论说：“中彀，即后来揣摩所自始也，专为场屋之文而言。”又在文末评论曰：“中式之文，峥嵘堂皇中，自有规矩准绳。汗漫则漫无纪律，或好逞才情，横发议论皆是。至文品固不宜卑俗，然必气度冲和，有雍容尔雅之致，孤高则太枯太冷，纯是秋冬萧索之气，均非场屋所宜。”下卷中高嵣本人的文字相比上卷为多，如在下卷中的《文品杂说》，高嵣总结出八股文的四十种文品，值得注意。他首先拈出三十品即清、真、雅、正、精、浑、高、大、深、厚、雄、畅、融、豁、醇、熟、灵、新、轻、爽、古、秀、典、炼、庄、细、老、辣、英、健。每一类皆有解说，如称“辣”：“酒品以辣为上，文品亦然。文无辣气，便流入甜俗一路。”称“英”：“文最要有英锐之气，方足动人。”评价“庄”的重要性：“文体不庄，便入轻佻一路。”“以上共三十字，皆文品之可贵者。虽随手之变，难以辞逮，而大概已聚于此。其中词意，亦有相仿相同处。然义各有取，所谓合之则美，离之则伤也。”又拈出十品，即骨、韵、色、味、音、节、姿、度、机、神。“以上十字，从前三十字推类引伸之，皆文家所贵者，合前参阅之，可以知所尚矣。”

此书作为《高梅亭读书丛钞》之一种，有乾隆五十一年

(1786)广郡永邑培元堂杨氏刊本,北京图书馆出版社2006年版《华东师范大学图书馆藏稀见丛书汇刊》第24册等据之影印。

《述庵论文别录》一卷

王昶 撰,金学莲 辑

按:王昶(1725—1806),字德甫、号述庵、又号兰泉,上海青浦人。

此书是王昶弟子金学莲等人从王氏文集中收集论文及论诗之语而成,论文为主,间论诗歌,以备王昶门人研习之用。全书收王昶十六篇文论,即《与沈果堂论文书》《与褚舍人搢升书》《与顾上舍禄百书》《与门人张远览书》《答赵升之书》《与吴二匏书》《与陈绹斋书》《与蒋应嘉检讨书》《与吴竹堂(霁)书》《答李宪吉书》《答门人陈太晖书》《为学说示戴生敦元》《通说示长沙弟子唐业敬》《诗说示朱生桂》《友教书院规条》《履二斋诗约凡例》。

金学莲序曰:

吾师述庵先生以经术、诗、古文名海内几五十年,自场屋所取士与受业门下及小门生著录至千人。每见辄以学问之源流、诗文之得失,前席请示。口讲指画,苦不能尽也。学莲等因取先生集中论文诸作,汇为一编,以示门下士。俾其得门以入,而天下俊英日生,其有志于经术、诗、古文者,亦皆可问津于此,庶不至有断港绝潢,误于歧趋也夫。乙卯春仲吴阊金学莲书。

袁廷梼跋语云：

此余弱冠时所钞，迄今三十余载，屡有增删。后自蜀归，发箧得之，及门谓可为初学津梁。如此，不堕于外道。因并取近日诸贤，都为一集，而以归愚、文子两先生终之。

王昶论文重汉学根柢，重小学，他对古书流传产生的讹误尤为警惕。认为今本韩、柳文集皆有讹误，后人不识，反以讹文为典范。他批评当时诗作多有误用称谓的，以为只有顾炎武、王士禛、朱彝尊三人诗文称谓皆有依据，可以效法。他认为墓志不可随意而作，除了功勋业绩卓著者或在乡里为善可传于子孙的，一般不可作墓志。论乾隆以来古文，推李绂、方苞，继而推蒋恭棐、杨绳武、李果、沈彤，继而推刘大櫆、杭世骏、朱筠、姚鼐、钱大昕、王鸣盛。学诗主张先学七古，认为学诗、古文入门须专而深，反对泛览而实无所得。同时强调学古而有变化，应做古人子孙而非奴隶。

此书共一册，有清刊本。

《文法摘钞》不分卷

韩梦周　撰

按：韩梦周（1729—1798），字公复，号理堂，山东潍县（今山东潍坊）人，乾隆二十二年（1757）进士，官安徽来安县令。

《文法摘钞》论文，注重从排场、线索、机轴、体式等处着眼，排场指文章前、中、后、结，线索指伏、擒、锁、应，机轴指宾、主、开、合，体式指虚、实、详、略。四者皆有相应要求："前、中、后、结，贯而不散。伏、擒、锁、应，清而不杂。宾、主、开、合，抱而不脱。虚、实、详、略，联而相生。"《文法摘钞》又将开头部分分为"直入""虚笼"两种，"直入事实者，便须含得议论；虚笼议论者，便须含得主意"。将文章段落分为"小住""大束"两种："文章段落有小住，有大束。小住者，一股文字太长，以小住作停顿，再复递下。""大束者，各段旨意所分，如反正、宾主、开合是也。"

此书有嘉庆二十五年(1820)于学训《文法合刻》本。

《论文杂说》一卷

倪世宽 撰

此书为上海图书馆藏抄本。署倪世宽撰。疑倪世宽即倪思宽。倪思宽(1729—1786)，原名世球，字存未，号二初，华亭(今属上海)人，乾隆恩贡生，有《经籍要录》《二初斋诗文集》《二初斋读书记》等。《论文杂说》一卷与《论诗杂说》一卷合抄，共一册，末附诗话一则："王右丞是正赤色，杜子美是正黄色，李太白是帝青色，李义山是紫色，韩君平是青色(此句最□①亲)，黄鲁直是沉香色。"此为焦袁熹论诗语，当是倪世

①此字漫漶不清。

宽奇其以色论诗而转录于此。

在文源论上，此书认同经史为文章之源的说法："文章不是六经注，便是诸史料，而史料亦经注也，故六经者，文章之母也。"但同时也指出："六经皆心学，则心者又六经之母也。"在文法观上，倪世宽的态度较为通达，反对僵死的文法、格套。他认为"一切法皆是临时，并无规辙。其不得不然处，即名法也"。但他不喜文章杂用经史子集，将此类文章视为不通，他以明文为代表："文之至妙者，曰不测，其至不妙者，亦曰不测。所谓至不妙之不测者，忽而《左》，忽而《史》，忽而《文选》，甚者忽而六经，忽而小说。一行之中，无之而非忽然而至者也，明代文集什九皆此类。总之读上句掩却下句，竟不知说那一句，亦可谓不测之至矣！而不通之人，嗜好多同，偏极赞他好，以为固当如此，是亦可怪也。"文法自由却不等同于全无章法、行文散漫，显示出其见解的折中而不偏颇。他认为文法的产生，原是出于写作不必作之文的需要："传志碑序之类，当做者原不多，势不能不做，遂立许多法外之法，如律之有例。自昌黎已不免矣，况后世哉。"不必作之作可借文法律例以展开，而当作之文因为有情可发、有事可叙，自然可以不局限于律例。

此书对于人物传记的写作也有深入论述，倪世宽反对千人一面的写法："人之面，无一同者，画人之面则不期而同矣。善画者面生于笔，如天之生是面焉，虽欲同，安得而同诸？"认为人物形象、精神更能通过小事表现出来，空头大论只会使文章寡味，无益于形象的塑造："为人作传之类，写一小事，写得有精彩，却见得他大处，若只把大话头来说，却成宽套空□[1]子，于是人何益？”

倪世宽将画学中的“逸品”“神品”概念引入文章学中，以逸品为文章中最高等级：“逸品在神品之上。逸品如菖蒲花不可必见，非人力可致，为天地间至贵之物，所以居神品之上。今人不知其说，以一笔两笔飘飘洒洒者当之，误矣。如鹿门云‘惟子长、永叔得文章之逸气’，皆皮相之论也。所见如此，宜其不足入古人之室。”明人茅坤称欧阳修古文有“逸气”，是《史记》嫡传，清人普遍接受这一观点。本书认为“逸气”并非“以一笔两笔飘飘洒洒者”所能当之，所见较为深刻。

《樽酒余论》不分卷

佚名 编

按：此书系抄录诸多文话资料而编成，收录有《文诀管窥》《沈虹台论文》《茅鹿门论文四则》《节录董华亭时文九字诀》《武叔卿论文》《吴因之论文》《王缑山论文》《节录〈三国演义〉评文》等，除《文诀管窥》与《节录〈三国演义〉评文》外，余皆为明清以来流行的文章学资料，见于明代袁黄《游艺续文规》、清代王步青《塾课分编注释·先正论文》等书。《文诀管窥》以《左传》《史记》及唐宋古文名家之作为例，归纳文章笔法，有“曲折笔”“顿挫笔”“跌笔”“宕笔”“提振笔”“脱卸笔”“收束笔”“束上生下笔”“一泻千里”“排奡笔”“纵横笔”“叠笔”“虚

---

①此字漫漶不清。

灵笔”“力句”“硬插笔”“开合笔”等。《节录〈三国演义〉评文》论《三国演义》文法，如以宾衬主之法、横云断岭之笔、过渡之笔等，将小说文法与文章之法并谈，较为少见。

本书为抄本，现藏于国家图书馆，整理本有余祖坤《历代文话续编》本。

《惜抱轩语》一卷

姚鼐 撰，廉泉 编

按：姚鼐（1731—1815），字姬传，号惜抱，桐城派著名古文家。姚鼐喜论文，编有古文选本《古文辞类纂》，影响深远。但他未曾撰写论文专书，其文章学理念多见于日常书信之中。姚氏弟子陈用光编成《惜抱轩尺牍》，其中便多有论文之语。不过《惜抱轩尺牍》毕竟是姚鼐尺牍的全面收录，其中尚有不少文论之外的内容。晚清廉泉又进一步从姚鼐尺牍中辑录出专门的论文之语，编成《惜抱轩语》。此书虽然收录的姚氏文论有限，但毕竟是一部姚鼐的文话专书，较为集中地体现了姚氏文章学理念。书后有廉泉跋语，其云：“学之通蔽，文之雅俗深浅，先生所论辩，既屡见文集矣，泉取其与徒友论学及为文之宗旨散见于尺牍者，摘录之，得数十条。喜其与刘氏之说相辅而益明也，因汇刻之，以贻同志。壬辰秋七月，金匮廉泉记。”廉泉（1868—1931），著有《南湖集》等。《清代硃卷集成》记载：“廉泉，字惠卿，号扁笑，同治戊辰年二月十三日生，江苏常州府金匮县学附生，民籍，承荫，县主簿注册候铨。甲午本省乡试中式第十名举人。”①廉泉将《惜抱轩语》与刘大櫆《论文偶记》一同出版，并称“喜其与刘氏之说相辅而益明也”，这是对桐城派文话较早的结集。

书有光绪十八年（1892）刻本。余祖坤编《历代文话续编》收录。

《宋四六话》十二卷

彭元瑞 辑

按：彭元瑞（1731—1803），字掌仍，一字辑五，号云湄、芸楣、潜源等，江西南昌人。乾隆二十二年（1757）进士，直内廷。历官礼、兵、吏等部，又曾任《高宗实录》总裁，有《恩余堂经进稿》等传世。

彭元瑞在自序中介绍了此书的编纂缘起：“予撰《宋四六选》，泛观宋人书，其中间及骈体……爱不能割，辄钞付箧，积成巨帙，略以文体诠次，凡十二卷。”②他在编辑选本《宋四六选》时积累了大量有关宋四六的文论材料，便将材料分文体收录。《宋四六选》二十四卷，由彭元瑞与曹振镛合作编选，在乾隆四十二年（1777）所刊的重校本《宋四六选》页面中，已经有“《宋四六话》嗣出”的预告了。而曹振镛为《宋四六话》撰写《题识》是在嘉庆八年（1803），《宋四六话》出版更是迟在道光二十六年（1846），说明《宋四六话》在编成数十年之后才

①顾廷龙：《清代硃卷集成》，台北成文出版社1992年版，第191册，第29页。

②彭元瑞：《宋四六话》，道光二十六年（1846）《海山仙馆丛书》本。

得到出版。《宋四六选》选录六种文体，卷一录诏、卷二至卷四录制、卷五至卷十录表、卷十一至二十三录启、卷二十四录上梁文及乐语。《宋四六话》大致以宋四六选的分体为基础：“编次略依前选，余皆补前所无。”（曹振镛《宋四六话题识》）前九卷论制、诰、表、启，与《宋四六选》一致；卷十至卷十二论赋、檄、露布、判、设论、祝文、青词、道场疏、开堂疏、乐语、上梁文、杂文、散语、摘句、谐谈等，除乐语、上梁文外，皆是新增体类。

《宋四六话》广泛收录对宋代四六的评论资料，内容以佳句评赏、四六本事记录为主，间有少量讨论四六文理论的。陆以湉《冷庐杂识》卷六“宋四六”条便提及其书选录的名篇佳句在当时产生了很大影响：“彭文勤公有《宋四六选》一书，又采诸家书为《宋四六话》，名篇杰句，美不胜书。兹录其为时传诵者。”①《宋四六话》资料来源非常广泛，有笔记，如《困学纪闻》《梦溪笔谈》《玉堂杂记》等；有文集，如《攻愧集》《李忠定公集》《南湖集》等；有四六话，如《四六话》《四六谈麈》《辞学指南》等；有诗话，如《后山诗话》《紫微诗话》等；有史书，如《宰辅编年录》《三朝北盟会编》等。引书以宋代文献为主而不限于宋，如元代官修《宋史》、明代王维俭《宋史记》等，皆非宋代文献。书前所附的曹振镛《题识》统计了引书数量：“凡有关于宋人骈体者，遍加捃采，所引书百六十九种。”刘咸炘认为彭元瑞《宋四六话》在文献采录的广度和数量上超越了孙梅《四六丛话》：“辑选之余，亦资考览，大胜孙梅。”②因其对宋代四六文批

①陆以湉：《冷庐杂识》卷六，上海古籍出版社 2012 年版，第 220 页。

②刘咸炘：《推十书》（增补全本）丁辑第 2 册，上海科学技术文献出版社 2009 年版，第 640 页。

评文献作了近乎竭泽而渔式的辑录，时至今日，《宋四六话》仍是研究宋代四六文的重要资料库①。不过囿于体例，此书只是宋四六的研究资料汇编，未有彭氏本人的原创见解。

此书版本较多，有道光二十六年（1846）潘仕成辑刻《海山仙馆丛书》本，排印本有商务印书馆 1939 年《丛书集成初编》、台湾广文书局 1971 年版、凤凰出版社 2013 年《历代文话续编》本等。

《文诀心印》一卷

李登瀛 撰

按：李登瀛，字韦斋，又字仙洲，陕西蒲城人，乾隆十八年（1753）举人，曾任云南多地县令。据《民国三十七年蒲城县志稿》，知其撰有《居官录》《谦吉堂诗钞》《荣遇堂日记》《梅花诗》等②。此书属时文话，为李氏于九峰书院授徒所用，前有自序云：

> 嗟乎！书理、文章，难言之矣。乡塾子弟，奉备旨为金针，守体注为铁案。终身聪明，锢蔽其中。其于圣贤书理，盖不啻隔五里雾也。而开笔为文，不讲题之脉络

① 如曾枣庄《宋文通论》认为《宋四六话》："所录资料既分体，又于各体内按时间先后编排，并一一注明出处，有此一编，可省大量翻检之劳。"上海人民出版社 2008 年版，第 371 页。

② 李约祉主纂：《民国三十七年蒲城县志稿》，中国文史出版社 2015 年版，第 773—774 页。

旨意，不讲文之次第格式。一切法诀，相对茫然。求入彀且难，况名世乎！余自为诸生时，即耕于舌。从游之士，灵、蠢不一。稍能领略者，辄无不委曲开谕。因其所明，导其所昧，而成就之。而居恒讲书，一切讲义，严禁生徒，不得寓目。唯各置监本集注一部，相与探讨而论说之。以故门下士，即未掇科第者，其为文亦往往为名诸生。数年来，既集有《四书辨讹》善本一帙，家藏待刊矣。暇日复从阅《古今名墨》与大家文，交参互证，著《文诀心印》。而并附看书之法于后，藏之箧中。聊以课吾徒尔，非敢津梁人也。到滇后，摄篆黎阳，设立书院，集诸生肄业其中。公余讲学，因出笥中授之。诸生请付诸梓以广流传，既允之，遂弁数语于其首。时前乾隆三十九年甲午桐月，文林郎知云南府富民县事蒲城李登瀛韦斋书于九峰书舍。

全书主要介绍时义技法，涉及破题、承题、领脉入题、提比、点题、中比、篇法、审题等内容。书中又总结出踏虚、翻、换、折、推、衍等笔法，方便生徒揣摩。书末附《看书法》，其重视“看书”，乃因其将之视为“作文”的前提：“作文工夫，全在审题。审题工夫，全在看书。书看出一层道理，审题作文自具一层道理。书看出一翻识见，审题作文自具一翻识见。”

此书有乾隆三十九年(1774)九峰书院版，又有道光十一年(1831)王永光校正重梓版，后者半页九行，行二十五字，四周单边，单鱼尾。

《笔法论》一卷

李梅冬 撰

按：李梅冬，字德润，寿光（今属山东潍坊）人，乾隆二十一年（1756）举人，著有《诗经合旨》等。

此书又名《李梅冬先生十八笔法》，为古文、时文合话。卷首解释撰作缘由云："文章一道，以理为主，而气以达之。""理"与"气"是文章关键，"理""难以一言尽"，而"运气之法"则可以言，故此书专论笔法。李氏将文章笔法分为十八种，即提笔、束笔、伏笔、应笔、拖笔、带笔、断笔、续笔、顿笔、放笔、宕笔、折笔、纵笔、排笔、省笔、补笔、陪笔、衬笔。李梅冬强调，上述笔法"多得之《史》、《汉》、古文与金、陈诸大家"，其目的在于初学者藉此"可抉破时文藩篱，渐窥古文大家堂奥"。此书有些内容专论古文，有些则偏于时文，如"补笔"条特别注明"此法于时文尤宜"。其所列笔法名目亦见于他人著作之中，不过他从书法角度阐释"顿笔"较为新颖。"顿笔"条称："亦名为勒笔，二者虽有缓急之微异，然要皆将纵故留，以养其锋而蓄其锐。其用一也。""勒笔"之名与实均来自书法，被李氏借用于文法中。

此书有嘉庆二十五年（1820）于学训《文法合刻》本，《历代文话续编》本据之整理。

《读古撮要》四则

王万里 撰

按:王万里,字希江,山东高密人,乾隆三十年(1765)举人,著有《周易指南》等。《民国高密县志》载其小传云:“王万里,字希江,乾隆乙酉举人。貌奇伟,制艺卓绝,试辄冠军。乡荐后得县令,不就。设帐诸莒间,门下多知名士,东武刘文清公其尤著者也。乡谥贞敏,著有《周易古文》等书,诗入《山左诗钞》。”①

《读古撮要》第一则云:“西汉文章以气盛,固矣。气在何处?即在逐段之转落起接。”首则论文气之重要,并强调“古人未必有意,读者不可不尽心”。此则内容,原非属于《读古撮要》。刊刻者亦即王氏门人于学训云:“‘西汉文章以气胜’一段,原在吾师《文法》后,今登简首,以为读古者法。”此外,书中将气分为气调、气魄、气脉数种,与《王希江先生文诀》有所重复。

是书有嘉庆二十五年(1820)于学训《文法合刻》本,《历代文话续编》本据之整理。

---

①《民国高密县志》卷十四《人物》,《中国地方志集成》第41册,凤凰出版社·上海书店·巴蜀书社,2004年版,第479页。

《王希江先生文诀》一卷

王万里 撰

按:此卷为王万里弟子于学训"检点先生遗书"时发现并刻印于《文法合刻》之中。此书为时文话,全书通过分析一些八股文作品,提出时文写作中诸多文法问题。如论题:"熟题宜从闲淡处著笔。搭题、长题皆如此看。"论气:"气有四种。"把气分为气调、气魄、气韵、气脉四种。论文风:"文以浑厚为难。"清初以来,论者皆以"滑"为时文弊病之一。此书将"滑"分为"文心滑"与"文体滑"两种:"心滑则浮而不入,体滑则剽而不留。"并有针对性地提出消除"滑"的两种方法:"心欲不滑,妙在用翻;体欲不滑,妙在用折。"

此书有嘉庆二十五年(1820)于学训《文法合刻》本,《历代文话续编》本据之整理。

《晴竹轩文法》二卷

王万里 撰

按:全书分卷上、卷下两部分,每条列出一种文法之名,并以具体文例为佐证。如卷上"刻意避熟"条,以唐武宗《毁佛寺诏》为例,指出此文"全在佛寺耗人财力、僧尼坐享农桑上发议，不说惑世诬民话头”。“平事浓叙”条以《史记·万石君列传》为例。“虚提实接”条以《左传》“曹刿论战”为例。卷下“化板为活”条以《史记·伯夷列传》为例，“借舟渡港”条以《左传》“晋侯使申生伐东山皋落氏”为例等。全书征引《左传》《孟子》《史记》中文例为多，对明人八股亦有引用，其旨还是为八股时文的写作服务。值得注意的是，书中除以文章来说文法外，还以诗歌来佐证文法，如卷上“不著一字”条以《毛诗》“采采芣苢”篇为据；“叙议相间”条云：“陶诗‘人生归有道’篇‘盥濯息檐下’二句，本接‘日入负米还’，却以‘山中饶霜露’六句议论间之，乃有嵚崎历落之致。”“两利俱存”条则引古诗《孔雀东南飞》中“蒲苇”“磐石”之喻，称“兰芝以此自许，仲卿以此相诮”。

此书有嘉庆二十五年（1820）于学训《文法合刻》本，《历代文话续编》本据之整理。

《论文杂言四十一则》不分卷

管世铭　撰

按：管世铭（1738—1798），字缄若，一字韫山①，武进（今江苏省常州市武进区）人。乾隆四十三年（1778）进士，授户部主事，充军机章京，先后赴山东、云南、浙江、广西等地为官。长于骈文、时文创作，著有《韫山堂诗集》《韫山堂文集》

①今人著述多谓管世铭号“韫山”。据《先大夫侍御府君行状》，管世铭“一字韫山”，则“韫山”为其字而非号。

《韫山堂时文》等。

管世铭对于传统诗文评很感兴趣，他在读书笔记《读书得三十四则》中云："尝欲撰录自古论文、论诗之语为二书。论文则自左邱明、司马迁、相如、杨雄、班固、范蔚宗以下，如魏文《典论》、陆机《文赋》、刘勰《文心雕龙》以及唐宋以来论文之语附焉。论诗则自钟嵘《诗品》、沈约《谢灵运传》、司空图《诗品》、严沧浪《诗话》、杜工部《漫兴绝句》、元遗山《论诗绝句》以及历代诸家诗评、诗话有益于作诗之旨者附焉。"①他辑录古今诗文评的想法后来没有实现，而是留下了一部《论文杂言四十一则》，综论诗、文，是其原创性的诗文合话。

民国时期编纂的《续修四库全书总目提要》著录有《论文杂言四十一则》，孙海波(1909—1972)所撰提要评论其论文部分云："其论文，仅论清代诸家。古文则推魏叔子。言魏叔子之文，'坚栗精悍。而文章之外，尚有平生志事在'。又云：'日读魏叔子古文一二页，辄令人增长器识。'于科举之文，则推方、李、熊、韩。'以制义则直接八家之统者，方百川是也。以制义而尽撷注疏语录之精者，李安溪是也。熊次侯龙行虎步，振开国之元声；韩慕庐吸露餐霞，息尘寰之杂音。故论品，方、李为高。论功，熊、韩为大'。持论颇为平允。然清代之古文，至姚惜抱而始纯正。叔子之文，气势虽盛，终不免于粗犷。世铭独推叔子为坚栗精悍，而绝口不及姚氏，未免失于一偏之见也。"②孙海波先生所论大抵符实，唯称"世铭独推叔子为坚栗精悍，而绝口不及姚氏，未免失于一偏之见也"，

①管世铭：《读书得三十四则》，《韫山堂文集》卷八，《清代诗文集汇编》第393页，第518页。

②《续修四库全书总目提要(稿本)》，第11册，第472—473页。

则似嫌苛刻。其实此书论文，正如孙海波《提要》所云："随手记录，并无次第。"这是典型的话体著述，条目之间并无逻辑关系，作者兴之所至，随手记录，并非对清代古文进行系统而全面地评论。事实上，全书论古文的条目只有两条，作者只就自己有所心得的魏叔子古文发表意见而未论及姚鼐，实属正常，不能以此谓其"失于一偏之见"。

全书四十一则，论诗二十六则，论文十五则。论文条目中，论骈文一则，论对联五则，论古文两则，论时文七则。一则论骈文的条目是对程思恭注陈维崧骈文的订正："皖江程叔才注陈检讨四六，舛谬极多。姑举一二言之。"书中有五则集中论对联的条目，表现了作者对对联的特别爱好，如："先比部任都水员外郎时，张朴村云章手书集句一联赠曰：'孺子亦知名下士，诗人例作水曹郎。'""比部公尝梦中见一联，醒止忆其上句曰：'辽东高士龙头誉。'意盖切管氏也。以语同里黄庸门孝宽，黄应声曰：'江左夷吾天下才。'""蓉溪从祖《海天集》中警句如'桃花浪暖鸳鸯浦，柳絮风轻燕子山''天地百年豪杰梦，莺花三月女儿情'。""王阮亭'平山堂下五清明'，按东坡集'别子七端午'。此又古今天然偶对也。"

书中论述最多的是时文八股，管世铭长于此道，他曾选清代十二位时文名家之文，编选《国朝十二家文》。除了孙海波《提要》提到的内容外，尚有不少论述，如："名稿之最利举业者，其方望溪、储中子乎？方善用虚，储善用实。""尝记与周宿航论，时文虽小道，然果精其术，亦自足以刻画天地之情状，囊括古今之变态，其用与诗、古文词等。"值得注意的是，《论文杂言四十一则》对时文的论述，与一般时文话中注重时文技巧的教授不同。此书讨论时文，脱去了时文话的严肃面目，以“话”体轻松活泼、诙谐的风格来评议时文，如：“尝与同里诸子论文，余目周子宿航为仙，赵子法伍为鬼，沈子佩兰为怪。或戏曰：‘韫山当自作何品题？’宿航曰：‘管大英风浩气，固当以神明目之。’一时里中遂有神仙鬼怪之目。庄子虚庵诘余曰：‘何以处我？’余笑应之曰：‘君当是声闻、辟支耳。”这样的时文话内容更带有清谈的色彩，不再是严肃的时文教科书。

《论文杂言四十一则》收录于《韫山堂文集》卷八，有嘉庆六年（1801）读雪山房版，《清代诗文集汇编》第393册据之影印。

《论课蒙学文法》二十六则

章学诚 撰

按：章学诚（1738—1801），清代杰出的思想家、史学家。《论课蒙学文法》是其乾隆五十年（1785）主讲保定莲池书院时所作，共二十六则，前有短序一篇。今人也有将《论课蒙学文法》视为一篇独立文章的，但序言既然说“因条二十六通以为之法”，则明显是借鉴传统的札记体著述汇总而成，可以文话视之。

章学诚为学术大家，却不鄙薄时文，认为“文辞末也，而不可废”。作为乾隆四十三年（1778）的进士，章学诚自然精通时文，他承认时文之学在文章学中有其独立的地位：“四书文艺，虽曰举子之业，然自元、明以来，名门大家，源分流别，亦文章之一派，艺学之专门也。”①

章学诚对时文的每一股都很重视，这与一般时文讲授法相同，不过他强调学有先后，更为重视八股学习的先后次序，必使童子先学破题，再学承题，然后起讲、中比等循序渐进而来。在叙事、论事二者之中，他认为叙事更难，“文章至叙事而能事始尽”，“而叙事之文，莫备于《左》《史》”，主张以古文为时文。

清代科举最重四书文，章学诚认为学时文，不能局限于阅读四书，必须要学《春秋左传》，“为其知孔子之时事，而后可以得其所言之依据也”；又认为必须要学《易》《书》《诗》《礼》，“为其称说三代而上，不可入后世语也”，将童蒙的阅读范围由四书扩展到五经。章学诚将时文分为论事与论人二种，论人之文可以《史记》论赞为典范，这样又将《史记》列入了童蒙必读之书。《史记》五十万言，篇幅巨大，但在章学诚看来，只要将研习时文范本的精力转而学习《史记》，“不过四五阅月，可以卒其业也”。“论事之文，疏通知远，本于《书》教；论人之文，抑扬咏叹，本于《诗》教”，这与章学诚《书教》《诗教》等文中文史校雠之学一以贯之。

章学诚《论课蒙学文法》将五经、《史记》等重要经典作为童蒙必读之书，“初学为文，使串经史而知体要，庶不误于所趋”，序文中的“串经史而知体要”一语，正是章学诚论蒙学文法的核心。此既系针对清代举子空疏无学之弊而言，也有着他自己一贯的文史校雠之学的理路。其学最重返本溯源，他批评“遇题之相仿佛者，不过就前辈时文而为摩仿之故事尔”的恶习，主张溯源经、史以资时文，可以说是“求谋其本原”之

① 章学诚：《与阮学使论求遗书》，仓修良编注《文史通义新编新注》外篇三，浙江古籍出版社 2005 年版，第 756 页。

学在时文领域的体现。

《论课蒙学文法》版本较多,常见的有文物出版社 1985 年影印《章学诚遗书》版、浙江古籍出版社 2005 年仓修良编注《文史通义新编校注》版等。

《四六丛话》三十三卷附《选诗丛话》一卷

孙梅　编撰

按:孙梅(1739—1790),字松友,号春浦,归安(今浙江湖州)人,浙江乌程籍。乾隆二十七年(1762)南巡,召试,录为二等。乾隆三十四年(1769)进士,官太平府同知。工诗、古文辞,另有《旧言堂集》传世。

中国文学批评史上,四六话向来少见,孙梅《四六丛话》是其中分量较重者。清人周中孚说:"专论四六之书,自宋王铚《四六话》二卷、谢伋《四六谈麈》一卷、洪迈《四六谈丛》一卷外,绝不经见。吾乡孙同守梅著《四六丛话》三十二卷(按:应为三十三卷),分门别类,博采群书,洋洋乎大观哉!同守卒后数年,为仪征阮学使元刊行,学使系同守丙午分校所得士。"①宋代始有四六话,其中洪迈《四六谈丛》本无其书,是后人从《容斋随笔》中辑录论四六之语而成。王铚、谢伋二人主要关注四六创作本事和对佳句的品鉴,这也是四六话初兴时

①周中孚:《郑堂札记》卷一,《丛书集成初编》,中华书局 1985 年版,第 5 页。

期的特色。直到与孙梅同时的彭元瑞，其所编的《宋四六话》仍是此种风格。对传统四六话的这种特点，民国时期位于北平的朴社在编选的《四六丛话叙论》序文中有较好的评骘："大率摘举工巧之联，以资谈助，如诗家之有句图而已。均未能网罗百家，求其渊博；亦不遑汇通一贯，阐其精微也。"①民国初年孙学濂也指出："宋人《四六话》《四六谈麈》，津津摘句，了无高论。"②孙梅其书则摆脱原有四六话的散论特点，有鲜明的系统性和原创性。

其一，系统性。全书三十三卷，先文体而后作家，前二十七卷分论诸体，涉及选、骚、赋、制、敕、诏、册、表、章疏、启、颂、书、碑志、判、序、记、论、铭、箴、赞、檄、露布、祭、诔、杂文、谈谐等。第二十八卷总论。第二十九至三十三卷，论历代四六名家，涉及文选家、楚词家、赋家、三国六朝诸家、唐四六诸家、宋四六诸家、元四六诸家等。在古代诗文评史上，《文心雕龙》之后，类似孙梅《四六丛话》这样体系周全的著作并不多见，更多的是《四六话》《四六谈麈》这样随机论述、没有体系的札记式著述。刘咸炘认为此书"掇集宋人说部，分编杂乱无次"③，似非的论。孙梅将古代四六文评资料散入相关文体与作家论之中，其实已经作了整理工作，非随手抄录而成书者可比。

其二，原创性。《四六丛话》既广泛征引诸家之说，又有孙梅的原创性思考。在文体论部分，孙梅先陈述自己关于文

---

①朴社编选：《四六丛话叙论》，1928年北平出版。

②孙学濂：《文章二论》，民国初铅印本。

③刘咸炘：《推十书》（增补全本）丁辑第2册，上海科学技术文献出版社2009年版，第637页。

体的看法，探文体源流、论体制特征、叙文体流别，其后再广引诸家评论此体之说。《续修四库全书总目提要》在论其删节本《四六丛话缘起》时说：“虽松友文士，考证非其所长，故其于四六诸体，源流得失之弊，往往不能窥其要领。”①指出《四六丛话》论铭、檄等文体的源头不够准确。溯源文体而失误处在书中诚或有之，但对于其广泛而深入的文体论辨而言，可谓瑕不掩瑜。而其书倡言“有奇必有偶”，奇偶并尊，对清中叶以后的骈散合一思潮尤有先导之功。正如后人所言：“至《总论》一文，泯骈散之争，尤开清代骈散合一之风。”②

《四六丛话》征引大量四六文批评材料，文体论部分引述的笔记材料较多，作家论部分引述史书材料较多。书中援引自《四库全书简明目录》的评论尤多，这在当时的诗文评著作中不太多见，一定程度上推进了《四库全书简明目录》的经典化进程。但因其文献来源不够广泛，受到了后人批评。谭献认为此书：“大都以宋人说部饾饤稗贩，其心光目力及唐而止。”③孙学濂虽表彰其对于传统四六话局限于摘句的不足能“心知其意”，但同时也指出其文献上的疏漏：“所收则多宋人笔记、说部，说皆卑浅，则由其引据之未博也。所列三国六朝作者，尤多罣漏，前后亦倒置，更不足为训矣。”

《四六丛话》的清代刻本有嘉庆三年（1798）吴兴旧言堂本、光绪七年（1881）许应鑅重刊本。两种版本共附有阮元、

①孙梅编撰、李金松校点：《四六丛话》，人民文学出版社 2010 年版，第 720 页。

②朴社编选：《四六丛话叙论》序，1928 年北平出版。

③范旭仑、牟晓朋整理：《复堂日记》，《补录》卷二，光绪十三年二月十八日，河北教育出版社 2001 年版，第 328 页。

程杲、秦潮、陈广宁、孙宁衷、许应鑅等人序跋，又有孙梅自序一篇。排印本有商务印书馆1937年《万有文库》本、台北世界书局1970年《中国学术名著》第三辑本、复旦大学出版社2007年《历代文话》本、人民文学出版社2010年《中国古典文学理论批评专著选辑》本等。

因《四六丛话》篇幅甚大，清代、民国时期出现了选辑本。有嘉庆九年(1804)师范编选的《四六丛话缘起》、民国初年刘铁冷选录的《四六丛话选刊》、1928年位于北平的朴社辑录的《四六丛话叙论》等。师范《四六丛话缘起》与北平朴社辑录的《四六丛话叙论》类似，二书均删除了《四六丛话》中的引文，辑录每卷卷首的孙梅叙论部分而成。

刘铁冷《四六丛话选刊》则是对原书进行了删选。刘铁冷，名绮，字文樾，江苏宝应人，《民权报》主笔，《小说丛报》创办者之一，工骈文。刘铁冷选辑的《四六丛话选刊》在民国时期有较大影响，曾先后三次出版。此书又名《精选四六丛话》，1917年由藜青阁初版，又有1919年第二版、1922年第三版。此本对孙氏原书作了删减，如孙书中引用的《文心雕龙》皆被删除，刘铁冷《赘言》云："彦和之《文心雕龙》，为辨别文体之名著。开后世文话之先声，研究古文者必读之书也。《丛话》中略去之，以有专书故，非不列。"①

刘铁冷《四六丛话选刊》有刘氏序文一篇，对骈文史、骈文批评史及《四六丛话》特色作了简要的论述，骈文研究界多未关注此文。人民文学出版社《中国古典文学理论批评专著选辑》丛书有李金松校点本《四六丛话》，该版在附录中较为

① 刘铁冷：《四六丛话选刊·赘言》，藜青阁1922年第三版。

全面地收录了《四六丛话》相关序跋资料，但对刘铁冷序亦失收。今将刘序录存于下。

> 夏鼎鲁壶，朴不伤古；齐罗襄锦，纤乃称今。是以周诰殷盘，钩辀不厌；温诗李笔，繁缛见讥。譬诸川媚山辉，蕴怀自有珠玉；明眸秀辅，粉饰奚事铅华。骈偶之文，隋唐而后，词赋取士，律体风开；制诰抡才，例书端启。句不知翦，失骈四俪六之真；语必集成，多削足适屦之病。兴公锦段，漫付负贩之裁；李氏襕襦，惨遭同馆之割。虽有巧制，亦难成章。重以虎豹犬羊，文则皆鞟；兰英琼若，郁而不芳。既无迁左之腴华，又乏庾徐之藻丽。韩欧继起，骈散分途；胡汪并兴，选骚绝绪矣。元承南宋，文不足征；清尚六朝，作者辈出。天游才思，班马之遗；亮吉词华，江鲍之选。王昙则史腴经腋，袁枚则沉谢酣刘。其他或抱简文之清思，或具彦升之简炼。各擅一艺，不让三唐。古藻缤纷，湘绮则直追晋魏；清辞婉娓，樊山则近似李刘。比来响竞鸣蝉，矢忘正鹄。风云月露，惊同西子之妍；邱索典坟，鄙为南华之僻。倚李杜以振藻，诗若罗胸；举潘陆以方人，文未经目。名传洛下，居然造凤之才；书负车前，孰是雕龙之手？冷鉴于此，重刊是编。驱典籍之虫鱼，检建章之门户。存兹五卷，莫赞一辞。夫昭明启六代之风，彦和垂千秋之律。诚为作家楷范，来哲梯杭。然谢伋之《谭》，仅详造意；王铚之《话》，惟计遣词。无当于文运之兴衰、时风之好尚也。是书搜奇秘阁，撷翰苑之英华；继美西周，垂词林之月旦。黼黻绨绣，采挹虞廷；珠玉金荃，响嗣唐代。音虽不遗郑卫，器则宜辨陶瓠。诗首《雎》《麟》，岂无至意？色

恶朱紫，自有会心。所贵才士词人，因时论事。毋为胶柱之鼓瑟，而作嶂雾之司南。王构衡文，《修辞》何补？挚虞析派，后世所宗。能寝馈于斯文，自鉴观而不爽。我惭点鬼，征名入翰墨之林；家有联珠，探骊在良贤之士。丁巳七月既望，古邗铁冷谨叙。①

《金针五法》一卷

胡延　撰

按：胡延（？—1795），字启元，号绮园，清中叶杭州地区著名的时文家，在其指导下，有多人顺利中举。嘉庆三年（1798）戊午科浙江乡试解元张廷济（1768—1848）即为其门下弟子。张廷济《桂馨堂集》中《感逝诗》序文记录有胡延生平："胡绮园师，讳延，字启元，钱塘人，住孩儿巷。乾隆四十四年己亥副榜贡生，次年庚子举人。邃于三《礼》之学，而《仪礼》尤精贯。时文奥衍宏通，于前明、国朝诸大家靡不研悦有得。两浙士人执经问业得科第者数十人。廷济执弟子礼在五十一年丙午，师时馆于三桥址韩氏。六十年乙卯冬，师卒。"②胡延精通时文，掌握时文格套、技巧，且能突破规矩，梁章钜《制义丛话》记有其中举轶事：

仁和胡绮园先生延以时文鸣，从游极盛，多掇科第去，

①刘铁冷：《四六丛话选刊序》，藜青阁1922年第三版。

②《续修四库全书》第1491册，第769页。

而先生屡踬乡闱，盖自作则矜持过甚，不谐时眼也。乾隆庚子科浙题"乡人饮酒"一节，与先生同号舍者争以文就正。代为涂抹，改作六篇。清奇浓淡，篇各不同，最后自为已第七艺，无可别翻花样，乃以散体行之，遂获隽，而彼六人者皆入彀。榜首即在其中，一时传为佳话。①

同一题能改出六篇"篇各不同"的时文，说明其对时文格套了然于胸；而以散体作八股，则更为少见，说明其已入自由境界。《金针五法》又名《胡绮园先生论文》，便是根据其时文创作心得而提炼的写作格套。全书主要论述"提比五法"，即正题先反、反题先正；蒙上掀入；对面照醒；两路夹攻；分析层次、宽步蓄势五种行文方法。虽名"提比五法"，胡延认为在时文的其他部分中也可应用："此五法，不特作提比易工，即通篇构思，亦顷刻可以立就。"如介绍正题先反、反题先正之法云："正题先反、反题先正之法，不但起比然也，起讲亦有之。如《张太史塾课》'当仁不让于师'，开讲云：'且天下事无不以能让为高也。'非正题先反乎？'而耻恶衣恶食者'，开讲云：'且人有耻不若人之心，庶几有远过乎人之日。甚矣！人之不可以无耻也。'非反题先正乎？"要求"初学从此，类推其法"，以达到"不可胜用"的目的。讲解文法时，时时插入文例，也便于读者的理解。

八股文要围绕着命题展开层层分析，如何避免段落之间的文意重复，是时文写作的关键要素之一。胡延此书分析了"意之所以复者，何也？"他认为审题不明、不会拆题是导致文

① 梁章钜：《制义丛话》卷十二，第56则，陈居渊点校，上海书店出版社2001年版，245页。

意重复的主要原因:“合一句以求意,意能几何？如起比既然如是言,中比、后比亦如是言之。叠床架屋,阅者生厌,则不拆字之故也。”他给出的审题方法便是拆题:“此一字自有此一字之义,彼一字自有彼一字之义,而局展矣。盖合数字为一题,囫囵做去,则数字只如一字,宜其窘矣。分一题为数字,拆作几层,则一题如有数题,所以展也。”“拆字,此字之义不侵彼界,彼字之义不入此疆。各居其所,何有于复?”将题目拆为数字,分别论述,可以使得段落之间不相重复,界画分明,也使全文舒展而不至局促。这自然是面对八股文体的无可奈何之举。

此书有清代写刻本,四周单边,无界格,半页九行,行十六字。

《黼社笔谈》三卷

张时中　编

按:张时中,字熙伯,河南新乡人,乾隆四十五年(1780)进士,著有《黼社琐谈》《三字鉴》等。

是书为制艺话。前有吴引孙、胡元洁序,末有徐振翰跋语。徐氏为光绪二年(1876)进士,亦是此书的刊刻者,其跋云:“制艺一道,炼意、炼局、炼词字,无一不要,而尤莫要于炼笔。”指出《黼社笔谈》正是以炼笔为主的制艺话。跋语又评此书内容云:“首论《左氏》文法,次列名家制艺,选择至当,品评精详。而尤致意接笔。”《黼社笔谈》分为三卷,卷上为《集〈左氏〉笔法》,以《左传》为据,总结出诸多笔法,如“高一层笔”“结束笔”“束笔”“顶针笔”“反接笔”“遥接笔”“借宾形主笔”等。卷中、卷下为《集制艺笔法》，卷下开篇云：“（卷中）所引制艺，专就接笔而言，此卷絮絮不专言接笔也。”全书以一卷篇幅专论时文中的接笔问题，其缘由正如徐振翰跋语所云：“盖接笔最易平弱，为场屋之大忌也。”卷中以明代时文为例，论述时文写作中的“接笔”手法，有“挺接笔”“突接笔”“逆接笔”“反接笔”“横接笔”“脱接笔”“顶针笔”“突提笔”“突宕笔”“突转笔”。卷下论“接笔”之外的其他时文笔法，有“双排笔”“叠笔”“排叠笔”“荡笔”“跌笔”“翻折笔”“顿折笔”“撑架笔”“扬笔”“纵笔”“缩笔”“衬托笔”“推宕笔”“唱叹笔”“抑扬俯仰笔”“横插笔”“提顿笔”“提振笔”“停顿笔”“顿挫笔”“顿跌笔”“跌宕笔”“顿宕笔”“宕折笔”“浅深笔”“高低笔”“进退笔”“推上一层笔”“透过一层笔”“加倍笔”“脱卸笔”“搓挪笔”“接历笔”“关锁笔”“结束笔”。

是书有光绪十六年（1890）刊本。整理本有《历代文话续编》本。

《论文枕秘》一卷

史祐 撰

按：史祐，字礼堂，江苏溧水（今属江苏南京）人，生卒年不详，清代时文批评家。

此书为时文话著作，又称《论文三十则》。在论作文法之前，先谈读文之法，提出：“读文当用缓、急二法。先用缓读，玩其作意，看其手法，摹其字句，领其神味，再用急读以取其气与机。读时亲切，做时自能脱化。”读为作的前提。在时文写作上，此书提倡以古文为时文，将古文名篇作为借鉴效法的对象：“汉、唐、宋大家文，或层涛叠浪，一笔勒住……或千回百折，一句结出。”“读文当从此等处留意。如长沙之《过秦论》《治安策》，昌黎之《原道》、老泉之《审势》《春秋论》皆用此法。”在具体文法上，如主张时文“提顿出落，一一以古文节奏行之”等，便是借助古文法以行文。

史祐提倡以古文提高时文的品格，是缘于他对时文弊端的了然于胸：“墨卷中空腔俗调最易上手，沾染久之，遂成痼疾。盖有一架子腔板，则书卷用不入，笔力无所施，剩句支词，自不能免矣。吴鸿、吴珏乃当时杰出者，今阅其文，则千疮百孔，无有完肤，况其下焉者乎？学者当戒勿寓目。”因其明了当时时文腔调烂熟之弊，故而既希冀借助于古文以提升时文文体品格，又主张学习经典的明代时文，即“熟读天、崇文”以增强时文的心思、笔力、风骨：“起废疾、针膏肓，非此不可！其药物中之姜、桂乎？”生姜、桂枝皆是解肌去邪的阳药，以之喻明代天启、崇祯年间八股文，便是希望以之涤除清代八股积弊之意。

在具体的行文方法上，此书对审题、布势、炼气等皆有论述，如强调翻、转之用云：“大家文善用翻笔，尤善用转笔。寻常之意，一折便深，沉刻之思，一拨便醒。”书中尤重“炼气”，围绕炼气，史祐提出一系列“炼”的内容：炼气宜深厚、宜清刚、宜炼意、宜炼骨、宜炼调、宜炼句。针对“文不可过炼，炼多则伤气”的观点，史祐认为“此不知运气与炼气之分也”，指出“运气则气体贵轻，是可于制局中领略得之；若炼气，必须无一字空闲,无一字肤杂。陈者炼而使之新,平者炼而使之警”。“小讲尤宜得‘炼’字诀。起调宜炼之使挺健,须如开门见山,又须一口吸尽西江水。承宜炼之使遒紧,使大方,使一气旋转,阅者自然为之夺目。此文中第一关头也。”小讲部分开始以圣人口吻立言,从宏观上进行论证,小讲内部也有起承转合的逻辑变化,结构较为复杂,故其特别强调小讲部分的“炼”。

总之,此书既对时文具体文法有所介绍,也注意对时文品格的提升,与一般乡塾先生只知关注时文格套、文法明显不同。清人周石藩称赞云:“溧水论文则,骊珠世所珍。”①

此书有清代写刻本,四周双边,半页八行,行二十字。

《论文五则》

彭绍升 撰

按:彭绍升(1740—1796),字允初,号尺木、二林、知归子等,清代长洲(今江苏苏州)人。长洲彭氏为著名文化世家,绍升曾研习儒、道,后皈依佛教,为清代著名居士,著有《居士传》《善女人传》等,文集有《二林居集》。

《论文五则》专论制艺时文,彭绍升论文强调制艺时文的“时”之特色,将制艺视为随时而变的流动性文体,指出时代不同,制艺的文体特征也不相同。“世传王半山、苏颍滨及南宋诸家之作,变动开合,曲尽事理,与其所为古文无以异也”。

---

①周石藩:《劝士》,道光十五年(1835)《辉县志》“艺文志”收录。

宋代制艺与古文无异，到明代“著令用八股”，则有新变，且明代八股也非统一面目。彭绍升指出，成化、弘治年间的制艺“元气内充”，而正德、嘉靖之际则“理达词昌”，“隆庆以降，迄崇祯，屡变益华”的制艺，“就其善者，周程之坠绪，屈贾之心声，往往而在”。单就明文而言，已有数次变化。据此，彭绍升指出，“原流、正变若天之四时，穷则复始，岂可局乎哉”，他批评不知变通者云：“后之论者，欲执成化、宏治之一概以量列朝，亦通人之蔽也。”不仅反对制艺形式的僵化不变，彭绍升也反对制艺所载之道的僵化。在他看来，“二程子之说，朱子已不能无异矣”。他推崇有“自得”之文：“自阳明先生作，而承学之士始知反求诸心，要于自得，其见于文，往往如圆珠出水，秋月写空。”批评“庆历以还，脱落清虚，渐成故习”的套路文章。

彭绍升反对将制艺仅视为利禄之器，他以经学中的注疏比拟制艺（义），强调其文体功用之意义：“制义者，注疏之一体，用以宣畅经旨，发挥道业而已。”有着“发挥道业”的功用，则与一般儒学解经著作无异。他具体提出三种“文用”及四种“行之者”：“文之为用有三，曰：明天德、陈王道、辨物情。而所以行之者四，曰：恻隐之心、羞恶之心、是非之心、辞让之心。是四者，根于性，效于情，而成于才。”在彭绍升看来，能达到此目标者，以明文为典型：“吾读有明中晚诸先辈文，而四者之心不觉其勃然兴也，天德、王道、物情因是益辨晢而察焉，是注疏之善者也。”

对于制艺之弊，清人论述不少。生于清中叶的彭绍升，将其弊端总结为三点：“经义之病有三，一曰腐，二曰酸，三曰俗。”“天之肖物，日新而不穷”，行文亦复如是，“拙者为之，取已陈之糟魄而求味焉，索然矣”，故应去腐。行文应追求“荡荡”

“平平”，不应“日崎岖于幽崖绝壑之中”，故应去酸。“必先涤除肠胃辛秽之气，而后可以漱六艺之芳润”，“善为文者，空诸所有，一字不立，如是久之，客气既消，天明斯复，古昔圣贤所以为言之旨，乃可得而窥也。诚得其所以为言之旨，而有不能为圣贤之言者乎？”故应去俗。这三者息息相关，“去俗者，立心之要也。去酸者，修词之要也。去腐者，明理之要也。理既明，则心可得而立矣。心既立，则辞可得而修矣。”《论文五则》受阳明心学影响较为明显，虽篇幅不大，但议论精粹，后世赞誉者颇多，如刘咸炘《推十书》中就多有引用。再如对于“善为文者，空诸所有”一段，晚清恽毓鼎在日记中评论说：“余心仪此境，未知何日能到也。”①

《论文五则》收录于《二林居集》卷三《杂著·书问一》，有清嘉庆味初堂刻本。影印本有《续修四库全书》第 1461 册、《清代诗文集汇编》第 397 册、《清儒四家集》(学苑出版社 2015 年版)等。

《孟子文说·杂论》十则

康浚 撰

按：康浚(1741—1809)，字百川，号永斋、力斋，陕西郃阳(今陕西合阳)人。乾隆四十四年(1779)举人，曾官乾州学正。

①《恽毓鼎澄斋日记》，光绪二十九年癸卯(1903)，浙江古籍出版社 2004 年版，第 1 册，第 205 页。

《孟子文说》为康浚所撰的评点《孟子》之作。清代从文学角度评点《孟子》的著作不少，如牛运震《孟子论文》、赵承谟《孟子文评》、吴闿生《孟子文法读本》等。康浚言及他曾见过金圣叹、魏禧评点的部分《孟子》以及托名苏洵的《苏评孟子》等。《孟子文说》是清代诸多关于《孟子》的文学评点中较为知名的一种，且康浚在书前撰写《杂论》十则，综论《孟子》文学特色，使得《孟子文说》成为文话与评点的结合体。民国《续修四库全书总目提要》中有伦明所撰《孟子文说》提要，其谓康浚《孟子文说》中的《杂论》部分："俱深有所见。"①

在文法论上，康浚自序称《孟子》"其书有笔法、局阵，而直可以作古文读"。在《杂论》中，他具体列举了《孟子》中存在的古文笔法："有前路，有正面，有后路，此大较也。至其用笔，有正、有反、有虚、有实，有宾、主、顺、逆，又有托笔，有干笔，有补叙，有搜说，有指点引证，与开障之法、塞漏之法，洵乎无美不具，无妙不臻矣。"他将《孟子》视为集合诸种文法而无美不具的古文著作。在诸多文法之中，《杂论》中又特别揭示《孟子》善用"穿空"的特点，并指出其对后世文家的影响："文章莫善于穿空，《孟子》最得此旨，或事无实证，往往据理虚断。抑或繁称博引，几同附会，几似铺张，继而一笔勾醒，却极老实的当，看来竟是用意做切题文字，后世文章钜公如韩苏辈，盖无不祖此。"先秦著作多长于以寓言、比喻说理。康浚也在《杂论》中称赞《孟子》的譬喻特色："《战国策》惯用譬喻，《孟子》譬喻乃更奇警。文章非譬喻不醒豁，此《孟子》

① 中国科学院图书馆整理：《续修四库全书总目提要》，《经部・四书类》，中华书局1993年版，第924页。

独擅之长。”

在篇章体式上,《杂论》对《四书》的篇章结构均作了概括,从而凸显《孟子》的特色:“《四子书》,《论语》是杂记零星语,《大学》《中庸》分之一章为一篇,合之全书为一篇。《孟子》则章自为篇,而短篇精警,长篇壮阔。规行矩步,转复驰骋不羁,细针密线,却又劈缋无痕,信是千古文章巨观。”《孟子》中多为问答体,初看似与《论语》的语录体并无差别,但康浚已经认识到《孟子》从语录体向书面文体的转向:“《孟子》是做成文字问答,或亦有因。但每篇生意结构,总是用意安排就的,不可泥问答之迹,死于句下。”他敏锐地指出,问答体只是《孟子》的外在形式,其与《论语》据实记录孔子言行已有不同,《孟子》的问答体是“用意安排就的”,其本质已是书面体。

在题材及文体特色上,《杂论》对《孟子》七篇的主题作了分类:“七篇中,前数篇率论为政、治国、王天下以及出处大头目。《万章篇》全是论古论事之文,《告子》以后,则随事开导人与顺便讲究道理者。不必截然如此,姑即其多者言之也。”在对主题分类之后,康浚将《孟子》与后世文章作比,将其作为后世多种文体的源头滥觞:“论为政等章,是唐宋人策略之滥觞。论古、论事是史论之鼻祖。随事开导人,则序说之权舆也。至于零碎讲究道理,其隽永劖刻处,又全是子书气味。但义理纯正,非诸子所可及耳。”所论皆新颖可喜,把《孟子》放在了古文文体发展史的重要位置上。

《杂论》随《孟子文说》流传,未有单行本。有嘉庆八年(1803)版,又有嘉庆十二年(1807)与《大学文说中庸文说》合刻本,《续修四库全书》经部第158册据之影印。

《大学中庸文说·杂论》十则

康浚 撰

按：又名《学庸文说杂论》。康浚在《孟子文说》之后，另编有《大学文说中庸文说》，从文章学角度评点《大学》《中庸》。在书首有《杂论十则》，是专论《学》《庸》的文话。《续修四库全书总目提要》伦明为《大学文说一卷中庸文说一卷》所撰提要云："《学》《庸》二书言理深奥，疏解者已苦其烦，从未有以文说之者。是书用说《孟子》之例，随文指点，亦自显豁。自序言文章一道，自有至是者存，不当于无奇中求奇。《杂论》言《大学》全部无理障语，不过定静安虑数句，层折精细。《中庸》中和位育之言，川流敦化、其渊其天等句，按之皆极切实。又言《大学》以好恶为脉络，《中庸》以'诚'字为归宿。又言注家于《大学》'平天下'章，以理财用人反复纠缠，《中庸》道不远人以忠恕作主，皆不看朱注，而妄为臆说云云。俱有会心，不徒说文也。此书成于《孟子文说》之后，故不别著凡例。"①

《大学》《中庸》为科举必读之书，但放弃义理而专论其文章特色的，古来罕见。故书前他序与自序皆对此举的合理性有所论述。徐洪懿序称："六经载道之书，故不可以文论，固已。然韩子论文曰：'上规姚姒，浑浑无涯。周《诰》殷《盘》，

① 中国科学院图书馆整理：《续修四库全书总目提要》，《经部·四书类》，中华书局1993年版，第963页。

佶屈聱牙。《春秋》谨严,《易》奇而法,《诗》正而葩。'是六经未始不可以文论也。"这里借韩愈《进学解》的以文论经之举而肯定《学庸文说》的合理。康浚自序称:"即文论文,但期中肯,要不矜奇。盖文章一道,自有其至是者存,原不当于无奇中求奇。"《学庸文说杂论》中说:"文章体裁无定,一二句可为一章,数千万言亦可为一章。至于《大学》《中庸》又不仅如此,既逐章观之,尤必统全部观之。譬如人身头目手足自为一体,合众官骸,乃为全体也。""《大学》以传释经,纲举目张,是有题目文字;《中庸》支分节解,亦复筋联脉贯,有起有讫。"将《大学》《中庸》各自视为一整体而观照,肯定其脉络、照应等文章写作技巧。

书有嘉庆八年(1803)刻本。又有嘉庆十二年(1807)与《孟子文说》合刻本。

《志铭广例》二卷

梁玉绳 撰

按:梁玉绳(1745—1819),字曜北,号谏庵、清白士,钱塘(今浙江杭州)人,梁同书子,清代著名经史学家,著有《蜕稿》《史记志疑》《汉书人表考》《吕子校补》等。据书前自序,梁氏认为《金石例》《墓铭举例》《金石要例》"标采杂错,兼多漏略",意在补潘、王、黄金石三书之不足而撰此书。

本书结构清晰,全书二卷:卷一《体式六十五则》,论墓铭文体;卷二《书法二十三则》,论墓铭写法。《体式六十五则》

既有对墓志文体一般义例的关注,更为注意墓铭的变体。如《以别序当志铭》谓古有以书序代墓铭的特例,如“司马温公序刘道原《十国纪年》”,后“即以序勒石纳诸圹”,“此创例也”。其后全祖望“作钱退山侍御《东村集》序,即援此例,以序纳之墓中”。《行状为碑》条以化州谯国夫人冼氏庙行状碑等为例,指出“行状亦碑版文字之一,而高僧尤多以行述刻碑,或直谓之‘墓状’也”。梁氏还发现有以铭叙事的文例,于是在书中摘举数例:“叙事在韵语中,此体盖始于韩文公《刘统军碑》,止仲、梨洲所举韩、柳、欧、王诸篇,世系名字,乡邑历官,寿年葬地,虽见于铭,然皆短章数韵,兹不重述。只取序略铭详者数家摘而载之。”此实为墓志中的一种变体,序略而铭详,传主的生平更为详细地记录在韵语之中。《志表不叙事实》则论墓志有不言传主生平的例子:“韩文公《博士李君志铭》通篇只论服食之害。王介甫《宝文阁待制常公墓表》通篇空论,皆变例也。”其他又拈出“以志体为铭”“撰铭如志”“铭在文前”等变例。卷一还较为集中地记录了墓志名称的特点,如“题无定称”“题书郡望”“题用墓字异”“题与文分两人”“题分两称”等。而从繁简角度而言,梁氏强调“志不可冗”,认为志文过长,“读之岂不厌倦作文者,宜戒之”。卷二论墓志书写要求,如“间书先世”“书先世异称”“祖父书号”“书妻妾异称”等。

此书有光绪十四年(1888)刻本,《丛书集成初编》本、《石刻史料新编》据之影印。

《策学例言》一卷

侯凤苞 撰

按:侯凤苞(1747—1816),字舜威,金匮(江苏无锡)人。《策学例言》凡六则,专论策体。一"贵条对",主张"以其所知,证其所不知";二"贵练习",建议"宜于平日拟定门例,取经、史、三通等书可备策料者,并旧策佳者,逐门分摘",以供揣摩练习;三"贵作法",强调策体整、散并用,"整者,用四六体之流丽者","散者,用古文格局,纵横驰骋";四"贵看题",强调"头绪纷烦,先辨其大旨所在";五"贵体裁",认为策体之写作秘诀,在于"以策体之抬,画一样葫芦";六"慎错误",认为"实对固佳,然偶有记忆不清,致成错误,则所累不少"。

此书有黄秩模木活字刊《逊敏堂丛书》本,《历代文话续编》收录。

《十室遗语·论文》一卷

蒋励常 撰,蒋琦龄 编注

按:蒋励常(1751—1838),字道之,号岳麓,广西全州人。乾隆五十二年(1787)举人,著有《岳麓文集》,其生平详见梅曾亮《蒋岳麓先生家传》。蒋琦龄(1816—1875),字申甫,号石月，励常孙，道光二十年(1840)进士，改庶吉士，授翰林院编修，曾任九江、汉中、西安等地知府，有《空青水碧斋诗集》《空青水碧斋文集》等。蒋氏知识广博，反映在《十室遗语》中，便是其内容颇为驳杂，此书共十二卷，涉及经学、史学、中医药、兵法、风俗、艺术、文学等内容，其中第九卷为《论文》，为独立的文话专著。

《十室遗语·论文》分为四个相对独立的部分，其一为《论文》，凡二十一则，综论文章。其二《读孟》，为读《孟子》札记。其三《读韩》，为读韩愈古文札记。其四为《论举业时文》，专论时文八股。可见《十室遗语·论文》内容较杂，古文、时文兼论。其中第一部分《论文》为蒋励常所撰独立成书的文话专著，而《读孟》《读韩》部分则是在蒋励常去世后，蒋琦龄采罗其祖父部分读书笔记而编成。对此，在第一部分《论文》的结尾，蒋琦龄以小注形式作了解说：

> 先大父肆力于古文，尝自谓于《孟子》文有心得，于唐、宋大家尤嗜昌黎、老泉，谓皆得力于《孟子》者也。坊肆间有苏评《孟子》，伪托眉山，至为弇陋，因欲仿其书，自抒积年所得。适主讲清湘书院，因命门人日抄孟、韩文各一首置案头，暇则为加评论。后缘事其业未竟。其已加墨者，亦为门人传抄散佚，同志惜之。此数则为姑丈谢竹庄所藏，戊戌之冬始求得之，存其什一，想见大概而已。然吉光片羽，读而爱且惜者，未始不可因一脔以测全鼎也。

蒋琦龄此注信息颇为丰富，据其记载，蒋励常本人对《孟子》文章颇有心得，他认为韩愈、苏洵之文也脱胎于《孟子》，故对其也颇为欣赏。因不满坊间《孟子》评点本，故而蒋励常自行评点，后事业未竟而终。已评点的部分为门人传抄，蒋琦龄搜得吉光片羽之后，将其与蒋励常原有的《论文》合编。从风格角度而言，《十室遗语・论文》推崇文章的“恣肆”风格，提出：“作文需醇而后肆，未醇而肆，恃才者浮，务博者靡。”“醇”是许多古文家追求的境界，但“肆”则很少有论者追求。蒋励常作为理学家，却欣赏先“醇”后“肆”的古文风貌，比较罕见。在文体论上，此书认为古文与时文的区别只存在于题、律等形式上，二者并无实质差异，蒋励常以自己的时文为例，主张“以古文为时文”：“时文与古文何以异，但限于题、缚于律耳，而能古文者亦可以古文为时文。余生平应试文唯祁竹轩学使考教职见之，诧曰：‘古文手也。’盖赏音亦不易也。”书中还提出一些通论性的文章学理论，值得关注。如书中提到的“题生于文”与“文生于题”二种，便是对传统“文情”关系讨论的继续：

> 秦汉以前文字，每借题以抒所欲言。故同一事，而所记之人或不同；同一人，而所记之事或不同。非尽闻见异词也，盖胸中先有一段至文，特借题以发之，至放言寓言，且不必实有其人、实有其事矣。故其为文，恢奇变化，不可端倪。后人先有题，而后求文，斤斤焉惟恐于题不合。牵于绳墨，而迫于范围。好奇者乃以艰深饰凡近，词不可读而意亦犹人。夫题生于文，文心无穷者也。故人同、事同而彼此各擅其妙。文生于题，题境有限者也，故人异事异，而前后或剿其说。自唐宋以来，古文作家，碑版志铭其佳者，多于题外生情，此谓作文当置身题外。

此书附于《十室遗语》之中，有同治五年（1866）四月既望刻本，无鱼尾，黑口，四周单边，半页九行，行十九字。

《碑版文广例》十卷

王芑孙　撰

按：王芑孙(1755—1818)，字念丰，号惕甫、铁夫、楞伽山人等，长洲(今江苏苏州)人，乾隆五十三年(1788)召试举人，著有《四书通故》《渊雅堂全集》《读赋卮言》等。

书前有王芑孙族弟王鎏序及王芑孙自序，书末有江元文跋。王鎏序中引芑孙语曰："学古文者，当始由无例以之有例，继由有例以之无例。"碑志文在称谓、署名、用词等方面皆有定例，此书即意在总结古代碑志义例，为初学者示范。据王芑孙自序，他"上追秦汉，下讫宋元明"，意在扩展《金石例》《墓铭举例》，故名"广例"。晚清《谭献日记》云："阅王惕甫《碑版广例》，举汉魏至唐碑文，以广潘、王之书。世以惕甫笃信韩、欧，著书之意，殆欲尽废古人。噫，此固未识惕甫之微意也！"①虽然王芑孙在书中屡次强调韩、欧为文章正统，但此书所举文例不及韩、欧，卷一开篇云："吾以文章正统与韩、欧矣，顾乃上追秦汉，而尤详于汉。"实际对提升汉文地位起到积极意义，此正是谭献所谓"惕甫之微意"。书中多以汉、唐碑志为例，提炼义例。书中拈出的"例"，一般有多篇碑文为据，令人信服。如卷二"追纪古迹例"云："汉人追纪古迹，立祠表墓，所在多有。若尧母、开母、仓颉、孙叔敖、老子诸碑皆

①范旭仑、牟晓朋整理：谭献《复堂日记》卷二，河北教育出版社 2001 年 1 月版，第 287 页。

是也。”惕甫以汉代《成阳灵台碑》《楚相孙君之碑》《开母庙石阙铭》《仓颉庙碑》《边韶老子铭》等碑为例，准确地指出汉人有为古人遗迹立碑之例。又如“一碑二铭例”云：“汉碑大抵一文而三分之，其所称叙曰文、曰辞、曰颂、曰铭、曰诔、曰叹、曰乱、曰重、曰者，了无定名，亦无定在，并无定体。”在指出其“了无定名”的特点后，又以《孝廉柳敏碑》为例，揭示了其一碑而二铭的特点。卷五《纳铭墓中例》为墓志文体寻找缘起，认为“三代皆有殉葬器物，虽不铭其墓，而铭其器物……此即纳铭之肇端也”。他将《隶释》所录《张宾公妻穿中二柱文》视为“后世埋铭所自起”。卷九《志载生平著撰例》则指出唐开元中《陈宪墓志》已开始著录亡者生平著述：“此为后人碑志胪载其人著撰之所始。”凡此，均为有识之见。王氏精通汉学，其考据修养也时时体现在书中，如卷九《一时自有沿用异文例》：“一代各有沿用异文，习焉不察。如汉碑‘惟兮’之类。唐人自韩、柳未出以前，虽穷力追新，终有千篇一律处。如志墓者必言‘葬于某乡之原，礼也’。自是当时袭用常语。”王氏发现由于传抄之误，后人将碑志中常见的“之原”二字，误倒为“原之”。虽文理不通，却流传甚广，并胪举《王训墓志》《故雁门郡解府君墓志》《内常侍孙志廉墓志》为例。文献传抄中出现错误，后人反以讹误为典范，这对碑志以外的古文写作显然也有借鉴意义。

此书又名《碑版广例》，其流传、刊刻情形，据江元文跋语：“先生既殁，此书藏之箧笥。洎道光丙申，先生哲嗣又樗姑丈命文录为卷帙，求以行世；而先生族弟亮生夫子为谋诸同族，得授梓人。以文世谊姻亲，命为书。文校字始于庚夏，成于辛冬。”有道光二十一年(1841)写刻本，江文元书并校。《石刻史料新编》据之影印。

卷三　嘉庆、道光卷

《全唐文纪事》一百二十二卷

陈鸿墀 编

按：陈鸿墀（1758—?），字万宁，号范川、抱箫山道人，浙江嘉善人，嘉庆十年（1805）进士，授翰林院编修。其生平见钱仪吉所撰《抱箫山道人传》。著有《抱箫山道人遗稿》《全唐文年表》等。陈鸿墀为《全唐文》总纂官，因仿《唐诗纪事》而撰《全唐文纪事》。陈鸿墀将唐宋元明清历代关于唐代文章的评论汇总分类，计有体例、帝制、述德、纪功、纳言、威远等八十类，将清代帝王的评语置于卷首，体现了其官修性质。

此书有同治十二年（1873）刻本，常见有《续修四库全书》影印本、中华书局上海编辑所1959年整理本等。

《文说三则》

焦循 撰

按：焦循（1763—1820），字理堂，江苏扬州人，清代扬州学派著名学者。在文质观上，焦循不喜"质言"之作。其文论思想属于扬州学派文论观，推尊骈文。他反对仅以散体文为"古文"，认为散体文只是"质言"之作，只"谆谆于字句开合、呼应、顿挫之间"。焦循强调"古文者，非徒质言之者也"。在繁简观上，焦循不满古文派唯简是从，主张唯"达"而不唯"繁"或"简"。《文说三则》又辨析"达"与"深"与"博"之关系，认为"深"与"博"只是外在表现，其内在缘由在于"达"，即"明其所以然之理"。对于作文者与论文者，焦循均提出"达"之要求。

《文说三则》收于焦循《雕菰集》卷十，有《文选楼丛书》本、《文学山房丛书》本、《历代文话》排印本等。

《汉魏六朝墓铭纂例》四卷

李富孙 撰

按：李富孙（1764—1844），字既汸，号芗沚，浙江嘉兴人，生平见《校经叟自订年谱》，著有《书经异文释》《易解胜义》

《诗经异文释》《左传异文释》《夏小正分笺》等。

本书为金石义例文话，其所归纳的金石义例，取自汉魏六朝墓志。李富孙在自序中指出，唐以后碑志"韩、柳诸公易整为散，体格亦大变"。他于体例参自《墓铭举例》，不过他认为"明初王止仲以唐宋十五家碑志撰《墓铭举例》四卷"，所选文章"譬诸黄河之水"，"但见其流之委输奔注，而未知昆仑以上之原之所在也"。既然唐宋墓志为流而非源，故其转而追溯至东汉："然则欲溯墓铭之原者，必于东汉之世，文辞体例，参错不一。""南北朝多骈偶，犹是汉制体修词之意，鄱阳洪氏谓汉人铭墓皆一律，殆只论其文，而未采其例也。予惟乡前辈朱竹垞检讨之言，因取洪氏《隶释》《隶续》所载，益以六朝人碑制及有墓石之出于近世者，略仿止仲之法，胪而列之，曰《墓铭纂例》。其叙其铭，虽各异体，举皆可见，则合止仲之例观之，庶不至沿其流而忘其原也与？"

清代金石义例文话，也受到骈、散之争的影响。古文家所撰金石文话，一般以唐宋碑文为范例。李富孙此书名《汉魏六朝墓铭纂例》，以汉魏六朝即骈文时代碑志为范例，与古文派有别。如书中评价邢邵三篇文章，谓《广平碑》"文皆骈偶"，评《冀州刺史封隆之碑》"文多骈语"，评《太尉韩公墓志》"文皆骈偶"。评温子昇《司徒祖莹墓志》"文俱骈偶"，《常山公碑》"碑词骈偶铭四言，此六朝通例也"。评梁元帝《隐居先生陶宏景碑》"体例与司空房桢诸碑同"。评王俭《太宰文简褚彦回碑》"通体骈偶"，多为骈体志文。这是受到阮元文学观影响所致，阮元是清代推尊骈文的代表人物，李富孙在《汉魏六朝墓铭纂例》书末跋语称："壬戌冬，余自都门归。抱宿疴，屏绝尘事，搜读汉魏六朝碑碣文。因仿王止仲例，钩纂属稿。越岁，至武林，请正于今制府阮中丞师，颇称善。谓碑碣当以汉魏为法，六朝犹不失遗意，宜将原文及碑式趺寸，并为载入，俾古制有所考。”阮元对其的建议便是“碑碣当以汉魏为法，六朝尤不失遗意”，意即以汉魏六朝为法，这正是推尊骈文的表现。跋语中还记载，李富孙“后于役溧阳，返经吴门，谒少詹钱竹汀先生于紫阳讲院，持此就质”，得到钱大昕的赞赏。钱氏为汉学名家，对骈文也有着好感，自然能够欣赏李富孙的《汉魏六朝墓铭纂例》。

有《别下斋丛书》本、《槐庐丛书》本、《金石全例》本等。

《金石余论》一卷

李遇孙　撰

按：李遇孙（1765—?）字庆伯，号金澜，浙江嘉兴人。著有《芝省斋吟稿》《金石学录》《栝苍金石志》等，辑有《意林补》。

此书为补足《芝省斋碑跋》之作，书首自序云：

> 《芝省斋碑跋》已定五卷，共碑百四十通。以后亦不再添，即增入亦有数矣。拟末列《金石论》一卷，以配六卷，成双之数。将随笔中谈金石之尚有根柢者摘入，余随有所得则录之，有廿多张便成卷。如不能成卷，即五卷，无不可，再分匀作六卷，亦可。或删去无甚要紧之跋作四卷，更无不可，戊子九月十二日懒道人记。

书末跋语云：“以上诸条从笔记中摘出，因有涉金石，编为第六卷。虽无创获之见，而述旧闻、证坠义，或不无资考镜云尔。”为补足《芝省斋碑跋》六卷之数，李遇孙将日常笔记中关于金石义例类的内容采为一卷，共十六则。此书条目较杂，有论金石学基本概念的，如《金石》《丹书》等条；有论具体的碑文的，如《龙藏寺碑》等条；亦有考证器物暨铭文真伪的，如《诅楚文》一则批评王昶《金石萃编》不收《诅楚文》，认为“此与渊如观察作《续古文苑》而不收曶鼎铭同一失也”。又有论模仿碑文避免产生讹误的，如《曝书亭仿柳体》一条以朱彝尊为例云：“《曝书亭集·周布衣墓表》后云：‘因仿柳子厚《独孤申叔墓碣》，书故友姓名于后，稍加详焉。’”李氏指出，柳文中“大都‘先友’从其先君之友而言之”，朱彝尊误解柳文因而出现讹误，李遇孙进而总结云：“后人仿其体者不可不知。”

此书有《古学汇刊》第二集本，常见有《丛书集成续编》《石刻史料新编》影印本等。

《金石例补》二卷

郭麐 撰

按：郭麐（1767—1831），字祥伯，号频伽，又号白眉生，吴江（今属江苏苏州）人，前有郭麐自序及汪家禧序。自序称：“窃尝有意于碑版之文，以为泥于例，则官府吏胥之文移也；不知例，则乡农村学究之论说也。顾既以为有例，则必从其朔。东汉，其鼻祖矣。辄不自揆，取洪氏之书，为之条分而缕析之，间以后人祖述之繇附识于后。魏晋六朝，上承汉氏而下启唐人者也，其有可采，亦著于篇，而唐人不及焉。”李慈铭将此书与梁玉绳《志铭广例》相较，认为此书取材较为严谨：“梁氏广采自汉迄元诸家碑集，此书仅及六朝而止，较为谨严。所附考证，亦多不苟。”①

此书有道光十二年(1832)本，李瑶将是书与《金石三例》合刊排印(泥活字本)，称《校补金石例四种》，又有光绪三年(1877)行素草堂刻本、《丛书集成初编》排印本等。

《初月楼古文绪论》一卷

吴德旋 口授，吕璜 笔录

按：此书或名《古文绪论》，凡六十条。吴德旋(1767—1840)，字仲伦，江苏宜兴人，曾从姚鼐受古文法，有《初月楼四种》等。吕璜(1778—1838)，字礼北，号月沧，广西永福人。书前吕璜小序云：“道光戊子，吴仲伦先生馆于鄞。十二月，将返宜兴，过杭，而璜遮留焉。住丛桂山房凡二十余日，所亲承口讲指画，恐其久而忘也，条记之如左。”据此，知吕璜问文法于吴德旋，吴德旋口授、吕璜笔录而成此书。

书末有陈增、钱泰吉、盛宣怀跋语。钱泰吉跋语称：“然先生论文必曰：‘吾尝得之张编修、姚刑部云然。’其不忘师友之言盖如此。”吴德旋曾从姚鼐学文法，又与张惠言切磋古

---

①李慈铭撰、由云龙辑：《越缦堂读书记》九《艺术·金石》，中华书局2006年第2版，下册，第1064页。

文，受二人文章学观念影响较大。盛宣怀跋称："（吴德旋）幼有神童之称，既长，以廪贡生入都，三试不售。绝意举业，攻古文，宗韩退之氏，一主于法。时姚鼐方为海内文宗，学者翕然称桐城，仲伦亦步趋之。"相较而言，《初月楼古文绪论》更显现出对桐城文派的亲近。

吴德旋在方苞之后，继续对古文提出语体纯净的要求，《初月楼古文绪论》提出"古文之体，忌小说、忌语录、忌诗话、忌时文、忌尺牍"，强调古文通篇不能有一字"屠沽"即市井气。吴德旋主张应酬文不收进文集，认为归有光集中便不应收录其寿序、小简。书中对姚鼐的文章学观点有所承继，推崇姚鼐《古文辞类纂》，对《古文辞类纂》圈点的读法有所介绍，并揭示说通篇古淡的文章，不一定必有可圈点的句子。在风格论上，此书提出"文章之道，刚柔相济"，这是对姚鼐二元风格论的继承。在文统理念上，吴德旋在姚鼐之后继续构建桐城派文统，明确提出"归震川直接八家""方望溪直接震川矣"。

此书用了较大的篇幅批评历代文章，论及先秦至清代的一些古文作品。吴德旋论文不局限于唐宋八家，对于诸子中的《老子》《庄子》《荀子》《孟子》以及《史记》《汉书》等都很推崇，如认为《孟子》文章无美不备，《史记》无所不包、古文大家均从中受益等。此书第四十三至六十则集中评论了部分清代古文家，除了对其师姚鼐全为褒扬之辞外，对其他清代古文家皆有批评，如既认为方苞可以上接归有光，又指出其文严谨有余，妙远之趣不足；称赞刘大櫆古文最讲音节，也指出其文章模仿诸子痕迹过于明显；称张惠言摹古而痕迹未化、恽敬说理不够醇，批评朱仕琇学韩愈却只学诘曲处、秦瀛古文未脱诗话气等，皆属于清人论清文，为后人理解清代古文提供了帮助。

此书在清代影响较大，吕璜在广西桂林秀峰书院亦曾用此书教授士子。常见版本有道光年间《别下斋丛书》《花雨楼丛钞》《常州先哲遗书后编》《文学津梁》本等，又有日本明治十二年（1879）信夫粲评点本等。人民文学出版社 1959 年（与《论文偶记》《春觉斋论文》合刊）本、复旦大学出版社 2007 年《历代文话》本均以《常州先哲遗书后编》本为底本整理。民国学者万钧著有《古文绪论详注》，这是目前仅见的《初月楼古文绪论》全注本。万钧，字叔豪，江苏无锡人，近代医学家，著有《学医笔记课余杂著》（与人合著）等。万钧曾从近代学者丁福保学习，于医学之外，热衷文学、佛学研究，有多种笺注类著述。丁福保云："万生叔豪从余游十一年，劬学博文，尝于业医之暇，殚数月之力，为之笺注（按：指《佛教宗派详注）。"①在文章学方面，万钧笺注了曾国藩《圣哲画像记》（《中西医学报》第八年第十一期）及吴德旋《初月楼古文绪论》。不过万钧主要是对《古文绪论》中的人名、书名进行注解，对书中的文章学内涵未作解说，学术价值有限。

《四书文法摘要》一卷

李元春 撰，刘维翰、刘文翰 编

按：李元春（1769—1854），字仲仁，号时斋，陕西大荔人。

①丁福保：《佛教宗派详注序》，杨文会著、万钧注《佛教宗派详注》，广陵书社 2008 年版，第 2 页。

书前有李氏弟子刘维翰所撰小引，其云：

> 吾师时斋夫子选评《丛书》，皆取最切于学人者。于末入武叔卿《举业卮言》，以举业人人所日讲也。然吾师有《四书文法三编》，吾党久奉为圭臬，而尚苦繁多，不尽可记忆。刻《丛书》既成，与弟文翰并摘《三编》要目附之，可与叔卿所论参观矣。刘维翰谨识。

李元春是西北时文名家，力主古文、时文合一，曾言："自制义行而古文亡矣，非亡也，人不讲也；以古文之道治时文，时文即古；由时文之深而窥古文，古文亦时。"①李氏本著有《四书文法三编》，为时文选本著作，被弟子"奉为圭臬"。因其内容繁多难记，刘氏昆仲删其选文、摘其要目而成此书。此书上编分"三纲领""审题六法""命意四法""篇法八"等四十一纲目；下编分"单题破法六""单题破、承备诸法""单题起讲法九"等五十九纲目；后编有"国朝定文品四字"等五纲目，另附"文品杂说十八""余论十二则"。全书层次清晰，对时文论述全面又不失新意，如将清代时文官方品评标准"清真雅正"又作细分，将"清"分为"意清、辞清、气清、心清"四种；"真"分为五种："题中理真，题外理真，当身体验则真，推之世情、物理则真，提空议论则真"；"雅"分为二种："自经书出则雅，识见超则雅。""正"有二种："守题之正、变不失常。"

此书被收录于《青照楼丛书》，有《丛书集成续编》（台北新文丰）影印本，《历代文话》据之排印。

---

①李元春：《西河古文序录》，《清代诗文集汇编》第496册，第615页。

《梦陔堂文说》一卷

黄承吉 撰

按:黄承吉(1771—1842),字谦牧,号春谷,江苏江都(今属江苏扬州)人,祖籍徽州,嘉庆十年(1805)进士,曾官广西兴安、岑溪知县,著有《梦陔堂文集》《梦陔堂诗集》等。

书前有刘文淇序、阮元撰《志铭》,全书由十一篇单篇论文组成,除《论〈汉书〉中多诬陷司马迁之语第十》为驳班固之作外,其余《论自扬雄有"雕虫篆刻"之说致文为后世诟病首著此篇以明文章关系至重第一》《论〈法言〉内谓"赋为童子雕虫篆刻,壮夫不为",其"壮夫"乃指壮年,及考雄赋皆是壮年所为第二》《论〈汉书〉中〈扬雄传〉是雄自作第四》《论〈太玄〉自谓合天应历其实所设皆臆数与天历不合第十一》等十篇皆为驳斥扬雄而作。晚清谭献评论:"《梦陔堂文说》十三篇(按:应为十一篇)乃有二十巨册,大旨以孟坚、子云有意指斥司马子长,不为定论,因而披析子云诸文不遗余力;言言典要,诚天下之奇作。子云当此,亦劲敌也。中有一篇驳《太玄》为不合《易》数,亦不合太初历。盖先生本长布策,此则予所不解,不能定其然否。"①

此书有清道光刻本,《清代诗文集汇编》第503册影印。

---

①范旭仑、牟晓朋整理:《复堂日记》,河北教育出版社2001年1月版,第8页。

《退庵论文》一卷

梁章钜　撰

按：梁章钜(1775—1849)，字闳中，一字茝林，晚年号退庵，福建长乐人，嘉庆七年(1802)进士。著有《论语集注旁证》《孟子集注》《文选旁证》等。是书兼论古文、骈文。

梁章钜著有《退庵随笔》，其中论文条目甚多。清末《文学津梁》将其中论文者辑出，编成《退庵论文》。受阮元文学观念影响，梁章钜较为重视骈文："今人于散体文辄名为古文，众口一同，其实未考也。"并于书中援引阮元关于"古文"概念的新解。梁章钜论文，骈、散并重，以《史记》《汉书》《文选》三者为典范："《史记》《汉书》两家，乃文章不祧之祖，不可不熟读。其次则莫如萧《选》。"清中叶以后，受朴学思潮影响，考据文章一度较为盛行，梁氏不喜此类文字："今考据家作文字，率喜繁征博引，以长篇炫人，然气不足以举之，每令阅者不终篇而倦。"他对《四库提要》较为重视，时有援引，但有时亦不注明，如其评真德秀《文章正宗》云："主于论理而不论文，后人宗其意而成编者，惟吾乡蔡文勤公之《古文雅正》。然以理为根柢而体杂语录者不录，以词为羽翼而语伤浮艳者不录。"大意与《四库全书总目》之《古文雅正》提要相近，却未注明。

此书有道光十九年(1839)《退庵随笔》本，《历代文话》据之排印。单行本尚有《文学津梁》本。

《制义丛话》二十四卷

梁章钜 撰

按：是书为清代制义话，前有江国霖、朱琦、杨文荪序，书后有林则徐、吴钟骏跋。杨序后有梁氏所撰《制义例言》，介绍此书体例及主要内容，“凡辑总论为首二卷”。卷三论宋代制义，“以著制义之权舆焉”。“辑明初作者为第四卷，明中叶为第五卷，明季为第六卷”。“辑顺治初作者为第七卷”。论“国朝以逮道光间”制义名家，“凡二十八家为第八卷、第九卷”。“录康雍间作者为第十卷。乾嘉间作者为第十一卷”。录“遗闻轶事”为第十二卷。卷十三、十四、十五论制义与理学关系。卷十六、十七、十八、十九论“吾乡作者”即福建制义。卷二十、二十一论“吾家制义”即梁氏家族制义。“命题各事为第廿二卷，破、承、起、讲诸事为第廿三卷。而以脞词谐语别作杂缀，是为第廿四卷”。

是书有着清晰的层次结构，以记事为主，收录资料极为广博，在清代制义话中较为罕见。有道光三十年(1850)、咸丰九年(1859)刻本。整理本有上海书店出版社 2001 年陈居渊点校本(与《试律丛话》合刊)，武汉大学出版社 2009 年陈水云、陈晓红校注《梁章钜科举文献二种校注》(《制义丛话校注》《试律丛话校注》)本等。

《艺舟双楫·论文》四卷

包世臣　撰

按：包世臣(1775—1855)，字慎伯，号倦翁，安徽泾县人，晚清著名思想家、学者、书法家。著有《安吴四种》等。

《艺舟双楫》为书学论著与文话的合编，其中《论文》部分共四卷，除卷一所收《文谱》为独立的单篇文章外，其余均为包世臣所撰论文书信、序跋，故此书实为包氏文论的汇集。《文谱》作于道光九年(1829)，将行文之法分为“奇偶、疾徐、垫拽、繁复、顺逆、集散”六种，主张骈散合一，“奇偶为先。凝重多出于偶，流美多出于奇”。民国学者刘咸炘对《文谱》盛为推崇，称：“惟包氏此书精简而平通，乍观似浅，而实已赅。”①此书“乍观似浅”，实则精深之处不少。如以桐城派为代表的古文派向以“简洁”为评文标准，将“繁复”视为文章之弊；包世臣则欣赏文章“繁复”之美，认为“繁复”“为用尤广”，“繁以助澜，复以鬯趣”，立论较为新颖。又如包世臣认为古人论文语不可一概当真，需分析其言说的背景，《书韩文后下篇》云：“古人论诗文得失之语，大约有三：有自得语，有率尔语，有僻谬语。”其说甚为有理。晚清学者宋恕《六字课斋津谈》甚至认

①刘咸炘：《推十书》(增补全本)己辑，上海科学技术文献出版社 2009 年版，第 297 页。

为“国朝人论文之精、之通，无出包慎伯右者”①。《艺舟双楫·论文》中的《文谱》一文因系文话性质，未录所评文章原文，刘咸炘有感于“惟所引之例未录原文，读者瞀焉”，于是对《文谱》“抄引而详注之”②，将包世臣《文谱》中解说的文例原文附上，编成《文谱注原》，以方便读者。

是书有《安吴四种》（道光、咸丰、光绪）本、黄山书社《包世臣全集》整理本、《历代文话》本等。

《论文别录》一卷

姚椿 撰

按：姚椿（1777—1853），字春木，一字子寿，号春水，江苏娄县（今属上海松江）人。曾从姚鼐学古文。主讲夷山、荆南、景贤等书院，“论文必举桐城所称”③，著有《通艺阁诗录》《晚学斋文集》等。编有清代古文选本《国朝文录》八十二卷。《论文别录》为稿本，姚椿选取自《文心雕龙》以来的论文名作汇辑一书，系辑录体文话。有上海图书馆藏稿本。全书主要收录《文心雕龙》上下篇目、《典论·论文》、《文赋》、《权载之论文》、《李文饶文章论》、《新唐书艺传序》、《古文渊鉴正集》

①宋恕：《六字课斋津谈》词章类第十二，胡珠生编《宋恕集》，中华书局1993年版，第94页。

②刘咸炘：《文谱注原》，《推十书》（增补全书）己辑，上海科学技术文献出版社2009年版，第297页。

③蔡冠洛：《清代七百名人传》，中国书店1984年版，第1801页。

总目及评语、《古文关键》卷首《看古文要法》、《张文潜、陈后山、陈同父三家论文》、《文章正宗》纲目及评论《左传》《国语》《公》《穀》等评语、《潘昂霄论文杂录》、《王行〈墓铭举例〉叙首》、《黄宗羲〈论文管见〉》、《归评史记例意》、《皇甫持正集目》、《顾亭林〈日知录〉论文共二十条》、《胡石庄〈绎志〉文章篇》、《魏际瑞论文》、《魏叔子论文》、《焦南浦论文》、《袁简斋自撰〈古文凡例〉》、《惜抱翁〈古文辞类纂〉序目》、《恽子居〈大云山房文稿通例〉〈二集序录〉》、《吴耶溪〈文翼〉三卷》。其中《文翼》刊刻于道光十六年(1836),作者吴铤是比姚椿年轻二十三岁的晚辈。姚氏能关注其《文翼》并辑录至《论文别录》,足以说明其眼光及心胸。姚椿文章学观念受理学影响较大,他在所编的清朝古文选本《国朝文录》中大量选录陆陇其、朱泽沄、汤斌、李光地等清代理学家之文。《论文别录》中收录《古文渊鉴》总目及评骘《左传》《国语》《战国策》《史记》及东汉、魏晋诸家语,特别提到对《古文渊鉴》中宋代“理学诸子、三苏、曾、朱子”评语的辑录。因康熙重视理学,作为官方文选的《古文渊鉴》中不仅收录并评骘了周敦颐、张载等理学家文章,朱子文章的入选数量还高居全书榜首。姚椿对此高度认同并将评骘理学家文章之语辑录进书,正说明理学对其文章学观念的深刻影响。

《睿吾楼文话》十六卷

叶元垲 编

按:叶元垲(1780—1834),字晏爽,号琴楼,浙江慈溪人,著有《睿吾楼诗集》等。前有陈用光序、童槐序、姚燮序、叶元垣序及叶元垲自序。

此书是清代为数不多的以“文话”命名的著作，对此，数篇序文中多有提及。陈用光序称：“夫古今诗话多矣，文话则未之闻。”童槐序称：“按前此诗话，无虑百十家，亦或为四六话。若文，则元王氏构才一偶及。琴楼此书乃始专之耳。”叶元垣序称：“余考论文之书，权舆于挚虞《流别》，历年久远，佚而勿传。若刘氏之《文心雕龙》、任氏之《文章缘起》，于凡文辞利病抉摘靡遗，故艺苑至今奉为枕秘。先生之书，其体例不必同于刘、任诸儒。”《睿吾楼文话》并非批评史上第一部以“文话”命名的著作，不过此前称“文话”之书甚少，故诸人均以发凡之功许之。此书对后来著作也有影响，张星鉴《仰萧楼文话》跋语中便予以盛赞：“戊午入都，得叶元垲《睿吾楼文话》。读之，其中引证极博，与余所摘取者颇有符合，可谓先得吾心矣。”张书亦以“文话”为名，便是受到《睿吾楼文话》影响。

《睿吾楼文话》为辑录体文话，凡十六卷，除卷十五、十六为元代潘昂霄《金石例》之外，其他十四卷系从历代典籍中摘录的论文之语。叶元垲眼界较为宽阔，书中援引有袁枚、钱大昕等非议桐城派的言论。叶元垲亦重考据与文章之关系，多次援引《陔余丛考》等考据学著作。

此书有道光十三年(1833)刻本，《历代文话》本据之排印。

《读文笔得》一卷

黄本骥　撰

按：黄本骥(1781—1856)，字仲良，号虎痴，湖南宁乡人，长于金石、舆地等学，道光二年(1822)举人，著有《古志石华》《隋唐石刻拾遗》《集古录辑佚》《元碑补目》《湖南方物志》《圣域述闻》《皇朝经籍志》《痴学》等。

《痴学》卷五为《读文笔得》，主要为作者阅读文章的评语，对《史记》、唐宋八家论述较多。书中也不乏黄氏对古文历史的总结梳理，如其将传体分为六种："一，盖棺论定，有事迹可纪，传示后人，如历代史书列传是也。一，其人已殁，勋业烂然，私为立传，为异日入史张本，如诸家集中私传是也。一，其人现存，于史法不应为传，而言行有关于世道人心，不可无传，如韩之《何藩传》、苏之《方山子传》是也。一，本人自为作传，以写其闲居自得之致，如陶渊明之《五柳先生传》、白香山之《醉吟先生传》是也。一，借市井细人抒写己议，类庄生之寓言，如韩之《圬者传》、柳之《梓人》《宋清》等传是也。一，借物行文，仿乌有子虚之例，如韩之《毛颖传》、苏之《黄甘陆吉》等传是也。"对古代人物传记的分类之细，较为少见。黄氏又总结传生者与传死者的区别云："大抵传死者如画工写影，必须衣冠端肃；传生者如写行乐小照，不衫不履，自见天真。此其别也。"亦属精辟之论。

《读文笔得》随《痴学》流传，有《三长物斋丛书》本，《丛书集成续编》(上海书店)第91册据之影印，单行本有《历代文话》本。

《跋潘文僖公〈金石例〉》九则

徐湘潭 撰

按：徐湘潭(1783—1850)，江西永丰人，字东松，号兰台，后改为金溪，又增号睦堂，有《徐睦堂先生集》一百三十卷。徐氏为清代著名古文理论家、批评家，其文集中的《论文绝句一百七十五首》开创了文章学史上以绝句论古文的先河①。

《跋潘文僖公〈金石例〉》实为作者读完潘昂霄《金石例》后所作的札记、题跋。潘昂霄，字景梁，号苍崖，谥号文僖，元翰林侍读学士，所撰《金石例》对清代金石义例之学影响甚大。徐湘潭《跋潘文僖公〈金石例〉》共九则，对《金石例》中讹误、有疑等可商榷之处予以辩正，论及《金石例》中《书舅姑例》《书三代及其兄例》《不特书父而书大王父王父伯例》《书异母子女例》《书过房子例》《墓图》《墓志式》《论行状语录》《论碑文合书不合书》等条目。

《跋潘文僖公〈金石例〉》虽条目不多，但价值较高，是阅读《金石例》有益的参考，其中有对《金石例》中观点进行商榷的，如《论行状语录》一则，潘书全引《朱子语类》，认为由唐及宋，文字越来越长，称韩愈《董晋行状》"稍长"，权德舆《宰相神道碑》"只一板许"，而"欧、苏便长了"。对此，徐湘潭认为不能一概而论，应根据行状传主生平具体而论："《董晋行状》虽长而不厌其长……权德舆碑文，则其可书之事本少耳。"徐湘潭提出"文章繁简，各自成体，不必拘一格也"，否定了《金石例》所引朱熹观点。

有修正《金石例》中所拟的不准确名目的，如《书三代及其兄例》所举之例为《国子助教河东薛君志》："曾祖曰……祖曰……父曰播，尚书礼部侍郎。侍郎命君后兄据，据为尚书水部郎中，赠给事中。"徐湘潭指出，此文中所谓的"播"是"薛

①参见拙文《论文绝句的创制与散文史的构建——徐湘潭〈论文绝句一百七十五首〉论》，《广西师范大学学报》2017 年第 1 期。

君本生父也”，“据”是“薛君所后父也”，条目名当改为“兼书本生父与所后父例”，不当称“书三代及其兄例”。

有纠正《金石例》用例讹误的，如《书舅姑例》中书“姑氏”之例，潘书举《中大夫陕府司马李公志》“母抱之，置之姑氏以去”佐证。徐湘潭细读全文，指出此处的“姑氏”非李司马的祖母，亦非其父之姊妹，而是“其母之父之姊妹耳”，即此处的“姑氏”指李司马母亲的姑母。潘书将此例置于《书舅姑例》名目之下，且与“尊章”条并列，则是以此文中的“姑氏”为李司马母亲之“姑氏”（婆婆）作解，故徐湘潭批评说：“盖潘氏未细省上下文而误会耳。”既审核出潘书用例有误，徐湘潭还给出了合适的例子，他以《监察御史元君妻韦夫人墓志》“又及教于先姑氏”句替换了误例。

《跋潘文僖公〈金石例〉》见载于《徐睦堂先生集》卷二十三，道光二十二年（1842）刻本，今《清代诗文集汇编》第558册据之影印。

《阅黄梨洲〈金石要例〉》九则

徐湘潭　撰

按：徐湘潭较为关注金石义例之学，除《跋潘文僖公〈金石例〉》之外，另有《阅黄梨洲〈金石要例〉》九则，此为徐湘潭阅读黄宗羲《金石要例》后撰写的题跋，同收录于《徐睦堂先生集》卷二十三。

黄宗羲认为元代潘昂霄《金石例》多有不确之处，乃“摘其要领，稍为辩正，所以补苍崖之缺也”，撰成《金石要例》。徐湘潭《阅黄梨洲〈金石要例〉》则是对黄宗羲《金石要例》的辩正，多与黄宗羲观点不同。《金石要例》卷首批评潘昂霄《金石例》“以昌黎文为例”，“如上代兄弟宗族姻党，有书有不书，不过以著名不著名，初无定例，乃一一以例言之”。徐湘潭为潘书辩护云：“潘氏非全不解韩公书与不书之意者，其件系条列，原以备后学之取法，古人深求其意，而知所权衡，得以随事制宜也。其所云‘例’，犹言韩文中已有此等参差样式耳，亦何不可一一以例言之哉？彼亦曷尝谓有定例哉？”黄宗羲认为潘书是将韩愈古文中出现的一二文例视作定例供后学模仿，徐湘潭则认为潘书《金石例》之“例”只是展示韩文中有此例而已，并未将其视作定例，对潘书的体例提出了与黄宗羲截然不同的观点。徐湘潭对金石义例的看法多根据礼法及社会现实而得，如《金石要例》“妇人志书子女例”云：“妇人之志，非其所生者不书。”徐湘潭结合清中叶社会现实及古礼云：“此例今不可行，且于理亦未合。姬妾之志则不必书嫡妻所生之子女，若前后两嫡妻，则所生子女，义宜可以互书。……先王制礼，前妻所生之子女为后母服舆，后妻所生之子女一同。以此推之，则前后两妻之子女可以互书。”《金石要例》后附有《论文管见》，徐湘潭《阅黄梨洲〈金石要例〉》最末一则亦对《论文管见》有所辩正。《论文管见》云：“叙事须有风韵，不可担板。今人见此，遂以为小说家伎俩。不观《晋书》《南北史》列传，每写一二无关系之事，使其人之精神生动，此颊上三毫也。”黄宗羲以《晋书》《南史》《北史》为据，主张文章可写“一二无关系之事”，“使其人之精神生动”。徐湘潭因受桐城派姚鼐影响较深，反对文章中有“小说气”，故连《晋书》《南史》《北史》一并否定："《晋书》《南北史》写无关系之事本多小说气，是又不可概以为训。"当然，徐湘潭对《金石要例》论点也有赞赏之处，如对《金石要例》"书名例"条批评古代碑志多不书名，提出"碑志之作，当直书其名字"的观点非常认同："此条非议古人甚当！"

《阅黄梨洲〈金石要例〉》见载于《徐睦堂先生集》卷二十三，道光二十二年(1842)刻本，《清代诗文集汇编》第558册据之影印。

《金石综例》四卷

冯登府　撰

按：冯登府(1783—1841)，字柳东，一字云伯，又号嘉兴旧史官、小长芦旧史官等，浙江嘉兴人，嘉庆二十五年(1820)进士，著有《石经阁文集》《石经补考》《三家诗异文疏证》《拜竹轩诗存》《种芸仙馆词》等。

书前有冯登府自序，论述潘、王、黄金石三书的发凡起例之功，进而指出三者之不足："顾三家仅折衷于文集，未搜罗夫碑版。唐宋人之集之文，不皆施之祥金乐石者也。窃谓碑志之例，当追其所自始，滥觞于汉魏，沿流于唐宋，至元而体乃坏。"冯登府又提到清初朱彝尊曾有"补三家之缺而未果"的遗憾，并指出后人已有承袭朱彝尊之志者及已作之成书："近人缉有《金石例补》，犹检讨志也。惟其书卷帙简略，渗漏尚多。余久有志于斯事，归田销夏之暇，尽搜商周秦汉魏晋六代五季唐宋及海东诸国金石之文，条分类聚，溯其源而讨其流，衷其至当者成《金石综例》四卷，盖不专言志铭例也，凡有可与三家互证者参之，所已言者略之。”全书突破唐宋碑志的限制，论及汉魏六朝以及隋唐碑志，视野较为广阔。清代自黄宗羲《金石要例》之后，金石义例之学大兴，所论金石由唐宋而向上延展，不过在以立论严苛著称的晚清学者李慈铭看来，大多可以不作："自黄梨洲《金石要例》出后，文之义法，已括其凡。为碑版者，谨守不渝，即为定则。朱竹垞氏欲缉《隶释》《隶续》所载为例，以补潘、王、黄三家之缺，意在存古，实为好奇，可以取广见闻，不必定为义法。于是冯氏及梁曜北、郭频伽等皆掇拾琐碎，分缀奇零，例愈广而愈繁，采愈多而愈惑。盖汉代碑碣，不重文章。魏齐石刻，多出村野。名字月日，信手而书，年号官称，亦间致错。”①李慈铭认为，清代金石学看似繁荣，但在一片热闹之中，并非所有参与者皆是金石学专家，在他看来“冯氏等皆非能文之人，又不甚通史学”，故而难免错讹，《越缦堂读书记》便纠正了《金石综例》的多处错误。且清代佞古之风严重，也导致误将古代乡野之文、讹误之碑奉为“例”而学习。

此书有道光年间刻本，国家图书馆藏本有李慈铭批校语，又有光绪十三年(1887)朱记荣《槐庐丛书》本，《石刻史料新编》第3辑第39册、《丛书集成续编》(上海书店)第74册据之影印。

①李慈铭撰、由云龙辑：《越缦堂读书记》九《艺术·金石》，中华书局2006年第2版，下册，第1062页。

《文笔考》不分卷

阮福 编

按：阮福(1784？—1854)，字赐卿，号喜斋，江苏仪征人，著名学者阮元之子，曾任甘肃平凉府知府等职。书首为阮福序言一篇，次为阮元《文言说》《书梁昭明太子〈文选序〉后》《与友人论古文书》《文韵说》四篇重要论文，次为阮元《学海堂文笔策问》与阮福拟对，夹杂以按语。又附录《文笔考》四篇，出自南海生员刘天惠、梁国珍，番禺生员侯康，三水廪生梁光钊手。

阮元是清代重汉学、崇骈文的代表性学者，他不仅自己积极撰写推重骈文的论文，将骈文视作“文”之正统，还在学海堂中教授其文笔理论，扩大骈文影响，此书便是师生间关于文、笔区别的问答记录。书中《学海堂文笔策问》云：“问：六朝至唐皆有‘长于文’‘长于笔’之称，如颜延之云‘竣得臣笔，测得臣文’是也。何者为文？何者为笔？何以宋以后不复分别此体？”阮福序文云：“家大人以此策问学海堂诸人，命福先对。爰考之诸书，得廿余条，列之成篇。后堂中诸人所对，亦皆精确，有福有而彼无者，福无而彼有者。”学海堂诸生中以刘天惠、梁国珍、侯康、梁光钊四人所对为最，“福今将四君之作及福之所对，合录成册”，又以阮元有关文笔论的四篇文章冠首，编成此书。

阮元文笔理论在此书得到了集中展示，他将《易·文言》视为“文”之典范，《文言说》云：“千古之文，莫大于孔子之言《易》，孔子以用韵、比偶之法，错综其言，而自名曰‘文’。”《文言》用韵、用偶，阮元据此将其视为“文”的基本特征，否则便是直言之言、论难之语。《书梁昭明太子〈文选序〉后》称骈文“文统不得谓之不正”，以为唐宋以来古文家所撰“非经即子，非子即史”，非《文选》所谓“文”。他从对偶这一标准出发，也提高了八股文的地位：“四书排偶之文，真乃上接唐宋四六为一脉，为文之正统也。”他在命阮福编辑《文笔考》的同年，还曾命学海堂诸生编辑《四书文话》，亦可视为因重对偶而重八股的佐证。《与友人论古文书》云：“子、史正流，终于文章有别。千年坠绪，无人敢言。”他以阐幽发微者自居，将骈文而非古文视为“文”之正统。阮元提出用韵、对偶之作为“文”，而《文选》及后世四六文不押韵的也很多，为解决这个矛盾，他在《文韵说》中专门予以解释，指出其所谓“韵”不一定是句末押韵，“亦兼谓章句中之音韵”。

阮元考问诸生：“何以宋以后不复分别此体？”提问中已经蕴含有宋以后古文独盛导致文、笔混淆的判断，故阮福拟对中开篇便回应说：“唐人每以文与笔并举，又每以诗与笔并举，是笔与诗、文似有别也。由唐溯晋，则南北朝文笔之称多见于史，分别更显矣。”他的拟对主体是从古代著作中辑录出文笔对举的例子，共觅得二十九则文献材料，史书有《汉书》《晋书》《宋书》《陈书》《梁书》《魏书》《北齐书》《南齐书》《南史》《北史》《唐书》十一种；援引的其他著作则有王充《论衡》、陆机《文赋》、刘勰《文心雕龙》、梁元帝《金楼子》、杜甫《寄贾司马严使君诗》、刘禹锡《祭韩吏部文》、赵璘《因话录》七种。在重要的材料后还附以按语，如在征引《金楼子》关于文、笔区别的论述后，加按语云：“福读此篇，与梁《昭明文选序》相证无异，呈家大人。家大人甚喜，曰：‘此足以明六朝文笔之分，足以证昭明序经、子、史与文之分。而余平日著笔不敢名曰‘文’之情益合矣。’”阮福拟对中收录的古代关于文笔对举的材料非常丰富，其后刘天惠等四人《文笔考》所用材料大致不出阮福辑录的范围，刘天惠等人的论述均以阮元之说为指归，故作为附录置于书后。阮福的拟对似是资料长编，四人的《文笔考》则是利用材料而立论的论文了。

道光四年(1824)十二月，阮元命阮福将相关资料汇总编辑而成《文笔考》，此书便成为最集中反映阮元文笔理论的著作。书中既收录了阮元“文笔”说的代表性论文，又以阮福及学海堂诸生答问的《文笔考》附之，是对学海堂内部关于文笔讨论的实录。出版后扩大了阮元文笔说的影响，对于清代骈文中兴提供了重要的理论支持。罗继祖为《续修四库全书总目提要》撰写有阮福《文笔考》提要，他认为阮福的拟对：“因其为问对之体，虽联缀而不成文章，然于后人考究文笔者，则颇可引为凭藉也。”①其言不虚，后来研究文笔理论者，如罗根泽《中国文学批评史》等均将阮福《文笔考》作为重要的研究基础。

此书与《滇南金石录》合称《小琅嬛丛记》，被收入《文选楼丛书》刊刻出版，《丛书集成初编》据之排印。

《仁在堂论文各法》六卷

路德　撰，张寿荣　辑

按：路德(1784—1851)，字闰生、润生，盩厔(今陕西周

① 中国科学院图书馆整理：《续修四库全书总目提要(稿本)》第36册，齐鲁书社1996年版，第563—564页。

至)人,清代著名八股名家,著有《仁在堂时艺》《柽华馆试律》等。张寿荣(1827—?),字鞠龄,号舫庐,别号书隐老人,浙江镇海人,同治九年(1870)举人,清代藏书家、出版家,著有《舫庐文存》等,出版有《花雨楼丛书》等。

路德编选有多种时文选本,其中有大量的评语与时文理论。出版家张寿荣从中辑录出部分内容,编成此书。其事记载于张寿荣所撰《仁在堂论文各法》序文中:

> 路润生先生以制艺一道,苦口良言,谆谆为学者告。而并分析各题,论列诸法,不惜以金针度人,其心可谓至而尽矣。顾其所发明指示,皆散在各集文后,非批阅全编,无由挈其要领以得夫指归。予流览之下,因为分类辑录,俾不致漫无统纪。各题亦以次附存,若纲在纲,有条不紊矣。学者之阅是编也,知一题有不可易之法,一法有不容混之题。依类以求,开卷憭然,若更欲得其文而阅之,则各集俱在,进讨焉可耳。端阳后五日,镇海张寿荣识于小花屿吟榭。

是书分六卷,卷一为"作法总论",分"时宜""流弊"两部分。卷二至卷六为"各法分论",卷二分"破承法""讲末出全题法""领上法""出题法""截上题法"。卷三为"截下题法"。卷四为"结上题法""冒下题法""承上冒下题法"。卷五为"全偏题法""偏全题法""截搭题法"。卷六为"滚作题法""滚截兼行题法""比喻题法""赞斥题法""代述题法""长题法""全章题法"。各法之下还附有相应题目,即张寿荣所谓"各题亦以次附存"。"作法总论"部分是八股文文法综论,涉及面较广,为路德心得之语。如对时文风格提出"空灵"的要求:"行文以空灵为妙,不惟题前要空灵,即中后作正面处,亦不可稍涉沾滞。”对于时文“气韵”的看重：“作文如作画，谁不用笔？而看去不见气韵，虽秃尽千毫，终是无笔。谁不用墨？而看去不见光泽，虽泼尽数升，终是无墨。人但知用笔之难，不知用墨之难，有墨无笔，固非妙手；有笔无墨，亦是拙工，此事不可猝办，须从读书得来。”

八股时文的句式向以排偶为主，对于时文中的排偶问题，路德受“以古文为时文”理念的影响，反对时文纯用对偶，他认为：“时文非律赋也，非四六也，安得纯用排偶乎？”反对在时文八股中以对偶架构全文。但他也指出：“纯用单行者，惟前辈大家能之。”纯用单行，则在形式上类同散体文，常人难以效法。虽然时文“单多而双少者，其文笔多妙”，但常人亦难企及。故而对于一般读者，路德提出“双单相辅而行，方成文气”。论时文者，多将审题作为重点论述内容，路德说：“谁不知文要切题？到得题来，却不知如何切法。彼其所见者，题之表也。所不见者，题之里也。题里何在？上下文是也。徒见有表，虽切不切。必将题之上下四旁一一想到，乃能洞见题里。”指出切题的关键在于从上下文见出题义深处。

《仁在堂论文各法》中还别具心裁地提出作文要趋难避易：“作文有八字要诀，曰：‘众趋勿趋，众避勿避。’”众人偏爱的思路、写法，便是“常套”“类典”“习气”，易于入手却最令人生厌。“众所避者”是“题之难处”，只有迎难而上，才能突破格套。书中从卷二至卷六是对审题要诀的解说，如“破承法”中介绍“全浑”与“半明半浑”的区别：“不说出题中一字，谓之全浑。说出一半，留得一半，谓之半明半浑。若将题字尽数说出则全然不浑矣。”在路德看来，“明破、浑破均无不可”。其他如“作截上题最忌混入上文，作截下题最忌混入下文”等关于截题等分析的内容比比皆是。

路德的时文创作及其时文批评著述，在清代影响较大，甚至被写入了小说。晚清李伯元《官场现形记》第一回“望成名学究训顽儿，讲制艺乡绅勖后进”，便写到路德的时文教育在陕西的影响力：

> 王乡绅便把头点了两点，说道：“这事说起来话长。国朝诸大家，是不用说了。单就我们陕西而论，一位路润生先生，他造就的人才也就不少。前头入阁拜相的阎老先生，同那做刑部大堂的他们那位贵族，哪一个不是从小读着路先生的制艺，到后来才有这么大的经济。”①

此书有光绪十四年（1888）夏五蛟川花雨楼张氏锓板。黑口，单鱼尾，左右双边，半页九行，行二十字。台湾新文丰出版公司1989年《丛书集成续编》第205册本据此影印。

《汉石例》六卷

刘宝楠 撰

按：刘宝楠（1791—1855），字楚桢，号念楼，江苏宝应人，道光二十年（1840）进士。刘氏为清代著名经学家，著有《论语正义》《韫山楼文集诗集》《宝应图经》等。此书前有道光二十九年（1849）张穆序、道光十年（1830）刘宝楠自序、同治八年（1869）匡源序。

①李伯元：《官场现形记》第一回，岳麓书社2014年版，第7页。

张穆序指出“为文必当明例，碑志又文字之最谨严者，其例尤不可不讲”，这正是元明以来金石义例文话撰作的主要目的。不过清初以来金石文话，多以唐宋墓志为范本总结书写义例。《汉石例》则专以汉代碑志为据，这在同声相应的张穆序文中有所说明。张穆认同朱彝尊“墓铭莫盛于东汉”之说，不满以韩、欧为墓志代表的观念，评论了清代诸多金石义例文话，认为“钱塘梁氏《志铭广例》、吴江郭氏《金石例补》、嘉兴冯氏《金石综例》搜采较博，举例尚疏”。对于王芑孙《碑版文广例》，虽然认可其“上取秦汉，下讫中唐”较为宽广的视野，却不满于其序中“专以文章正统与韩欧”的论调。张穆指出，刘宝楠“本竹垞之意，一以东京为主，传以经术，加之博证，纂为《汉石例》六卷”。在张穆看来，刘宝楠论墓志以汉为尊，与其汉学家身份有关：“盖惟深通汉学，故能得其大义。”而刘宝楠在《目录》后有一段补记文字，与张穆序相互发明，介绍了此书编撰的缘起：

> 近见钱塘梁君玉绳《志铭广例》、吴江郭君麐《金石例补》，采集汉魏六朝碑文，其途则广，其例甚略。又嘉兴冯君登府《金石综例》上采商周，下及唐宋，旁及海东诸国，其例较梁、郭差备，而疏略仍多，且汉碑已有之例，而引六朝、唐碑。如称父为君，已见《樊安碑》，而引唐《颜氏家庙碑》。铭词分章，已见《张公神碑》《刘熊碑》，而引唐《木涧魏夫人祠碑铭》。有铭不加‘铭曰’，已见《太尉杨公碑》《陈留太守胡公碑》，而引北魏《司马元兴墓志》。序三代书爵不书名，亦见《杨公》《胡公碑》，而引东魏《司马升墓志铭》，若斯之类，殊失检校。又以称曾祖为高祖、为曾父，称高祖为高门，称曾祖为曾门，称他

人父为先父，及生称考妣为例，今人临文，未可袭用。夫金石之学，藉以考证经史。梁、郭无所诠释，冯君亦未发明，均未善也。三书已刊行，阅者自能辨之。道光十六年三月下旬宝楠自校一过，漫识于目录后，时寓都中扬州新馆之淮海堂。

作为清代扬州学派的重要代表，朴学才是刘宝楠学术的根柢，故其论汉碑义例，多能旁搜博采、考镜源流。其《汉石例》自序中认为“刻石之兴，肇自皇古”，“降至东都，斯风乃炽”。“魏晋以降，迄于唐初，谨守其法。韩、柳上法《庄》《荀》，工于思议而体制寖失。余素喜东汉碑碣之文，甄而录之”。被文坛奉为文章正宗的韩、柳碑志，在刘氏看来，已经是“体制寖失”了，他推崇的是东汉碑志文章。自序介绍本书：“为墓碑例百五十，庙碑例二十九，德政碑例十三。墓阙例十一。杂例三十二。总例四十八。为文之体略备于斯。魏晋以下，概从删佚。”全书分六卷，卷一为《墓碑例》，有“称碑例”“称碣例”“称铭例”“称表例”“碑文首用维兮例”“碑文首用伊叹例”“碑叙首以官爵冠姓氏上例”等。卷二为《墓碑例》，有“碑文浑书先世高曾祖父不名例”“先叙远祖后叙近代远祖名近代不名例”“一人立二碑一叙先世一不叙先世例”“子立父碑例”“孙立祖碑例”等。卷三为《墓碑例》，有“书故吏故民例”“书门生门童弟子不同例”“有志无铭例”“有铭无志例”“自作志铭例”等。卷四为《庙碑例》，有“碑额称庙例”“碑额称神祠例”等。卷五为《杂例》，杂论碑志诸例。卷六为《总例》，论书写体式等，如“碑文隔圈例”“碑文空字例”“重字旁注二字例”“铭用三言例”“铭用六言例”等。清人对此书评价较高，如《复堂日记》卷三记谭献评语云：“阅刘宝楠《汉石例》，引王白田论古不以岁阳岁名纪年，甚精核。考古固以后起为胜。”①

此书有道光二十九年(1849)连筠簃丛书本，又有同治八年(1869)刻本、1929年灵石杨氏本等。常见有《丛书集成初编》《石刻史料新编》本等。

《汉魏六朝志墓金石例》三卷《唐人志墓诸例》一卷《志墓例附论》一卷

吴镐　撰

按：吴镐，约生于乾隆末、嘉庆初年(1796年前后)，字荆石，别署荆石山民，镇洋县(今江苏太仓)人，著有《红楼梦散套》《荆石山民诗文集》等。《汉魏六朝志墓金石例》《唐人志墓诸例》《志墓例附论》三种汇刻，前二种分论汉魏六朝、唐代墓志义例，后一种主要是评述在清代甚为流行的《金石三例》(潘昂霄《金石例》、王行《墓铭举例》、黄宗羲《金石要例》)。

清初朱彝尊《曝书亭集·〈跋墓铭举例〉》已指出，金石文话一律以韩文为归依，视野过于狭隘。吴镐“稍稍究心碑碣文字，每以此三书参考。因《曝书亭集·跋〈墓铭举例〉》之言，辄思补为之，以广前人所未及”，此书正是扩展碑版文视域之举。《汉魏六朝志墓金石例》卷三篇首云：“自东汉至隋，文集之放轶多矣。其间所撰志墓之文可考撰人姓氏者，仅五十余家，而一人止有数篇，又多简略，不可举以为例。惟汉蔡

①谭献：《复堂日记》卷三，范旭仑、牟晓朋整理，河北教育出版社2001年版，第58页。

中郎、北周庾开府二家，文多例备，故专以二君文体为式，详举于后。俟宗法汉魏六朝骈体者有所参考焉。”此段文字明确指出其所宗法者为蔡邕、庾信二家，其目的在于为学习骈文者提炼出骈体碑志文章的义例，这与此前以碑志文为古文范例的金石文话大异其趣。

《唐人志墓诸例》卷一有类似序文类的自记，则言及既师汉魏、又师唐代的缘由：“志墓之文，始自东汉《蔡中郎集》中，所见稍多。然叙事则失之太略，盖当时文体简朴，类如斯也。至子山庾氏始成正格。厥后至唐，又失之太详，未免冗滥。赖昌黎崛起，力振衰靡，遂得复古。平心持论，撰志墓文者，止可以此三家为正宗，不得因骈散歧途而有所偏废也。余则唐代诸文，叙履历学术、行治，章法、次序、体制多同，势不能罗举为例，间有汉魏六朝所未有，潘景梁所未载，虽稍异前人，而似可为例者，就所览及条列于后，以俟撰文之士采择焉。至食邑官职等，或名式异殊，虽可考证唐代制度，而此不应载。或一事见有数碑者，亦止举一碑，不复概著矣。”

《志墓例附论》指出潘、王、黄《金石三例》“均首以昌黎文为据，而汉魏六朝概未之及”，故其“著此补其阙”。吴镐更指出，以韩愈碑志为典范而不论汉魏，是轻视骈文的文体观所决定的：“文章骈格，肇自东汉，其时志墓之文率多俪偶，乃古人正格。至隋唐尤甚。揆之散著，实殊途同归。若概目为卑滥，在散体中，又岂少市声俗轨之讥。要之，各有短长，未可偏废。则尊韩苏而薄徐庾，非通人持平之论矣。”

是书有嘉庆十七年(1812)蟾波阁刻本，版心中又署为《志墓文体式》，国图藏本有翁同龢批注。常见有《丛书集成初编》《石刻史料新编》本等。

《五桥论文》不分卷

何一碧 撰

按:何一碧,上海奉贤人,生平不详。张文虎《(光绪)重修奉贤县志》卷十一《人物志》有其简短小传:“何一碧,字涵青,号五桥,世居庄行镇。岁贡生。少工词章,后覃研经术,与华亭倪思宽、陆明璿齐名。著有《四书说》《经说》《五桥说诗》《四友堂文稿》。子二渟,岁贡生,亦以诗文名。”①据《(光绪)重修奉贤县志》卷九记载,何一碧于乾隆乙未(1775)岁贡;何二渟,字淀山,乾隆庚戌(1790)恩贡。《(光绪)重修奉贤县志》之艺文志部分同样著录其上述数种著作。另,《国朝松江诗钞》录有其诗。

此书为抄本,藏于上海图书馆。书衣颜曰“五桥说诗”,全书分为《五桥说诗》《五桥论文》前后两个部分。在《五桥论文》中,何一碧较为重视诗、文相通与相异之处:“诗与文各别,而亦相通。文言理,理生情;诗言情,情准理。但文多畅达,诗多含蓄耳。”亦重视作品的情感表现:“千古一有情之宇宙,有情则活,无情则死矣。但当辨其中正与不中正耳。故情至而词工者皆活,情不至而词工者皆死。诗与文皆当以是观之。”将“情”视为诗、文佳作皆须具备的要素。

---

①张文虎:《重修奉贤县志》,《上海府县旧志丛书·奉贤县卷》,上海古籍出版社 2009 年版,第 355 页。

《文彀》二卷

丁晏 编

按：丁晏(1794—1876)，字俭卿，号柘堂，山阳(今江苏淮安)人。嘉庆二十四年(1819)优贡，朝考第一名。道光元年(1821)举人。丁晏学兼四部，著述甚丰，撰有《易经象类》《禹贡集释》《毛郑诗释》《楚辞天问笺》《左传杜解集正》《孝经述注》等，编有《山阳诗征》《曹集诠评》等，诗文集有《颐志斋诗文集》十六卷①，后人印有《颐志斋文钞》《颐志斋文集》。

此书是对古代文章学资料的辑录，辑录类文献的编纂，本为丁晏所擅长。丁晏编书甚多，其中便有如《子史粹言》二卷、《学彀》二卷之类辑录体文献资料。他编纂《学彀》，将古代关于为学的论述汇为一篇，继而编纂《文彀》与之相配，其意在《文彀序》中阐说甚明：

> 余既辑《学彀》，复采获古人之论文者为《文彀》二卷。夫文以载道也，明乎道，而后可与于斯文。藻缋襞积，非文也。浅露枯涩、虚幻轻率，尤非文也。中无所得，而托之空文以自见，何足以为文乎？故曰："修辞立诚。"又曰："不诚无物。"凡为文者，志乎道而立言以诚，斯可矣。先正之论文也，其言明且清，所以示之彀也。

①顾廷龙主编：《清代硃卷集成》，台北成文出版社1992年版，第385册，第29—30页。

识其彀而不能为文者，有之矣，未有偭乎彀而能为文者也。文之大者，道以经世，其次阐明圣言、维持名教，皆文也，即皆道也。志乎彀以诒来学，后之人审所从焉。舍道无以为文，舍学无以求道。本之《学彀》，以正其趋，参之《文彀》，以精其业，庶乎其得之矣。

《文彀》从史书、书信、序跋等选择了大量材料，主要是元以前文献，唐宋为多，约占全书63%的篇目。选录的有唐代古文运动先驱者之文，如唐代柳冕《与滑州卢大夫论文书》《答衢州郑使君论文书》，又有李华《质文论》等文。唐代古文家多有入选，如韩愈《答崔立之书》《答李翊书》《与冯宿论文书》《答刘正夫书》、柳宗元《读韩愈所著〈毛颖传〉后题》《答韦中立书》《与友人论为文书》、李翱《答进士王载言书》《史官记事不实奏状》《祭吏部韩侍郎文》、李翰《昌黎先生集序》、皇甫湜《答李生书》《昌黎先生墓志铭》、牛希济《表章论》等，大多为韩门弟子。

宋代选有宋柳开《应责》、穆修《唐柳先生文集后序》等，这是宋代古文运动先驱之文，宋代古文家文论入选的有欧阳修《答吴充秀才书》《代人上王枢密求先集序书》《记旧本韩文后》、苏轼《六一居士集序》《答李廌书》《答张文潜书》《答谢民师推官书》《答刘沔都曹书》《与元老侄孙书》《论文》、苏辙《上枢密韩太尉书》、孙何《文箴》等。元以后较少，仅有吴澄《别赵子昂序》、马祖常《周刚善文稿序》数篇。

入选的多为唐宋古文运动先驱或参与者，其他如牛希济《表章论》强调“复师于古”，吴澄《别赵子昂序》中将韩、柳、欧、王、曾及二苏并称为“七子”，这与后世唐宋八家之称相比，只差苏辙一人。

《文彀》选文视野较为广泛，除了大量收入古文家的文论之外，入选的还有扬雄《法言》、旧题刘歆《西京杂记》、曹丕《与吴质书》《典论·论文》、曹植《与杨德祖书》、挚虞《文章流别论》、李充《翰林论》、颜之推《颜氏家训》、萧绎《金楼子》等，皆是中国古代文章学中重要典籍。晚清以后，出现了编纂中国古代文论选的风潮，丁晏《文瞉》二卷，实为其先导。

此书上海图书馆藏有稿本。台湾“国立中央图书馆”亦有收藏，《“国立中央图书馆”善本书目》著录为：“《文縠》二卷，二卷二册，咸丰间山阳丁氏清稿本。”今按，丁晏所编为《文瞉》，《“国立中央图书馆”善本书目》或将其名误著为“文縠”。《文縠》为清初冯舒（1593—1649）所编诗文选本，与《文瞉》有别而字形易讹。

《金石称例》四卷《续金石称例》一卷

梁廷枏 撰

按：梁廷枏（1796—1861），字章冉，号藤花亭主人，广东顺德（今属佛山）人。此书属清代金石义例文话，不过只论金石碑文中的称谓问题，不论其他。书前有道光八年（1828）温葆淳序，又有梁廷枏自序。书中体例为“每条先标大意，证以原文数语，泐者缺之，他书可考者补之。中有互证发明者，附以按语别之”。全书研讨的称谓义例分为七类，其一为国制类，即关涉国体、帝王等的称谓，如“即位未改年者以月称”“拜官未就仍称前职”“本朝国号加称巨字”。其二官属类，即关涉官职的称谓，如“长官称明府”“前长官称旧君”“对先辈自称后学”等。其三姻族类，即关涉亲族的称谓，如“孙称元孙”“婿称女夫”“为父书碑自称嫡子”等。其四丧葬类，如关涉安葬等的称谓，如“葬称安厝”“妇人死亦称捐馆”等。其五文义类，关涉碑志文体的称谓，如“碑后四言有韵之文亦称叙”“撰碑称作”“墓志称志文”等。其六时日类，即关涉碑文中时间书写的义例等，如“碑不明称日月”“卒不明书日月”等。其七二氏类，即关涉佛、道二教丧葬的称谓，如“僧死亦称迁形”“释氏葬塔称身塔”“僧称公，皆冠以名下一字”。《续金石称例》一卷为续前书之作，体例未变，前有自序，介绍续作乃是鉴于《金石称例》“上始商周，下迄五季”，所录材料有限，于是作者“复广搜宋元旧拓，就中可采者得若干条，别为一卷，辽金附焉”。

《金石称例》《续金石称例》合为一书，有光绪十三年(1887)朱记容《槐庐丛书》本，《丛书集成续编》(上海书店)、《石刻史料新编》据之影印。

《诗文题解》一卷

况澄　编

按：况澄(1799—1866)，字少吴，广西桂林人，道光二年(1822)进士，任翰林院庶吉士，户部主事，河南按察使，后还乡归里。著作有《西舍诗钞》《桂林胜迹诗目》《西舍文遗编》《唐宋诗钞》《红楼谱》《说文正字》等稿本。《诗文题解》有桂林图书馆藏《况氏丛书》(共84种，144册)第123册，手稿本。此书实为况氏家族用于教授子弟的用书，内容较杂。既有对经史文章等文化常识的介绍，也有对名家诗词的收录，大致以奠定子弟文化基础为编撰目的。

《文翼》三卷

吴铤 撰

按：吴铤（1800—1832），字耶溪，阳湖（今江苏常州）人，少从族父吴士模问学，后问古文法于李兆洛、吴德旋。

《文翼》较为流行的版本是道光十六年（1836）刊刻本，此版半页十行，行二十字，单鱼尾，白口，四周单边。在刊刻之前，此书尚有四卷本的稿本，罗继祖先生曾寓目此版，并为民国《续修四库全书总目提要》撰写“《文翼》四卷，手稿本”提要一则，与刻本有吴德旋序、王国栋跋不同，稿本“皆以小行楷写之，无序无跋，亦无凡例题识”。关于此书性质，罗继祖指出：“书中均录前人评论诗文语，揆其命名之意，殆欲以助习作诗、古文词，故搜选资料，仅少加简择次第之，尚未成书也。”与刻本相比，稿本多出论诗一卷，当为作者未定手稿。关于《文翼》一书的文章学祈向，罗继祖认为：“论文大意，宗主左史，皈依八家，而尤崇尚于韩。以宗派为重，以桐城为师承。”所论大抵不差，不过从全书征引的文论来看，吴铤最为折服的还是桐城派姚鼐与业师吴德旋。罗继祖所撰提要，认为《文翼》不足之处有二，其一，认为《文翼》内容驳杂不纯：“又第四卷纯为论诗之语，亦与论文者同为录取诸家之言。”今按，稿本中的第四卷论诗内容在刻本中已被删除，今本《文翼》三卷为纯粹的古文著作。其二，认为稿本“所纪亦有自相矛盾处”，《提要》举例云：“如曰：‘恽子居文集刻文例数页，虽有所见，只是一家之言。其实作文之法，不必拘也。子居文与晁家令、苏明允为近，自是卓然不磨之作；然非正宗，且矜气太甚，学为文者，尤宜慎取之。’曰不必拘法，曰非正宗，此何言欤？谓作文不拘法是也，既无法，即无所谓宗矣。若既有宗，则必有法，然后始有正不正之分。今二语乃竟见于数行之内。”今按，此则《文翼》内容，出于其书卷二。推吴铤原意，是指恽敬之说为一家之言，“不必拘也”。“非正宗”之谓，或指其作为阳湖派文家，与唐宋文家、桐城派已有不同。“非正宗”也正是“不必拘也”的原因，二者似乎未见矛盾。对于全书的价值，罗继祖谓：“可以知其大凡不能出于成见范围外，第是稿既可珍，而采选亦多而严，正足为学诗文者之旁证，不辜文翼之名。”①罗氏提要对《文翼》评价不高，只因其为稀见稿本，故而叙录。今按，从文章学视角而言，此书虽援引了多家文论，但吴铤本人的文章学创见在在可寻，是清代古文话中理论价值较高者之一。

《文翼》卷三列举文章学论者云：“夫文章之道，唐宋诸人言之矣，元明诸人言之矣，国朝方望溪、刘才甫、姚惜抱、恽子居、吴仲伦诸先生累累言之矣，皆言文之善言者也。”其中所列的清朝方、刘、姚、恽、吴诸家文论，也正是全书援引最多者，尤以姚、吴二家为多。吴德旋以姚鼐为师，吴铤又为吴德旋弟子，故《文翼》中的文章学观念源自桐城正宗。因作者又受到其族父吴士模（字晋望）的影响，故书中亦偶尔引有此人

①中国科学院图书馆整理：《续修四库全书总目提要（稿本）》第36册，齐鲁书社1996年版，第574页。

论文之语，如：“人当先有所得，使万物皆至于心，而心不为之囿，则神鬼之奥，作息之常，其趣一也。”吴铤解释称“此即意在笔先之旨”。

《文翼》一书性质比较特殊，它介于原创型与辑录体文话二者之间，既大量吸收了方苞、刘大櫆、姚鼐、恽敬、吴德旋等人言论，也有吴铤自己的文论创见。吴铤长于总结，《文翼》卷一总结桐城文家的理论称：“震川论文以气韵，望溪论文以义法，惜抱论文以妙悟，才甫论文以音节，子居论文以骨力。”以精粹的言论将桐城不祧之祖归有光与桐城三祖及桐城偏师恽敬一网打尽，是桐城文论的最为凝练的表述。同样是注重“炼”，卷三总结姚鼐、吴德旋、张惠言、朱仕琇的区别云：“惜抱，炼气者也；初月翁，炼意者也；张皋文，炼格者也；朱梅崖，炼句炼字者也。”

《文翼》注意文章转折的“潜气内转”，表彰韩愈《送董邵南序》《送王秀才序》、欧阳修《释秘演集序》直转、直接的特点。对于古文之“洁”也有细致探讨，认为《史记》字句虽有可商榷处，大体却“洁”。刘大櫆文章字句“洁”，文意却芜近。在论师法模仿前人时，《文翼》主张“不似之似”（卷三），认为“作文之法，不必拘也”（卷二），见解较为开明。《文翼》对于叙事法与风格也有研究。它将叙事法分为原叙、追叙、遥叙、提叙、铺叙、撮叙、散叙、整叙、碎叙、带叙、抽叙、补叙等十二种。又将文法分为透与脱二种，王安石、苏洵、恽敬为透，欧阳修、归有光、姚鼐为脱。它揭示的叙事要诀是“举重若轻、删繁成简”（卷三）。又延续姚鼐以“风韵”论文，指出“风韵之妙，全在于转折顿挫……又在于抑扬进退”（卷三），认为欧阳修《伶官传论》《职方考论》等文，风韵跌宕，可为代表。

吴铤在全书卷末总结历代文论特点云:“文章之道至难言也。有合一家之所得而言之者焉,有合古今之正变而言之者焉。吾观古之言文者,皆自言其一家之所得而已,其于古今之正变,或未尽也。夫古今之正变,安能以一家之所得尽之哉?”吴铤编纂《文翼》,显然是以“合古今之正变”为目标的。其所谓古今之正变,大抵为秦汉、唐宋、桐城派以来的古文脉络。总体看来,《文翼》是从姚鼐桐城古文理论到曾国藩湘乡古文理论的过渡与桥梁,其论文重东汉、重辞赋,这是曾国藩、张裕钊等湘乡文派援辞赋入古文的先驱。吴铤《文翼》后为曾国藩、张裕钊等人爱赏传抄,以至于被后人混入《曾文正公论文》和《张廉卿论文语》中,可见桐城文论之一贯。

《文法心传》二卷

曹宫　撰

按:曹宫,字紫垣,江苏常州人,著有《初学一隅》《文法心传》等。

是书为时文话专书,前有道光二十四年(1844)陈继昌序。卷上分《文章八面》《文家心诀》两部分,《文章八面》分前、后、上、下、反、旁、对、正八种角度论述。《文家心诀》列扼、顶、领、喝等五十字。卷下《反正字义类编》分“通用”“天地总”“天部”“地部”“时序”“质学”“性情”“人事”“人品”“礼乐”“政治”“容体”“衣饰”“器物”“花木”等类,每类列出常用的成对反义词。总体而言,此书所论较浅,为初学入门使用的时文写作教程。

有咸丰二年(1852)刊本,《历代文话》据之排印。

《金石订例》四卷

鲍振方 撰

按:鲍振方,字芳谷,江苏常熟人,著名藏书家鲍廷爵之父。书末有其子鲍懋恒、鲍廷爵跋语,记录有鲍振方著作及此书流传情形,其云:“先君子喜藏古书,人间秘本,半皆寓目,金石、碑帖亦一见即辨真赝。曾著《古今碑帖考》四卷、《金石订例》四卷,甫欲锓版,适同治庚申发逆陷虞阳,稿遂散失。不肖不善保护,致手泽荡然,终身饮恨。惟《金石订例》一书,仅仅于流离转徙中携出,廷爵近刻丛书,谨列初编,以备体例。”

书前有王振声序,例言六则,介绍此书编纂体例。此书将潘昂霄《金石例》、黄宗羲《金石要例》合订为一书。不过,对于潘氏“《金石例》所载文式”,鲍振方以为“虽举其概以例其余,而挂漏既多,终无所用,今姑阙之”。对于明代的《墓铭举例》一书,鲍振方指出“其法概仿苍崖,颇嫌琐碎,故推例所载,皆择其语之尤精、有当于文律者,余皆削之”。全书分别以“《金石例》曰”“《要例曰》”的形式引述二书意见,自己意见则以“振方按”的形式下按语。卷一为《碑志订始》,卷首引言述说了合订潘、黄二书的缘由:“盖非苍崖无以识例之备,非梨洲无以知例之严。二者相救,不可偏废。窃不自揣,合两先生书辑为《金石订例》四卷，以质当世之能文章者。”卷二为《金石订例上二十六条》，卷三为《金石订例下三十一条》。卷二引言云：“文章贵先合体。体者，例也。昌黎文起八代之衰，义正词严。《金石例》一宗其法，但例之缘起，可否有不尽于昌黎者。振方故参以梨洲先生《要例》所引诸大家，并搜阅诸文集之可采以为依据者实之。间又附以己见，标别其正变与其是非。”如《妇女志及行状例》条云：“振方按：妇人无爵。凡为志铭，当以夫爵冠之；子著名，即以子爵冠之。如某官夫人某氏、某官太夫人某氏是也。”并引韩愈、欧阳修、苏轼三人文集为例，指出“三集铭人之墓最多，而行状共不过五首，妇人不为也。然则妇人不为行状之意亦明矣。”又举特例云：“但江淹为宋太妃周氏行状，任昉、裴野皆有妇人行状，未知何故，当裁酌焉。”卷四为《金石推例八十条》，卷首有引言云：“文章之道，变化因心，随题制法，实非可尽于订例。因酌取王止仲《墓铭举例》之说，为《推例》八十条，附录《金石例》所载《学文凡例》十三条，皆文章之流派，详列其目。俾学者有所考焉。”有《韩昌黎二十条》《李习之四条》《柳子厚十三条》《欧阳公十四条》《尹河南一条》《曾南丰五条》《王荆公七条》《苏东坡二条》《朱夫子三条》《陈后山二条》《黄山谷二条》《陈了斋三条》《晁济北一条》《吕东莱二条》。末有《附录潘苍崖先生〈学文凡例〉十三条》，“皆删订原文，不参鄙见”。又有《节录〈金石例〉所载作文法度十八条》《梨洲先生〈论文管见〉八条》等。李慈铭则称此书“识议颇隘，吐属亦未雅驯”①。

①李慈铭撰、由云龙辑：《越缦堂读书记》九《艺术·金石》，中华书局 2006 年第 2 版，下册，第 1064 页。

书有光绪十年(1884)常熟鲍廷爵《后知不足斋》刻本,凤凰出版社2010年《后知不足斋丛书》、《石刻史料新编》第3辑据之影印。排印本有《丛书集成初编(补印本)》等。

《无近名斋论文忆录》五十二条

彭翊 撰

按:彭翊,字仲山,长洲(今江苏苏州)人,晚清画家、文学家,出身于苏州著名文化世家彭氏家族,其兄彭蕴章(1792—1862)官至文渊阁大学士。彭翊长于制义却困于场屋,遂绝意仕进,以诗文绘画自娱。彭翊长于古文中的寓言创作,其《弄猴》《小木匠》等短篇寓言被收录于《清代文评注读本》(世界书局1925年版)、《高级国文读本》(国文自修社1925年版)等选本,影响较大。

此书正文第一页第一行首题《无近名斋论文忆录》,称此书又名《时文忆录》。作者在篇首云:"余年十五知作文之法,弱冠得作文之妙。妙不可以言传,而法则可以授人。慨近日为师者,徒以考卷涂泽为务,不为子弟□①其灵源,行潦之水,涸可立待矣。因忆昔所闻,录而存之,内多古人已言之者,苏子所谓药进医手,方传古人,取其经效而已,作《时文忆录》五十二条。"全书内容主要为写作时文的关键和应避免的问题等,含认题、审题、听题、用意、布势、深一层用笔、气骨肉神

①此字漫漶不清。

筋、宾主、转、斡法、代字诀、翻、脱、轻、离、宽、浅、曲、洁、逆、据上游法、读书得间法、沉挚和委婉相须间用、熟、排、开合、开合与分股、虚实相生、等，忌浮、宽、生涩、晦等条目。其中不乏较为新颖的论述，如审题之重要为人所共知，此书在审题之外，还提出“听题”一说，认为从听觉的角度亦可审题：“次要听题。将题轻读，将题重读，将题急读，将题缓读，自读而自听之，屡读而屡听之，自有层出不穷之妙，而题神活现。初学不易几，然不可不知。”再如，对于“熟”“生涩”“生新”几个概念，作者有极为细致的辨析：“文章贵熟，熟能生巧。熟后方能生涩。”“文章忌生涩。生，不熟也。涩，艰涩也。字眼宜避，句调宜避，用意尤宜避。然避生涩者不可一味油滑，同此一语，妙手为之，则戛戛生新，拙手为之，则生涩触目。”作者又将时文的入门阶梯与诗、书、画作比，也方便读者的理解：“学诗必自咏物始，学书必自小楷始，学画必自界画始，学文必自小题始，心细于发，游刃于虚，方极才人之能事，不然者总为门外汉。”

此书不分卷，凡五十二条，附刻于作者《无近名斋文抄》之后，有道光二十二年(1842)苏州彭氏刊本。半页十一行，行二十三字，单鱼尾，白口，四周单边。

《文法直指》一卷

姚澍　撰

按：姚澍(1801—?)，字雨田，《清代硃卷集成》作“雨人”，号云樵，行三，又行五，湖南沅陵县学廪生民籍①，江都（今属江苏扬州）人，道光十四年（1834）举人。

书前有孙如仅、吴棠、夏献烈序，书末有姚光鼐跋。光绪刻本前另增有张百熙作于光绪八年（1882）的序文及王志修《重刊文法直指序》。姚光鼐跋云："先伯祖讳澍，字雨田，原任江苏如皋县教谕。著有《中庸遵注》《论孟讲义》《姚氏家训》《文法直指》《井田律吕图说》……癸丑兵燹之后，全稿散佚无存。丙辰应京兆试入都，箧中仅存《家训及文法直指》一卷。"《文法直指》是较为典型的清代八股文作法教科书，姚澍曾任县学教谕，是当地的宿学耆儒，此书是其多年的教学心得。受此书影响，姚光鼐曾在"壮年为学官，教士有法"，为文也被认为"渊源家学"②。

《文法直指》较为全面地介绍了八股时文的作法，张百熙序称："凡时文家相题、命意、布局、选词诸法，靡不详明透辟，造乎精微。"全书主体为《文法》《读文》《读文入窍法》《作文法》等读、写要诀，前有提纲性的《读书法》《看书法》《总论读书看书及作文之法》，书末另附有《教初学入手作起讲法》，介绍领题、提比、出题、遣词、选字等基本方法。全书对八股文研究细致，但有时过于琐碎，如"辨题之体"中竟分八股文题目为单题、小题、虚题、反题、空冒、原叙、关动、影射、口气、记事、过脉、割截、搭题、长格题、上全下偏、上偏下全、上下偏中间全、抱头、缩脚、截上、截下、截上下题、典题等四十余种类型。时有较为生动的解说，如将八股文文体之"体"比喻为人

①顾廷龙主编：《清代硃卷集成》，台北成文出版社 1992 年版，第 322 册，第 91 页。

②张百熙：《姚氏家训文法直指序》，光绪二十一年（1895）刻本。

体，称八股文的破、承是头颅，起讲是面目，领题是咽喉，提比是左右手，出题是心窝，中比是肚腹，后比是腿足，到结比才是全人。由浅而深、由分而合地介绍了八股文结构。

书中提出的一些读书、作文的规律不仅适用于八股文，对其他文体也同样适用，具有普遍的阅读、写作指导意义。如称“悟得到，记得牢，说得出，三种最要紧”，对读书习文的认知较为深刻、实用。又如《读文法》中建议读文之前，“试掩卷而静思之，觉此题当如何得窍”，自己先就题目构思揣摩，继而与文章比对。这对提高阅读效率和写作水平，无疑是有效的。总体而言，此书是一部较为典型的介绍八股基础技法的专著，正如姚光鼐跋语所称：“至《家训》中备论文法，语语折衷先辈，言近指远，词简意赅。初学从此入门，不至偭规错矩。即已成者，神明意会，亦可精益求精。”

此书附于《姚氏家训》之后，由姚光鼐于同治十二年(1873)刊印。姚光鼐，字鹤巢，姚澍侄孙。此版半页九行、行二十一字，四周双边，黑口，单鱼尾。后又有光绪二十一年(1895)、光绪二十五年(1899)刻本，又有北京大学藏抄本一册。排印本有《历代文话续编》本。广陵书社2015年《扬州文库》第二辑第49册据上海图书馆藏同治本影印。

卷四　咸丰、同治、光绪、宣统卷

《制艺杂话》一卷

郑献甫 撰

按:郑献甫(1801—1872),字小谷,象州(今广西象州)人,道光十五年(1835)进士,曾任刑部主事,后于两广多所书院任教,清代粤西著名学者。著有《补学轩诗集》《补学轩文集》,编有《象州志》《补学轩批选时文读本》等。

《制艺杂话》专论时文,收录于《补学轩文集续刻》,作于咸丰五年(1855),其序云:

> 《经义模范》,杨氏所传,论宋人经义也。《作义要诀》,倪氏所辑,论元人经义也。今元人经义不存,惟宋人经义尚在。顾荆公十篇,不过初体;文山三首,或疑赝作。其体皆备,其法益详,必以明三百年为准乎?今学者读高头讲章,习新科利器,谬以袭谬,歧之又歧。试问以体制所自、程式奚如?大都不得其解,因相与不求其解,而文于是乎极弊。年来主讲书院,不免多讲经义,学

者皆若罕闻，乃录其闲谈，都为《杂话》，共得数十则如左。或见而哂曰：“古人有诗话，古人亦有文话。经义之体，词人不道，何亦琐琐及此？”曰：“八比文义理本于注疏，体势仿于律赋，榘度同于古文。体本不卑，作者自卑耳。尝见荆川之会墨、一峰之破题，顾亭林《日知录》言之；东乡之误评、锺陵之佳语，阎百诗《释地续》言之。二君皆博极群书，词揜群雅，不屑为八比文者，而亦论及八比文。然则杂举所见，各言所知，亦何害于道也？又况骈体为文之变，宋王氏有话；倚声为诗之余，近毛氏有话。又何靳于禀承帝制、解释圣经者耶？”客以为然。遂书为序，时咸丰之五年夏六月二十三日小谷氏识。

据序，知此书的撰写源于郑氏在书院教授诸生，书成于咸丰五年（1855）。郑献甫对时文的态度有一转变的过程：“余少时最薄时文，已而顿悟，时文实由艾千子、何义门批本入。”①在《制艺杂话》中，郑献甫从文体源流的角度提高八股文地位，序中将八股的特色追溯到注疏、律赋、古文。其《新选起衰集自序》也曾将八股文视为汉人注疏、宋人语录之后又一解经文体，提高其地位：“汉人解经以注疏，宋人讲经以语录，明以来释经以八股文。”②八股文有对偶的特点，郑献甫也从文体源流角度为其辩护，他先指出文坛存在的“文以散为古，骈即不古矣。文以奇为变，偶即不变矣”的传统观念，认为“顾亦不尽然”。继而以唐宋名篇为据，指出其中早已暗含八股雏形：“韩文公《原毁》篇前后皆作二整比，白香山《动

①郑献甫：《补学轩批选时文读本序》，清刻本。

②郑献甫：《新选起衰集自序》，《近代中国史料丛刊续编》第22辑，台北文海出版社1975年版，第2863页。

静交相养赋》通篇乃似十数小比，而柳子《贺王参元失火书》前叠三句，以后即作三层递讲。苏老泉《史论》前立四柱，以后即分四段发挥。韩文公《原性》亦前列三等，以后即将三意申明。”以前贤文章为例，郑献甫指出这些作品“文何尝不古？格何常不变？”从而为八股的对偶找到正统的出身：“时文之用对偶，盖本此也。”也印证了其时文“体本不卑，作者自卑耳”的论点。

在揭示八股文具体的弊病时，郑献甫也常借古文、律赋等地位较高者论述。如明清以来，八股文重界画，便易导致每段各自为界、全文不相连贯之弊，郑献甫对此论述道：“古文一气舒卷，不容画段。律赋八韵发挥，故须画段。然画之使逐段分明，非画之使逐段横决也。今观白香山《汉高祖斩白蛇赋》、元微之《兵部观马射赋》等篇，虽八韵发挥，何尝不一气舒卷？若牧之《阿房宫》、欧公《秋声》、东坡《赤壁》，本是文赋，不是律赋，其通体流走，又勿论矣。今之时文即古之律赋，例应点句，又例应勾股，所以便冬烘者之阅耳。而学者若一经画断，遂两不相顾，其稍知前中后之法者，亦不过勿令颠倒，未尝自成运掉。如作传奇者，每唱曲一套，即道白数句，以为出落通气，其去夫丑末，能有几哉？”他提出“今之时文即古之律赋”的观点，以唐代律赋为例，强调时文“画段”却不能“画断”的特点。对于时文写作的具体要求，则新意无多，如强调审题的重要云：“作文无他谬巧，切题而已。”对于提高时文境界，郑献甫提出时文要有“实理”，又要有“虚神”，进而“炼识”“炼意”“炼势”“炼局”。论述较为完备。

此书有同治十年（1871）黔南臬署刻本，《近代中国史料丛刊续编》第 22 辑第 213 册据之影印。

《艺概·文概》一卷

刘熙载 撰

按:刘熙载(1813—1881),字伯简,号融斋、寤崖子,江苏兴化人,晚清著名文学评论家。

《艺概》为刘熙载文学评论的代表性著述,凡六卷,即《文概》《诗概》《赋概》《词曲概》《书概》《经义概》。前有同治十二年(1873)刘熙载自序,卷一《文概》专论古文。

《文概》大致分文评与文法两部分。文评部分论及先秦《左传》、《公羊传》、《穀梁传》、《檀弓》、《国策》、诸子一直到南宋文家,宋以后不论。刘熙载提出"文之道,时为大"的论点,认为《春秋》不同于《左传》,《史记》不同于《左传》,不可强划为一。一般认为《史记》文风为"疏",《汉书》为"密"。刘熙载认为:"太史公文,疏与密皆诣其极。密者,义法也。"在文法部分,刘熙载认同清代的"义法说",把叙事、议论分别归于有物、有法之中。他论文重理:"论事、叙事,皆以穷尽事理为先。"又将叙事法分为特叙、类叙、正叙、带叙、实叙、借叙、详叙、约叙、顺叙、倒叙、连叙、截叙、豫叙、补叙、跨叙、插叙、原叙、推叙等十数种。又提出文章"三古""七戒"等理论,均为精警之说。

刘熙载《艺概》影响甚大,民国学者刘咸炘甚至推其为清代文论冠冕,称其:"义精文简,古今罕匹。"①即便在当代,刘

① 刘咸炘:《推十书》(增补全本)丁辑第2册,上海科学技术文献出版社2009年版,第390页。

熙载《艺概·文概》也应是影响最大的一种清代文话。《文学津梁》将其从《艺概》中别裁单行,《艺概·文概》还是迄今所出整理版本最多的文话,有上海古籍出版社 1978 年王国安《艺概》校点本,贵州人民出版社 1986 年王气中《艺概笺注》本,巴蜀书社 1990 年徐中玉、萧华荣整理《刘熙载论艺六种》本,华东师范大学出版社 1993 年刘立人、陈文和点校《刘熙载集》本,江苏古籍出版社 2001 年薛正兴点校《刘熙载文集》本,复旦大学出版社 2007 年《历代文话》本,中华书局 2009 年袁津琥《艺概注稿》本等。

《艺概·经义概》一卷

刘熙载 撰

按:《经义概》为《艺概》卷六,专论时文。刘熙载未对时文作法作系统解说,而是散点式透视,其论说往往具有长于总结的特色。如"以古文为时文"是清代流行的时文创造理念,而刘熙载指出,这只是时文作法之一:"制艺体裁有二,一本注释,就题诠题也;一本古文,夹叙夹议也。注释合多开少;古文小开大合、大开小合,俱有之。"再如,他将时文中常用的"抑扬之法"分为四种:"抑扬之法有四,曰欲抑先扬、欲扬先抑、欲抑先抑、欲扬先扬,沉郁顿挫必于是得之。"又比如,他总结"振"字法的功用有三种:"振字诀,其用有三:振下、振上、兼振上下。"

此书随《艺概》流传,有同治《古桐书屋六种》本等。

《游艺约言》一卷

刘熙载　撰

按：刘熙载精通诗、文、书、画，此书为综论多种艺术门类的评论著述，作者将诗、文、书、画一并论述。如书中云："诗、文、书、画，皆要去熟气，然人乃气之先见者也。""劲气、坚骨、深情、雅韵四者，诗、文、书、画不可缺一。""不论书、画、文章，须以无欲而静为主。""辞必己出，书、画亦当然。""作文、作诗、作书，皆须兼意与法，任意废法，任法废意，均无是处。"作者不对诗文书画的具体作法进行论述，只就形而上者进行论述。一般文论，是探求研究对象的个性，此书因系几种艺术门类共论，故提炼的是不同艺术门类的艺术共性，如称："无论文章、书、画，俱要苍而不枯、雄而不粗，秀而不浮。""文之理法通于诗，诗之情志通于文。"作者有时还将其他艺术种类中的概念借用到文章学中，如称："文章、书、画有神品、逸品。"神品、逸品以及能品本为画学术语，刘熙载以之论文："东坡文有能品，有逸品。其逸品在能品之上。"

此书有光绪十三年(1887)《古桐书屋续刻三种》本，《刘熙载文集》本、《历代文话》本均据之排印。

《文品》一卷

许奉恩 撰

按:许奉恩(1816—1878),字叔平,号兰苕馆主人,安徽桐城人,著有《兰苕馆诗钞》、文言小说《里乘》等。

《文品》仿《二十四诗品》体例,以四言诗形式总结文章风格,书中共列出“高浑”“名贵”“超脱”“简洁”“雄劲”“典博”“精练”“整齐”“放纵”“畅足”“谨严”“质朴”“恬雅”“浓丽”“清淡”“鲜明”“老当”“险怪”“流动”“细密”“奇谲”“空灵”“缠绵”“神化”“圆转”“纯熟”“轩昂”“幽媚”“快利”“峭拔”“沉厚”“和平”“悲慨”“得意”“停蓄”“游戏”等三十六种风格。其文字本身颇具文学价值,但诗意的批评方式也使得其风格具体所指可意会不可明确。如“纯熟”条“时至而熟,如实坠林。樱桃灿火,枇杷缀金。般输制器,应手得心”云云,诸多象喻的连用或许只是形容创作时水到渠成之境。作者对文字形式的追求已经远超对每一品主旨的确切表达,这也是诗品、文品类著述的共同特点,郭绍虞也称许氏《文品》“不免‘叠床架屋’之讥”。

此书有《桐城许叔平〈文品〉〈论诗〉合钞》本、民国《民彝》杂志本,郭绍虞《文品汇钞》据《民彝》杂志转录,《历代文话》据郭本录入。

《论文章本原》三卷

方宗诚 撰

按：方宗诚(1818—1888)，字存之，号柏堂，安徽桐城人，晚清理学家、桐城派古文家，著有《柏堂文集》《宦游随笔》《春秋集义》《柏堂读书笔记》等。

《论文章本原》本为方宗诚《柏堂读书笔记》中的三卷，主要对《尚书》《论语》《孟子》进行文学性研究，书中对三部经书的内涵、结构、艺术特点等进行了分析，可谓是《尚书文学论》《论语文学论》《孟子文学论》。此书论文尤为重视文体源流，方宗诚将传统的“文本于经”说落到实处，将《尚书》《论语》《孟子》视为后世诸多文体的源头，其云：“文章体制，至昌黎始备，其实《书经》已具体矣。”他称《尧典》《舜典》“此即《尧本纪》也”“此舜之本纪也”，认为从《舜典》中可以“悟文章叙事之章法”。认为《大禹谟》《皋陶谟》为列传体，将《禹贡》视为纪事之文，“乃《史记》八书、《汉书》诸志之体所自出也”。又认为《甘誓》篇是“后世诏令、檄文、军令诸体也”。《五子之歌》是“诗歌之体所自出”，《咸有一德》是奏疏体，“合《伊训》以下五篇，又是《伊尹列传》，后世史传记载名臣奏疏，本诸此”。卷二论《论语》，认为《论语・伯牛有疾章》“颜渊死，子曰：噫！”以下二章，“皆后人哀祭之所本也”。《吾十有五》一章，“即后人年谱之所祖”。卷三论《孟子》，认为《对梁惠王》《齐宣王》数章，是辩论体。《伯夷隘》《伯夷圣之清》数章是列传体。《晋国天下莫强》《齐人伐燕》数章是策论体。诸如此类，将后世文体追溯到三部经典，不过有些内容不免有些牵强。

此书随《柏堂读书笔记》流传，有光绪四年（1878）刻本，单行本有《历代文话》本。

《读文杂记》一卷

方宗诚 撰

按：此书为《柏堂读书笔记》中一卷，版本与《论文章本原》同。《读文杂记》是对历代文章的有选择地点评。书中从先秦一直到清代作家作品，皆有论及。方宗诚将《孟子》作为议论之文的典范，《左传》《史记》为记叙之文的典范，屈原、宋玉作品是词赋的典范，《孟子》《庄子》《列子》是设喻之文的典范，三《礼》是典制之文的典范，“是皆文章之祖也”。作为理学家，他推崇有儒者气象的作品：“宋贤之文，惟欧公有儒者气象；其次则曾子固；至王介甫、三苏，皆非儒者气象。”作为桐城派文家，他又认同桐城派所建构的文统：“文家自唐宋八家后，惟归震川、方望溪、姚惜抱为得文家之正宗。”他将方苞《左传义法举要》及归有光《圈点史记意例》作为“读《左》《史》者不可不阅”的重要参考，均出自桐城文派的立场。

《仰萧楼文话》二卷

张星鉴 撰

按：张星鉴（1819—1877），字纬余、问月，号南鸿，新阳（今属江苏昆山）人。张氏先祖多杂学旁收，曾祖张乔栋、祖父张景煦为清代象棋国手，父张序均则精于医术、算学。星鉴亦不精于举业，著有《仰萧楼文集》《国朝经学名儒记》等。

是书为上海图书馆藏咸丰九年（1859）手稿本，一册，分上下两篇，每篇有若干则，未见刊刻。蓝格白口、四周双边、单鱼尾。书有潘祖荫、王炳、李德仪、何秋涛、李慈铭等人跋及自作跋语，又有许赓飏序。钤有“白凤碧屋之室”“翰林供奉”“吴中潘氏彦均室藏”“聚斋手稿”“何秋清印”“慈铭”等印章。

潘祖荫咸丰辛酉（1861）冬至前二日跋云：

> 昔尝得见阮文达与先文恭论文书，其言亦以桐城派忽起一波、忽作一折，有类时文家。今读纬余文话，大约以《文言》为文章之祖，以《昭明文选序》为论文极轨，其言允当，是不易之论。选楼、仰萧楼，后先同揆，夫何间然！

吴县许赓飏咸丰七年（1857）夏序云：

> 少时即有志于骈体文……客岁索观旧著，为余论骈体，并通其说于古文，语极抑扬，义归正则，余心是之，以未畅厥旨为憾。今观所著《仰萧楼文话》，上篇发挥本

原,下篇区别体例。上自汉魏,次及国朝诸家,无论散骈,一本《昭明文选》之旨。情涉于泛,虽淡必斥,意寓于隐,虽浓必收。

张星鉴作于咸丰九年(1859)的自序云:

余好读古人文集,见其论文之旨,有与敝意合者,录其词句以为吾论文之证据。积之既久,得百有余条。同郡许虞臣茂才见而爱之,以为可作文话,为余序之。戊午入都,得叶元垲《睿吾楼文话》,读之,其中引证极博,与余所摘取者颇有符合,可谓先得吾心矣。惟叶氏全录古人书。前后所引,略有异同之说。余则参以己意,以孔子《文言》为论文之祖,以《昭明文选序》为论文之极轨,不使寡学之士高语起衰。此则区区负山之志,所愿与世之论文者共证之。

虽然张星鉴自序作于咸丰九年,但"好偶体文"①的许赓飏在作于咸丰七年的序文中,已经揭示了《仰萧楼文话》的主要内容,则此书至迟在咸丰七年(1857)已基本成形。此书的文章学祈向,正如张星鉴自序所言,"以孔子《文言》为论文之祖,以《昭明文选序》为论文之极轨",即将阮元"文言说"理论作为立论之基,推重骈文。此书的第一则至第十则均是选录阮元"文言说"的相关论述,张星鉴对此亦不讳言,明确说道:"以上俱本阮文达说。"不过从第十一则开始,张星鉴也开始评论《左传》《史记》等散文经典,这又与阮元文章学思想有异。阮元极度推重骈文,将传统散文归入到传统的"经""史"

①张星鉴:《赠许鹤巢序》,《清代诗文集汇编》第676册,第312页。

“子”等类别，排除在“文”的范畴之外。《仰萧楼文话》既评论了古代散文经典，还对清代散文多有评价，显然其对阮元“文言说”理论，既有接受，也有背离。如此书下篇云：“杭大宗太史曰，文莫古于经，而经之注疏家非古文也，不闻郑笺、孔疏与崔、蔡并称；文莫古于史，而史之考据家非古文也，不闻如淳、师古与韩、柳并称。”此则引杭世骏语，不将郑笺、孔疏及“史之考据家”视为“文”，但仍承认“文莫古于经”“文莫古于史”，将经、史作为“文”的典范看待。对清代影响甚大的散文流派——桐城派，张星鉴也能予以客观评价：“姚姬传礼部生望溪之乡，其文精萃，震川遗风，《惜抱轩集》有焉。新城鲁九皋、陈用光，上元梅曾亮诸君，起而和之，而桐城之派盈天下。”而张星鉴又有着汉学家的身份，故其对“校书之人”的文章格外关注，刘向、曾巩皆是学者兼文家，张星鉴对其叙录体散文给予赞赏，认为：“校书之人，其文未有不善，刘更生、曾子固皆文章大家也。”《仰萧楼文话》既论及骈文，也论及散文，不过两相比较，张星鉴还是对骈文尤为看重，他将骈文视为文章入门的基石：“洪稚存太史骈体文以古气行之，令读者忘其为骈体文、散体文，亦不落唐以后。可见作文不从骈体文入手，其文终不可。”

另值得注意的是张星鉴极强的地域意识，全书论及清代散文的共有九条，其中多达七条是论述清代苏州地区散文作家的，这显然与张星鉴浓厚的乡土情结有关。而在评价历代骈文作家作品时，张星鉴评价的对象主要是清代骈文家及骈文作品，反映了其对本朝骈文成绩的自信。

《论文刍说》一卷

朱景昭 撰，朱本昭 编

按：朱景昭（1823—1878），字默存，号朴庵，安徽肥东人，咸丰二年（1852）优贡生，有《读诗札记》《无梦轩诗文集》等，后著作汇编为《无梦轩遗书》。

此书古文、时文并论。书中对于古文发展史的梳理颇有新意，朱景昭将古文之源分为二种，"其一出于《左氏》，变而《国策》，而《史记》，以至韩、柳、孙、李、欧、王、三苏之属，其传最盛"；"其一出于《国语》，匡、刘以降则南丰、新安而已"。对于清代桐城文家，他指出"大抵皆八家之支流，无溯源于《左》《国》者矣"。对于唐宋八家之文，朱氏又首重载道之作："昌黎《原道》诸篇，欧阳《本论》、眉山《策略》，曾、王学记，此类是八大家本领处，柳州则《唐书》所载尽之，学古文者宜以此先之。"在骈散观上，朱氏受骈散合一观念影响，认为"古文排偶整比藏于错综欹侧之中，《左》《国》以来，从无通体散行、意单势孤亦能成文之理"。在古文写作中，朱氏又主张以界画行之，这明显受到时文观念影响："作文字先须界画分明，前后际须一字不可混。"而其对于时、古文的文体交叉的主张，也较为具体："大率看古文须界画，画界才见得门径；看时文须不界画，不界画方识得他与古文一样。"这是典型的以古文为时文、以时文为古文的理念。

此书有《无梦轩遗书》本，《历代文话》据之排印。

《濂亭试卷评语墨迹》一卷

张裕钊 撰，张一麐 编

按：张裕钊(1823—1894)，字廉卿，号濂亭，湖北武昌人，晚清著名古文家。此书为稿本，卷首题“濂亭试卷评语墨迹”，有王欣夫跋，复旦大学图书馆藏，王欣夫《蛾术轩箧存善本书录》称之为“《濂亭评文》”。王欣夫于卷首题名下笔录张一麐《古红梅阁笔记》中一段文字云：

> 癸未偕兄乘丰顺轮至保定协署前寓所，时保定莲池书院山长为武昌张廉卿先生。莲池不许外人应试，余借先君门生满城康炳宣名考课。先生点名时顾而异之，屡列高等。廉卿先生书名满天下，《续艺舟双楫》以为邓完白后一人，首列神品。余卷评语，缀于一册，时时临摹。后入蜀中，同幕见而借去，竟为所攫，至今惜之。

王欣夫随即跋云：“此册于前年得之老友赵学南先生诒琛遗箧，原系祝心渊先生秉纲所赠，故末有‘心渊持赠’印记也。审其字迹，知为武昌张濂亭先生裕钊试卷评语，初不知谁氏所缉。偶阅张仲仁先生一麐《古红梅阁笔记》，始恍然即其蜀中所失之本，几经转徙，尚在人间。”可知此书原为张裕钊为张一麐课业所置评语，张一麐将评语一一从己作之末剪裁，贴于一经折本上。行草字体，秀美异常，本为张一麐临字之用。因其为文章评语的辑录，亦可以文话视之。多为对经学考证文章的评论，如评某文“于诸家之说，能折取其长，又益加征引以疏证，故所考皆为明确”，“一意宗主史迁，以正诸家之误，可云有识”，亦有从文章学置评者，如“虽无深识宏议，而论事尚能持平”，“冥搜之解，旁见侧出，乃尔妙义纷纶”。

《张廉卿论文语》一卷

张裕钊 撰，吴闿生、高步瀛 辑

按：此书附录于吴汝纶（1840—1903）编《古文辞类纂评点附诸家平识》书后。此书在排印过程中出现了许多错误，校刊者在书后附有《类纂评点正误表》，以刊正全书的排印错误。书中讹误有脱字者，如第一则云：“凡文字，无论刚柔，须玩其神有余于笔墨之外处。”据《正误表》，当为：“须玩其神气有余于笔墨之外处。”文中脱一“气”字；有字讹者，如“史公之洁，在捭落千端。介甫字句都洁，而意不免芜近，非真洁也”，据《正误表》可知，“介甫”为“才甫”之讹；有误合条目者，如“曾子曰：‘出辞气，斯远鄙倍矣。’柔暗之质，其失也多鄙。鄙之病，恒在词。高明之质，其失也倍。倍之病，恒在气。太史公择其言尤雅者，所以远于鄙也。柳子厚云：‘不敢以矜气出之，所以远于倍也。’文章不可不放胆做”，本段在《张廉卿论文语》中是一则条目，然末句“文章不可不放胆做”实与上文无关。据《正误表》可知，“文章不可不放胆做”之前应有空格，原是独立的一则内容。正文中遗漏了空格，遂使两条内容误连成一条。

张氏既长于作文，亦善于论文，此书名《张廉卿论文语》，看似为张裕钊论文之语集萃，实则多有所本，当为张裕钊日常读书时抄录的他人论文语汇编。如“不受八家牢笼，安有此才分？但如八家范围中有所表异之处，如惜抱所云‘寻求昌黎未竟之绪而引申之’，则途辙自正，各就其才，可几于成。唐人以五律为四十贤人，不可有一字带屠沽气，古文亦然。然而知此者鲜矣，能辨其是否屠沽亦不易。所以少作家也”。此则据《正误表》，“唐人以五律为四十贤人”前遗漏一空格，此句以下原为独立一则。而今本吴德旋《初月楼古文绪论》中，便有此一段内容，且是作为前后相连的独立的两则条目。可见《张廉卿论文语》此处内容正是从《初月楼古文绪论》过录而来，连条目前后顺序都一样，只是在《张廉卿论文语》中误将两则合并为一则而已。而其他如“退之以扬子云化《史记》”等内容则摘自吴铤《文翼》。吴闿生在编纂时已经发现书中有袭用其父吴汝纶之语的地方，书中有“永叔效韩，却以《史记》面貌出之，故不可寻其迹；若老苏、子固，便不能忘矣”的内容，吴闿生在《正误表》中指出：“此张引先大夫说，今照录之。”或许是因此处为其父言论，故而吴闿生敏锐地发现了其张冠李戴的事实，但全书中不出于张裕钊之语的实在不少。桐城古文家有辑录前人文论以赏玩的习惯，薛福成在编纂文话《论文集要》中的《曾文正公论文》部分时，曾特意注明：“据张廉卿手钞本摘录。”①则张裕钊的文论手抄本中内容本来就较为驳杂，对吴德旋、吴铤、曾国藩、吴汝纶等人的论文言语都有记录，很多是读书过程中的随手过录，《张廉卿论

①薛福成：《论文集要》卷三，光绪二十八年（1902）石印本。

文语》并非其一人的文论原创。

此书有民国三年(1914)京师国群铸一社铅印本,半页十二行,行二十八字,单鱼尾,黑口。南京图书馆藏本有匿名朱笔批注。

《张廉卿先生论文书牍摘抄》上下篇

张裕钊 撰,江瀚 辑

按:《张廉卿论文语》杂录多家文论,古文思想较杂。真正直接反映张裕钊古文观念的,是《张廉卿先生论文书牍摘抄》。此文接连刊载于北京《中国学报》1912 年第 2 期、1913 第 3 期。民国《中国学报》虽然存在的时间很短,但刊载了不少名家之作。其中有一些是民国学者整理的清人著作,《张廉卿先生论文书牍摘抄》便属此类。此文由民国学者江瀚整理而成,江瀚(1857—1935),字叔海,号石翁,福建长汀人,曾任京师图书馆馆长等职。张裕钊交游广泛,书牍甚多,其文集之外,存世尚多,其中不乏谈论古文者。江瀚从存世张裕钊书信中摘抄谈论古文者而成此文,时有按语,以"瀚按"的形式夹杂于书信中。据李松荣先生核查,"这些摘抄大多作于光绪九年(1883)张裕钊到莲池书院任教以后,共 42 则"①。这些书信正是能集中体现张裕钊古文观的文论材料。

《张廉卿先生论文书牍摘抄》涉及到许多古文学问题。

①李松荣:《张裕钊书札辑补——〈中国学报〉上的〈张廉卿先生论文书牍摘抄〉》,《中山大学研究生学刊》2008 年第 3 期。

《复张笃生》中指出了当时学古文者的常见弊病，其一，鄙薄桐城派者，往往学秦汉文章而成假古董；其二，服膺桐城派者，又往往“专事空腔，非冗则弱”。在《复蒯礼卿》中，张裕钊对桐城派的兴起与不足进行了总结，同样指出桐城派易有“空腔”的毛病。并指出姚鼐在《古文辞类纂》中设“词赋”一类，正是出于补救桐城缺陷的目的。其后曾国藩重小学、以汉赋之气救古文之绵弱，成为“北宋以后七百年来之一人”，而张裕钊本人其心也“颇与曾文正同”。短短一封信笺，几乎将桐城派发展、转型、中兴的过程揭橥无遗。《复袁爽秋》中，张裕钊比较汉唐之文与宋以降之文的区别，认为“汉唐人专从朴拙一路入”，而宋以降其失在“巧”。“朴拙”之气也是补救桐城弊端的关键之一。故而张裕钊论推重“气格”、强调“声音”。《复查翼甫》中，指示对方文章“气格尚未极苍劲耳”。《复范肯堂》中，指出范当世之文“惟声音节奏，时或未极自然之妙”。《复贺松波》中，同样指出贺氏“声调节奏，间未极应弦赴节之妙”。《复黎莼斋》中，告诫黎庶昌“惟音节声响，尚未能一一中律”。张裕钊为古文名家，但也不排斥骈文。《复张季直》中，他认为“足下之才，似以骈文为优。或遂一意致力骈文，固亦自足名家”。表明晚期的桐城文家的骈文观已更为开明通达，而这同样与期望借助骈文以纠正桐城文章“空腔”“冗软”之弊的理念有关。总之，《张廉卿先生论文书牍摘抄》集中论述了曾国藩、张裕钊等改造桐城派的背景、方法，文学批评史意义较大。

《论文》一则

王棻 撰

按：王棻(1828—1899)，字子庄，号耘轩，浙江黄岩人，著有《台学统》《柔桥文钞》《史记补正》等。《柔桥文钞》卷四《论著》部分有《论学》《论文》等内容。王棻论文尊经，认为"文章之道，莫备于《六经》。《六经》者，文章之源也"。他将文章分为三体："散文也，骈文也，有韵文也。"三体莫不源于《六经》，散文本于《书》《春秋》，骈文本于《周礼》《国语》，有韵文本于《诗》，而《易》兼之。又将文章之用亦分为三："明道也，经世也，纪事也。""明道之文本于《易》，经世之文本于三《礼》，纪事之文本于《春秋》，而《诗》《书》兼之。故《易》《书》《诗》者，又《六经》之源也。""《六经》之后，名能文者四家：《庄子》之恢奇源于《易》，《离骚》之幽怨源于《诗》，太史之简洁原于《书》，而韩昌黎兼之。""千年以来，莫不尊尚四家之文，而四家之文实源于三经。"他从文章体制、功用出发，经过层层推演，将文章之本追溯于《六经》，更进而缩小到《易》《书》《诗》三经，既是对传统"文本于经"说的发展，也是借鉴了其浙江先辈章学诚《文史通义》之说的结果。

《论文》随《柔桥文钞》流传，有民国三年(1914)铅印本。

《藻川堂谭艺》四卷

邓绎　撰

按：邓绎（1831—1900），字保之，一字辛梅，湖南武冈人。曾入左宗棠幕府，后主讲于长沙校经堂、河南致用书院、武昌两湖书院等，著有《云山读书记》《藻川堂文集》《藻川堂诗集》《行军杂笔》等。

全书分《比兴篇》《唐虞篇》《日月篇》《三代篇》四卷，每卷以卷首二字命名，并无深意。全书为札记式著述，诗、文合论，对诸多作家、作品有所评骘。值得注意的是，邓绎长于对文学史趋势的把握，擅作大的判断，如他认为："唐宋以来，兼长诗、古文辞者，其诗每不若古文词之盛。韩、柳、欧、苏，皆其人也。"再比如他将古代文论史分为重气与重情两个阶段，二者皆追溯至原始儒家观念："汉、唐、宋人论文，其最高者皆本于气，而以孟氏为之渊源，推而上之即至圣'辞达'之说也；黄梨洲集《明文案》，独以至情为主，其说本于《诗序》，亦孔门之微言。"对于具体的作家、文论家，其评论见解也多深刻合理，如认为科举为文人之累，指出"国初魏禧文章独步天下，其人无科举之累者也"，认为"汪、姜以来，惟桐城刘大櫆颇负奇气"。后来文人不能效法魏禧、刘大櫆，"由其中无奇气而渐靡于科举文字之日久矣"。阮元"文言说"在清中叶以来影响甚大，此书对于阮元"抑古文辞诸家，贵耦贱奇"之举有所批判，《三代篇》中认为《易》之"奇耦特数与形变之迹而已"，并不能作为视骈体为文章正宗的根据。《比兴篇》中则更为具体地揭橥出阮元文论的偏颇之处:“阮氏论文,贵华而贱质,是不知有《尚书》;贵简而贱繁,是不知有《内传》;贵偶而贱奇,贵有韵而贱无韵,是知有《诗》《易》而已,不知有四子书也;贵短句而贱长句,是知有六经而已,不知有《战国策》《史记》《庄》《韩》诸子之书也。”

《藻川堂谭艺》收于邓绎《藻川堂全集》之中,有光绪十四年(1888)刻本,北京图书馆出版社《中国诗话珍本丛书》将其视为诗话影印。排印本有《历代文话》本、光明日报出版社2016年杨式仁主编《邓绎集》本等。

《霞外攟屑·论文》一卷

平步青 撰

按:平步青(1832—1895),字景孙,号栋山樵、侣霞、霞侣、霞外、常庸等,山阴(今浙江绍兴)人。《霞外攟屑》为清代著名笔记,内容博杂,其中卷七为《论文》,卷八为《诗话》,分论文与诗。卷七分为上、下两部分,称《缥锦廛文筑》上、下,合为《论文》一卷,为论述古文的文话,亦偶尔论及赋体。

平步青为晚清著名史学家,其古文观念也深受其史学理念影响,强调古文叙事的真实性,从这个标准出发,书中批评了清代一些古文名篇在叙事上的纰漏,如《张忠烈公神道碑铭》一则云:“全谢山《张苍水神道碑铭》,最为集中大篇。半取之南雷墓志,而叙事不无笔误。”继而平步青详细地分析了全祖望此文于史不符之处。《小仓山房文集》条云:“雪扶最爱诵子才碑版文。”平步青则指出袁枚碑版文“其书事多失实,不可依据”。《梅崖居士文集》条称:“《朱梅崖集》中,翁孝子、方天游两传,最为奇作,而不无纰误。翁传云父惺庵,不书名,云其后游死于楚,不书何年何地,皆非法。云孝子无他兄弟,按孝子兄名运槐,偕孝子操小舟,泝洄衡、永间,风号雨泣,行路哀之。《越风初编》卷八载其诗,《小传》云:‘字接三。’是孝子有兄,且与孝子同求父。云成进士,亦不言何年。……方传云:‘今上即位,诏天下举博学鸿儒。天游以乡副贡来应诏。’按雍正十一年四月八日,奉诏举博学宏词,非乾隆元年始下诏,且名曰博学宏词。与康熙己未之称博学鸿儒者稍不同。”此则针对朱仕琇两篇文章,一一订正其疏漏之处。对朱文不记孝子父姓名、去世时间地点,平步青从史法的角度予以批评。平步青甚至还据《越风初编》等材料,考证出孝子兄长名、字、事迹等信息。又指出朱文将乾隆“博学宏词”特科误记为“博学鸿儒”、误记“博学宏词”特科下诏时间等纰漏。《玉磬山房文误》条中有“进士即用选补知县,自广霖始,非庶吉士散馆改令也”“此云与恭城同官翰林,似误”等订正清文的内容。《论文下》中多探讨碑志义例的条目,如《跳出》《祖不得称皇考》《合葬不书暨配》《太夫人》《文称南直北直非称三司尤非》《通籍》《正任》《正寝》等,体现了平步青史学家的背景。

清代桐城派等文家反对古文中有小说语,平步青也有此观点,严防古文、小说之文体交叉,《小说不可用》条云:“古文写生逼肖处,最易涉小说家数,宜深避之。避之如何?勿用小说家言而已矣。明季人犯此病者多,以其时小说盛行,人多喜读之故也。”平步青强调古文“勿用小说家言”，主要还是从小说多虚构、与史实有偏差的史学立场出发，他以清人创作为例：“国初此风犹未尽涤，如陈孟象《与程石门书》：‘惟恨无情峦巘，遮吾望眼。不啻刘豫州之伐树望徐元直也。’按元直事，仅见《蜀志·诸葛》注《魏略》。此所引用，盖为贯中《三国演义》所误。尺牍虽小文，佛经俗谚，无不可摭入之。然不可用无稽之小说演义也，况它文乎？徐榆溪《答东涧论古文书》，至引那吒析骨还父、剔肉还母，始露全身，为文之境，何以异此？则《封神传》都阑入古文。”

平步青的史学立场、史学修养，也使得此书有些条目具有了史学著作的性质，如《罗台山》条，类似一篇独立的人物传记，其中既有对罗有高生平事迹的记载，也有不小的篇幅论述其文，与史书中的文学家传记相似。又如《刘恭甫司马文》条，较为详细地记录了仪征刘寿曾生平及其与平步青的交往：“甲子，余得其卷。策问小学，条对详贯。以首场稍犷，抑置副榜。……丙子，与其仲弟贵曾同副乡试，而司马居首，予闻而惋惜。旋以行卷见寄，瑰玮奇骏，足冠群英，不知何以复落。……复寄所作文三篇，简质高古，叹为并时作手。予上景东师书，谓甲子榜颇多才士。若论古文，当以司马为首，而吴挚父刺史汝纶次之。四六以许鹤巢中翰赓飏为首，而施小莲大令锡卫次之。时文、律赋以江南春壁为首。试帖以徐星北福辰为首。书法以吕瑞田凤岐为首。”此则记录了刘寿曾在 1864 年(甲子)、1876(丙子)两次被定为副榜之事，平步青以其房师的身份，哀叹其命运之多舛，并将其誉为甲子榜古文冠冕，位列晚清古文大家吴汝纶之前。同时，平步青还因其“所著未梓行，因载三文于此”，即将刘寿曾“所作文三篇"附录于此则之后。既记其人，并录其文，这种方法与《史》《汉》中的多篇文人传记完全一致。

此书既从史学角度评论了清代许多古文，同时也记录了平步青本人的学文经历，尤具史料价值。《文字凝炼》条云："余年十四五时，家贫，先大夫荣禄公觊得补诸生，可授经糊口。然余颇跅弛，时文不娴规范，而偶作散体文，顾充沛自喜。一日，侍先大夫偕老友吴、杨二公，游南镇。舟中偶述所作，杨曰：'少年文字，固宜蓬勃，然不可不知凝炼之法。'因举《两般秋雨盦随笔》卷三《祭文》条，李观《祭欧阳太夫人》、放翁《祭朱子》、赵介如《祭贾似道》、明武宗《祭靳阁老》四篇云：'谏庵偶举，可以隅反。'先大夫起而谢曰：'不敢奢望，异日得如晋竹登贤书，有笔墨传留，于愿足矣。'……"此则细致地记录了平步青少年时受到父执的影响。

此书有民国六年（1917）刻《香雪崦丛书》本，整理本有1959年中华书局上海编辑所《明清笔记丛刊》本、上海古籍出版社1982年新1版等。

《国朝文棷题辞》六卷

平步青　撰

按：此书以论清代散体文为主，亦论及清代骈文。此书的成书情况在平步青自序中有详细说明，其文曰：

咸丰庚申，春官再放，过夏京师，贫疾无俚，而主人十室中度书颇夥，得以恣览。余性耆丁部，于国朝诸家尤有鸡距之合,始创意为《文榧》一书。自是购之厂肆,假之友朋,至丁卯,凡八年。所见无虑数千家,国朝人文亦逾千余家。手录文目,则于习见及坊间易购者置之,凡得数百家。监司江右,此事亦间为之。壬申归田,时时续订,方将分类葺香,而遭慕阁夫人之变,万事决裂。移家两度,散失遂多,存者亦为蟫鼠啖半。去冬游沪,又为人所陷,如入网罗。自分此生读书三十年,学无所得,著书又复奚望。惟此数百家之文,颇有世人尠见之作,卷端题辞,虽评骘无当万一,而实兼小传为之,亦有数事为近人所未知者,弃掷可惜。爰录置箧中,凡六卷。第存文目无题辞者舍之,或有弃取得失,久贮胸中,而其集不存案头,则亦姑已,亦无如之何也。《在园杂志》卷二云:"倪永清匡世选《诗最》四集,人各前一小传,后一小跋,意不重复,句不雷同,适如其人。"倪髯不知何许人,《诗最》亦未之见。人列一传,集为一跋,如其人已难之,况欲意不复而句不同,抑难之难矣。葛庄谓:"永清一代高手,鲰生何敢望之至。"梨洲《文海》为姚、吕、苏三家后大著作,以此絜之,则令蚊虻负山与井蟆论海,匪所知矣。

平步青曾广泛搜采本朝文集,意欲以个人之力仿效《唐文粹》《宋文鉴》《明文海》编成清代古文总集《国朝文榧》,惜未成书。其《霞外攟屑》中也曾提及此事:"仆前辑《国朝文榧》,先定年表,惜书未成。"①而在其广泛搜集清人别集的同

①平步青:《霞外攟屑》卷七下《论文》,《群书编年格》条,上海古籍出版社1982年版,第558页。

时，平步青即开始为诸文集撰写提要，即所谓“题辞”。后因辗转多处，搜采到的文集多有流失，编成《文棷》已无可能。平步青便先行将撰写的题辞汇编成册，称为《〈国朝文棷〉题辞》。此书是不多见的叙录清代文集的文话著作。在此书“黄宗羲”条条目下，平步青再次提到此书的成书是源于编纂《国朝文棷》的初衷：“所辑《国朝文棷》，卷几及千，大车尘冥，汗青无日，而余亦垂垂老矣。廑取《文棷题辞》编入《昔寱》，文则未暇录也。”

《国朝文棷题辞》论及的清代文家多达三百三十余家，规模较大。在选择评论对象时，平步青有着明显的阐幽发微的意图，这既指其发掘一些淹没无闻的文集予以叙录评价，也指着力发掘不以文闻名的作家之文章成就。前者如“会稽蒋云壑”条称：“粤逆乱后，越中先哲别集甚稀。同治辛未，八世孙志杰重刻，皓城同年黄鞠人转饷南归，持以相赠，后有甄录越文者，当在所取焉。”太平天国曾破坏大量浙江典籍，蒋云壑文集劫后重刻，殊为难得，平步青特意提醒他日编选浙文总集者留意。后者如《宜兴陈其年维崧迦陵文集》条发掘陈维崧的散文成就云：“迦陵以四六、填词名一世，而散文亦骎骎入古。”平步青指出陈维崧文名“为骈俪、乐府所掩，故后人尟称之者”，“鄙意四六虽以才气驰骋见长，而挦撦者多已同嚼蜡，转不若此集之可玩诵”。《献县纪昀文达公遗集》条称赞纪昀的骈文成就云：“骈俪、散行类皆精赡，格意俱高，志表铭传极有古人规矩，所谓学富者文无不工也，《进呈四库全书表》为集中第一大文字。”又如杭世骏长于骈体与诗，《仁和杭堇浦世骏道古堂文集》条则认为其文超越其诗：“诗固卓然大家，文更学赡才雄，而以苍秀凝重之笔出之，排突古今，自成一子。词科中，双韭、云持两大外，先生与之鼎足，无可甲乙。”

平步青有着较强的地域文学意识，此书努力发掘清代诸多地域文学的传衍，对于声满天下的桐城文派反而未作过多论述，书中对江西、浙东古文传统最为关注。平步青通过具体的评述，拟出了江西古文传统的名单，即徐世溥、彭士望、魏禧等魏氏文家、陈宏绪、傅占衡、王猷定等，平步青尤为看重者为陈宏绪、徐世溥，以为二人“足称两大”。平步青为浙江人，对于浙江的地域文统感受更深，“秀水盛百二柚堂”条云：

> 《蒲褐山房诗话》谓其宗小长芦，余谓文亦谨守暴书亭法。盖乾隆初，浙人学问，西则宗朱，东则宗梨洲、西河，皆恪以乡先辈为师承，不自开设户牖。至中叶而稍出入，今则陋者或不知《西河合集》为何书，高才睥睨一切者，至叱云持、园牧为措大，然其所就可知矣。读柚堂文聊为发之。

他以浙人盛百二的古文师承秀水乡贤朱彝尊为例，指出乾隆初年，浙人尚能承继乡前辈文学传统①，其后则文统渐失，古文面目渐有出入。甚者不知浙江先贤毛奇龄《西河全集》之名，妄加指斥胡天游（云持）、周大枢（园牧）等乡贤。对于彼时文学传统的凋零，平步青感到遗憾。浙江文家中，盛名在外如黄宗羲、全祖望、朱彝尊辈，《题辞》未作过多评论，而对于文名隐晦不彰的毛奇龄、茹敦和等人，《题辞》则多有评述，洞幽烛微，揭橥出古文史上这些为人忽视的浙江人物的价值。

“萧山毛奇龄西河”条：

①平步青既云盛百二“文亦谨守暴书亭法”，又说“浙人学问，西则宗朱，东则宗梨洲、西河”，则此处“学问”二字实应包含散文之学。

> 古文得之云间陈忠裕，加以博奥宏整，与竹垞皆以才丰学赡雄峙浙东、西。黄痞堂推为杰出，世罕其偶。乾隆中，越人如茹三樵、范蘅洲、先高伯祖火莲居士，犹绍述其学，今则人尟知之。《合集》版存，无刷印者。然其文纵横博辨，与经说相表里，议论独到处，实一代之雄，非鄙人乡曲私言也。

"会稽茹三樵敦和"条：

> 先生以循吏掩其经学，所著《易学十书》，胚胎西河而自辟户牖，今已无称述者，古文更无论矣。然取法欧阳、上溯龙门，精光迸露，不可逼视，似亦探源河右。余幼即酷好之，平生散体文，肆力于是者为最早，学之三十年，乃弥不隶。吁，可恨也！

平步青分别以毛奇龄、朱彝尊为清初浙东、浙西古文代表。他本人学习茹敦和(三樵)散文三十年，鉴于茹氏其人其文"今已无称述者"，平步青于著述中多次发其幽光：平氏《霞外攟屑》卷四有"茹三樵"条，因"越人尟道之者"而详细考证其著述。平步青提及的"火莲居士"，乃其高伯祖平圣台，字瑶海，号确斋，乾隆十九年(1754)进士①。平步青指出平圣台散文渊源在于毛奇龄，接受的是浙东地域文学传统。据此，可大致梳理出平步青《国朝文棷题辞》中零星提及的清代浙文的谱系：

陈子龙(陈忠裕)→毛奇龄(西河)→茹敦和(三樵)、

---

①平步青对家门中这位进士先祖引以为傲，在"大兴朱筠《笥河文集》"条下云："甲戌一榜，得人最盛。馆中有虎豹师象之目。相传文达为虎，竹汀为象，先生为师，先高伯祖火莲居士为豹云。"将平圣台与纪昀、钱大昕、朱筠相提并论。

范家相(蘅洲)、平圣台(火莲居士)→平步青

平步青虽然强调清代浙文“西则宗朱,东则宗梨洲、西河”,但从其梳理的谱系来看,主要还是浙东散文传统。他甚至将自己也纳入其中,说明自身对此种地域文统的认可。

此书有《禹域丛书》本,铅印本,半页十二行,行三十七字,白口,单鱼尾。此版为单行本。需要注意的是,此版只有《国朝文椒题辞》的前三卷,并非足本,遗漏了后三卷,《中国丛书综录》集部诗文评类著录的便是此三卷本。《国朝文椒题辞》又收录于平步青文集《樵隐昔寱》之中,随《樵隐昔寱》流传,有民国六年(1917)刻《香雪崦丛书》本,此版凡六卷,为此书的足本。

《文式五则》不分卷

张行简 撰

按:张行简(1835—1906),字敬亭,号儒三,汉阳(今湖北武汉)人,同治六年(1867)举人,有《四书骈字直解》《春秋分合纂》《汉阳县志》《啸孙轩诗文集》《塾课发蒙》等。

《文式五则》为时文话,附于《塾课发蒙》开端,分《破题式》《承题式》《起讲式》《领题式》《余说》五则。因是蒙学阶段的时文用书,《文式五则》对时文的讲授浅显易懂。如《破题式》部分,对破题下了定义:“破题者,破说题中之字与意也。”接着提出破题的要求:“其式不过两句而止。其法不可连上、不可犯下。”又指出还有“不可漏题,不可骂题”的要求。但对于蒙学阶段的学生来说,对用于解说的“连上”“犯下”“漏题”

“骂题”这些专有名词也不清楚其含义，于是作者对此均有解说：“语带上文，谓之连上。语侵下文，谓之犯下。”“题意未经破全，谓之漏题。题字整句写出，谓之骂题。”其细致入微处，真可谓不厌其烦。接着介绍了破题的几种方法：“有明破、暗破、顺破、倒破诸法。”随后一一举例解说，最后总结：“要不出破题面、破题意两法。”继而又介绍了“破题煞脚用虚字”“破题不可直说人名”两个破题“定式”。对于时文破题的讲解，有定义、有举例，有分说、有总结，符合蒙学特色。

考虑到面对的是初学者，此书教授的时文写作法基本都是常规的写法，“定式”是书中的一个高频词。《文式五则》甚至细致到从时文每一部分的常用虚词教起，如介绍了承题式的常规写法：“其格以三句四句为主，间有五六句者，起语用‘夫’字、‘盖’字、‘甚矣’字，亦定式。”起讲式的常规写法为：“讲首用‘若曰’‘意谓’‘以为’‘且夫’‘今夫’‘尝思’‘闻之’‘从来’等字，有定式。”对《领题式》的要求是：“总须开门见山，爽心豁目。”在《余说》中，张行简总结说：“破、承、起讲、领题，皆有定式。”但同时指出，这毕竟是方便初学的办法，对于入门者而言：“因题行文，因文立格，岂可胶柱鼓瑟耶？”但作为蒙学读本中的时文话，《文式五则》选择对时文写法“定式”的介绍，无疑是适合初学者的：“不愈于悬虚议论，茫无凭依乎？”在张行简看来：“初学文章，不碍于股法之繁碎，但求其题次之分明。”总体而言，此书简明扼要，浅显通俗，对童蒙学者而言，是较好的时文入门教材，对后人了解八股文也是一种适宜的读本。今人整理本有徐梓、王雪梅编《蒙学须知》（山西教育出版社 1991 年版）、北京师联教育科学研究所编选《历代训蒙教育与训蒙要籍选读》（中国环境科学出版社、学苑音像出版社 2006 年版）等。

《问青园课程·论文》不分卷

王晋之 撰

按：王晋之（1835—1888），字竹舫，号问青山人。蓟州（今属天津）人，举人，有《问青园集》十二种十三卷。王晋之与一般士子不同，他在用心于传统学业的同时，还关注致用之学。《晚晴簃诗汇》“王晋之”条《诗话》云：“竹舫著有《山居琐言》《沟洫私议》等书，颇讲农田水利之学。”①《问青园课程·论文》收录于《问青园集》中，有光绪二十二年（1896）刻本，四周单边，大黑口，半页十行，行二十四字。书中所论内容较杂，涉及古文、骈文、时文、诗歌等。

对于古文入门的师法选择，大致以秦汉、唐宋为入门二途，明清以来，争议不休。此书引唐翼修语云：“初学先读唐宋古文，……其周秦汉古文，神骨高隽，初学未能跂及，宜姑后之。”唐彪以唐宋古文为初学门径，这是康熙以来主流的观点，对此王晋之按语云：“古文不可不读，而初学则宜先取朱子古文、《东莱博议》选读之。盖朱子之文，纯乎理道之腴。《博议》则议论清畅，易于领略。以此为底本，然后再读唐宋八家及周秦汉之文，与夫近代传作，识力已高，便可进退百家。寻常读本以《文章正宗》《古文雅正》为最，《御选古文渊鉴》皆有用之文，浦氏《古文眉诠》于体制源流辨别最清。均

①徐世昌编：《晚晴簃诗汇》，中华书局1990年版，第6862页。

宜参阅。”王晋之跳出此前非秦汉即唐宋的选择范围，提出初学应以朱子古文及吕祖谦《东莱博议》为入门阶梯。选择朱子文章是从其理学正宗的角度考虑，而《东莱博议》“议论清畅”，是宋代科举必读之书，选择《东莱博议》是从文章技巧的角度考虑。这种观点照顾到理与文两个方面，在清代较为独特。而其为初学者选择的古文选本如《文章正宗》《古文雅正》《御选古文渊鉴》《古文眉诠》等，或以理胜，或以文胜，与其选择朱子文章、《东莱博议》的思路相一致。

王晋之论文重理的倾向也表现在其骈文观上，他引谢退谷语云：“唐四六体格未完，音节尚古。宋人四六和平清稳，最为可学。本朝四六前辈如章藻功绳尺自然、体格严整。……陈检讨根柢六朝，才调横发。”针对谢金銮以体格论四六的特点，王晋之按语云：“骈体之文以陆宣公奏议为最，为其纯乎发抒义理，不拘拘于体格也。余则讲体格者居多，不尽合乎义理。国朝四六，章、陈二家已称擅长，此外如《八家四六》《国朝骈体正宗》之类亦可参阅。”他将“合乎义理”作为评价骈文的第一准则，对于清代多以“体格”论骈文的批评特点并不赞同。

在制艺写作上，王晋之同样强调学理、修身对于提高制艺水平的作用，他引谢金銮语云：“制艺文虽止用于科举，然题目出于《四书》，吾身之所为，持身处世，出仕居官，其方术具由于此，故道理则必验之于行己，文理则必畅之于古文，证据则必考之于经，见识则必求之于史。此四者，制艺之根本也。”王晋之对此深以为然，其按语云：“制艺之根本，全在平日读书穷理、知行并进，本其心之所得，发而为文，自然与众不同。”又说：“作文最忌为无米之炊，谚所谓费力不能讨好者。平日读书穷理,所读皆有用之文。所作之题,又皆素所讲明之理,不难由条达而进于精实。”对于文章本身来说,他认为“为文之道,则发扬透亮四字尽之”。他要求初学者不要直接上手制艺,先“作口义”,且“须自抒心得,不许抄袭。文理已顺,再作论策。论策已顺,再作时文”。清代制艺话著作的内容大多是研究审题、拆字、如何揣摩语气等具体的行文技巧,“代圣人立论”只是一句空话而已。王晋之论制艺轻视具体的行文技巧,强调知行合一,重视穷理修身之于作文的功用,这有利于制艺时文品格层次的提高。但对于八股时文只是士子晋升工具的清代社会而言,这也只能是理论家的一种空想而已。

《论文集要》四卷

薛福成 编

按:薛福成(1838—1894),字叔耘,号庸庵,江苏无锡人,晚清思想家、外交家、古文家。

此书为辑录体古文话,凡四卷。书前有张美翊序、后有陈光淞跋。卷一“选录古今大家论文”,收录韩愈、柳宗元、李翱、侯方域、姚鼐、曾国藩论文书信共十二篇,其中韩愈三篇、柳宗元一篇、李翱一篇、侯方域一篇、姚鼐一篇、曾国藩五篇;卷二“辑录国朝大家论文”,收录《方灵皋论文》、《刘海峰论文偶记》、《姚姬传论文》、《方植之论诗文之法》(据《昭昧詹言》摘录)、《梅伯言论文》五种;卷三“辑录国朝大家论文”,收录

《曾文正公论文》上、下，“据张廉卿手钞本摘录”；卷四为“平点序例”，收录归有光《史记圈识凡例》、姚鼐《古文辞类纂序目》、恽敬《大云山房文稿通例》、曾国藩《经史百家杂钞叙目》。全书结构与选篇，颇为用心。卷一为论文书信，卷四为古文评点本的凡例序目。卷二、卷三为清代古文大家的文论专辑，卷三只收曾国藩文论，成为曾国藩文论的汇总。其对曾国藩文论的重视超越众人，这与薛福成常年任职于曾国藩幕府有关。张美翊序指出：“（薛福成）好为经世有用之学，生平厌弃科举，肆力于古文辞。”“在曾文正公幕府先后八年，颇闻古文义法。”并指出《论文集要》“盖即在幕府从事古文时所为”，故此书最为推崇曾氏文论。卷一除侯方域外，将桐城派文论紧接于唐代韩、李之后，其续接文统之意甚明。卷三整卷为曾国藩专辑，则意在凸显曾氏中兴桐城的功绩。不过此书因系汇总诸多资料编成，也有文献张冠李戴的错误，如卷三《曾文正公论文》部分有些条目实则出自清代吴铤的《文翼》，而被薛福成误作为曾国藩文论收入书中。

是书有光绪二十八年（1902）石印本，另有《文学津梁》本等。《历代文话》据《文学津梁》本排印。

《桐城吴先生汇录诸家史记评语》一卷

吴汝纶　辑

按：吴汝纶（1840—1903），字挚甫，枞阳（今属安徽铜陵）人，同治四年（1865）进士，为曾（国藩）门四高足之一，曾北上任莲池书院山长，为桐城派后期主要作家。吴汝纶有《桐城吴先生点勘史记》，其后附《初校本点识》一卷、《桐城吴先生汇录诸家史记评语》一卷，后者（以下简称《诸家史记评语》）是吴汝纶辑录的历代从文学角度评论《史记》的评语，为清人编纂的较为典型的论《史记》的文话，一直随全书流传。

从集评的形式来看，《诸家史记评语》与后世《史记集评》之类的著作一致，可谓其先河；从内容与编纂主旨来看，《诸家史记评语》与后世集评著作差别明显。后世如泷川资言《史记会注考证》主要是收录文献考订、训诂的内容，文学性的评论极少，偏于"集注"性质。杨燕起《历代名家评史记》等书既有从文学角度的评语，也收录有史学、文献考订类的内容。而《诸家史记评语》与明代凌稚隆《史记评林》等著作也有不同，吴汝纶是站在桐城派古文立场上编辑此书，其选录的评家或为桐城派中人，或是符合桐城派理念的人物。《诸家史记评语》中首列归有光评语，这体现了桐城派一直以来对归有光评点本《史记》的重视，随后吴汝纶辑录了刘大櫆《论文偶记》中涉及《史记》的部分。全书评语主要出自真德秀、王鏊、凌稚隆、茅坤、唐顺之、归有光、方苞、姚范、刘大櫆、姚鼐、方东树、王拯等人，清代部分大多为桐城派人物。评语中出自方苞的尤多，既因方苞曾有《史记评语》，后被王拯与归有光评语合刊为《归方史记》，也与其桐城派初祖身份有关。

此书在集评《史记》时，每篇先选录对本篇的整体评论，如《魏豹彭越列传》篇引唐顺之语："此文简直。"《汉兴以来诸侯年表》篇引姚鼐语："托意高妙，笔势雄远，有包举天下之概。"评语多精审，如《卫康世家》引王少鹤(王拯)云："卫事有可纪者，史公多略。文法与《鲁世家》大相类，皆纯乎筋节。方氏最讲筋节，故所赏转多。"王拯为隶属桐城文派的"岭西五子"之一，他既指出此篇见出"筋节"的特点，也指出方苞论文"最讲筋节"，可谓慧眼如炬。《古文约选》中，方苞多次从筋节、界画角度论文，足证其说。在引述整体性评语之后，此书录出有关此篇句子、段落的具体评语，先出《史记》原句，再列对应的评语。如《乐毅列传》中"问乐毅有后世乎"一句，引方苞评语："乐氏多贤，故详著其前后世系，因以为章法。"

书中偶有吴氏父子的按语，吴汝纶在卷首引录《归评史记》时即指出："明以来，评《史》文者多矣，归氏议论顾绝少。余所抄录亦间有非归氏而误标归氏者，要其浅深悬绝，不可淆也。"他已经发现有他人评语误入《归评史记》之中者，在《晋世家》引归有光语："伏后夫人泣涕救晋君案"之后，随即便有"汝纶案，此非归说"。吴闿生在过录文本时，亦间有按语。如《龟策列传》"风雨送之"句，书中引姚范语云："'送'，元作'迎'，'迎'与'将''行'韵，后人妄改。"其后双行小字注释云："闿生案：'送'与'将''行'亦韵。"总体而言，此书是吴汝纶整理出的桐城派视域下的《史记》文学评论的集成之作。

书有宣统元年(1909)南宫邢氏刻本、民国四年(1915)都门书局本，后又有民国十四年(1925)、民国十九年(1930)本等。宣统元年(1909)本最为早出，半页十行，行二十五字，左右双边，单鱼尾，卷末署"男闿生恭录，门人邢之襄校刊"。

《缙山书院文话》四卷

孙万春 撰

按:孙万春,字介眉,河北保定人,同治十年(1871)进士,曾主讲缙山书院。

是书为时文话,前有李义钧、赵宜煊、徐京序及孙万春自撰《小引》。又有万春所撰《话端》,详述此书编写过程是“忽想一则,亦随笔记之”。此书以“文话”为名,在清代较为少见,且孙万春撰写此书时,刻意以诗话为样本进行模拟。《小引》云:“因仿前人诗话之例,名之曰《文话》。”早期诗话注重叙事,风格较为轻松活泼,清代《随园诗话》仍保留这一特点。《缙山书院文话·话端》云:“《随园诗话》中,间有谈文及言他事者,兹作亦仿其例,俾学者作正书看,可以用功;作闲书看,可以消遣。”故《缙山书院文话》实以“话”体批评著述的“用功”与“消遣”两种功能为编撰目标。如卷一“余在山读书时,忽有二三友人来谈”云云,以自己亲身经历作为叙事对象,这与诗话类似,欧阳修《六一诗话》、袁枚《随园诗话》中作者本人便常常进入叙事内容之中。孙万春此书虽专论时文,但他对八股时文的地位较为轻视,只是将其视为进身之阶而已,卷二针对他人“子不取名大家之理法清真者教之,而乃谆谆以墨卷为教”的质疑,孙氏回复云:“诸生为文,将欲传世乎?抑欲取科名乎?如欲传世,则班、马、《左》、《国》俱在,何不学为古文?”他强调“仅于八股中讨生活,恐亦万难作佳文”。对于对偶之句,孙氏认为非古文句法,卷三云:“对偶之文,惟八股及骈体文中宜之，而断断不宜入古文也。”

此书有光绪十一年(1885)刊本，《历代文话》本据之排印。

《古文方》三种

何家琪 撰，许鼎臣 编

按：何家琪(1843—1904)，字吟秋，号天根，河南封丘人，光绪元年(1875)举人。此书含《古文方》《古文三十四品》《论文约恉》三种，由何氏弟子许鼎臣编成于光绪三十二年(1906)。

前有何氏弟子许鼎臣序，叙其编辑经过云：“予师封丘何先生著《古文方》《古文三十四品》一卷，予前后凡三钞……其后予复自同学吴芋僧处得先生补《古文方》数则，盖予归后，师寄芋僧并嘱转寄予者，因复按次入之，附以《论文约旨》为一帙。”《古文方》云：“方，犹法也。”《古文法》列出“神”“气”“韵”“骨”“胎息”“笔力”“血脉”等上百个文章学概念，每个概念作简明扼要的解说，如“关键”条，称：“即枢纽也，置于文中，以绾前后。”并举《史记·韩长孺列传》中“安国为人多大略”三句为例。《古文方》中对概念的解说长短不一，“起”“微”等条目的解说文字长达数百字；而有些条目的解说则甚为简略，如“韵”字条，仅以“须远”二字予以评价。《古文三十四品》列出“大”“厚”“重”“老”“空”“摇曳”等三十四种古文风格类型，每种予以简短评说，或二三字、或四五字不等。《论文约旨》偏于从宏观角度论文，如将古文从不同角度分为二例、二纲、一要诀、二大忌、三局法、十四笔法等研究角度，末附《论作论之病》《讲学约规》等。

此书原以《天根文法》之名，附于《天根文钞》之后，有光绪三十二年(1906)刊本①。后独立成书，有民国四年(1915)本，《历代文话》据之排印。

《金石例札记》一卷

缪荃孙 撰

按：缪荃孙(1844—1919)，初字小珊，号楚芗，后改字炎之，晚号艺风老人，江苏江阴人，光绪二年(1876)进士。缪荃孙为晚清著名学者，曾创办江南图书馆，主办京师图书馆。清亡后，参加《清史稿》编纂。缪荃孙著述宏富，有《艺风堂金石文字目》《金石分地编目》《续碑传集》《国朝名人小传》等多种。

作为晚清著名版本学家、校勘学家，缪荃孙在跋语中对《金石例》的版本系统作了梳理。潘昂霄之子潘诩“为饶州理官，属郡士杨本端如刻之”，“此第一刻也”，时为至正七年(1347)②；后吴旭、吴以牧据第一版“复加校正，刻之，王思明序”，“此第二刻也”，时为至正八年(1348)。后“吾友积余得第二刻，半叶九行十七字本，元刻元印”；“龙宗武再摹泰和杨寅弼钞本，刻于明时”，“此第三刻也”。缪荃孙的校对，以徐乃昌(积余)所得第二刻为底本，“谨发旧藏朱竹垞、袁绶阶所

① 王绍曾《清史稿艺文志拾遗》著录有“矢根文法”，当为“天根文法”之讹。

② 按：《金石例》首刻时间，据杨本序为至正五年(1345)，非至正七年(1347)。

藏两钞本，并卢本对勘，成札记一卷”，即将朱彝尊、袁廷祷所藏两种钞本及雅雨堂本作为对校本，撰成札记一卷。《札记》对徐乃昌藏元代第二刻存在的脱、倒、讹等错误之处进行了勘正，尤其是据对校本辑补了底本的大量脱文，使得此本成为《金石例》诸版中的一个精校本。清代金石义例之学繁荣，以潘昂霄《金石例》为靶子，探讨碑志义例之作甚多。不过在汉学兴盛背景下，亦有从版本校勘角度研究《金石例》的，缪荃孙《金石例札记》可谓此类著作典型。

有光绪三十四年(1908)徐乃昌刻《随庵徐氏丛书》本，附《苍崖先生金石例》后，《丛书集成续编》(上海书店)第74册据之影印。整理本有张廷银、朱玉麒主编《缪荃孙全集·杂著》本，此为单行本，凤凰出版社2014年版。

《盋山谈艺录》一卷

顾云　撰

按：顾云(1846—1906)，字子鹏，号石公，上元(今属江苏南京)人。顾云曾供职于吉林通志局，修《吉林省通志》，另著有《盋山文录》《盋诗存》《盋山词》《盋山志》《忠贞录》等。

书前有顾云自序。此书先从宏观层面提出作文诸多要求，如“文贵有生气”“文亦贵乎骨”“文莫妙于取势”“行文宜有远致”“文须有情”等。继而为文评部分，顾云对历代以迄清代的文章进行评述，尤为重视《史记》，称其“无体不备”“集文字之大成”。对于清代桐城派建构文统之举，顾云表示理解，称："文之有派，犹道之有统。"不过他对以桐城遮蔽清代其他文家的作法不满："姬传文在国朝，非横趋别骛者所可掩，而其徒务诩为正宗，以弹压天下之文章家焉，似亦可以不必。"书末则为"文戒"内容，提出作文应戒除的弊病，包括戒规橅、戒剿袭、戒学古人之貌、戒文人相轻、戒独学无友等。

此书有宣统二年(1910)两江法政学堂铅印本，《历代文话》据之排印。

《读书作文要论》一卷

王祖畬 撰

按：王祖畬(1845—1918)①，江苏镇洋(今属江苏太仓)人，字岁三，号漱山，又号紫翔，光绪九年(1883)进士，改庶吉士，后授河南汤阴知县。曾于宿迁、海门、崇明等地书院主讲，唐文治曾从其学理学、古文。著有《文贞文集》《文贞制义》《镇洋县志》《经籍举要》《礼记经注校证》《读左质疑》《读孟随笔》等。

《读书作文要论》题下署"庚辰"，则撰写时间应在光绪庚辰年，即光绪六年(1880)，原为王祖畬编选的《制义正宗》附录。后作为独立文本，又收录于《文贞文集》卷二之中。《读

① 王祖畬生年，一般资料多作1842年，或作1843年。《清代硃卷集成》载其出生时间为"道光乙巳年十月二十二日"，即1845年。见《清代硃卷集成》第54册，第27页。

书作文要论》卷首引言云："曩余选先正大家文，自初明至国朝方望溪氏，凡千三百有九篇，名曰《制义正宗》。既卒业，复取《钦定四书文》，录其精要者百七十八首为后进楷模。而以读书作文之法附于后。"以《读书作文要论》作为时文选本《制义正宗》的附录，将论与选结合起来。书名《读书作文要论》，以"读书"冠于"作文"之先，有其特殊用意。全书皆在强调"读书"之于"作文"的重要意义，这是针对当时不喜读书、直接习文的社会风气而发。全书第一则即开宗明义："制义为进身之阶，然才着一进身之念，其文必不工。故学者断以立志读书为第一义。"明清以来，时文成为读书人进身之阶，使得其品格不高。此书开篇即旨在淡化制义时文的功利性功能，《清代七百名人传》对此评论说："时道丧文敝，祖畬慨然以振衰自任。录明初至清先正文千三百篇，辑为《制义正宗》。而《作文要论》，尤以揣摩风气为切戒。曰揣摩者，迎合之谓也，士人进身之始，而已希图迎合，后更何所不至？风俗人心，大有关系。有志者，当力破之。"①

王祖畬为正人心，同时也是为正时文空虚之弊，故在《读书作文要论》中多处强调读书之于为人、习文的重要性："正本清源，当先舍法而言理。明理，非读书不可。先辈有云：'读墨卷百篇，不如读先正文一篇。'余为之进一解曰：'读先正文百首，不如读经书一卷。'"言法，是清代时文话最常见的内容。在王祖畬看来，只论文法不言理，是导致道丧文敝的重要缘由，故其强调读书、明理应先于文法。"天分高者，既有群经、诸大儒书为之根柢，援笔作文，自如风行水上，涣为

①蔡冠洛：《清代七百名人传》，《近代中国史料丛刊》第623册，第1822页。

文章。中材或未易办此，亦必先求作本色文字。凡文之根心而出者，无论义理之所造奚若，久久必可以成就。若自外袭取，鲜不愈驱愈下。工夫愈深，离道愈远。学者当以此为切戒。”

《读书作文要论》对清代几种著名的时文选本作了评论。清初陆陇其编有时文选本《先正一隅集》，王祖畬认为此书较好地做到了“理法兼备”：“先正选本陆清献公《一隅集》，文止八十余首，而理法兼备，初学当导源于此。”清初吕留良编选有《天盖楼偶评》《天盖楼三家文》等众多时文选本，王祖畬称：“石门吕氏《天盖楼选本》，评语尤精。”又认为“《钦定四书文》颁行天下，为乡、会程式，学者尤宜奉为圭臬”。但对于只谈法而不论理的时文选本，王祖畬则有所批评。王步青（已山）（1672—1751）《塾课小题分编》为清代著名时文选本，分《启蒙》《式法》《行机》等八集，由浅入深地选录时文范本。王祖畬认为：“所选亦佳，然喜言虚处制胜之法，已为少读书者开一便径矣。”指出其书避实就虚，专门讨论“虚处制胜之法”，易使举子不读书、不务实理。“理到自然法立”，是王祖畬对理、法二者关系的总体看法，他明确提出其论文主张云：“世之论文者，喜言避实击虚。余独以为实理透而虚神自到。”

《读书作文要论》并非只论读书、不谈作文，王祖畬说：“读书既通，然后可以言文。”他对时文文法的看法，是典型的“以古文为时文”：“学无今古，文亦安有今古？《左》《国》《公》《穀》《史》《汉》，文家之祖也。韩、柳、欧、曾诸大家，其大宗也。元之虞、揭、柳、黄四家，明之潜溪、正学、遵岩、荆川、震川，国朝之望溪，其嫡裔也。……制义亦古文中之一体，别制义于古文之外，而制义之道晦，而古文之道亦晦。”将时文视为古文一体，在其看来，八股文法，“亦不外‘一气相生’四字，别无他法”。王祖畬弟子、著名文章学家唐文治在评论其师《制义正宗》《读书作文要论》时说：“制义乃文家之一体，实为游艺之助。世之菲薄时文者，为其庸滥熟媚耳，不知此正时文之弊，有志之士所唾弃者。先生以古文为时文，所论实皆学古文之法，指示精严恳至，于此可见制义自有本原。特附识之，以谂后世知言之君子。”①唐氏所论，正可视为对王祖畬《读书作文要论》之解读。

有民国十年(1921)刻本，半页十行，行二十一字，左右双边，单鱼尾。林庆彰主编《民国文集丛刊》(台湾文听阁图书有限公司 2008 年版)影印的第一编第一种即为《文贞文集》，内含《读书作文要论》。

《菑播檏论文》二卷

赵曾望 撰

按：赵曾望(1847—1913)，字邵亭，又作芍亭，号姜汀，丹徒(今属江苏镇江)人，同治九年(1870)优贡生。赵曾望学问渊博，精通经史、小学、文学、篆刻等，著有《十三经独断》《字学举隅》《二十一史类聚》《古史新编》《心声稿草》《楹联丛语》《养拙斋印谱》《窕言》等。

---

①唐文治：《王文贞先生学案》，《茹经堂文集三编》卷一《近代中国史料丛刊续编》，第 1214—1215 页。

是书所论较杂,《菑播樸论文》所谓"文"包含一切文体、知识,此书开卷即云:"天下之文章,不过四门,经史子集而已矣。初学入塾,既授以四书六经,更授以唐宋诗集,更授以《昭明文选》、《战国策》、唐宋八家各集,更授以《纲鉴正史约》或《纲鉴易知录》,再授以《庄子》《扬子》及诸丛书。"故此书于古文、时文、诗、赋等各种文体皆有论及。书前有光绪二十年(1894)周庚祓序。周序称此书"于经史子集无不旁推交通,阐发奥密"。书末有会稽胡玉德跋语,解释了此书书名的来历:"芍亭先生纂述宏富,此其最浅近者。然篇法、句法、字法已非凡手所能至,为初学洮浚心窍,开辟眼光,嘉惠正复不细。樸者,守草楼也,先生家有菜田,故有是名。蜀琴世兄亦能文,可谓父菑子播矣。敽、播,古今字也。乙未中冬会稽胡玉德读毕书之,即以为跋。"

书末又有赵曾望自己所撰跋语云:

> 吾家世以聚徒讲学为业,余早岁即尝事舌耕,三十以后待诏金马门,青毡寖旷。四十以后,假旋海上。……不得已,复理旧职,且以教己子者,兼教门人焉。此间绩学之士腾跃环集,好我实深。余亦昕夕孜孜,乐与讲贯。凡古人之经籍,当代之文章,随口称亦即随手钞纂,日积月累,居然成帙,名之曰《菑播樸论文》。示志在佑我后人,非敢以皋比自命也。异日刊以问世,或以为论痴之符也,则可矣;或以为嘉话之录也,则过。光绪二十三年八月朔旦,古谷阳赵氏邵亭父自书于玭山讲堂。

据此,知此书系赵曾望据讲学内容所录,书中叙事性较强,有大量条目记载了作者亲身经历,如"余早岁不喜考证之学,四十以后知考证有不可少者”“往岁余与诸侨士会雉皋之北里……”“号社论文最为雅兴，余七战南闱，有可记者二则，一在乙亥二场，余坐某号……”“某学使按临吾郡，评某生卷曰：‘稍能点缀，究胜于白描。’一时传述者颇疑其语……”“王醉墨师研究尺牍，尝有友人赠以刻丝补服，作启报谢。……”上述条目皆以赵曾望经历为据而撰，与偏于理论性的文话有别。

此书出版已在赵曾望身后，有民国八年(1919)石印本，半页十行，行二十八字，四周单边，黑口。

《速成文诀》一卷

邹弢　编撰

按：邹弢(1850—1931)①，字翰飞，号瘦鹤词人、梁溪酒丐、潇湘馆侍者、司香旧尉等，金匮(今江苏无锡)人。邹弢为王韬弟子，长于小说、诗词，有《海上尘天影》《三借庐丛稿》《三借庐赘谭》《浇愁集》《春江灯市录》等。晚年在上海启明女校执教。

此书的撰写源于作者赴启明学堂任教，《叙》中说：“岁丙午，余承乏启明学堂，见诸生作文，有颖悟之思，无易化之法，

①关于邹弢的生年，所见多种辞书、资料汇编或谓不详，或标为1850年，或标为1848年，莫衷一是。今按，邹弢为其女弟子张汝钊(号曙蕉)《绿天簃诗词集》(民国十四年铅印本)撰有序文，文末自署“民国十四年乙丑中秋，梁溪酒丐邹弢序，时年七十有六”。则其生年以1850年为是。

爰编此册,以冀速成。”光绪三十二年(1906),邹弢任教于启明学堂,次年(1907)撰成此书,由上海徐家汇启明女塾发行。

邹弢将诗词与骈文称为“词章之学”:“词章之学,曰诗词,曰骈文,而颂铭赞诔包括其中。”①他曾于上海徐家汇创办函授词章学校,诗词与骈文皆其所长,其友葛其龙称:“十年前以书订交,所作诗词已超出流辈。……见其著作日益进,而尤长于骈体文。”②私淑弟子方嘉穗称:“邹酒丐夫子向究词章之学,骈文尤冠一时。”③对于诗词、骈文,邹弢皆有“速成”类教材,他编有《骈文速成捷径》《诗词学速成指南》等。诗词、骈文之外,他对散文也较重视,认为“今学界少年,往往曰古文易,骈文难。而不知古文难而骈文易也。”④《速成文诀序》云:“即散行文体,苟无音韵之学,其辞句终不克调和,故于作文之法,并列词章。”他在民国年间编有《中学国文课本菁华》,影响较大,《速成文诀》则是其“速成”系列中散文类教材,《叙》中称:“方今学界英才蔚起,中西并课,皆喜速成。断不能寝馈十年,收困学之效。是宜以浅显之法,速其栽培。”

《速成文诀》卷端为《总诀》,总论散文作法。在邹弢看来:“作文之法,或重文心,或尚文气。”历代“体格屡变,一朝有一朝之气派,一人有一人之精神。要不外乎措辞、说理两端。说理必求其真,措辞必求其当。”他既将文章分为措辞、说理两个要点,又将其分为文体、文法、文气、文品四种要素。全书大致按此顺序分论,《文气》和《文品》部分较为简略,其

①邹弢:《诗词学速成指南》卷上《总论》,民国八年(1919)本。

②葛其龙:《三借庐赘谭叙》,《续修四库全书》第1263册,第612页。

③方嘉穗:《诗词学速成指南序》,民国八年(1919)本。

④邹弢:《诗词学速成指南》卷上《总论》。

中《文品》主要是从风格角度论述。全书的重点在于论述文体,《文体》部分云:“文体总纲,向来有二,曰古文体,即散行体;曰词章体,即整行体,两体所包甚广。古文体最重气势,自首至终,起承转合,反复辨论,一气呵成。而句法或短或长,贵于苍老。……词章体重音韵之学,宜想透辟字句翻新。非疏落豪迈,即一往情深。至近日又出一派新体,所重在意义显透,不问字句之掩沓与前后之照应,以及引证典故,运用成言,但在句中用新造之名词,此最易学者。”

《速成文诀》认为古文可从四个角度学习,一曰立局,二曰叙记,三曰用意,四曰运笔。“文有体裁,体裁即局也”,书中特意强调了篇幅与立局的关系:“欲将此题作一百字之文,则须用极精之意,不能在题外掠入浮辞,恐多用浮辞,精意反被挤失。”“如欲作一二千、四五千字之文,则当将题内外各意,分别前中后层次”,而且“如何起、如何承、如何转、如何翻、如何合成为一篇之局”皆需注意。书中以“韩愈《原道》通篇辟异端,欧阳修《滁州记》通篇多‘也’字”为“立局”的典范。

对论、说、记、传等古文各体,此书一一作了简略说明。《文法》部分认为“文法最要者为起承转合”,分为“炼句法”“炼字法”“炼体法”等内容,认为“宜就题中之意,定文章之体”。“张心斋先生云:题之曲折者,宜写以浅显之辞,题之浅显者,宜运以曲折之笔。题之熟者,宜参之以新奇之想,题之庸者,宜深之以关系之文。”“题之曲折者”“题之浅显者”之“题”字,张潮《幽梦影》原文分别为“意”与“理”①,《速成文诀》

①张潮撰、王峰评注:《幽梦影》,中华书局2008年版,第177页。

将其改为“题”字，与下文统一，从而成为纯粹的只针对命题文章的写作理论。

此书附有《词章体》，简论诗、词、曲、赋、歌、颂、赞、铭、骈体等“词章体”；又有《作尺牍诀》，述尺牍作法；又附有常用虚字用法，与“速成”之名相合。最末为《校刊记》，校正正文排错文字。

有光绪三十三年（1907）上海徐家汇启明女塾铅印本，四周双边，单鱼尾，半页十一行，行二十八字。

《骈文速成捷径》一卷

邹弢　编撰

按：此书又名《骈文捷径》，是邹弢编撰的“词章学捷径三书”之一，另两种为《诗学捷径》《词学捷径》，三书是邹弢开设的徐家汇词章函授学校所用函授教材，后二者又合刊为《诗词学速成指南》。《骈文速成捷径》虽出版于1918年，但据方嘉穗跋语可知，撰写则在三年前。邹弢另有《速成文诀》，专论古文，编撰于清末。此四书是邹弢在清末民初构建的诗学、词学、骈文学、古文学体系，是对古典文学四大体类基本理论的系统总结与归纳。方嘉穗跋语称邹弢“续茫茫之坠绪”“庆中国之前途”，亦可见其保存国粹之意旨。

书前有睢宁姬佛陀（即姬觉弥）《骈文捷径小序》。后有方嘉穗跋语，介绍了此书出版背景，其云：

> 环球邦土，哲学挺起，勾心斗桷，以中国文字为最难，

而词章一门，尤非他国之所能及。共和以后，文粹不昌，士林中日趋于浇浅之途，舍其难而就其易。于是风雅文明一落千丈。再阅百年，齐梁之菁华，不可问矣。邹丈酒丐，前清季年名宿也。忧词章之不振，竭三载之力编《骈文捷径》《诗、词学捷径》三书，延一线之传，以惠后学。睢宁姬觉弥先生为刊其《骈文捷径》，穗请酒丈在徐家汇设词章函授学堂，以三书分惠后贤（自注：在苏州振新书社、上海文海楼、苏新书社大书坊寄售），一时函简纷投，皆来从学，续茫茫之坠绪，不觉色然以喜，庆中国之前途云。

全书分为《总说宗旨》《骈文古文之比较》《骈文入手法》《骈文须备之书》《文派及平仄》《琢句用典及翦裁配合》《论骈文之用》《骈文之渊源》《虚字用法》《骈文之体裁》等内容，附有《文式解释》，对清代骈文名作《与蒋苕生书》《约同人消寒启》《湖心泛月记》《华鹿宾秋灯瘦影图题词》等进行解说，每篇骈文分“作法”“释”“讲义”三部分论述。“作法”是针对全文的宏观分析，“释”与“讲义”是对文本进行逐段解析。如举吴锡麒《约同人消寒启》，“作法”云：“此篇为消寒约友而作，须说天寒风紧，冷景杂陈，人坐斗斋之中，所见所闻，无非萧飒之态。寸心岑寂，遂想到招邀同志，与之在斋中围炉吟饮，以慰无聊。望各人乘兴而来，以尽一日相知之雅，则亦人生行乐之一端也。”在分析《华鹿宾秋灯瘦影图题词》“作法”时，先指明其文体特点说：“同题诗、题词之法相似，此不过作骈文耳。”邹弢继而分析其题材特点说：“此悼亡之图也，笔下宜写得悲伤哀恨，惝恍迷离，仿佛此人尚在，又仿佛不在。先起一段，总说形景情怀，次段方入悼亡人。正文说他品貌才学性情，即从好逑入手，说到夫人身故。次段说身故之后，良人纪念不忘，方拍到瘦影图，因图而观瘦影，即推想影瘦之故，又以古人之断弦者引证，末段方言题词，笔须凄婉空灵，方称题旨。”此处既有针对悼亡类题材写法的精炼总结，也有针对此文段落构思的具体分析，通论性的总结与个案式的阐释相结合。“释”与“讲义”是对段落的分析，如邹弢分析此文的第一段，“释”云：“此第一段总写也，所用之字，皆须惨恻不堪，与悼亡人之心相合。”吴锡麒《湖心泛月记》末段原文云：“在水一方，永言君子之慕；别路千里，不隔美人之思。爰假毫端，各征心曲。吟咏既集，眷言记之。”邹弢“释”云：“此为终结，以说理收之，虽无弦外之音，而当时仓促成篇，未暇雕琢，亦可见其清丽之才矣。”“讲义”云：“因此之由，知人生世上所经验者，时候与地方易迁，所崇敬、所瞻眺者亦无尽极，大块风景与感接之物，积聚眼帘，而人之冥想会心各有不同。譬同见一物，人以为丑者，我以为佳矣。人以为非者，我以为是矣。夫游玩所历，本是常情，不必搜幽奇新艳，但求吾心之所适，任何种外物，耳目之所接，精气感召，因缘缔之，人事天心，彼此相应。……”

此书与谢无量《骈文指南》在同一年(1918)出版，二书同为民国初年最早的一批骈文学著作，但性质明显不同。谢无量《骈文指南》主要是对骈文史的研究，已经属于民国时期文学史研究范畴，是出于“整理国故”之目的。而邹弢此书并非出于学术研究目的，他本人长于骈文创作，编撰此书意在在函授学校中教授骈文作法，保存国粹，为传统文学“续命”。职是之故，谢无量《骈文指南》可以视作是在现代学术视野下研究骈文的早期成果之一，而邹弢《骈文速成捷径》则仍是总结骈文作法的传统文话性质。

因其面对的是没有骈文创作基础的读者，故此书处处都注意知识的浅显与全面。如在骈文学习入门对象上，邹弢认为初学并不适宜直接学习齐梁骈文："高视古人者，辄视今为郐下，不知此编为初学而设，岂能骤语高深?"对于初学，他建议先从"近作入手"，但清代骈文名家众多，"综举之，何止百人"。且同样是清代骈文，"胡稚威之朴古，毛大可之质直，此等文字非初学所能几。余所取以示后学者，袁子才、洪稚存、吴穀人三家而已"。他推荐初学效法袁枚、洪亮吉、吴锡麒三人，也因其欣赏"洪北江稚存之研练、吴穀人之清丽、袁子才之奔放阔大"的特色。其他如指出学骈文"第一当知平仄，第二当知虚实，第三当知对偶"。书中列举了许多骈文写作常用的用于转折的虚字，读者可以直接借鉴采用，列举的有"无如""于是""窃思""窃谓""今者""从来""何意""岂料""无何""未几""当夫""尔其""大抵""况乎""若其""顾夫"等，指出这些均是"骈文中承上起下应用之虚字"。而"对偶之法，以平声对仄声，不可以平声对平声，仄声对仄声"，"尤当知以虚字对虚字，实字对实字，不可以虚字对实字"。对于一些具体的骈文技巧，此书也多有介绍，如在骈文的对偶文字上，他指出："作骈文有减字衬字之法，减字者，欲写出某意，用一典故，做一联四六，而典故之字太多，全用即不合四六之句，于是将典中择不甚要紧者，减去一字。"书中举例将"檀道济"减去"檀"字，以"道济"对下句"孔融"。此书还注意将骈文与古文的写法相比照，如针对"或谓古文可以白描，骈文不可以白描"的论点，他举吴锡麒《采菱赋》中"年年闲恨闲愁，牵缠不少；处处秋风秋露，狼藉偏多"为例，指出这几句"纯为白描，何尝用成典哉"，得出"是知有性灵者，以白描为主"的结论。总之，此书是对骈文作法的总结与提炼，处处从学生视角出发，是用于指导写作的骈文话著作。

有上海文瑞楼书庄民国七年(1918)版。四周单边,单鱼尾,十四行,行三十二字。

《论文八则》一卷

邵作舟 撰

按:邵作舟(1851—1898),原名运超,字班卿,安徽绩溪人,近代著名思想家,他撰写的《邵氏危言》为晚清著名维新思想著作。邵氏自幼习文,对古文创作深有体味,《论文八则》为反映其古文观念的文话著作。绩溪人程宗鲁(1891—1952)所撰跋语对邵作舟的撰述及此书的刊印情况有所介绍:

> 《论文八则》为乡先辈邵先生班卿著。先生于鲁为姻长,顾先生殁时,鲁尚在童龄。先生恒幕游,客居日久,未及亲聆謦欬。其言论风采,则于先大父洎、族叔祖竹书师、族伯父金门先生,与夫诸老前辈所称述者,仿佛遇之。每追忆私忖,疑古之国士而非今之凡也。先生所著书有诗文集如干卷,《危言》如干卷,《军凡》如干卷。其学自天文、历算、性理、掌故、兵农、食货靡不探究,颇自负经济;于舆地攻讨尤勤,用兵方略能具独见。甲午之役,曾条陈所以防御东邻者甚备,上之相国合肥李公,不能用,卒之败绩。中夏国威于是贬!遂谓朋侪:"国事绝望,吾其将归。"卒以积劳遘疾,中年以殂,此则令人弥深叹悼者已。鲁幼从竹书师读,即授此册,受而爱之,曾手录两过,均为友人携去,此书不接于目者已余十稔矣。

今春于竹师座偶谭及先生，师检此册示鲁。时鲁承乏省立第二师范学校国文讲席，因即携此本归，将以授之来学，庶几略识前辈于文学致力所在，治之之方，亦足为今之灭裂规矩、日习鄙贱者示之范云。岁在阏逢困敦如月，绩溪后学程宗鲁谨识。

据跋语，知此书为时任安徽省立第二师范学校教员的程宗鲁于1924年刊印。全书由《弁言》《七本》《四术》《六体》《十四法》《六要》《十妙》《九害》八篇组成，《弁言》介绍了其学文过程，少时即"遍读唐宋诸大家而心摹手追之"。十八九岁以后，"读龚定庵诸集，而好为艰涩幽险之文"。"其后习绮体，窥乎宋明诸名集，国朝尤、袁、洪、胡之奥，进而溯乎汉魏六朝，而又好为骈四俪六之文"。最后，"知其皆非三代文章之正也。于是高瞻远瞩，壹志凝神，专寝馈于六经、诸子、周秦、西汉之文"，其文章师法对象经历了从唐宋到龚自珍，再到骈文，最后转到秦汉古文。正因其转益多师，故对习文多有心得。除《弁言》篇外，其他七篇皆以数字名篇，表现了邵作舟很强的提炼总结能力，《七本》篇是总结的七种为文之本："为文之道，学识为先，首举其端，厥有七本。"即格物致知、博学好问、浸淫古籍、沉潜涵泳、讲求体要、讲求法度、讲求用笔七种，在邵作舟看来，此七种是作文之根本。《四术》指立意、辨体、布局、修词四种。《六体》篇是以秦汉古文为据，将文章分为肃穆典雅、雄骏英锐、曲折奥衍、灵矫秀逸、缠绵委婉、洁净精微六体。《十四法》是对古代叙事笔法的总结，计有正笔、旁笔、原笔、伏笔、结笔、补笔、带笔、铺叙立案之笔、提掇呼应之笔、关锁串递之笔、断制咏叹之笔、详略虚实之笔、宾主映射之笔、点缀传神之笔。《十四法》主要总结叙事文笔法，《六要》篇总结的则是议论文写作的六个要领。有划清层次、提掇呼应、穷源竟委、反复推勘、剀切详明、引喻借证六种。邵作舟认同将古文分为叙事、议论二体的传统观念,《十四法》《六要》二篇便将叙事、议论二体主要写法囊括殆尽。在论述文体、文法之后,《十妙》篇论述的是"行乎体法之中,而超乎体法之外"的"十妙",可谓风格论,即精、大、雅、整、雄、健、灵、锐、秀、宕十种风格。在文体、文法、文妙(风格)之后,《九害》篇论述了行文需要注意的九种弊病,即时文之体害之、骈俪之体害之、险涩之体害之、经解之体害之、文集之体害之、尺牍之体害之、官文书之体害之、语录小说之体害之、佛老经咒之体害之。清代古文讲究文体纯净,文章学著作中,多有论述"文弊"以提醒作文者文体、语体纯净无滓的,邵作舟之《九害》便是其中之一。

总体而言,邵作舟之《论文八则》虽篇幅不大,只有六千余字。但其从文体、文法、文风、文弊四个角度论述古文,是清代文话中少有的颇具体系之著述。而从内容来看,邵作舟长于梳理、提炼,每篇皆总结出数个要点,读者易学易记,这也是清代文话中不多见的。

此书有民国十三年(1924)铅印本。

《文钥》二卷

邹福保 编

按:邹福保(1852—1915),字咏春,号芸巢,江苏元和县

(今属江苏苏州)人,光绪十二年(1886)进士,著有《读书灯》《芸巢诗稿》《邹咏春时文》等,编有《江苏校士馆变法课艺》四卷《续集》二卷。

《文钥》书前有邹福保自序,其云:

> 上古抟土为人,混沌焉已耳。比凿七窍而混沌死,以其泄天地之元气也。嘻!何其说之谬妄而不经邪!倘七窍至今不凿,混沌至今不死,则万古如长夜矣!幸而有此一举,混沌死而聪明生,凡造化奇偶之妙、万事万物之理,得以贯输于心胸而发皇其耳目,凿之为利大矣哉!因此而悟行文之法。文以识为主,有识乃有意,有意乃有法,法立而变化出焉,变化极而文章成焉。然则识者,窍也,不破其扃,发其覆,穿穴其微奥,则一窍且不通,而安能有七?能破其扃,发其覆,穿穴其微奥,则什佰千万之窍,触处皆是,而岂但有七?余之以"钥"名是编也,凿七窍之说也。嗟乎!子云有言:雕虫小技,壮夫不为。余老矣!经世宏业,忽忽无成,徒以垂白之年,握椠怀铅而自矜其心得,不独有愧于子云,其视古所谓混沌者,能几何哉!光绪戊申四月中浣芸巢自序于城南寒松社。

序后有《凡例》六则,介绍编撰体例。从成书形式而言,此书为辑录体文话,《凡例》云:"是编专采先哲名言,凡有关于文章之事者,汇录之以作楷模。"从论述文体而言,邹福保文体辨析意识较强,此书专录论古文之言:"是编于作文门径及古人之源流派别,靡不精择汇钞,以便学者。至骈俪、诗、赋、词、曲之类,尚拟另辑专书,兹不备述。"从辑录特点而言,此书不选文话专书及单篇文论,而是从古人文集中摭拾论文言语，《凡例》云："昔人有全书论文或长篇论文者，家有其书，概不采入。特摭拾零玑碎璧，俾之荟萃一隅，其中有散在各集而不经见之说，集腋成裘，尤堪珍贵。"

全书有"二百五十余则，合三万余言"（跋），卷上有"文须翻旧为新""作论五病""八家文评"等条目，卷下有"文妙在熟""历代文体""《史记》句长而意转"等条目，全书对《史记》、文体学等内容较为关注，但在辑录古人言论时，多不注明出处。

此书有宣统元年（1909）江苏存古堂铅印本，又有南京图书馆藏抄本。

《读江西闱墨评》五则

顾家相 撰

按：顾家相（1853—1917），字辅卿，号勳堂、畏嵒居士，浙江山阴（今浙江绍兴）人，光绪二年（1876）进士，曾任江西东乡、萍乡知县。著有《五余读书廛随笔》《浙江通志厘金门稿》《越中金石录》《勳堂文集》等。

顾家相进士出身，对时艺多有心得，其文集中《萍乡课试新艺序》《重刻玉笥山房制义例言》等皆是论时文而作。《读江西闱墨评》是专论八股时文的文话，共五则，前有序言，介绍撰作背景，其序云：

> 壬寅之冬，客有以江西闱乞畏嵒居士评选者。居士叹曰："此大难事也！八股取士五百余年，朝廷奋然变

法，良以八股不适于用、不切于时、不足以觇士子之识见，故必明乎变法之宗旨，而后所命乃有佳题，所作乃有佳文。其第一场用史论，虽似与西学时务无涉，而正欲士子由中学以通西学，由近代之务以通当世之务。其要在于适用切时，各抒识见而已。今江西闱墨，其命题宗旨已误，安有佳文？而欲就其中评选，盖亦难矣。无已，姑就所命各题，胪举其宗旨之得失，则执吾说以求之文之是非，不难立判焉。"

与一般时文话不同，《读江西闱墨评》是在清末戊戌变法中科举改八股为策论的背景下所撰。此前的时文试题已不能适应新的科考要求，顾家相《读江西闱墨评》所评并非考生试卷，而是对试题予以评价。《读江西闱墨评》共评议五个科举考题，多指出"其命题宗旨已误"。如对"和五典叙百揆论"评曰："此向来新进士朝考翰林之大论题也。殿廷考试，义取谨严，又专尚楷法，不重义理。况殿廷之上一日之长，铁画银钩，已费精力，亦无暇于文理求工。故所命之题，大率三代以上圣贤之事，只须颂扬，无烦褒贬。又其题义极冠冕，极平正，只须敷衍题面，不必求深。至于忌讳甚多，惟恐稍涉朝政，致近讪谤，虽廷对之策且然，故以此等题目为宜。"顾家相指出此种类型的题目适宜于殿试，并对殿试重书法、轻文理、多忌讳等特点多有揭示。进而指出，在新法重时务、重策论的精神下，此种题目已不适宜："但此次变法，钦奉谕旨，嗣后殿廷考试，尚须切实敷陈，不得专重楷法，何况科场乎？且即使仍照旧章以'慎徽五典'四句命题，作经文亦无可发挥，或以此四句出经解题，亦无可考辨也。"科举改试策论，即在引导举子关心时政，《读江西闱墨评》也以古今相通、以古论今为佳题，如评“租庸调法论”云：“泰西虽多民主之国，而每人必须当兵数年，盖不敢私其身也。至有户则有调，则女织男耕相辅，人人皆生利之人，不敢荒其本业。此理远合于三代，近合于泰西。”对于失去时代意义的论题，《读江西闱墨评》对其落伍于时代的特点也揭示得至为透彻，如评“孝弟力田论”一题云：“作八股文，苦着不得三代以下语，八股之无用正在于此。既以策论试士，而仍用三代以上故事，奚必变法耶？孝弟力田，乃三代以后、近古之制，似不得与五典、百揆同讥。然作论之法，以论事为先、论理为后，凡事必有是非得失，而是中有非、非中有是，得失亦多互见，即论理亦必有是非得失相参，乃足以觇识见，文字乃有波澜。孝弟力田，道理正大，却无反面文字。固不得谓人不必孝弟、不必力田，亦不能谓孝弟可以缺一，或孝弟即不必力田也。若于题外寻陪，亦不过谓力田是本、工商是末。然今日中国必须讲求工商，方能富强，如此云云，便与时务相背，况古圣王亦不能废工商，九经有‘来百工’，《孟子》有‘商旅出于其途’之说耶？”此则指出所出题目，与时代脱节。策论可以联系时政，“以觇识见”，但对出题者也提出了相应的要求，所论之题，须是“是中有非、非中有是”的复杂论题，这样考生才可以反复辩难，从而见出优劣。如若是无可辨析之题，则难以考察学生，如评“光武帝初起太学论”题云：“现方议设学堂，此题似能按切时势，而亦有难于出者，则以此系善政，无可訾议，不过赞美一番。光武已往，何劳后人为作论赞耶？若谓陈古讽今，现既议设学堂，何讽之有？”指出此类题目虽切合时务，但“无可訾议”，无从下笔，自然不是佳题。《读江西闱墨评》中既对不合时宜的考题予以批评，也树立了有典范意义的考题，其评“陶侃用法恒得法外意论”云:“此题极佳,乃论事而兼论理者也。如何是法？如何是外之意？此中大有至理,又须略取陶侃事实以印证之。须要不粘不脱,若一味堆砌陶公事实,便是《陶侃论》。若空空论理,不切陶公,又是浮泛。故此题虽有褒无贬,要不得不谓之好题,亦不得不谓之难题也。”“陶侃用法恒得法外意论”考的是“法”,正是百日维新时的热门话题,而论题本身“论事而兼论理”,多重含义交叉,适宜考查逻辑思辨能力,故而被顾家相视为“极佳”之题。

《读江西闱墨评》为时文话,存录于《勴堂文集》卷八,左右双边,大黑口,半页十五行,行三十二字。台湾文海出版社《近代中国史料丛刊》第八十三辑、台湾文听阁《民国文集丛刊》第一编第十三册据之影印。

《香草谈文》一卷

于鬯　撰

按:于鬯(1854—1910),字醴尊,号香草,江苏南汇(今属上海)人,著有《说文集释》《香草校书》《香草文钞》《史记散笔》《学古堂日记》等。

此书为南京图书馆藏《于香草遗著丛辑》(稿本)第15册,书首曰:“随意随写,颇无次序,或出入同例而异处,若董理之亦可成一二篇幅文。然不复董理,亦有应检核而遂不检核,仆之著书大抵如是。南汇于鬯。”另有上海图书馆所藏抄本,《历代文话》据上图本录入。

此书为清代汉学家所撰文话代表。因作者曾广校群书，对古代文献了然于胸，故此书全以先秦古书及《史记》为例，总结古人文法。清代汉学兴盛，出现了俞樾《古书疑义举例》等探讨古书句法、语法的学术著作。《香草谈文》受此影响，也专注于古书具体字法、句法的总结，提炼出“文有省承法”“错乱承法”“古文有不省复举法”“文家有叙事夹入议论法，诗家亦有之”等义例。

《万木草堂口说·论文》《南海师承记·论文》《万木草堂讲义·讲文源流》

康有为 口授，张伯桢等 记录

按：康有为（1858—1927），清末著名政治家、思想家。因其有着巨大的政治影响，使其文章观念反而少受人关注。其实在康有为的讲学生涯中，文章讲授一直是重要内容。1896年前后，康氏在广州万木草堂讲学，听讲弟子多有笔记传世，其中均有独立成篇的文章学内容，且不乏精警之论，目前可知的有三种。其一为佚名所记《万木草堂口说》，此书有抄本两种，分别藏于北京大学图书馆和广州中山图书馆，后者封面题“光绪丙申恭录”，则抄录时间在1896年。整理本则有中华书局1988年楼宇烈整理本，2010年中国人民大学出版社姜义华、张荣华编校《万木草堂口说（外三种）》版等。《万木草堂口说》中有《文章源流》《文章》《文学》《论文》《骈文》《赋学》《八股源流》等篇目，除《赋学》外，均为讲授文章的授课笔记。其二为上海博物馆所藏佚名抄本《万木草堂讲义》，姜义华、张荣华编校《康有为全集》时据之整理。此书封面题："大人丁酉在万木草堂之讲义抄录。"《康有为全集》编者据此将其称为《万木草堂讲义》。抄录时间应为光绪丁酉(1897)，与《万木草堂口说》为同一时间的听讲记录，书中《讲文源流》便是由多条论文札记构成的文话。其三为康有为弟子张伯桢记于1896—1897年间的《南海师承记》，内有《讲骈体诗赋源流》《讲王荆公上仁宗皇帝书》《讲制义》《讲文体》《讲文章源流》《讲文学》等篇，每篇由数目不等的论文条目构成。三书当是康有为三位弟子各自记录的听讲笔记，故而总体内容近似，但详略有些差异，是了解康有为文章学思想的第一手材料。

三书内容近似，以《万木草堂口说》为例，康有为认为《礼记》对后世文章有重要的影响："《礼记》，开后来无限文章。"他认为"汉人文章，承孔子《礼记》之余"。康有为对于骈文非常重视，《万木草堂口说》中设有独立的《骈文》部分，说明他在讲学时曾专门花时间对骈文作了解说。他建议"学文者先学骈文，后学散文"，将骈文置于优先学习的位置。《万木草堂讲义》中称"孔子为文章之祖"，这是延续了阮元以孔子《文言》为骈文之祖暨文章之祖的观点。在骈文史观上，他推崇《文选》与清朝骈文，认为"《选》宜全读，先书、次笺、次赋"，而认为"元明无人能骈文"。对于清代骈文，他较为推崇洪亮吉、胡天游、袁枚、汪中数人，并对诸家的源头有所追溯："本朝骈文中兴，洪北江专学齐梁，成一大家。胡稚威、袁子才学徐、庾。袁文最豪放，汪容父文最高。""本朝洪北江骈文，所学上至建安，下至任、沈。"对于初学者，他建议"初学骈文，宜读杨德祖《答临淄侯笺》以下数篇,以短而跳脱也”。对于骈文起源,书中也提出了自己的观点:“邹阳上书,开骈体先声。”指出三国曹植文章即源于此:“曹子建文,出邹阳《狱中上书自明》。”

对于散文,康有为推崇汉文,不喜本朝文,认为“通本朝无人学汉文”,批评“桐城派极薄”。认为初唐的散文“陈伯玉为第一”,而中唐韩愈的影响则辐射整个宋代:“昌黎文,范围有宋一代。”“八家多学汉以后文。……桐城派专宗八家。”在文道观上,他认为“文章先言积理,后言积词”。先道后文,这本是寻常之见。不过,康有为所说的理,已不局限于传统的儒家之理:“论文以理为主,与八家同。理学,指中外古今圣人之学言之。”这体现了鲜明的时代特色。他的理想是:“积理者,积中外之理。积词者,积秦汉之词。”在古文选本上,他推崇“《宋文鉴》宋朝文选得极好”,而对清代风行已久的《古文辞类纂》,则主张“读《古文辞类纂》当去本朝文,取其唐宋之文”,表现了对本朝桐城古文的排斥。在文法观上,主张“文以曲为主,初学以短为主”。这在作品讲解上也有体现:“文家无不从奥折出,即《孟子》亦然。如《百里奚食牛章》,‘以士之招招虞人’,及‘便嬖不足使令’,千分曲折。”

《万木草堂口说》之《文学》《八股源流》等篇则表现其出对八股文的重视,他强调“八股必不可废,作者上下古今,何尝不佳”,认为真正的八股名家,必定有经史根柢,非徒揣摩墨卷而已:“凡以八股名家者,皆以古文经史名家者也。”《南海师承记》中亦有《讲制义》一章,与《万木草堂口说》中论八股的内容差异较大,《讲制义》对八股文起源及发展均有简要论述,是一篇简明扼要的八股文小史。《万木草堂口说》中评价了明代八股，认为明代时文“入门必以天、崇”。《讲制义》中则推崇袁枚的八股文，认为“袁子才因应鸿博不第，居家勤力作制艺，故负一时盛名。袁稿开讲可全读”。

《万木草堂讲义》中有《讲文源流》，值得注意的是，康有为在此篇中对诸子文章进行了系统研究。清代文章学的主流是以史为文，康有为对诸子文章也表现出浓厚兴趣，如《南海师承记》中《讲庄子天下篇》本是比较《老》《庄》思想的异同，结果谈到了二者文章的差异：“老子之文章斩钉截铁，庄子之文章流动活泼。”《万木草堂讲义·讲文源流》则从文章学角度评价了多家诸子文章，他称：“后世文章之美，莫如战国。”对诸子具体的评论有：“言道以《庄子》为变幻。”“《韩非子》高峭出深，《淮南子》词家之肥。”“《管子》甚纯朴。”“《墨子》带水踏泥。”甚至从文章学的角度考察纬书：“纬书内《纬易》最高奇。”凡此，均表明康有为文章学观念，与传统文章学相比已有较大变化。其弟子记录的讲学笔记中的论文部分，独立成卷，涉及其古文观、骈文观、时文观，是康氏文章学观念的集中体现，应受到关注。

《涵芬楼文谈》一卷

吴曾祺　撰

按：吴曾祺（1852—1929），字翼亭、翊庭，晚号漪香老人、涵芬先生，福建侯官（今属福州）人，光绪二年（1876）举人，曾任平和、泰宁等县教谕，全闽师范学堂教务长等职，后为上海商务印书馆编辑。吴曾祺著述甚富，著有《涵芬楼文谈》《国语韦解补正》《战国策补注》《漪香山馆文集二集》等，编有《涵芬楼古今文钞》《清史纲要》《国朝名人书札》《历代名人书札》《左传菁华录》《旧小说》《中学国文教科书》等。

《涵芬楼文谈》在体例上受到《文心雕龙》影响。书前有吴曾祺自序，自序开篇即云："昔刘彦和著《文心雕龙》一书，极论文章之秘。"《文心雕龙》之后，明清文章学著述仿其体系而系统论文者，并不多见，明代朱荃宰《文通》是一显例，《涵芬楼文谈》则为清代的代表。不过，相比《文通》的浩繁博大，《涵芬楼文谈》则更为凝练，全书分《宗经》《治史》《读子》《诵骚》《研许》《辨体》《辟派》《明法》《养气》《储才》《命意》《修辞》《切响》《炼字》《运笔》《仿古》《核实》《称量》《设喻》《征故》《省文》《适机》《存疑》《详载》《寓讽》《入理》《切情》《涉趣》《因习》《写景》《状物》《传神》《称谓》《含蓄》《互异》《从今》《割爱》《属对》《设问》《欣赏》诸门类。后附《杂说》三十五则。《宗经》《读子》《诵骚》《炼字》等类目明显与《文心雕龙》相关篇目类似。而《写景》《状物》等类别则已开启现代文章学大幕。《涵芬楼文谈》集体系性与札记体于一身：篇末《杂说》三十五则为札记体。

《杂说》部分为文章学散论，不成体系，但论述内容较为集中于语言文字的使用，如称古人援引他书之语多不注明；认为语录中的俗语不可入古文，如"不成""这个""那个""者""杀"等；认为诗词中的俗语不可入古文，如"耐可""至竟""无那"等；又认为"游戏之语，虽亦有所本，不可以入典重文字"；同时又指出古文中有"看似俗字，而实有所本者"等。

此书有宣统三年(1911)商务印书馆本，清亡后诸版本中的"国朝"字样被改成"清"字。又有台湾商务印书馆 1966 年杨承祖点校本(1998 年第 2 版),《历代文话》本据宣统本排印。

《文体刍言》不分卷

吴曾祺 撰

按:此书为文体学专著,受姚鼐《古文辞类纂》影响较为明显。《文体刍言》分文体为"论辨""序跋""奏议""书牍""赠序""诏令""传状""碑志""杂记""箴铭""颂赞""辞赋""哀祭"等十三类,每类下又分细目若干则,合计为十三类二百一十三目。十三类目基本源自姚鼐《古文辞类纂》,唯将姚氏"书说"类改称"书牍"。在文体分类时,吴曾祺又常常比较姚鼐《古文辞类纂》与曾国藩《经史百家杂钞》文体分类的优劣,如《文体刍言》评析"赠序"类云:"赠序一类,自来选古文者,皆与序跋为一,至姚氏《古文词类纂》始分为二。然追原所以名序之故,盖由临别之顷,亲故之人相与作为诗歌,以道惓惓之意。积之成帙,则有人为之序,以述其缘起,是固与序跋未尝异也。惟相承既久,则有不因赠什而作,而专为序以送人者,于是其体始分。姚氏离之,是也。曾氏又从而去之,失斯旨矣。"姚鼐《古文辞类纂》首次将赠序从传统的序跋类中独立,而曾国藩编纂《经史百家杂钞》时,又重新将赠序归入序跋类中。吴曾祺认为赠序与序跋有本质区别,故《文体刍言》再次将"赠序"从"序跋"类中剥离开来。

《文体刍言》原附于《涵芬楼文钞》卷首,为古文总集《涵芬楼文钞》文体分类的说明,后又附于《涵芬楼文谈》之后。

故其版本系统分为两类，一类随《涵芬楼文钞》流传，一类随《涵芬楼文谈》流传。

《策学备纂·文章缘起》不分卷

沈祖燕、吴颎炎 辑

按：沈祖燕（1860—?），字翼孙、檄孙，号钟堂、忠唐，据《清代官员履历档案》记载①，沈氏为浙江绍兴府萧山县（今属浙江杭州）人，光绪十五年（1889）进士，编有《赋海大观》等。吴颎炎，原名志濂，字子廉、亮公，浙江诸暨人，光绪元年（1875）举人，曾任浙江二戴书院山长，编有《经策通纂》等。

《策学备纂》是用于应试的百科全书，共三十二卷，诸种知识无所不包，如卷一经部、卷二史部、卷三天算、卷四方舆、卷五帝学、卷六官制等。卷三十一《艺文》共九种，均为文学艺术类内容，包括《文章缘起》、《碑帖》、《诗学》、《词学》、《赋学》、《字学》（上、下）、《画学》（上、下）等，由多人分工编纂，《文章缘起》为萧山沈祖燕翼孙、浣水吴颎炎亮公编辑。《文章缘起》《诗学》《词学》三卷分别论述文、诗、词。

《策学备纂·文章缘起》先列词条名，再以相应的论述附后。如首条为“文章总论”，编者引梁章钜《退庵随笔》中语作为解说：“今人于散体文辄名为古文，众口一同，其实未考也。……”此条所引的，是《退庵随笔》源于阮元的观点，即以

①《中国第一历史档案馆藏清代官员履历档案全编》，第8册，华东师范大学出版社1997年版，第368页。

骈文为文章正宗。第二条、第三条词条分别为“偶文所起”“骈体文所始”，引用阮元、梁章钜之说，将骈文视为文章正统，于此可见编者的骈文观。在文章源流与文章理论方面，编者推崇章学诚文史校雠之说，多次引用《文史通义》中的理论，如“古文体制”“文德”“文集”“文体”“奏议”“征述”“论著”“诗赋”诸条，皆引《文史通义》以论说。在解释具体文体时，编者或引字书，或据古注、类书等，如“骚”体的解释来源于《玉篇》，“七”体的解释来源于《康熙字典》，“诏”的解释源于《文选》六臣注，“策问”的解释来源于《说文解字》，“传”“论”“箴”“铭”“记”“序”“露布”“制”等则源于《玉海》，“策问”“表”“上书”“启”“笺”“颂”“连珠”“哀文”“碑文”“墓志”“行状”“吊文”“祭文”等条则摘自《文选集评》。编者又从类书等典籍中，辑录出诸多文章学资料作为条目收入书中，如出自《群书考索》中的条目众多，可分为两类，一类为文评，如“历代文章”“东坡自评其文”“相如、王褒以文倡于蜀”“孔、葛之文”“前辈文章各有所短”“诸儒文章各优劣”“宋朝文变”“近世文章之变”等条。另一类则为文章学概念，如“文贵出于自然”“文贵涵养”“道胜者文不难而至”“文不待大而显”“文得于心而成于言”“古文有三等”“文以理为主”“文随时尚”“文体文指文趣”等。又从《玉海》中辑录出大量文章学概念，如“作文法”“文有笔力笔路”“文宜新颖”“文可摹仿”“文有三多”“文宜多读古文”“文宜博览”“文宜审定”“文宜运古”“文重四有”“文有稳字”“文重抱负”“文重灵气”“文重根本”等。又从清代黄与坚《论学三说·文说》中辑录大量文章学概念，如“文因气运”“文法宜洁”“文法宜矜贵”“文宜达气”“文宜有吃紧处”等。总之，编者从大量典籍中辑录出的文章学资料，对于作策论者快速了解文章学有一定帮助，但因系从群书中辑录而出，编者个人的文章学理念则体现无多。

《策学备纂·文章缘起》有光绪十三年(1887)版，又有光绪十九年(1893)夏五月上海点石斋重印版，半页二十四行，行六十字，版心有“光绪十三年”字样。

《六字课斋津谈·词章类》一卷

宋恕 撰

按：宋恕(1862—1910)，浙江平阳人，原名存礼，字燕生，后改名衡，近代著名思想家。著有《六斋卑议》《永嘉先辈学案》《朝鲜大事记》等。《六字课斋津谈》为宋恕重要著述，内容广博，其中卷十二《词章类》专论诗文，为诗文合话，又以论文为主。

宋恕在此书中论诗文，多结合自身经历而谈，故此书既可见出其诗文观念，也有助于读者了解其诗文创作及文学思想产生的背景。如书中介绍了宋恕本人的文章创作情况：“检立年前文稿，删存十分之四为《六字课斋文初编》十五卷。计散体八卷，骈体四卷，古赋三卷，皆金骨绿髓，飘飘欲仙，高者可追左、屈、庄、马，次亦伯仲子建、叔夜、明远、文通诸子。”文章自评部分不免自负，但因今存宋恕文集多无题署，据此可知其本来的集名及文体结构。书中还谈及其文章学的师承源于晚清浙籍文化名人孙衣言、孙锵鸣兄弟：“或问余：‘词章之学，谁启之？’曰：‘外舅孙止庵师、外伯舅逊学师启之也。'”孙衣言（逊学）、孙锵鸣（止庵）兄弟对宋恕青眼有加，孙锵鸣更因欣赏宋恕之才，而以女妻之。此书对二孙文学眼光推崇有加：“止庵师评阅词章极精极通，清奇浓淡，无不能赏，海内诸大书院掌教，除曲园师外，莫克及焉。”“逊学、止庵两师，圈点古子史及宋前总、别集之文极精。逊师所评之王渔洋《古诗选》尤为精中之精，其眼光远出渔洋、晓岚、姬传、覃溪、伯言、涤生诸人之上。”从亲炙弟子角度，对孙衣言古文进行评价：“逊师少学古文，虽从桐城入手，而中年以后，沉酣周、汉，神交迁、愈。深知方、姚之不古，特以少从入手，不肯公斥，此先辈之厚，不可及也。”书中更是记录了孙衣言与其师生论文之语：“忆昔尝谓余曰：‘姚姬传文，较我永嘉先辈陈、叶诸家，仅有其好处十之二三耳。'”孙衣言的言论鲜明地体现出浙派文家的自信。受二孙影响，宋恕此书对桐城派评价不高：“望溪、海峰、姬传、茗柯之文，识议句调，皆深中帖括毒。姬传小品，间有雅者。茗柯全集惟《七十家赋钞序》颇佳。”“曾湘乡学识极陋，论文但解句调，作文亦但摹句调。句调之雅，固胜方、姚，然亦雅而未古，今人多推为北宋后第一，斯仲任所谓‘金由贵家起'也。”他对桐城派不喜骈文及阮元打压古文皆有所不满：“望溪、姬传论文，扬散抑骈。申耆、芸台论文，扬骈抑散。其不通一也。”

晚清张之洞《书目答问》曾将清代古文分为“桐城派”“阳湖派”和“不立宗派”三种。宋恕以为此说“大非”，他认为阳湖派并不成立：“阳湖恽氏，曲高和寡，不成宗派。茗柯、祁孙，乃桐城派。江阴李氏，自为一种，两异恽、张，安有阳湖派乎？”其说或可商，但在张说影响甚广的背景下，宋恕能别出新见，值得称赏。尤其是其对文学流派的见解，较为深刻：

“宗派可言成，不可言立。立者由己，成者由人。师之者多，则成宗派。师之者少，则不成宗派。安有所谓‘不立’者乎？”

此书在评议散文作品的同时，对清代的文论也有议论：“国朝人论文之精、之通，无出包慎伯右者。其文亦极古雅，非貌为秦汉六朝者所能梦见。”“刘融斋名虽微，其所著《艺概》，论文颇多心得。”“黄梨洲、钱竹汀、章实斋三氏论文俱通。……纪晓岚、侯朝宗尚有似通非通之病，颇多俗见未除。袁简斋近通而浅。”宋恕论文能不囿陈见，如明代前后七子在清代声名狼藉，宋恕却赞赏有加，以为“北地、信阳、沧溟、弇州实文家中之大豪杰”，故其对清代批评七子者多有微词：“今人多薄王、归而尊方、姚，此势力之论也。方、姚，国朝人，子孙科第不绝，依附之可以广声气。又，曾湘乡以通侯使相主盟文坛，力尊方、姚，谁敢立异哉？”即便是其钦佩的浙籍先贤黄宗羲，宋恕同样认为其“诋李、何、王、李太甚”。但宋恕本人在论文时实则也难免师生、乡曲之私，如对其另一位老师俞樾，同样不吝赞词：“曲园师诸体文皆神通广大，制义尤开前人未有境界。”总体而言，其推翻陈见、敢于立新的文章学观念实属难能可贵。

今有中华书局 1993 年版胡珠生整理本《宋恕集》本。

《国朝先辈文话举是》一卷

宋恕 编

按：此书撰写于 1894 年，曾以《六斋论文》之名刊载于

《瓯风杂志》。今有胡珠生整理本，载于中华书局 1993 年版《宋恕集》中。

此书为诗文合话，论文为主，论诗为辅。文与诗合论，正是宋恕所称的“词章学”。宋恕曾撰《天津育才馆赤县文字第一级正课书目》，为“文理已能清通者”开具书目，其中“词章类”所列书目如下：

> 《文心雕龙》，曾文正《经史百家杂钞》（小字：胜姚惜抱选本），《昭明文选》，姚氏《唐文粹》，张茗柯《七十家赋钞》，彭芸楣《宋四六选》（小字：别杼极精），沈归愚唐诗、明诗《别裁集》（小字：沈选《国朝诗别裁集》多牵世故，不可读。坊行《宋元别裁集》，去取尤陋）、章实斋《文史通义》（小字：此书虽非专论词章，然其论词章，最为有心得，不可不授初学），包慎伯《艺舟双楫》（小字：此书半论词章，极精极通，非方、姚、阮文达、李申耆两派中人所能梦见。亦宜使初学先入其言，免为两派中人私法所误）。①

《书目》所举为历代“词章学”之著者，其中多有清代著作。《国朝先辈文话举是》则全部为清代文论、诗论的选录，其理念多与《书目》相合。如《书目》极为推崇包世臣《艺舟双楫》，称“极精极通，非方、姚、阮文达、李申耆两派中人所能梦见”，在《国朝先辈文话举是》中，宋恕引用包世臣文论达二十八则之多，包世臣为全书入选文论条数最多者。此书作为辑录体文话，亦偶在引文之后，以“礼曰”的方式（宋恕原名宋存礼）加上自己的看法，更能直观见出其文章学理念。

---

①宋恕：《天津育才馆赤县文字第一级正课书目》，胡珠生编《宋恕集》，中华书局 1993 年版，第 254 页。

全书共一百六十三则，主要依据来源集中编排。第1—5则，录恽敬文论。第6—16则引翁方纲诗论。第17—20则引洪亮吉文论、诗论。第21—48则引包世臣文论、诗论。第49则引钱大昕文论。第50则引王芑孙论碑版文。第51、52则引袁枚文论。第53—66则引李光地文论、诗论。第67—79则引刘熙载文论、诗论、赋论（其中第77则虽为明代谭元春语，实则为宋恕转引自刘熙载《艺概·赋概》）。第80—100则引曾国藩文论、诗论。第101—103则为李兆洛论骈体文源流。第104则引龚自珍文论。第105—108则引熊伯龙文论。第109则引顾炎武文论。第110—115则引黄宗羲文论。第116则引侯方域文论。第117则引彭士望文论。第118则引魏禧文论。第119则引施闰章诗论、文论。第120则引王士禛文论。第121则引郑日奎文论。第122则引邵长蘅文论。第123则引黄宗羲文论。第124则引全祖望文论。第125则引刘大櫆文论。第126则引钱大昕文论。第127则引姚鼐文论。第128—132则引纪昀文论。第133则引汪缙文论。第134则引罗有高文论。第135—137则引彭绍升文论。第138则引谢振定文论。第139—143则引顾景星文论。第144则引计东文论。第145则引徐世溥文论。第146则引赵执信文论。第147、148则方婺如文论。第149则引沈德潜文论。第150则引罗有高文论。第151—153则引朱仕琇文论。第154则引段玉裁文论。第155则引焦循文论。第156则引陈寿祺文论。第157、158则引方苞文论。第159—163则引沈德潜诗论。

从所引内容的时代来看，从清初至清末的重要文论家皆有引述。从构成来看，尊古文者、尊骈文者、不拘派分者、汉学家等各种文论皆有入选。入选条目明显多于他人者有四位，即包世臣二十八则、李光地十四则、刘熙载十三则、曾国藩二十一则。而对方苞、刘大櫆、姚鼐这桐城派三位主要人物则辑录甚少，方苞仅有两则，姚鼐、刘大櫆则各自只有一则入选，这与宋恕不满桐城派的理论与创作有重要关系。他曾在《六字课斋津谈》中介绍此书的编选情况："余撰《国朝先辈文话举是》四卷，采至百余家，而不及方、姚只字。或讥疾之已甚，乃勉采数条。然余虽疾方、姚之庸妄，与今之疾方、姚，尊徐、庾者，尤不合焉。"①据此可知，书中仅有的数条方、姚的文论，也是碍于风评而勉强加入的。宋恕虽不喜方、姚为代表的桐城文派，却对能改革桐城者加以赞赏，如书中选录桐城派后期改革者曾国藩文论即达二十一则之多。再比如全书首五则皆与恽敬有关，或是引述其文论，或是直接评论其古文，将其与方、姚作比："恽子居之文雄深雅健，远胜方、姚，其论文颇多影响之谈。"对与恽敬齐名的张惠言则评价不高，宋恕在援引《张茗柯文集自序》中张惠言的古文学习经历后，评论说："茗柯于古文未能自立，亦未尝自信。尊之为古文家，而与恽子居并称，妄庸人所为也。今观其文，尚在方、姚下，惟《七十家赋钞序》为佳笔焉。"书中还援引了恽敬对桐城派的批评之语，同时又以"礼曰"的形式阐述自己的看法云："论方是矣。然其本原之病未能举焉。方氏本原之病在读书太少，识太陋，而所从入者，茅鹿门八家选本也。论刘是矣，然识卑、边幅未化，非但刘病此，方、姚何独不病此乎？"恽敬只是称方苞不长于叙事，称刘大櫆识卑、边幅未化，且对姚鼐并无贬词。宋恕则将"识卑、边幅未化"视为桐城三祖共有之

①宋恕：《六字课斋津谈》词章类第十二，胡珠生编《宋恕集》，中华书局1993年版，第91页。

病，且称方苞读书太少，从《唐宋八大家文钞》入手，根柢不深等等，实则是将桐城派视为“以时文为古文”的代表。宋恕曾比较东亚文坛，称：“近世文章，日本、朝鲜皆右我国，则岂非以我有八股之毒而彼无之之故耶！夫惟无八股之毒也，故学文易入妙境。庄也、马也、贾也、韩也、柳也、苏也，皆非出于八股之世者也。”①他感慨“国朝佳文不少，而未有佳选本。豪杰之作，多为妄庸所摈，可悲实甚。”②这些评论未必符合事实，却能见出桐城派在晚清的境遇以及晚清以宋恕为代表的批评家视野之开阔。

《文宪例言》一卷

陈澹然 撰

按：陈澹然（1860—1930），安徽桐城人，字剑潭，一字剑人，号晦堂，著有《晦堂文集》《原人》《权制》《治原》《晦堂疏牍》等。陈氏著述甚多，曾仿《四库全书总目》之例，撰《晦堂书录》，为已作撰写提要予以介绍。

此书分《审世章》《辨行章》《选例章》《纪述章》《典制章》《论策章》《书疏章》《诏令章》《箴歌章》《删并章》《摄心章》《哀世章》共十二篇，末有陈澹然自记，称此书作于光绪二十四年

①宋恕：《〈文章奇观〉前续编跋》，胡珠生编《宋恕集》，中华书局 1993 年版，第 288—289 页。

②宋恕：《六字课斋津谈・选家类》，胡珠生编《宋恕集》，中华书局 1993 年版，第 105 页。

(1898)。身处晚清的陈澹然,对于语言文字尤为重视:"故环球万国,靡不尊其文字,以求自葆其人心。"对于清代最为流行的古文选本《古文渊鉴》《古文辞类纂》《经史百家杂钞》,陈澹然有所不满,他编选总集《文宪》,力求"义归经世,文必雅驯"。他以实用为文学品评的标准,在《文宪》中"摒弃词赋一门",《摄心章》中提出"盖尝深味古作者文章之原,实与政事相表里"。陈澹然《晦堂书录》中也强调"诗属词章,更无实用"。

是书有光绪二十五年(1899)版、1916年《原学三编》本、1923年《晦堂丛著》本,《历代文话》本据《晦堂丛著》本录入。

《晦堂文钥》一卷

陈澹然　撰

按:是书成于宣统二年(1910),据书末作者自记,此书是"教授京师大学预科国文时示诸生者"。

《晦堂文钥》分《明义章》《国文辨》《国粹辨》《读书辨》《作文辨》《袪俗章》《真气章》《炼气章》《炼识章》《炼意章》《炼局章》《炼句章》《炼格章》《炼调章》《正心章》《广术章》等十六篇。《明义章》开篇即指出此书乃是基于保存本国语言文化的宗旨而撰:"近世灭人之国,必先灭其语言文字,强以己国语文代之,则一国风俗人心,归于见灭之人而不觉。俄灭波兰,日灭高丽,皆此术也。"为避免重蹈波兰、高丽亡国的悲剧,陈澹然认为应当事急从简,不可纠结于繁复的文字:"天下事,简则易从,繁则难久,此定理也。"他论文重实用,批评当时的保存国粹者:“今外忧日迫,内患日深。学者不求有用之书,纷然取空虚之性理,琐碎之考据,浮靡之词章,津津焉以为国粹而力求之。”基于其实用的文章观,他将桐城派的“雅洁”之说,解释为“去俗而已”“去其无用而已”。陈澹然曾将古代诸多经典进行删简,以求达到其所谓的“雅洁”境界,《晦堂文钥》云:“观吾所删《国策》《史记》,即知雅洁之法。”《晦堂文钥》中的《炼气章》《炼识章》《炼意章》《炼局章》《炼句章》《炼格章》《炼调章》数篇,也皆是通过“炼”使文章雅洁之法。《晦堂文钥》书末云:“论文之说,以归、方、刘、姚为独精。然此四子者,惟方差明治术,余皆文人。其说虽精,终为文人之说而已。”不同的时代背景,使得同为桐城人的陈澹然,表现出与桐城派方、姚等人不同的文章观念,故《晦堂书录》在介绍《晦堂文钥》时称:“此篇论读书为人、作文治事一贯,与方、姚绝异。”①

此书有1916年《原学三编》本、1923年《晦堂丛著》本,《历代文话》本据《晦堂丛著》本录入。

《文章释》一卷

王兆芳 撰

按:王兆芳(1861—1898),字漱馥,江苏通州(今属南通)人,光绪十五年(1889)举人,著有《公羊异礼疏证》《经义征学》《教育原典》等。是书为文话中专论文体者,是晚清文体

①陈澹然:《晦堂书录》,民国五年(1916)铅印本。

学专著的代表。

书首有俞樾序及作者与俞樾往复的书信共五首。在《遗曲园先生书》中，王兆芳提出“今者西术与我学争，我若固守专家之师承，而儒道反不振”，反映了晚清中国学术界面对西方文化挑战时的应对心态。王兆芳提出应扩大士子知识领域：“儒与王同道，何事物不宜知耶?”书后有作者跋语二则。在跋语中，王兆芳阐述其文章学理念为“文学之事，通经学道，儒与王同道，文与学相因”。王兆芳所理解的文，是广义的文，他对于学术与文章的剥离有所不满。感慨“由汉而来，文章寖别于学术，于是选文之籍，罕录讲学之篇”，使得学者专以词章为文章，心偭学术，故有意将学术文章纳入文体分类视野，以求实践其“儒与王同道，文与学相因”的理想。共论文体一百四十二种，又据顾泽轩意见，补入判体，置于书末跋语后，则全书文体凡一百四十三种。分为六大体类，即为“解释、考据、记叙、告语、讽赋、议论”，涉及骈、散文二种。《文章释》中的“释文章”之法，大体符合《文心雕龙》提出的“原始以表末，释名以章义，选文以定篇，敷理以举统”。每种文体，先阐释其名，再论其源流，或引述前人对此文体的评论，最后举出此体的代表性篇目。此书所分文体类别之繁复，在当时文话之中首屈一指。

此书有光绪二十九年(1903)刊本，《历代文话》本据之排印。

《国文学》四卷

姚永朴　编

按：姚永朴(1862—1939)，字仲实，晚号蜕私老人，安徽桐城人，姚莹孙，曾于京师法政学堂、北京大学、东南大学、安徽大学等校任教，著有《文学研究法》《史学研究法》《论语解注合编》《诸子考略》等。《国文学》选辑古代文论共二十篇，姚永朴对所选之文逐一进行详细阐说。书前有《序目》云：

自庖牺氏画八卦，仓颉复因鸟兽蹄迒之迹而制字，由是六书成，而吾国之文肇于此矣。迨属字为句，属句为篇，坟典聿垂，用乃不竭。夫国御外侮，在奋武卫，而合内群，则在揆文教。文也者，一其化，同其俗，以导国人使知有国者也，其道不綦重矣。然非有师则无法，无法则趣不昭，趣不昭则用不神，此学之所以不容已也。

粤稽经传所载，周公曰“言有序”（自注：《易·艮》六五），孔子曰“言有物”（自注：《家人·大象》），曰“修辞立其诚”（自注：《文言传》），曰“辞达而已矣”（自注：《论语·卫灵公》），曰“言之无文，行而不远”（自注：《左传·襄二十五年》），曰“辞欲巧”（自注：《礼记·表记》）。其所戒者曰惭、曰支、曰多、曰游、曰屈（自注：《系辞传》）。曾子所戒者曰鄙倍（自注：《泰伯》），孟子以言近而指远者为善言（自注：《尽心》），而所戒者曰诐、曰淫、曰邪、曰遁（自注：《公孙丑》）。庄子自称其文曰“瑰玮连犿”，曰“参差諔诡”，曰“充实”（自注：《天下》），荀子谓圣人多言而类，贤人少言而法，而以多言无法为小人（自注：《大略》）。太史公之所取者曰“雅驯”（自注：《五帝本纪》），其论《诗》曰“圣贤发愤之所作”（自注：《自序》），论屈原曰“其志洁，故其称物芳”（自注：《屈贾列传》），论老子曰“微妙难识”，曰“深远”，论庄子曰“洸洋自恣以适己”（自注：《老子韩非列传》）。杨子论诗人之赋曰“丽以则”，而以辞人之赋为“丽以淫”(自注:《法言·吾子》),是其语虽约而大旨固以备矣。东汉以降,迄于齐梁,如班孟坚、曹子桓、曹子建、左太冲、陆士衡、沈休文、刘彦和之徒,递有阐发。在唐者为韩退之、柳子厚、李习之、皇甫持正、孙可之。宋则有欧阳永叔、曾子固、王介甫及眉山三苏氏。南渡后有朱子。明有归熙甫。国朝有方灵皋、姚姬传、恽子居、张皋闻、梅伯言,最后有曾文正公。此数十子者,大抵以明达之才,而为困勉之学,当其求之未有得也,伥伥然如瞽之无相也,如处幽室中无所见,思烛以为之照也。及其得之也,涣然如冰之释也,如膏泽之润、江湖之浸,怡然莫喻其乐也。于是本已所历者以诏世,俾无迷其途,无绝其源,其心之公、虑之远为何如?吾党幸生其后,得奉之以为依归,而犹弗肯尽心焉,是不特负曩哲诱迪之苦心,其于国、于天地必有与立之意,不亦懵然而罔觉也欤?

宣统元年,永朴以京师法政学堂监督乔茂蘐先生之聘,为国文教习。诸生因吾邑先正夙用力兹学,争询古文法。爰择昔贤论文之作,得二十篇,而各为评语以授之。昔陶渊明曰:“今我不述,后生何闻?”永朴才识媕陋,何敢援斯言自处,顾以问之切而恐蹈素餐之讥也,姑举闻于师友者以相勖。异日者傥合诸英少之力,共谋所以保存之者,永朴庶得以齿之加长,而自况于老马之识途。是则当斯文绝续之交,所祷祀以求之者已。宣统二年春正月十五日桐城姚永朴记。

卷一《毛诗关雎序》《班孟坚〈汉书艺文志·诗赋论〉》《许叔重〈说文解字序〉》《魏文帝〈典论·论文〉》《陆

士衡〈文赋〉》《沈休文〈宋书·谢灵运传论〉》;卷二《韩退之〈答李翊书〉》《答尉迟生书》《答刘正夫书》《柳子厚〈答韦中立论师道书〉》《李习之〈答王载言书〉》;卷三《欧阳永叔〈答吴充秀才书〉》《送徐无党南归序》《苏明允〈上欧阳内翰书〉》《苏子瞻〈答黄鲁直书〉》;卷四《方灵皋〈书归震川文集后〉》《姚姬传〈答鲁絜非书〉》《古文辞类纂序》《曾涤生〈复陈右铭太守书〉》《经史百家杂钞序》。

卷一录唐前文论六篇,卷二录唐代文论五篇,卷三录宋代文论四篇,卷四录桐城—湘乡派文论五篇,有从文论上为桐城派建构统绪的用意。此书为姚永朴在京师法政学堂的讲授教材,成于1909—1910年间。民国初,姚永朴撰成《文学研究法》,影响深远,即是在《国文学》基础上而成书。《国文学》虽影响较小,但选评精粹,民国学者刘咸炘便称其"举义甚精要"①。如《姚姬传〈答鲁絜非书〉》一篇评论姚鼐有关古文风格之说云:"惜抱先生尝状文境云:'当者立碎。'(《复陈东甫方伯书》)曾文正又状之云:'字字如履危石而下。'(《与吴南屏书》)姚说似属于阳刚,曾说似属于阴柔。至惜抱又谓文之佳境,'犹运万钧之鼎如一鸿毛'(《尺牍》),此则两种文并有之。盖得阳刚之美者,气势必浩瀚,此苏老泉评韩公文所以云'如长江大河,浑浩流转'也;得阴柔之美者,韵味必深美,此老泉评欧公文所以云'容与闲易,无艰难劳苦之态'也。"

此书有宣统二年(1910)京师法政学堂印本,四周双边,半页十三行,行三十一字,双行小字同。又有民国元年

①刘咸炘:《推十书》(增补全本)丁辑第2册,上海科学技术文献出版社2009年版,第638页。

(1912)京务印书局刊《素园丛稿》本。

《策论秘诀》二卷

吴观岱 编

按:吴观岱(1862—1929),初名宗泰,字观岱,以字行,号洁翁、江南布衣、观道人、渔陆散人等,江苏无锡人,清末民初画家。曾入宫为光绪绘课本故事插图,又入北京大学讲授绘画。书前自序云:

> 唐宋以诗赋策论取士,自王荆公易策论为经义,而帖括之学兴,洎乎明代又创为开合排比之格。国朝承前明旧制,功令所颁,首重制义。相沿既久,文体日益佻薄。大子忧之,诏开特科,设学堂。嗣后一切考试,皆改用策论。夫策论,古文之一体也。承学之士,但记帖括而于古今文章之体瞢瞢焉。邸舍无事,爰辑桐城刘海峰、姚姬传两先生论文之语,汇录校印,名曰《策论秘诀》,以示海内学者云。戊戌秋七月渔陆散人识。

此书上卷为刘大櫆《论文偶记》,下卷为《惜抱轩尺牍》。国家图书馆藏本封底有小楷所题残诗两首,一曰:"振鬣昂头忘碧空,桃花有浪得春风。时人莫笑头无角,才龙门便不同。"末句缺一字。一曰:"一去京华忽几秋,梦魂尝在锦江游。堂前土地勤勤扫……"末缺一句。或是此书读者随手题之。

有清光绪二十四年(1898)、光绪三十四年(1908)石印本。

《史论启蒙·论作文之法》不分卷

稽铨 撰

按：稽铨，字次衡，江苏苏州人。晚清曾有将科举文体由八股改为策论之举，带动了策论选本、文话的产生，本书即是在此背景下出现的。前有光绪十五年(1889)陆定序，大致介绍了此书撰作背景：

> 中国向例以制艺取士，四百兆心思才力，咸偏注焉。故制艺而外，课蒙之书，向无善本。甲午而后，风气渐开。学堂较盛，训蒙之书，渐臻精密。然握管为文，犹无程式。坊间选本之所在多有而或苦其繁，或病其奥。既嫌篇幅过长，复虑体例太杂。嗟彼初学，有如墙面。七月中，复奉明诏，废弃制艺，以策论取士。于是四百兆心思材力，又挈所以攻制艺者，攻策论。然策主敷陈，论主识力；策主详尽，论可简明。初学阶梯，非论无属。《史论启蒙》者，毗陵周雪樵先生课徒之选也。由短而长，计五十篇，长不过数百字，短者或五十余字。凡博大精深者，悉不录。……

《史论启蒙》由周雪樵评选，其弟子稽铨注释，在性质上属于评点。但其书后附有稽铨所撰《论作文之法》，则属文话性质。故此书为评点、文话的结合体。《论作文之法》所论皆为史论作法的常识，浅显细致。如将篇章之法细分为主义(按：书中又作"主意")、层次、反正之法。主义即文章主旨，嵇铨云："凡作论说，必想定一意，可为全篇之主者。此意是一小题目，必新奇深奥，前后呼应，一线到底，不可人云亦云，方可下笔。"层次即文章结构布局，嵇铨云："想定主意，便须布置全篇之格局，而层次是首要之事。苟失其次第，则文法便杂乱无章矣。层次之法，或先浅后深，或先远后近，或先虚后实，或先宾后主，宜下笔前随时触悟。"反正即文章正反论证，嵇铨云："文无反正，则笔势平直，最难动目。"因《论作文之法》为史论入门之书，故嵇铨特意以小字注明说："此论仅为初学之用，凡初学才力不能领会，概不阑入。"

书有光绪十五年(1889)味经官书局铅印本。

《史论初阶》不分卷

李绂　编

按：李绂，字芳楼，广东南海人，与清中叶江西籍理学名臣李绂同名。光绪二十四年(1898)，戊戌变法废八股，改试论策。这让专注于八股文训练的举子措手不及。于是在新法推行不久，市面上陆续出现了大量策论选本即讨论策论的文话，本书便是其中一种。前有光绪二十四年(1898)戊戌六月李绂自序，介绍了此书编撰的背景。

光绪二十四年五月初五日奉上谕，科场废八股，改试论策。其分场命题，详细章程，着礼部议奏。旋经六月初一日，两湖总督张之洞、湖南巡抚陈宝箴奏请，于乡、会试头场，试以历朝史论及本朝政治得失。二场试以时务、各国政治及专门之学。三场试以四书义及五经义，学政、岁科两考，各生童亦以此例推之。先试经古一场，首题史论；次题时务策。正场首题四书义，次题五经旧义，旧之试帖诗一并删去。

李绂随即称“自今以后，应大小试者，均以史论为最急”。书中有黄庆枢批语，书前另有黄庆枢《史论初阶》序：

史论前名作多矣，文成公独爱叔度，非以奇僻胜，平正为主也。自八股尚、古文寝，而论难其人。老友李芳楼寝馈于斯久矣，著作闳富，尤以古文、骈文见长。今夏八股废，呫哔之士咸束手。平时缙绅家又难言。君悯后学无术，弊更甚于缙绅，因作是篇行世，并以示余。见其简易有法，是可传也。因详加批首，并述吾友意以附诸篇云。时光绪二十四年，戊戌夏六月下浣，世愚弟黄庆枢冕卿氏拜序。

在科举改革的背景下，李绂编撰了《史论初阶》，在他看来，“课初学史论难，课初学八股易”，原因在于：“史论与八股不同。八股以理法为重，且多是对偶文字。故八股家罕有能熟古文者。今史论则以议论为重，且纯是段落文字，乌得不多熟古文，以培根底。读古文之法，最好是《东莱博议》一书，以其多用双笔，面目近时。次则《国策》，次则于《古文评注》中择其有绳尺可按者三二十篇，读之根底自厚。”《史论初阶》作为史论入门教材，长于归纳总结，便于初学者入门。如书中将史论分为二类，每类的特点均有揭示：“论有两类，一曰人物论，贵贯串古今，褒贬至当，词严义正，笔操衮钺。一曰事迹论，贵独探本原，斟酌利弊，折衷是非。陈词则句句可行，警世则言言可惕。”将史论的内容分为四层：“论有四层，曰笼题、曰叙事、曰翻议、曰论断。笼题处要含全篇大意在内，叙事处要言简事赅，翻议处善蓄文势，论断处旁征曲喻，援古证今。务期议论的当，笔墨纵横。”又从“四层”的不同写法上将史论分为二体：“论有两体，有虚笼体，有直入体。虚笼体者，先用一段笼题，后叙事、翻议、论断。直入体者，不用笼题一段，而入手处即叙事。”又将史论分为四格：“论有四格，有呼应格、有问答格、有设譬论题格、有摘字贯题格。呼应格者，首段呼入后，处处回应。问答格者，设为问答之词。问词翻议，答词论断。设譬论题格者，或于首段，或于中间，或于结尾，忽用譬喻，使文势不平。摘字贯题格者，拈一字论断，如《东莱博议》之论‘郑伯克段于鄢’，拈一‘险’字；论用兵，拈一‘诚’字皆是。”全书通过对史论文不同视角的透视，将史论分为两类、四层、两体、四格等不同类型，极便于初学。在对史论进行不同角度的分类之后，李绂还从史论需要注意与忌讳之处入手，介绍史论文的特点，如：“论要入手老横，不用‘且夫’‘尝思’等字为好。论要转接有力，不用借助语更老。论要煞尾劲直，不用‘乎哉焉也’始劲。论要平中忽突，耳出奇峰，动人耳目。论要笔阵纵横，一涉平衍，论断虽当，终一制胜。论要部位玲珑，虽极纵横驰骤，按之层次，井井有条，方是老手。论要气机浩瀚，最忌断续。论要多用双笔，运排偶于段落中，笔力乃不单薄。”这些注意事项涉及史论文的虚字、转接、文气等内容，与上述史论文的分类内容一起，构成了较为完整的史论文写作基础知识。

《史论初阶》常见版本有光绪二十四年(1898)广州福芸楼刻本，半页九行，行二十一字，大黑口，左右双边。佛山天宝楼本与其版式同。另有晚清硃批本《硃批史论初阶》，此版在宣统元年(1909)由广州文明书局翻印。《史论初阶》在民国年间被重印多次,有民国初年广益书局版、民国佛山同文堂书局本、民国十年(1921)义和书局与《正义启蒙》合刊本等。

《效学楼述文内篇》一卷

马绸章 撰

按:马绸章,字水臣,浙江会稽(今绍兴)人,光绪二十八年(1902)举人。民国《重修浙江通志稿》著录其《效学楼述文内外篇》三卷,云:"绸章,字水臣,绍兴人,光绪壬寅举人,入民国为江西教育厅科长。为学不屑章句考订,而能见其大,剖析义蕴,论列是非,时有创获。为文汪洋自恣,长记叙,诗宗盛唐。今存者,即《效学楼述文内外篇》,见《绍兴县志资料》。"①《效学楼述文内篇》一卷前有张英麟序及马绸章自序,书由单篇文论组成,有《中国文学史例言》《论文字宜多通古义》《论文家禁忌》《论古近文体之不同》《论古来文章流别》《论叙记法有单记通记之别》《读〈史〉〈汉〉文》《读八家文》《读黄陶庵四书文》《读洪北江集》《钞〈寄龛杂志〉书后》《与王生论文事书》等论文篇章,又有论诗者三篇,即《读江弢叔诗》《读龚定庵诗》《读谭复堂诗》。

晚清以来,兴起编撰《中国文学史》之风,《效学楼述文内外篇》中的《中国文学史例言》一文是在文学史初兴之时提出的,

①民国浙江省通志馆编:《重修浙江通志稿》(标点本)第7册《著述考》,方志出版社2010年版,第4796页。

揭示了马氏文学史编撰理念。其编《中国文学史》有六大要义，其一，“严界说以著文学之真相”，中国传统文学观是“大文学”观念，马氏主张为“文学”划定边界。其二，“划时期以宅文学之位置”，马氏将文学史分为十个阶段，这是较早对中国文学史进行分期的尝试。其三，“辨家数以通古今之故”，马氏遵章学诚“辨章学术”之校雠学理念，将历代作者分为专家、通家、哲家、批评家、言情家、别家、野家诸类别，认为文学史可以“按图列系，综其前因后果而贯彻之”。其四，“审流变以穷异同之义”，即辨析文学现象的前后关联。其五，“尊叙述以重人事之经验”。即重视叙事之法，在马氏看来，“由今观之，文学之所以成为一科，乃由叙记法也”。其六，“求进步以符天演之公例”，即以西方“天演论”之思想观照文学史，认为中国文学的发展也是遵循进化论的。不过马绸章文学理念既受到时代思潮影响，以天演、进化观看文学史，同时也深受传统文学理念影响，重文体、重文章流别、重叙事之法，这主要体现在《论古近文体之不同》《论古来文章流别》《论叙记法有单记通记之别》等篇。此书中西交融的特色，正是文学观念转型阶段的典型表现。

此书有光绪三十四年(1908)铅印本，整理本有《历代文话续编》本。

《古人论文大义》二卷

唐文治　编

按：唐文治(1865—1954)，字颖侯，号蔚芝，江苏太仓镇洋县（今江苏太仓）人，著名教育家、古文家，光绪十八年（1892）进士。唐文治曾受业于镇洋乡贤、晚清著名古文家王祖畲，著有《国文大义》《国文经纬贯通大义》（后者又名《国文四十八法》）《茹经堂文集》等。

唐文治在《茹经先生自订年谱》宣统三年记载有此书成书之事："冬，编《古人论文大义》成。自韩退之始，至吴挚甫止。凡三十家，共分二卷。助余搜辑者，李生颂韩之力为多。"①据此，知是书成于清宣统三年（1911）冬，依公历已入民国元年1912年，是晚清与民国衔接时完成的辑录体文话。

是书曾在无锡国专等学校作为讲授教材，影响较广，民国九年（1920）版有佚名批注云："文之有论，远西自希腊学者亚里斯多德以来，讫于今日，已成独立之科学。我国虽无此类专门学者，然欣赏之余，未尝不标所见。如魏文帝《典论·论文》、陈思王《与杨德祖书》、应玚《文质论》、陆机《文赋》、挚虞《文章流别论》、李充《翰林论》，惜短篇者多。而挚、李之作均归散佚，惟刘勰《文心雕龙》、钟嵘《诗品》两书独存。此外，若《宋书·谢灵运传论》《北史·文苑传序》等文，属断代为书，未遑博综。即此后论文之书，如《历代诗话》《词话》及诸家曲话，亦皆零星破碎，无系统可寻。"批注援引陈钟凡《中国文学批评史》②，将《古人论文大义》置于整个古代文话史上，判断其意义。唐文治作为晚、近著名古文教育家，其编纂用意自有其不同流俗之处。此书《绪言》仿《史记》以赞词形式对古代文论名家作了系统梳理与评价，有着较重要的文章学

① 唐文治著、唐庆诒补：《茹经先生自订年谱正续编》，文海出版社有限公司《近代中国史料丛刊》三编第九辑，第66页。

② 此承中华书局张伟先生惠示。

价值，其文云：

文字盛衰，胚于世运。是以放勋光被，焕乎其有文章；而未丧斯文，宣圣推之于天。文之关系，讵不重耶？顾其升降之源流，宗派之递嬗，阴阳刚柔之变迁，神理气味之原质，要自有微言大义之所在，不征于古，终无繇窥其径涂。爰裒集古人论文都若干家，进诸生而口讲之、指画之。夫以鄙人之嫌浅，讵有得于古人之万一？然诸生诚能因古人所告语，而证以鄙人所讲述，或者于文章之事，其有成功乎？

纪事提要，纂言钩元。实惟韩子，有开必先。答李与冯，希圣希贤。言宜气盛，百祀所传。述韩退之论文第一。

喜怒哀乐，爱恶悲伤。七情中节，发为文章。王泽既竭，大雅云亡。孰揆所元，治乱之纲。述柳敬叔论文第二。

柳子铮铮，韩之畏友。答韦论师，左宜右有。本经参史，越犬狂走。形似古人，得毋苛否。述柳子厚论文第三。

三友巨擘，维李习之。创意造言，皆不相师。《答王载言》《与弟正辞》。是二书者，植文之基。述李习之论文第四。

文章先事，曰雄曰奇。不雄不奇，匪庸则支。持正持论，务以奇胜。出拔为意，大本是定。述皇甫持正论文第五。

可之矜言，得文真诀。上溯昌黎，下来无择。储思必深，擒辞必高。倚天拔地，差足自豪。述孙可之论文第六。

子长高弟，韩欧二生。阴柔之美，欧得其情。大道奥阃，诏诸吴充。缘督学子，立德立功。述欧阳永叔论文第七。

适天下用，周万事理。通难知意，发难显旨。蓄道能文，是非纲纪。通圣法者，可与论史。述曾子固论文第八。

纵横学家，类称苏氏。上书欧阳，自道厥旨。语约意尽，攸出《孟子》。惶然骇然，敝帚自侈。述苏明允论文第九。

藐姑射山，神人斯遇。不食五谷，吸风饮露。行乎当行，止乎当止。万斛泉源，奔腾千里。述苏子瞻论文第十。

子瞻谦抑，谓弟胜兄。如骖之舞，撷文之精。浩然宏博，气之所形。黄河华岱，供我经营。述苏子由论文第十一。

临川王氏，左右逢原。盘空奥衍，有韩一偏。长剑耿介，舞于曲旃。乃其商兑，要归自然。述王介甫论文第十二。

东坡之徒，推张文潜。文主积理，如龙潜渊。汪洋冲淡，一唱三叹。决渎求奇，盍沿河汉。述张文潜论文第十三。

明代开山，繄宋景濂。抉经之心，《文原》二篇。无意为文，文自不刊。因文学道，浩浩其天。述宋景濂论文第十四。

苏氏八世，岐嶷名孙。訾说染说，词源澜翻。明初四家，皆入于古。允兹亢宗，音清凤舞。述苏平仲论文第十五。

唐宋宗派，衍自鹿门。论定统系，八家始尊。抉微发幽，武进互竞。祭海先河，登峰蹊径。述茅鹿门论文第十六。

神明于法，吾家荆川。喉管声气，湮畅歇宣。以乐方文，得天始全。惜哉凿空，语多逃禅。述唐荆川论文第十七。

朝宗豪气，轶宕纵横。牙将健儿，一军皆惊。春花烂漫，柔脆飘扬。壮不如人，悔名其堂。述侯朝宗论文第十八。

宁都三魏，叔子为优。真气骀宕，江海浮舟。二十四气，得一以充。序述变化，至不可穷。述魏叔子论文第十九。

《国朝文录》，炳蔚可存。倚仰揖让，应推青门。《与叔子书》，善言养气。标榜声华，塞源止沸。述邵子湘论文第二十。

操纵顿挫，开阖呼应。终雄且骏，千骑万乘。徐而抑之，德性坚定。与子厚言，后先辉映。述汪尧峰论文第二十一。

桐城方氏，义法始详。气清体洁，大道康庄。后儒效之，不涉披猖。宜矫其弱，庶用所长。述方望溪论文第二十二。

望溪之泽，一传卯金。《论文偶记》，语琐而深。河海浩渺，不择细流。自古闳达，择善从优。述刘海峰论文第二十三。

士夫天职，贵在尚志。豪杰凡民，惟所自置。卓尔梅崖，陈谊特高。凤凰千仞，绝负云霄。述朱梅崖论文第二十四。

守先待后，曰姚郎中。义理考据，词章之宗。阴阳奇偶，若牖我衷。复鲁一书，昭兹无穷。述姚姬传论文第二十五。

阳湖一派，子居褎然。远祧眉山，气象万千。《与纫之书》，闳通恣肆。捭阖之家，是获法嗣。述恽子居论文第二十六。

湘水炳灵，实生大儒。发为文章，鬼策神驱。横扫百氏，涵盖九区。予生也晚，未得为徒。述曾涤笙论文第二十七。

文正之友，维吴南屏。品概粹洁，岳峙渊渟。祛惑门户，致书筱岑。俯视梅管，可谓典型。述吴南屏论文第二十八。

湘乡讲学，于戎幄中。晦明风雨，濂亭相从。弃其所学，聊虑汉京。因声求气，读法大明。述张廉卿先生论文第二十九。

张吴岳岳，近代钜子。聿惟挚甫，得古神髓。与予论文，日之东京。扶桑一别，涕泗纵横。述吴挚甫论文第三十。

右文都三十家，非谓学文仅求兹三十家也。亦非谓论文止兹三十家也。亦非谓论文三十家之论文，尽于此数首也。特以鄙人向所爱诵者，而为诸生讲贯之尔。夫今人之精神，岂能欣合于古人之精神？以古人之文章而作我之讲谊，则所讲贯者，疏舛竭蹶，概可知已。然而诸生之会悟，则必有出我讲贯之外者。《孟子》云："豪杰之士，虽无文王犹兴。"近今斯道衰沉久矣，世有豪杰，独无意乎？裒而集之，非独以扶衰起废，将冀国文之传，永永于无穷也。诸生其亦知责任之钜而传授之重乎？

是书两卷，每卷各一册，又有两卷合为一册者。书首有《绪言》，书末有宣统元年（1909）唐文治跋。由民国九年（1920）上海徐家汇工业专门学校发行，卷上封面亦题为"作文研究训练法"，此版半页十二行，行三十二字，单鱼尾。

《论文要言》一卷

邹寿祺　编

按：邹寿祺（1866—1940）①，原名维祺，字介眉，号景叔，海宁籍，生活于杭县（今浙江杭州），曾于西湖诂经精舍、崇文书院问学，光绪二十九年（1903）进士。著有《金石学》《梦坡室获古丛编》《朋寿堂经说》等。

是书为辑录体文话，选录古今名家论文言论。选文有韩愈《答李翊书》《答刘正夫书》《南阳樊绍述墓志铭》、柳宗元《答韦中立论师道书》《答韦珩示韩愈相推以文墨事书》、李翱《答王载言书》、欧阳修《答吴克秀才书》《记旧本韩文后》、苏洵《上欧阳

①邹寿祺生年，余祖坤《历代文话续编》（中册）作1864年，凤凰出版社2013年版，第1059页。按：《清代硃卷集成》"邹寿祺"云："同治丙寅年八月二十一日吉时生。"同治丙寅年为1866年，是为邹寿祺生年。

内翰书》《又上田枢密书》、苏轼《与谢民师推官书》、苏辙《上枢密韩太尉书》、吕祖谦《古文关键》、谢枋得《文章轨范》、朱彝尊《与李武曾论文书》《报李天生书》、邵长蘅《与魏叔子论文书》、魏禧《论文》、方苞《答申谦居书》《答程夔州书》《与程若韩书》《书归震川文集后》、朱仕琇《与胡稚威书》《答王光禄西庄书》、刘大櫆《论文偶记》、吴定《海峰先生古文序》、姚鼐《复鲁絜非书》《古文辞类纂序》、张士元《与姚姬传先生第二书》《答施北研书》、张惠言《赠毛洋溟序》《送钱鲁斯序》《文稿自序》、恽敬《与纫之论文书》《上曾侍郎书》《上举主笠帆先生书》、秦瀛《答王惕甫书》、梅曾亮《古文词略凡例》《复陈伯游书》《与姚伯山书》《复友松书》《答朱丹木书》《覆刘楚桢书》《答吴子序书》《与孙芝房书》《送陈作甫序》、吴敏树《与筱岑论文派书》《梅伯言先生诔辞》、曾国藩《湖南文征序》《欧阳生文集序》《经史百家简编序》、季锡畴《与王砚云论文征体例书》、张裕钊《赠范生当世序》《与黎莼斋书》《答吴挚甫书》《答刘生书》《答黎莼斋书》《复查翼甫书》、王先谦《续古文辞类纂序》、谭献《跋徐准宜答陆祁生书》、吴汝纶《答严几道》《天演论序》。

《论文要言》录唐、宋、清三代文论，不录元、明，收文共计六十二篇，其中清代文论有四十八篇，比例高达77.42%，清人梅曾亮更是被选录九篇，高居榜首，可见编者对清代文论的重视。所引多为值得关注的重要言说，如最后一则引吴汝纶《天演论序》，将古代著作分为集录之书与自著之言二种，前者“篇各为义，不相统贯，原于《诗》《书》者也”，后者“建立一干，枝叶扶疏，原于《易》《春秋》者也”，吴汝纶指出唐以后撰著之体不复多见，西方传来的《天演论》与中国撰著之体相合。此论与清中叶章学诚之说相合，也利于国人对西洋图书的理解与接受。

邹寿祺将刘大櫆《论文偶记》整书录入，爱赏之意，自不必言。但也偶以按语的形式表示商榷之义，在《论文偶记》“大约文字是日新之物”则下，邹寿祺按语云：

> 为文是学者本分中事，仍是达意而止，其法则有非言所能尽者。以上各条，间有未得昔人深处，如曰：“不直用前人一言。”曰：“另作一番言语。”曰：“于经史子用一字或至两字而止。”曰：“重加铸造，一样言语。”皆未得其所以然。文必能达，吾今日心目中之理、之情、之事，未有能与古人同一字不须易之言语也，彼用古人之陈言以自欺饰者，皆不能达之故也。

邹寿祺认为文以“达”为目的，语言是否是“陈言”是次要的，关键在于能否表现“心目中之理、之情、之事”，故而他反对将对语言形式的关注放在首位。总体而言，本书在清末众多的辑录类文话中，因其重视清代古文论文献的发掘，而显得较为突出。

有光绪二十一年(1895)《古文举例初二三四五集附论文要言》本，又有光绪三十一年(1905)苏州刻本，《历代文话续编》据后者排印。

《庄谐丛话》一卷

李伯元　撰

按：李伯元(1867—1906)，名宝嘉，原名宝凯，字伯元，别号南亭亭长，武进（今属江苏常州）人。此书为李伯元《南亭四话》之一卷，《南亭四话》其他三话为诗话、联话、词话，记录与诗、联、词有关的轶事。唯《丛话》一卷内容颇杂，以记文章轶事为主，有《日人送行序》《诔鸡文》《仿枯树赋》《祭牛文》《自祭文》《八股文》等条目，兼有诗话、人物小传等。总体而言，作者追求奇闻异事，诙谐辛辣，全书的笔记性质较强，与典型的清代文话有别。

有1925年大东书局石印本，半页十五行，行三十字，四周双边，单鱼尾。后有台北《近代中国史料丛刊三编》影印本、江苏古籍出版社2000年薛正兴点校整理本等。

《论文连珠》一卷

唐才常 撰

按：唐才常（1867—1900），字伯平，号佛尘，湖南浏阳人，曾于岳麓书院求学，又入湖北两湖书院。与谭嗣同等交好，关心时事，创办《湘学新报》等报刊。曾创建自立军拟反清暴动，事泄被捕遇害。

《论文连珠》是唐才常的论文著作，版本较多，最早刊载于清末刊物《大陆报》第三年第二号（1905年），作者署“唐浏阳遗稿”。后有《民权素》第六集（1915年）版，又有《古今文艺丛书》第一集版。今人整理本则有王佩良校点《唐才常集》本（岳麓书社2011年《湖湘文库》甲编本），此据《民权素》本录入。湖南省哲学社会科学研究所编《唐才常集》本（中华书局

1982年版)、王水照《历代文话》本(复旦大学出版社2007年版),此二种均以《大陆报》版为底本,校以《民权素》本。

《大陆报》本《论文连珠》时间最早,但最后两首有少数文字缺漏,《民权素》本则为足本。《大陆报》本第九首“多廉洛关闽之遗绪”与“非六朝五季之淫哇”二句中缺四字,《民权素》本作“风格近蔺”。“廉”字,《民权素》本则作“濂”。《大陆报》本第十首“斌砆”后缺一字,《民权素》本补一“悦”字,且“斌砆”作“碔砆”。总体而言,《民权素》本文字为优。

《论文连珠》以传统的文学样式“连珠”论文,是一种特殊的文话形式,批评性与文学性兼备。唐才常在《论文连珠》中表现出鲜明的重质轻文的文学观念,第一首主张向天地自然效法,为文取其自然:“盖闻清角奏而风雨至,琴之感以末;铜山倾而洛钟应,机之发盖神。声者,天地之自然;气者,造化之枢纽。是以托缠绵于尺素,风雅传正变之音;发忠孝为文章,屈贾乃精诚之泄。”第二首论文学的藻饰与朴质之分云:“盖闻玉生于山,雕之则华缛;冰出于水,凿之则纷纶。惟不雕者完其太璞,惟不凿者顺其天真。是以西汉雄深,卓然典谟之制;东京藻俪,渐伤风骨之庳。”他以玉石、冰块被雕琢后丧失天真为喻,进而推崇西汉质朴之文,对东汉以后藻俪之风有所不满。这种重质轻文的观念在第四首中也有阐说:“盖闻聆箫韶之乐,则唯恐其卧;听郑卫之音,则久而忘疲。何则?以博溺心,以文藏质。”他在第五首中对以质救文的唐代作家予以表彰:“是以宗浑厚而屈浮华,燕许振皇唐之业;砥狂澜而绵坠绪,昌黎起八代之衰。”《论文连珠》对宋以后文章史也略有评述,第六首赞曾巩“南丰搦管,必根柢乎六经”。第七首赞欧、苏古文:“是以庐陵体势,轶仲涂、师鲁而上;眉山师法,在腐迁、盲左之间。”第九首称赞元人能“以古为镜”,第十首则对明代七子、归有光文评价不高:“故七子倡复古之论,终惭优孟衣冠;太仆殿有明之局,未获西京面目。”认为明文复古只是“优孟衣冠”,归有光也未达西汉境界。总体而言,《论文连珠》重质轻文,重自然、朴拙之美,故其将西汉之文视为古今文章的典范。

《古文辞通义》二十卷

王葆心 撰

按:王葆心(1868—1944),湖北罗田人,字季芗,号晦堂,晚清民国著名学者。曾入经古书院、两湖书院学习,向著名文学家邓绎等问学。清末辗转任教于湖北多所书院,民国后曾任湖南省官书报局总纂、京师图书馆总纂。又被聘为武汉大学教授、湖北通志馆总纂等,出于王氏门下的著名弟子有徐复观等人。王葆心著述广博,有《历朝经学变迁史》《方志学发微》等,主持《湖北文征》《湖北通志》《罗田县志》等编纂工作。

本书为古文话专著,内容主要为中国古代散文理论与批评,既是对中国古典文章学的集成与汇总,也吸收了外国文体分类及修辞学理论,体现出传统文论的开放性与包容性。全书分为二十卷,分论解弊、究指、识途、总术、关系、义例等文章学诸方面,涉及古文的弊病、宗旨、读法、讲法、作法、文体、地域、流派、文集编纂等多种内容。全书广泛引用历代文章学资料，特别是广泛搜罗和援引了清代选本、总集、别集、笔记、诗文评等文献中的关乎古文评论的材料，同时受时代思潮影响，又吸收了日本、法国等域外文论，汇为一编，王氏统揽折衷。其体系之大、文献之博，为清代文话著作中所仅见。

书前有王葆心光绪三十二年（1906）原序、宣统三年（1911）再序，后者记载有《古文辞通义》的编刊相关事宜，据之可知，其一，对此书成型、修订有帮助之人：王葆心内弟叶月舫协助写稿检书；梁鼎芬建议将卷五的《识涂篇》调整至卷首，王葆心认可其说，因篇幅巨大，“惮于移掇”，故未调整；胡玉缙建议修改注释体例，也因篇幅大而未作修改；知县周从煊为此书题签；吴兆泰建议将书中与日本文章学、修辞学著作中相类者一律削改；在赵俨崴建议下，书名由原来的《高等文学讲义》改为《古文词通义》。吴庆焘商订修改数处。其二，对此书的传播有贡献者。陈曾寿为之赍呈学部，使之成为中学堂以上参考书；袁嘉谷、马其昶、姚永朴、陈澹然、陈衍、胡玉缙等文学名家均对此书盛赞不已，林纾甚至誉为“百年无此作”；孔祥霖于河南学务处重印此书，“札行各学校”；李翰芬、瞿干琴为学务课长，“采用于广西高等各学堂”；此序后有补记，在“家廉叔兄葆龢力促”下，“付印于长沙官书报局”。书印成后，程颂万、袁绪钦、陈鼎忠等人“为诗纪之”。

此书光绪三十二年（1906）初刊本名《高等文学讲义》，1916年《晦堂丛书》本改称《古文辞通义》，又名《古文词通义》，此版半页十行，行二十五字，四周双边，单鱼尾。排印本有2007年复旦大学出版社《历代文话》本等、2008年武汉大学出版社本等。

《经义策论要法》三卷

王葆心 撰

按：本书为晚清科举改革之后出现的策学书籍。光绪二十七年(1901)，改乡试、会试为策、论、四书义并行，使得研习八股之学的士子茫然无措，此书即为此背景下的应时之作。署名"江夏陈氏主人"的跋语曰："本书坊延请王先生撰辑，初名《科举新章绎语》，继改今名。"王葆心于光绪二十七年(1901)的《叙目》中也说："余悼夫变革之时，乡塾之师及其弟子，伥伥观听，相因废业也。辄申发前制，紬绎两奏，笔为此编。"

卷一为《经义》，论经义"宜讲求文词""宜笃守功令传注""宜读讲义""宜博考经说"等。卷二《策论》，对唐、宋、元、明以来的策论之学作总结，附以史料考证。又提出策论写作的要点，如"策论题不宜太暗僻""对策宜简明直捷""对策不可引用杂书，西学书尤杂，宜慎引用""策论忌繁冗""策论宜求工文词""东西政治艺学书宜择读"等。卷三为《平日读书课程》，是两篇文章的汇总，即《劝各州县乡镇建立藏书楼启》《劝开科举学堂末议》。全书简明扼要，是在科举文体改革之后出现的领时代风气之先的策论文话。

有光绪二十七年(1901)刊本，《历代文话续编》据之整理。

《文章溯原》一卷

章炳麟　撰

按：章炳麟（1869—1936），初名学乘，字枚叔，后更名绛，号太炎，后又改名炳麟，浙江余杭人，著名学者。此书为稿本，书写于一卷子之上，上海图书馆藏。是书主要论述文章中地名、称谓的用法，如云："父得称大君，皇后不当称大行。"又如《地名称单字》条云："今人举郡县国邑之名，或单举首字，议者以为不古。"

《文例杂论》二十则

章炳麟　撰

按：《文例杂论》作于光绪二十三年（1897）。太炎喜论文例，上述《文章溯原》即是此类撰著，他又曾仿顾炎武《救文格论》而撰《广救文格论》一篇。《文例杂论》亦是受顾炎武《救文格论》影响而作，开篇即云："余每读顾先生《救文格论》，叹其绳约觢骳，偃矩削墨，后之治文笔者，得是为同律，其远乎鄙倍矣。"《文例杂论》主要是以史书等典籍为据，对文人作品中常有的称呼、职官等错误用法进行纠正，如称："自唐、宋人文辞多自称某，最为剌谬。""今书人官位者，官尊于昔，必更书今某官以别之。""世称妇人曰氏,丈夫即否。今人效日本人书,虽丈夫亦称氏,学者以为笑。"

此书有浙江图书馆 1919 年刊《章氏丛书》之《太炎文录初编》本,写刻本,半页十一行,行二十四字,四周单边,单鱼尾;又有《章太炎全集》本(上海人民出版社 1982 年版、2014 年版)等。

《古文讲授谈》二编,又名《古文魂》

尚秉和 编

按:尚秉和(1870—1950),字节之,自号石烟道人、滋滨老人等,河北行唐人,光绪二十九年(1903)进士。尚氏曾学于保定莲池书院,为桐城派后期大家吴汝纶弟子。尚秉和为学广博,最为世人所熟知者,是其易学名家的身份,著有《周易尚氏学》《焦氏易林注》《焦氏易诂》等易学名著。此外还有《辛壬春秋》《诸子古训考》《国学概论》《燕京城垣沿革考》《燕京历代宫殿考》等著作。尚氏高弟、著名易学家黄寿祺先生曾于《六庵易话(二)》中略叙其事迹云:"先生家于滋溪之上,尝自号滋滨老人,学者称槐轩先生。先生少从桐城吴挚甫先生习古文,壮岁以进士官部曹。宣统之际,教授京师大学堂,著《古文讲授谈》,以著其渊源。"①

全书分上、下两编,共两册,选古今文论共计三百五十三篇,"上编起自太史公讫于宋代",选《十二诸侯年表》、韩、柳

①黄寿祺:《六庵易话(二)》,《福建师大学报》1982 年第 1 期。

等。“下编则以本朝为多，而以明之归震川为首”，选归、魏、汪、方、姚、梅、曾、吴敏树、张裕钊、吴挚甫等人。此书为尚秉和在京师大学堂任教时所编教材。按，光绪三十年(1904)学部颁布《奏定大学堂章程》，明确要求学校中国文学门开设“古人论文要言”课程，《章程》说道：“历代名家论文要言，如《文心雕龙》之类，凡散见子史集部者，由教员搜集编为讲义。”①此书应是在此背景下编纂而成。书前有尚氏《叙例》，其第一段谈及编选文论的意义及其选录标准：

> 读古人之文，所以学为文也。读古人论文之文，学不愈便乎？文者，精神之所寄也，故古人往而精神则留，类能以其甘苦所得，著以示人。人或喻，或不喻。或当时无能喻，后世乃喻。或初学不喻，用力既久而后喻。及其既喻，始知古人之告我者，洞彻明了，实不我欺也。且我心知之口不能言之，口能言笔不能述之者，古之人又无不一一指示也。然则今日之学文者，即以古人所言之法，译古人之文可矣。顾自汉唐以来，其间以文鸣者，不可胜数。果说尽可从乎？是又贵于择也。择之严，漓于道者不录也。不漓于道而文不雅饬，或薄弱者，亦不录也。录自西汉迄于今，都三十二家，文三百五十三首。兹亦足以荟群说而便于折中矣。诗曰：“执柯伐柯，其则不远。”览是编者，或于文事怦然有动于中乎？

尚秉和称本书选录标准为“漓于道者不录也，不漓于道而文不雅饬，或薄弱者，亦不录也”。这正是基于桐城派“义

①《奏定大学堂章程》，见璩鑫圭、唐良炎编《中国近代教育史资料汇编：学制演变》，上海教育出版社2007年版，第365页。

法”的标准，上编以司马迁为首，下编以归有光为首，二人也是桐城派所塑文统中的关键性人物。《叙例》中还明确提及“本朝古文，自望溪始讲义法也”。尚秉和在天头处偶有评点，他在《司马子长十二诸侯年表序》上眉批云：“须知此为古人第一篇讲文法文字，通篇说《春秋》。说《春秋》，即说《史记》也。……文之讲义法始此。”此论始发自桐城派方苞《又书货殖传后》，尚氏从桐城派后期大家吴汝纶问学，已然隶属桐城文派，故对“义法”之说较为重视。评沈廷芳《书方望溪先生传后》所引方苞文论云：“此最为古文要著，必去此病而后能雅洁，然俗文方以犯此为雅，为洁，如之何。”又是对方苞“雅洁”说的赞赏与继承。此书为京师大学堂教材，亦可借此见出桐城派在清末京师大学堂的影响力。

尚秉和认为古人文章为后人提供了直接学习的对象，而古人的文论不乏作文心法自得之处，对于后来习文者同样重要。他还在《叙例》中罗列了其所赞赏的古代文话著作：“如刘勰《文心雕龙》、陈绎曾《文说》、王构《修词鉴衡》、朱荃《文通》、国朝王之绩《铁立文起》、包安吴《艺舟双楫》是也。”其中除《文心雕龙》广论诸体外，余皆为古代文话著作。他赞誉这些著作是“论文美不胜收者”。

明清以来，论者多将古文分为叙事、议论二大类，尚秉和推崇叙事之文，认为：“古文以纪录为上，而论说次之。自尧舜以至于今，其间治乱兴衰、圣功神迹、佥壬宵小，能了然于心者，岂非赖有纪录之人哉？苟无纪录，则治乱泯，善恶混，天道息，人纪绝矣。”“纪录之体不同，而同于叙事。九经尚矣，下此则存于正史者，曰纪，曰传，曰表，曰志；其散见于私家文集者，曰行状，曰墓表，曰碑，曰志铭，曰杂记，兹数者之用，较论说为广，故为之较难。”认为叙事（纪录）难于议论，这是以叙事学为本位的清代古文观的体现。

本书为宣统二年（1910）铅印本，京师京华印书局刷印，天津官书局、北京官书局发印，单鱼尾，白口，半页十三行，行三十一字，版心有“一名《古文魂》”字样，知其尚有《古文魂》之别名。内封正面有中国历史上最后一位状元刘春霖所题“历代大家古文讲授谈”字样，反面题“行唐尚氏家塾读本”。

《中国历代文派沿革录》一卷

池虬　撰

按：池虬（1872—1947），又名源瀚，字仲鳞，号苏翁，浙江瑞安人，长于诗文、书法，又精于医道，创办温州国医国学社。民国初年，任平潭、松溪、崇安等地知事。有《医范》《治安刍议》《倚山阁诗文钞》等。黄绍第《治安刍议序》一文较为详细地介绍了池氏在民国以前的经历，称其“叠膺同州中学师范各校教席，弟子著籍者至千余人。文望翕然，一时罕并”。刘景晨为其作挽联云：“负乡望卅稔强，文字门庭纷著籍；谢仕途五旬后，山林事业久行医。”①

光绪三十四年（1908），温州师范学堂告成开校，池虬任国文教席，编成教学讲义《中国历代文派沿革录》，书经光绪壬辰科进士何庆辅审定，“池源瀚著《中国历代文派沿革录》，

① 卢礼阳、李康化编注：《刘景晨集》，上海社会科学院出版社2006年版，第348页。

呈示商榷，庆辅为之审定义例”①。同年夏月石印，为《弢庐丛书》第三种。书首有《编辑大意》四则，叙全书编纂凡例。此书“专就我国古今文家尚论其涂径、派别、风气、变迁”，不论诗派，作者另有《中国历代诗派沿革录》待刊。此书虽名为“文派沿革”，实则是叙述历代文章发展线索的文学史著作，主要以历代文家贯穿而成。正文下有双行小注，注解人物生平。在作家选择上，池虬于素尝仰慕而又有著作可征的当代文人，“不区存殁，概为甄录。其有文名籍甚，而著述尚未寓目者，姑从阙如”。书中对晚清文家的著录，最能见出其个人特色，录有王闿运、曾纪泽、李元度、王定安、俞樾、唐才常、谭嗣同、陈虬、吴汝纶、黄绍箕、孙诒让、汤寿潜、蔡元培、夏曾佑、汪康年、章炳麟、康有为、梁启超、邓实、张謇、陶葆廉、严复、林传甲、冒广生、蒋智由、刘光汉、孙雄等人，多为浙籍，说明作者有着较强的地域文学意识。从创作意图而言，此书是在晚清保存国故的氛围中撰成，这在自序中有明确地说明，兹录其自序于下：

> 光绪戊申之岁，吾州师范学堂告成开校，虬以菲材猥任国文教席。自仲春抵校，迄暑假解职，凡四阅月。中间与诸生演讲文义、剖析国学，条绪纷纠，颇殚心力。既而复综核我国数千年文章变迁同异之故，为述《中国历代文派沿革录》，都三万言，觊开诸同学之涂径。述既竟，乃萃诸生而诏之曰：嗟乎！国于环球之上，必有所以立国之命脉。我国当邃古之初，文明肇辟，至姬周之季，

①董朴垞：《孙诒让学记（选）》，香港天马图书有限公司2000年版，第284页。

辄以文胜著称。良由地处温带，人民秀慧，文物斐然。故开国迄今五千年，文章一道在五洲中独称卓绝。自唐以降，以诗赋取士，明以来以制义程才，由是士之锐意科第富贵者，靡不专智竭虑、耗精神心血于词章一涂，以冀合有司之绳尺。究之，揣摩声色，摹拟音调，文格愈卑，文体愈陋。一二崛起之儒，颇欲以矫弊起衰，嚣嚣然以文人自命。然辙不免以意气门户之私，互相诮诟。吾读曹子建、陆士衡之绪论，未尝不痛心疾首，隐为古今文士惜也。盖凡文章之足以为世推重者，诚以知言之士、载道之作，实可以信今而传后。区区流派之说，乃世俗褊私之见，复何足以云。虽然，文章随世运为转移者也，周秦之与汉魏，晋唐之与五季，宋明之与近世，文派之异，判若鸿沟。此则由于世变使然，非真由于末流之趋附。惟特立不变之士，乃能俯仰身世，环观宙合，发为经世大文，可以扶衰而革替。唐之韩氏，宋之欧阳氏，明之归氏，其尤卓卓也。欧化东渐，汉学中坠，儇薄青年视文章为土苴刍狗。岂知万化之繁，非文不达；六合之大，非文不行。俄灭波兰，英墟印度，皆先禁其语言文字，以驯逞其并吞侵灭之计，谁谓文章之关系果浅尠也！不佞材识疏庸，于文章之奥博微妙未窥万一，安敢哆然以能文自命？惟自童丱粗解文字，届今数十年，喜读古今人惊心骇魄之文以消遣烦虑。每春秋长夜披览陈编，击节高歌，声动四壁。不知者或指为轻狂，或责为放傲。岂知一编坐对，百感俱生，可泣可歌，实有足以破天地、惊鬼神，令千百载以下读之而不能自已者，此则天地间性情道德之至文，固非时代宗派之说所能囿。然而纵观元会之推迁，静察文风之升降。其中盛衰沿革之端，隐似有文化以主持之。若莫知其所以然而然者，此《录》之所以作也。抑又闻之，文章者，所以泄天地之精心，宣国家之元气，一切地理、人种、民质、风俗、强弱、纯驳之源，悉于是而系。故不佞于斯文维系重大之纲，皆抉发精蕴，不留滞义，觊以辟文士之肤浮，振国民之痿弱；而凡论文诸家陈言腐语、无关宏旨者，均不敢摭拾傅会。冀收因文见道之效焉，此尤不佞兹编用意之所在也。沧海横流，世变日棘，大雅风调，几成绝响。然蝍且甘带，自矜知味，嗜好所在，不能自休。诗曰：风雨如晦，鸡鸣不已。海内缀学之士，有与不佞赓续同调乎？则愿进此编以当执贽焉。盖斯文绝续，舍吾党匪异人任也。瑞安池虬。”

有清光绪三十四年(1908)温州石印本。

《先正论文》不分卷

佚名 编

按：此书为时文话，辑录了《敬敷书院课读四书文序目》《墨诀》、《史鸾坡先生论文》、《崇正讲堂规约》(节录)、《尊经书院记》等内容。

此书内容较杂，既收录了反对时文的言论，也收录了介绍时文写法的材料。撰于乾隆四十五年(1780)的《敬敷书院课读四书文序目》，是姚鼐在安庆敬敷书院任教时所编明代时文选本的序言。姚鼐认为时文体卑，不建议多读，认为举子读毕其《敬敷书院课读四书文》后，便不必再读时文，继续读经、史、子、古文即可，否则会“秽塞心胸、阍蔽智慧”。他列举不读时文同样可以取得功名的例子：“陈紫澜宫詹生平止读《震川稿》，伯思户部、仲思检讨亦皆未尝知所谓墨卷者，其父子亦何尝不掇取科名？”张之洞《创建尊经书院记》是光绪二年(1876)时其在四川学政任上所作，文中张之洞反对专注于时文八股，回答了诸生“不课时文”的质疑：“工一切诗、古文辞而不能为举业者，抑又希矣。其于时文，或自为之可也，或应他书院课为之可也，岂禁之哉？况乎策论、诗赋，便考古也。课卷用白摺，习书法也。由选拔以至廷试，未有不视古学、楷法为进退者也。时文固所习，又益之以诸条，其为科名计，抑又周矣。”认为时文可由古文而通，不必专门学习。而《墨诀》《史鸾坡先生论文》则又是较典型的教授时文写作的教材，如二者皆重视审题，《墨诀》首则即为“看题”：“大约看题不在求之题外。或题之要处在虚字，则尽力以击之。或题之要处在实字，则尽力以勘之。或真种在上文，则处处抱定。或真际在下文，则处处对定。或于小中见大，或于分中见合。”列举了题中数种情形，一一指出应对方法。《史鸾坡先生论文》同样以“审题”开始；“一题必有一题之窾窍。数句之题，重在何句？数字之题，重在何字？以及何处来龙，何处过脉，何处结穴，必须将本题及上下文涵泳数过，使题之精神血脉，贯串胸中。然后以我驭题，振笔直书，如庖丁解牛。”“一题必有一题之界限，如全节题截去一句，整段题截去半段，则首因尾变，尾因首变。”时文是命题作文，故而均重视从审题入手。时文之外，书中还涉及日常行为规范等内容，如《崇正讲堂规约》(节录)“正心术”“慎交游”等内容，这是书院院规中的常见内容。

此书有光绪二十一年(1895)问经精舍刻本,四周双边,半页十行,行二十一字,大黑口,单鱼尾。

《四家纂文叙录汇编》四卷《附录》一卷

胡念修 编

按:胡念修(1873—?),字灵和,号右阶、果盦等,建德(今属浙江杭州)人。胡念修编有《刻鹄斋丛书》并刊行,《四家纂文叙录汇编》便被收入《刻鹄斋丛书》第二十五册。另著有《问湘楼骈文初稿》《灵芝仙馆诗钞》《倦秋亭词钞》等。

本书骈、散兼论,为辑录体文话。书前有胡念修自序,序后有张彬、丁立诚、朱运笃、义铭等人所撰《题辞》多篇,书后有盛开运跋。张彬题辞称"是编散略骈独详",盛开运跋语称胡氏"工词章之学""每为开运言骈散一贯之道"。胡念修受骈散合一思潮影响,欣赏姚鼐《古文辞类纂》、李兆洛《骈体文钞》兼采骈、散的作法,其自序云:"故惜抱古文之纂,不废《秋兴》《芜城》之篇;养一骈体之钞,兼采《过秦》《至言》之制。"胡念修将姚鼐《古文辞类纂》、张惠言《七十家赋钞》、李兆洛《骈体文钞》、姚燮《骈文类苑》四部总集前的叙目汇总编成此书,故名《四家纂文叙录汇编》。据盛开运跋可知,胡念修又将刘开《论骈体书》、屠寄《国朝常州骈体文录叙录》附录于书后,盛开运则将胡氏所撰《国朝骈体文家小传叙》又附于后,汇编为《附录》一卷。全书旨在打通骈散,客观上提高了骈文地位。

有光绪二十五年(1899)《刻鹄斋丛书》刻本,《历代文话》本据之排印。

《汉文典·文章典》四卷

来裕恂　撰

按:来裕恂(1873—1962),字雨生,号匏园,浙江萧山人,著有《匏园诗集》《易学通论》《中国文学史稿》等。

《汉文典》有《文字典》《文章典》两部分,分论中国文字学与文章学。《文章典》体系性较强,全书分文法、文诀、文体、文论四部分,卷一文法又分字法、句法、章法、篇法四部分。卷二文诀又分文品、文要、文基三部分。卷三文体又分叙记、议论、辞令三部分。卷四文论则分原理、界说、种类、变迁、弊病、纠谬、知本、致力八部分。

《文章典》中的文章学理念,既受到传统文章学观念影响,又有着新时期文学思潮的影子。如《文章典》卷四《文论》有"建体之谬"的议论:"又有俳谐之文,盖出于滑稽家言,而后世效之者,如韩愈《毛颖传》,司空图《容成侯传》,苏子瞻《杜仲传》,虽近谐谑,而文意寓讽,犹可言也;若明温陶君作《黄甘绿吉》《江瑶柱》《万石君》诸传,则无甚高义,直以文章为游戏矣,又何谬也。"将模仿《毛颖传》的俳谐文视为"以文为戏"的荒谬之作。而《文章典》卷三《文体》部分则列入戏曲、小说,并受梁启超等人影响,特别看重小说移风易俗之功用:“而移风易俗之道,外国泰半得力于小说者,中国反以此而沮风气。推其原因,则由于读小说者,不知小说之功用;作小说者,不知小说之关系也。”

此书有光绪三十二年(1906)商务印书馆本、1932 年商务印书馆“国难后第一版”、南开大学出版社 1993 年高维国与张格《汉文典注释》本,《历代文话》本据光绪本排印。

《灵覞室文话》四则

叶玉麟 撰

按:叶玉麟(1876—1958),字浦荪,号灵覞,安徽桐城人,为桐城马其昶弟子,是桐城文派余响期的代表人物。有《批注史记》《评注经史百家杂钞》等,选注有《书经》《国语》《三苏文》《历代闺秀文选》等。

《灵覞室文话》发表于上海《永安月刊》1943 年第 46 期,署名叶灵覞。从发表时间来看,当时现代学术早已成为学术主流,各种文学史、文学批评史著作层出不穷。而叶玉麟则仍坚持以传统的文话形式论文,这与其桐城派传人身份有关。

叶玉麟自称:“仆往时好规模熙甫,或不免烦碎伤洁。先师尝论拙文,谓有真味;陈丈伯严谓雅洁不失先民矩矱,而性真流逸处特觉朴挚。”①《灵覞室文话》内容简短,只有四则。

①叶玉麟:《覆夏生书乙亥》,刘衍文、艾以主编《现代作家书信集珍》,汉语大词典出版社 1999 年版,第 50 页。

第一则论述文章之转折,叶玉麟推崇的是草蛇灰线式、不留痕迹的转折,反对常见的使用虚词以转折的作法。其云:"方植之《昭昧詹言》云:'古人文法之妙,一言以蔽之,曰:'语不接而意接,血脉贯续,词语高简,六经之文皆是也。俗人接则平顺骙蹇,不接则直是不通。''韩公曰:'口前截断第二句。'太白云:'云台阁道连窈冥。'须于此会之。""语不接而意接"是其推崇的转折之法。他举《史记·魏其武安侯列传》为例,《史记》原文为:"武安由此滋骄,治宅甲诸第,田园极膏腴,而市贾郡县器物相属于道。前堂罗钟鼓,立曲旃,后房妇女以百数,诸侯奉金玉狗马玩好,不可胜数。魏其失窦太后,益疏不用,无势。诸客稍稍自引而怠傲,唯灌将军独不失故。魏其日默默不得志,而独厚遇灌将军。"本段写武安侯益骄盛,其中"魏其失窦太后"以后数句突然转折,对此,叶玉麟评论说:"武安骄态正浓郁处,忽接入魏其,语不接矣,而脉缕分明。从上文'窦太后滋不悦魏其'等一段隐伏而来。意目衔接,有峰断云连之妙。其本领在横空盘硬,不用一虚字承接,又能上下浑融一片。又所谓'入不言兮出不辞'之神境也。"此段硬转而不用虚词,前后呼应,神秘高明。清代骈文学推崇"潜气内转"之法,《灵贶室文话》的分析正说明骈、散文有相似之文法。

第二则云:"郭熙《画记》言:'画山水,数百里间,必有精神聚处,乃足记。散地不足书。'""读太史公文,于长篇中提振处,精采横溢,或数十行或数行,潆洄顿挫,警动非常,正与画师看山水,于回峰抱岭处,见精神气脉曲折盘空也。"以画论文,是古典文章学常见的批评方式之一。《史记》中往往都是篇幅较大之作,叶玉麟借郭熙的画论,指出《史记》具有于关键节点用力从而提起振起全篇的特点。

《史记》作为传记文学经典，往往行文风格与传主或主题契合，《灵观室文话》第三则对此作了分析论述，他从阅读感受出发，认为“史公作《项羽本纪》，如闻喑噁叱咤声”，而《货殖列传》，则“使人如游五都之市”，《封禅书》则有“烟涛渺弥、楼台涌现、仙灵缥缈”之神奇境界，写荆轲聂政等刺客，则其文让人“感慨激越”，而《屈原贾生列传》“则沉浸乎《诗》《骚》，以发为幽忧感愤之词”，太史公写人写事可以“肖其文”，这是其他史传难以企及的，这一特点在《灵观室文话》中得到揭示和表彰。

《灵观室文话》第四则举《史记·陈涉世家》为例，指出本文前写百姓不知公子扶苏的生死，随后写百姓不知项燕的生死，同样是“叙生死未卜事”，但前后句式、词语等不同，即“笔致不同”；同样是说明按秦法误期当死之事，但陈涉与吴广商量之时的话语和陈涉面对同行者的语气、遣词又不相同。古文行文，最忌前后重复，叶玉麟在此指出了《史记》“前后亦不剿袭，固知文家贵话”的特点。

《史记》是桐城派历来入手学文的重要经典，研习归、方评点本《史记》及吴汝纶《点勘史记》向来被视为桐城派的不传之秘，叶玉麟自称：“其后桐城吴先生有《点刊本》，没后行于世。余家旧有张刻本（笔者按：此指张裕钊所刻《归方评点史记》），吴先生以之赠先吏部公者。余固好是书，读之三十余年矣。”①叶玉麟本人对《史记》文章学便深有研究，曾继承桐城派批注传统，著有《批注史记》。《灵观室文话》四则文话，全以《史记》为例，论述了古文的转折、脉络、风格、忌复等

①叶玉麟：《批注史记序》，大达图书供应社 1935 年版，第 1 页。

重要问题，虽然短小却很精湛，是叶玉麟《史记》文章学研究成就的展示。《灵觋室文话》，无论是其批评形式还是内容，都可谓是清代文章学在二十世纪四十年代的回响。

《石例简钞》四卷

黄任恒 编

按：黄任恒(1876—1953)，字秩南，号述窠，广东南海人，著有《粤峤名流》《云泉仙馆小志》《补辽史艺文志》等多种，编有《翠琅玕馆丛书》《艺术丛书》等。据自序，黄氏鉴于碑志义例之作“富逾数十书”，“同一例也，往往称于前者复举于后，甲以为是者乙又以为非，或名义破碎，或考据纷繁”，故“此任恒所以有《简钞》之作也。《简钞》者，钞自诸家之说，集其大成，分门而简括之”。清代讨论金石义例的文话及单篇文论较多，本书执简御繁、综合众说，引用清朝金石著作就有以下多种：黄宗羲《金石要例》、顾炎武《金石文字记》、林侗《来斋金石考》、叶奕苞《金石补录》、王澍《竹云题跋》、翁方纲《两汉金石记》、钱大昕《潜研堂金石跋尾》、梁玉绳《志铭广例》、李富孙《汉魏六朝墓铭纂例》、王昶《金石萃编》、王芑孙《碑版广例》、郭麐《金石例补》、吴镐《汉魏六朝唐人志墓例》、梁廷枏《金石称例》、冯登府《金石综例》、刘宝楠《汉石例》、陆耀遹《金石续编》、韩崇《宝铁斋金石跋》、鲍振方《金石订例》、程祖庆《吴郡金石目》、陆心源《金石学录补》、范公诒《汉石例补正》、顾燮光《梦碧簃石言》等。

有民国十七年(1928)刊本,书前有光绪三十二年(1906)十一月自序,又有香山黄佛颐(字慈博)序,黑口,半页十行,行二十字,双行小字同,间有按语。

《论文后编》一卷

姚华 撰

按:姚华(1876—1930),字重光,号茫父,贵州贵筑(今属贵州贵阳)人,光绪三十年(1904)进士。姚华学问广博,尤精于文字学、金石、篆刻等。姚华弟子王伯群《姚茫父先生类稿序》论其学术云:"先生之学,原本经史,旁通诸子百家,而深探乎吾国文字之源。"论其文章云:"其为文,胎息汉魏,而兼采唐宋,冲夷渊雅,不屑屑为家数之争、门户之见。"①

《论文后编》共一卷,以"论著甲"之名成为姚华文集《弗堂类稿》的第一卷。《论文后编》共分为五篇,即《源流第一》《目录上第二》《目录中第三》《目录下第四》《文心第五》,全书主要论述古代文体。《源流第一》云:"文章流别,自挚虞以来,言者众矣。然其流虽晰而其源或略,至使来者茫昧。故复并而论之。"姚华受章学诚《文史通义》影响较为明显,将一切文体视为史之后裔:"尟夫实斋章氏之言,以为文既有述,已属往迹,书分四部,实括于史。故曰文史。由此以言,则一切之文,子孙于史矣。""《诗》《书》,史也,故皆为文,有韵无

① 王伯群:《姚茫父先生类稿序》,《弗堂类稿》书首,民国十九年(1930)印本。

韵，体犹未分。”“公牍变于《尚书》，私著畅于诸子。”《目录上第二》具体论述文体的衍生变化，首先论述文体产生的通例云：“文体变迁，纯出自然。古人偶创，后争效之。众体竞作，群目乃生。古虽不别，今实居要。”继而对诸多文体一一论述，如：“有《书》以来，著述相仍，其记载则或叙或录，以言为经，后史诸家，取则于此。”他将《尚书》文体分为典、谟、誓、诰四类，“凡此四体，百世所祖”。论述纪传体的产生源头云：“纪之兴也，始于《吕氏》。先《览》而陈者，十有二《纪》，所以纪治乱存亡者也。”“史迁本之以为帝纪。史家沿袭，遂成专例。事则有纪，于言绝矣，儒者传习师说，各有传记。传先《公》《穀》，记首《论语》。迁所为书又有列传，迁著八书，班固为志，志亦记耳。”“史传之外，别有托传，始东方朔；有行状，始胡翰；碑志、杂记皆其遗裔也。”“诸子者，史之派别，集之先河也。其辞常郛众说，总为论著。”“析言纪、传、记、志，总曰论著之属。析言诏令、奏议，总曰书牍之属。析言议论、说辨，总曰论著之属。”《目录中第三》中还论及诗，如：“凡言乐府，声为准据。定名制题，各有本事。事失声亡，即不得其说。今为乐府，既由徒作旧体，诸名不相沿袭，即不必一一强识，庶乎盖阙之义尔。”《目录下第四》则论及词、曲、楹联、制义等各体：“楹联虽属小制，然亦托体文章，不必用韵而音调须谐。故文赡则多优，笔长则见绌。”《文心第五》则专论“文心”：“文章之事多矣，然万言虽费，实综一心。心之所用，必有其术。夫心者，文之所以成而非文之所成术。”姚华以为“心以人同，文以人殊”，指出“极论文心者，惟刘彦和《雕龙》”。他将《文心雕龙》中《神思》《体性》《风骨》等二十四篇，作为论述“文心”的典范：“右二十四编，于文章之术，庶几备矣。”则其所谓“文心”，实即为文之术。从《论文后编》的结构来看，先论文体，再言文心，明显是模仿刘勰《文心雕龙》结构而来。而其论文体者四篇，论文心者一篇，则全书以论文体为主，可视为清末民初文体学专著。

姚华撰述多有遗失，民国十九年(1930)，由其在笔山书院任教时的弟子王伯群整理刊印为《弗堂类稿》三十一卷，《论文后编》作为独立的著述，即收录其中。版心云：“珍仿宋版印。”此版四周单边，半页十行，行二十字，双行小字同，单鱼尾。

《古文辞类纂诸家评识》一卷

吴闿生、高步瀛 辑

按：吴闿生(1877—1950)，字辟疆，号北江，枞阳人(今属安徽铜陵)，吴汝纶之子。曾留学日本，清末教育家、学者，桐城派末期代表作家之一。有《尚书大义》《诗义会通》《左传微》《吉金文录》《北江先生文集》《晚清四十家诗钞》等。高步瀛(1873—1940)，吴汝纶弟子，著名学者、教育家。

姚鼐《古文辞类纂》在清代影响甚大，几乎成为学古文者必读之书。为帮助读者理解姚选中的文章，便有人辑录相关的圈点、评语，附于《古文辞类纂》中。如民国初年徐树铮编有《诸家评点古文辞类纂》，徐书在选文的同时，收录有名家圈点与评语。吴闿生与高步瀛则合编有《古文辞类纂评点附诸家平识》，此书不录《古文辞类纂》原文，只录吴汝纶圈点和诸家评语。圈点古书是桐城派读文、学文的重要方法之一，吴汝纶曾广泛点勘古书，对《史记》《老子》《墨子》《荀子》《吕氏春秋》《三国志》《古文辞类纂》等要籍皆曾着笔，清末莲池书院刻有《桐城吴先生群书点勘》，而清末出版的《桐城吴先生全书》则收录有《吴先生群书点勘五十种》。吴闿生将其父对《古文辞类纂》的圈点汇总，过录至《古文辞类纂诸家评识》一册之中，方便读者藉以揣摩文法。如在贾谊《过秦论》圈点中，云："起至'并吞八荒之心'，圈。""'周室卑微'至'在于此矣'，点。"在潘岳《笙赋》圈点中，云："'如鸟斯企'二句点。""'明珠在咮'二句圈。"

《古文辞类纂评点附诸家平识》辑录的诸家评语部分，名为"《古文辞类纂诸家评识》"，"平识""评识"义同。因其不录古文原文，只录文章评语，可以视作古文评论类的文话著作。书末另附《张廉卿论文语》一卷。书由吴汝纶弟子王金绶校刊，民国三年（1914）京师国群铸一社印行。余祖坤《历代文话续编》收录有《古文辞类纂诸家评识》。

《古文辞类纂诸家评识》对姚鼐《古文辞类纂》中收录的文章，不列原文，每篇列其作者、篇目，然后附以编者辑录的数条评语，这种体式成为现代学术中集评类古籍整理著作的先导。评语的文献来源也多为桐城派系统的古文选本，以欧阳修《释秘演诗集序》一文为例，《古文辞类纂诸家评识》收录三则评语。第一则为："多慷慨呜咽之音，命意最旷而逸，得司马子长之神髓矣。"此则撮引自茅坤《唐宋八大家文钞·欧阳文忠公文钞》评语。第二则为："古之能文事者，必绝依傍。退之《赠文畅序》，以儒道开之。《赠高闲序》亦微寓针石之意。若更袭之，览者惟恐卧矣。故欧公别出义意，而以交情离合缨络其间，所谓各据胜境也。"此则引自方苞《古文约选·欧阳永叔文约选》评语，文字略有出入。第三则为："《惟俨集序》纯以转掉作起落之势，是极意学退之文字，而未极自然神妙之境。《秘演集序》直起直落、直转直接，具无穷变化，纯是潜气内转，可与子长诸表序参看。"此则为张裕钊评语，出自高步瀛所编的《唐宋文举要》。茅坤《唐宋八大家文钞》为明清以来习唐宋八家者所重，桐城文统便上接八家；而方苞《古文约选》、高步瀛《唐宋文举要》则分别是桐城派早期、晚期的代表性选本。

此书评语，从论者来源来看，源于宋代的，主要出自朱熹、吕祖谦、真德秀等人。源于明代的，主要出于唐顺之、王慎中、茅坤、归有光等人。源于清代的，主要出自方苞、刘大櫆、姚范（书中称"大姚"）、姚鼐（书中称"姚"）、张惠言、李兆洛、梅曾亮、方东树、曾国藩、张裕钊、吴汝纶（书中称"先大夫"）等。清以前的论者主要是宋代理学家及明代唐宋派的人物，书中尤以选自方、刘、姚桐城三祖的评论为多，是一部典型的体现桐城文学观的古文评论集。如引姚鼐评归有光《项脊轩志》"一日大母过余曰"数句云："小说家。"这是桐城派古文去"小说气"的理念的体现。桐城文家多注重对作品的精读阐释，此书可谓是古文细读的典范，如引姚鼐评韩愈《祭田横文》云："此公少作，尤取屈子成句。"引吴汝纶评《大招》："'丰肉微骨'四字两见，前言歌舞之容，此言留客娱夕之事。"对古文的文体源流也较为重视，如引方苞评韩愈《进学解》云："仿写东汉魏晋人，在集中为别调。"评《送穷文》云："代鬼作语，其源出于《鹏鸟赋》。"引姚鼐评曾巩《筠州学记》云："子固此文及诸书序，皆模子政《战国策序》而得其神理者。"凡此，均从文体的源流考察文本的特点。类似这样基于作品本身的研究、解读在书中在在有之。

《论文杂记》不分卷

刘师培　撰

按：刘师培（1884—1919），字申叔，号左盦，江苏仪征人，晚清著名学者。书前有刘师培自序云："论文之书，大抵不根于小学，此作文所由无秩序也。"此与其汉学家背景有关。书中以论文为主，涉及诗、词。刘氏长于文体分类，如将杂文之体分为三种：答问、七发、连珠。又受章学诚影响，认为子、史衰而集部兴，指出后世文章源于诸子："由汉至魏，文章迁变，计有四端。"即将文章分为儒家之文、名家之文、兵家之文、法家之文、道家之文、小说家之文等。又注重文章流别的辨析，如将清代文家方苞、姚鼐作为儒家之支派，恽敬、包世臣等作为法家之支派等。

《论文杂记》于光绪三十一年（1905）在《国粹学报》上连载，又有北平朴社本、《刘申叔先生遗书》本、人民文学出版社1959年与《中国中古文学史》合刊本，《历代文话》本据《刘申叔先生遗书》本排印。

《文说》不分卷

刘师培　撰

按：前有自序，刘师培自称此书"隐法《雕龙》"。全书分为《析字》《记事》《和声》《耀采》《宗骚》等五篇。《析字》篇开篇云:“自古词章,导源小学。”将精通文字学、训诂学、音韵学视为为文的前提条件。《记事》篇谓记事文“失实”之处,即“寓言”“虚设”“讹误”三种。《和声》篇论文章声音,以为“声音之学,自古有之”。提出“欲精文韵,厥有三端”,即“撰韵”“发音”“选字”。《耀采》篇论文采。刘师培推尊骈文,以为“骈文之一体,实为文类之正宗”,而骈文正是以辞采见长。《宗骚》篇推尊屈骚。刘师培将屈、宋之作视为“骈体之先声,文章之极则”,故专立此篇以尊骈体之祖。

《文说》首刊于光绪三十一年(1905)、三十二年(1906)《国粹学报》,又有《刘申叔先生遗书》本,《历代文话》本据《刘申叔先生遗书》本排印。

《五十家论文书牍》一卷

胡鄂公 编

按:胡鄂公(1884—1951),湖北江陵人,又名荣铭,字新三,号南湖,著名政治家。武昌起义后,任湖北军政府高等侦查科科长及鄂军水陆总指挥等职,二十年代又历任湖北水利厅厅长、北京政府教育部次长等职。编撰有《古文辞粹》《原农》《原林》《辛亥革命北伐实录》等著作。

此书专门选录古代讨论古文理论的书信。书首有《小引》,介绍了编纂背景,其云:

> 予编次《古文辞粹》既竟,乃复于古今名家书牍中选

其关于论文者，别为一卷，计文七十余篇，作者五十人，因名曰《五十家论文书牍》。先行付梓，以公同好，谫陋非所计也。民国三年七月胡南湖识于北京芦草园。

据《小引》可知，胡鄂公先编成古文选本《古文辞粹》，继而编选此书。二者一为作品选本，一为文论选本，相互配合。书信是古代文学批评的重要载体之一，其中论古文者甚多，胡氏此书便是专选论古文的书信。全书选录的篇目及作者有：

韩愈《与冯宿论文书》《答刘正夫书》《答尉迟生书》《答李翊书》，柳冕《与徐给事论文书》《与滑州卢大夫论文书》《答荆南裴尚书论文书》，柳宗元《与友人论文书》《答吴秀才谢示新文书文》《答韦珩示韩愈相推以文墨事书》《答贡士廖有方论文书》，李翱《答皇甫湜书》《答王载言书》，杜牧《答庄充书》，皇甫湜《答李生书》《答李生第二书》，孙樵《与友人论文书》《与王霖秀才书》，穆修《答乔适书》，欧阳修《与荆南乐秀才书》《与黄校书论文章书》《答吴充秀才书》，王安石《与祖择之书》，苏洵《上欧阳内翰书》，曾巩《寄欧阳舍人书》，苏轼《答张文潜书》《答黄鲁直书》《答李端叔书》《与谢民师推官书》《与王庠书》，黄庭坚《答苏大迈书》《与王复观书》，苏辙《上枢密韩太尉书》，张耒《答李推官书》，陆游《上辛给事书》，虞集《答刘桂隐书》，李梦阳《驳何氏论文书》，朱夏《答程伯大论文书》，茅坤《与蔡白石太守论文书》，唐顺之《再与茅鹿门知县书》，归有光《山舍示学者书》，袁宏道《与江进之书》，侯方域《与任王谷论文书》，魏禧《答计甫草书》《答施愚山侍读书》，邵长蘅《与魏叔子论文书》，徐世溥《答钱牧斋先生论古文书》，汪琬《答王进士书》《答陈蔼公书》，徐枋《与潘生次耕书》，朱彝尊《与李武曾论文书》，王源《复陆紫宸书》，刘大櫆《与左君书》，钱大昕《与友人论文书》，袁枚《与程蕺园书》，姚鼐《复汪进士辉祖书》《复鲁絜非书》，朱仕琇《答李磻玉书》，宋潜虚《与刘言洁书》，张士元《与姚姬传先生第二书》，邵齐熊《论司马墓志书与学士镜澜同年》，陈寿祺《答高雨农舍人书》，刘开《与阮芸台宫保论文书》，恽敬《上曹俪笙侍郎书》，吴德旋《与族弟筠墅书》，梅曾亮《答朱丹木书》，曾国藩《致孟容书》《复吴南屏书》《复陈右铭太守书》，戴熙《复曾涤生论文书》，吴敏树《与朱伯韩书》《答李香州书》《与欧阳筱岑论文派书》，吴汝纶《与杨伯衡论方刘二集书》《与朱肯甫书》，张裕钊《与黎莼斋书》《复查翼甫书》《与钟子勤书》《答李佛笙太守书》。

全书共选唐以后五十人七十九篇古文文论。其中唐代七人十八篇，宋代十人（北宋九人，南宋一人）十七篇，元代一人一篇，明代六人六篇，清代二十六人三十七篇。可见编者最重清代，人数、篇数均超过唐宋之和。

此书为民国初年铅印本，一卷一册，无界格，半页十二行，行三十二字。

《论文杂录》不分卷

佚名 编

按：此书为抄本，上海图书馆藏，共一册，不分卷。四周单边，白口，单鱼尾，版框外有“吉祥云室”印。此书是抄录古人文论而成，编者用朱、黄二色予以圈点，在天头处予以点评。如在引韩愈文论《送权秀才序》“宫商相宣、金石谐和”一段后，编者在天头上评语曰："《进平淮西表》云：'丛杂乖戾，律吕失次。'故知文章以谐声为尚。"将韩愈两篇文章相互比证，证明韩愈即已重视古文中的声响问题。编者将选录较多的几位文论家的文论集中编排，形成了《韩集论文》《柳集论文》《欧集论文》《曾集论文》等专题性的文论。

《论文随笔》不分卷

佚名　撰

按：此书为稿本，一册，佚名撰，写于红栏纸上，上海图书馆藏。此书内容比较零乱，应属尚未成稿之作。其论文章体式奇偶并重："阴阳之道，奇偶而已。有奇必有偶，天地自然之理也。后世时文以排比为体，久而厌之，若以为不足道。然文未有无偶□①，非独时文为然，即古文中皆有之。"清中叶以后，骈文地位有所提升，多将"有奇必有偶"视为合理现象，据此，则此书或撰于晚清。

《文字发凡》四卷

龙志泽　撰

按：龙志泽（1878—1960），原名志泽，字伯纯，广西桂林

①此字漫漶不清。

人,曾从康有为学。《文字发凡》是早期修辞学与文章学结合的著作。前有例言及龙氏自序。卷一《正字书》为文字学部分。卷二《词性学》为字词语法部分。卷三《修辞学》分句法、句读、段落、体段、构思、词藻。卷四《文法图说》分为体制、辨品、评论古文、作文要诀。其中卷四论述文体学、文章风格、文章评论及作法,是典型的文章学内容。此书混杂的内容,体现了在近代学科分类之初,学人尝试结合中、西,重整古代学术的早期努力。

此书有光绪三十一年(1905)上海广智书局铅印本,四周单边,双鱼尾,半页十三行,行三十五字。

《文章二论》二卷

孙学濂 撰

按:孙学濂,贵州遵义人,清末民国初年文章学家。《文章二论》上卷论散文,下卷论骈文,有民国初年铅印本。后以《散体文》《骈体文》之名收录于《文艺全书》书首,由上海崇文书局1919年出版。另有《历代文话续编》整理本。

此书上卷论散文多与章学诚、刘师培之说相合。下卷论骈文,既未品鉴四六佳句,也未从古代笔记、四六话中转引抄录,全部均为孙氏原创,殊为难得。全书体系性较强,《源流第一》论骈文源流,从《汉魏第二》到《明清第七》论历代骈文,《体制第八》论文体,《局度第九》论格局,《思绪第十》论构思,《字句第十一》论字句,《骚赋第十二》论骈文与骚、赋关系,

《集部第十三》论骈文总集、别集,《杂说第十四》杂论其他问题。

在文体源流上,孙学濂认为骈文"源出于《诗》,句法取裁于《易·系》",给骈文以显赫的出身。他回顾骈文史,以为:"王子渊出,而骈始多;曹子建出,而骈始工。"他从创作骈文的数量与质量的角度发掘曹植的意义:"今观其集,所载之赋四十篇,杂文九十三篇,无一非俪体,亦无一不摛藻调声,遂为后世骈文家不祧之祖。"认为"晋初文辞之学,半守子建轨辙"。总体而言,他视汉魏为骈文最高水准所在,《汉魏第二》认为"汉魏诸家集俪体之大成"。他系统总结出汉魏骈文的九个优点:1,"博通训诂,故用字典确"。2,"不以隶事为长,故真意弥纶"。3,"排不尽偶,骈不尽俪,故气疏以达"。4,"多识于鸟兽草木之名,故体物浏亮"。5,"达掌故,娴令典,故言有典要"。6,"以铿锵刻画为工,不以裁对巧捷为工,故弗坠纤狭"。7,"博稽名理,故言皆有物"。8,"精熟于三百五篇及屈、宋之歌骚,淳于之语言,故讽喻温婉"。9,"虽俪体而持重处则间以散行,故局势峻整"。同时代罕有论者作出这样全面而准确的总结。

孙学濂论骈文主张自然与风骨,反对人工雕琢。"语偶有排偶,实顺自然之势",而当体制定型为骈四俪六后,则成为"有意为之"的雕琢之举,"故辞愈巧,而气愈靡"。因此,他将四、六句的逐渐增多,视为晋文不逮汉魏、东晋不逮西晋的主要原因。《杂说第十四》中强调"风骨无存,丽句清辞皆成卑弱",他以"故骈文关键是在存骨"一句结束全书,亦见其推重风骨之意。

宋代开始出现四六话著作,宋人笔记、说部中也有大量议论骈文之语，孙学濂对此评价不高："宋人俪体不工，而乃好论俪体。……不外摘句，格律局度，都非所知。"他对明代骈文之于清代的先导之功特别予以表彰，强调清初骈文名家如毛奇龄、陈维崧等皆是由明入清："世谓齐梁以降，骈文莫盛于清代。抑知明人已导其先河矣！"指出明王志坚《四六法海》虽有帖括家习气，"而梁陈隋唐骈文之佳者，亦赖以传播"。又将清代骈文具体分为三个阶段：清初、乾嘉、咸同，凡此，均对当下的骈文研究有所启发。

《骈文丛话》二卷

郑好事 编

按：此书为骈文话专书，藏于上海图书馆，油印本，未见公私书目著录。作者署名为"昭文郑好事"。"昭文"为籍贯，今属江苏常熟。民国时期，文人喜用笔名，"郑好事"或为笔名。

《骈文丛话》的编纂时间在书中没有明确标示，不过书中提及了它的编纂背景。全书开篇援引梁启超语云："居今之世，三《传》束阁、《论语》当薪。"梁氏此语首见于 1896 年之《西学书目表后序》，再见于 1915 年之《告小说家》。《骈文丛话》下文描述了当时小说创作如火如荼之情势，则郑好事的引文来源当是梁启超发表于 1915 年的《告小说家》一文。又因《骈文丛话》对兴盛于 1912—1919 年间的骈体小说有所批判，故大致可将此书的编纂时间定于 1915—1919 年间。

《骈文丛话》开篇不论骈文，先从小说谈起，便已透露出其编纂背景。梁启超于清末振臂倡导小说创作，原是出于开启民智的政治需求。其后以上海为中心，大量的小说杂志陆续创办，众多知识分子投身小说创作，小说俨然成为彼时文学的主流，铺天盖地的小说作品抢占了传统文化典籍的市场，郑好事《骈文丛话》描绘当时的书肆云："陈列之图书贸易品，非小说即学校用书而已，而小说尤其最多数也。问以经史子集，非摇首曰未备，即靦颜曰不完。"他将文人对骈文的态度，细分为两种。其一，因着迷于小说之"魔力"，不再热衷于骈文等传统文学文体创作，视国粹为尘芥。《骈文丛话》云："有居今稽古之士，偶欲向书肆中购求一二骈文册子者，如《骈体文苑》《骈体十大家文钞》等，则蹈破铁鞋，书贾且白眼视之矣。不独书贾然也，即号称智识最高尚之士人，其思想、其行事，宜若为保存国粹之分子乎？乃上者醉心科学、竞为终南之捷径，犹可说也；普通者或且强半为小说所同化，思想必于是、行事必于是，充其势力之所扩张，几乎弥漫浸渍于全国社会中。故虽谓吾国今日之社会，为强半以小说魔力造成之，非诞言也。"其二，文人热衷骈体小说的创作，在传统的白话小说、散体文言小说之外，提倡新的小说语体样式。郑好事认为，骈体小说徒具骈体外表，实则不伦不类，骈体与小说结合并不合适。《骈文丛话》说："盖小说本纯粹一白话体裁，几见古小说中有文胜于质者？今则琢句雕词，日新月异，时趋所至，数典已忘其祖，而六俪四骈，联偶逞奇，余犹恶其以刻鹄画虎之文，乱我累圣相传之古骈文学也。"他指出骈体小说表面上是在传承骈体，实则是对传统骈体文章的破坏。研究骈文，"不得不以保存国粹之眼光，而周详以视察之也"。

《骈文丛话》一书，从其内容而言，只分为两章，即第一章

“绪论”,第二章“源流”。从全书来看,首先值得注意的是其鲜明地提出了“骈文学”的概念。郑好事在书中规范了骈文学的范围、涵义。他说:“夫古文学,为研究国文进化之学。骈文学,犹研究古文变化之学,属诸文体变化之一部分,其范围似较普通文学史为稍狭。顾人类莫不有爱美之思想,即莫不有爱美文学之思想。……是则骈文学之范围,实同诸普通古文学之范围,而一无所狭。”历史上骈文地位的显晦变化,无不与其和散文的关系有关,《骈文丛话》用了较大篇幅,探讨了骈体、散体各自的优劣。通过与散体的比较,揭示了骈体文的特点。郑好事先总结的散体文弊病有散漫、油滑、支离、枯寂等“四弊”,又进而系统总结了骈文的易犯之病,指出骈文则有“八难”,即肥腻、轻靡、甜熟、生涩、板滞、新奇、变体、庸冗等。书中又将“古文”概念重新阐释,使得骈文也可以被纳入“古文”范畴,从而提高了骈体文章的地位。

《亦园文话》不分卷

超尘 编撰

按:“超尘”为《益世报》编辑,《亦园文话》陆续刊载于1916年天津出版的《益世报》“文苑”版块。1916年11月14日的《益世报》,有署名“何艺圃”的诗一首,将“超尘”与撰写《迎翠轩诗话》的王泽(晓渡)并称,谓其“两君同是弱冠岁”,则“超尘”可能出生于1896年前后。

“超尘”自称“不善文而好论文”,“此书多取古人之言而讨论之、研究之”。《亦园文话》中称，其人曾于辛亥年(1911)编成《文粹类钞》，作序一篇，并于此年为《行素堂文钞》作序，二序中的文论也被节录到《亦园文话》中。其他如其所编的《唐宋八家文三百篇》自序，论文内容亦被节录进《亦园文话》。作者论文不持一家一派之言，认为“吾国文字”“既一坏于科举之文，再坏于报馆之体”。在作者看来，当时能古文者甚尠，“古文自有古文之笔法”，民国人所作多是改头换面的赝品。作者“独不喜分门别派”，认为古文作者“皆羽翼乎道，立名于千万世者。乃不思其道相同而志相合，辄标之曰：非吾派也，非吾徒也”，是可笑之举。即便韩愈、柳宗元，尚未称“韩派”“柳派”。他提倡“自然”说：“不可以强作，亦不可以强求。”针对时人将文章分为“奇”“平”二类，他论文以“内外”分，不以“奇平”分。自出胸臆者，无论奇、平，皆佳，“剽贼沿袭者”则劣。他论文亦重“气”：“为文在乎气，而气以蓄而后盛，亦以空而后灵。”“蓄之之法，则即读书养气是也。”即通过读书达到明理，明理则气壮，这也是作文的前提条件。

《姚曾论文合刊》一卷

佚名 编

按：姚鼐为桐城派影响最大之人物，其后唯有改造桐城派的曾国藩能与之并称“姚曾”。二家均好论文，但均无论文专书留传，后人便辑录其论文言论而成《惜抱轩语》《论文集要·曾文正公论文》诸书。将二家论文语汇刻的则首见此书。此书编者不明，全书分《惜抱轩论文》《求阙斋论文》两部分，进一步确定了晚、近以来姚、曾二人在古文理论上的权威地位。后来原籍安徽的台湾学者朱任生（1903－2000）编有《姚曾论文精要类征》，亦可谓是《姚曾论文合刊》的当代嗣响。

有民国十六年（1927）成都存古山房刊本，又有成都昌福公司民国间刊本。

《古文辞丛说》三卷《附录》一卷

崔昱 编

按：崔昱，字叔暹，江苏宜兴人，著有《虚斋笔记》《苏州景物诗钞》等。《古文辞丛说》为清稿本，前有《略例》九则，介绍了此书议论的文体与时间范围："是编所录，只及诸家论古文辞者。始于唐，终于民国初年，以藏书自唐至明，诸家编录无多，清学恢广，名能古文者纵相接，论撰遂富。"又言及此书的辑录体性质及分类："区以别之，定为三编。曰论文、曰评文、曰义法。以其纯乎采撷前修之说，不著己意，别无形容改动。异于文话、诗话，故曰丛说。"又介绍此书不因人废言的特点："凡所录诸家，有不为大家、名家者，有学长在彼不在此者，有文集不传仅见单篇书启序跋者，可见于诸家笔记或称引他人者，亦有其人生平、官守有玷制有疵者，皆以其言有可取而取之，是古圣不以人废言之旨也。"在《论文》《评文》《义法》三编之后，作者又零星搜集到关于义法的材料，作为附录附于《义法编》后："清恽敬《大云山房文稿通例》、章太炎《文例杂论》，所言皆义法也。吴曾祺《杂说》虽稍涉琐屑凡近，于初学不无可采，并录附于《义法编》之后。"

《略例》后为《参考书目》，是崔昱编纂成书的材料来源，以清代著作居多，如姚鼐《古文辞类纂》、章学诚《文史通义》、吴德旋《古文绪论》、王先谦《续古文辞类纂》、黎庶昌《续古文辞类纂》、姚椿《国朝文录》、曾国藩《经史百家杂钞》、《曾国藩论文语》(张裕钊钞本)、《国粹学报》等，崔昱在征引前人文论时，每则均注明出处。

此书为南京图书馆藏清稿本。其编纂进程，前后历经二十年，《凡例》云："是编始稿，编录于岁癸未秋，至岁己丑秋，又重审编为二次稿本。以后续有所得，随作补充。至是更为第三次誊录，自仲春至初秋毕事。因时艰乏纸，旧存无多，遂小字，幸得足用究卷。癸卯年秋日崔叔暹。"大的编纂及修订补充有三次，从癸未(1943)迄于癸卯(1963)年。且因时局艰难，获纸不易，故而作者以小字书于纸上，每行约三十四字左右。

下编

清代文话待访录

《文瞥》《文瞥外编》卷数不详

贺裳 撰

按:贺裳,字黄公,号檗斋,又号九曲阿隐者,江苏丹阳人。贺裳为明末清初人,曾入复社,徐锡麟等纂《(光绪)重修丹阳县志》引刘会恩《曲阿诗综》云:"黄公与吴门张天如、杨维斗执复社牛耳,名甚噪,一时推为风雅之宗。"①又引贺宽《贺黄公传》著录其著作云:"总计著述,论史则有《史折》《续史折》《战国论略》,论文则有《文瞥》《文瞥外编》,论诗则有《载酒园诗话》,论词则有《皱水轩词筌》。自著则有《檗斋集》《少贱斋(集)》《寻坠斋集》。纂录则有《左》《国》《史》《汉》及《管》《韩》诸子、唐宋八家、明文《尚型》《破愁》《保残》三集,又有《文正》《文型》《文轨》《风毛》诸集、《唐诗钞》、《宋诗泾沚》《明诗择闻集》、《逸诗纪》等。最后又得《檗子说孟》,惜乎未成而卒。"②据《贺黄公传》,可知贺裳在诗学、词学、文章学诸方面,皆有著述。《载酒园诗话》与《皱水轩词筌》今尚存人间,一为诗话,一为词话,《文瞥》《文瞥外编》与之并列,被分别称为"论文""论诗""论词"之作,则知《文瞥》《文瞥外编》为文话无疑。从书名来看,"瞥"为评瞥、评论之义,则其书内容

---

①徐锡麟:《(光绪)重修丹阳县志》卷三十五《书籍》,江苏古籍出版社1991年版,第510页。

②徐锡麟:《(光绪)重修丹阳县志》卷三十五《书籍》,江苏古籍出版社1991年版,第510—511页。

或许主要是对古文作品的评论。

《论文琐言》卷数不详

黄中 编

按:此书为时文话专书,何绍基等撰光绪三年(1877)重修本《安徽通志》卷三四二《艺文志·子部》著录。黄中,字平子,号雪瀑,安徽舒城人,生卒年不详,顺治十四年(1657)举人。黄中撰有《黄雪瀑集》,前已叙录其《诸家制义题辞》。《论文琐言》自序收于集中,原文如下:

> 文章者,造物之英华,两仪之灵秀。数千百里而产一文人,数十百年而生一才士,必有宿缘定分,师授渊源,天姿英敏,勤学好问,会合而成之。然天之生才也易,人之成材也难。或有天姿颖悟,而师授无人、朋友无藉,汩没于流俗者多也,余每念及而神伤焉。今辑先儒之说、时贤之论,编次而梨枣之。但处孤陋之乡,见闻甚狭,遗漏甚多,即所蓄之篇而裒集。俟他日有得,更为续继。至于管窥之见,是非可否,一任同志君子之采择焉矣。庚午秋日舒城黄中平子雪瀑氏书。

据序文,知是书编成于康熙二十九年(1690),是汇总"先儒之说、时贤之论"的辑录式文话。《黄雪瀑集》中另有《历科程墨全书题》一文,其云:"至于程墨序言,汗牛充栋,美不胜收。特据孤陋所见,汇而集之,为《论文琐言》,以就正于四方之君子焉。"据此可知,所谓"先儒之说、时贤之论",乃指程墨(科考试卷范本)前的诸序言,《论文琐言》乃系黄中选录多篇程墨序言而成的时文话著述。

《古今文评》卷数不详

赵皇梅 撰

按:赵皇梅,字香雪,河北大名人,顺治间诸生,著有《覆瓿草》《苍淡集》等。据民国《大名县志》著录,民国《河北通志稿·文献志·艺文》卷六、徐世昌《大清畿辅书征》卷三十二亦著录。《大名县志》卷二十七《著述》著录《古今文评》时便称此书"卷数不详,书未见"。又记其人云:"皇梅,字香雪,以诸生游京师,见知于柏乡太傅魏裔介。及病死,裔介曰:'赵子云亡,吾乡失一博物君子矣。'"《大名县志》引有《苍淡集》窦遴奇序,评论赵皇梅古文云:"自秦汉六朝以及唐宋诸大家无所不读,及操觚为文,瑰玮巨丽,诸体俱备。"①

《读书谱》四卷

周清原 编

按:张维骧《清代毗陵书目》卷五著录,称此书"最录前人

①洪家禄等:《(民国)大名县志》,台湾成文出版社1968年影印版,第1702页。

论作文法之文，康熙间借录辑刊”①，知此书是对古人作文法的选摘撮录（最录）。据汤成烈等编纂《（光绪）武进阳湖县志》卷二十三《人物·文学》：“周清原，字雅楫，性至孝。英敏好学，尝言盛世文章当高华沉博，不屑碎文琐义。康熙十八年试博学鸿词，授检讨，与汤斌论学有当。越数年，复相论辩，视前说加进。视学浙江，端士习、正文体，振拔单寒。历迁副都御史，迎驾通州。”②《晚晴簃诗汇》云：“周清原，字浣初，一字雅楫，又号蓉湖，武进人，监生，康熙己未召试博学鸿词，授检讨，官至工部侍郎，有《司空遗集》。”③

《四六话》卷数不详

阎湛庵 撰

按：阎湛庵，生平不详，据张汉《四六话》序文，知其为汴城（今河南开封）人，民国李敏修《中州艺文录》未录其人。张汉《稽古堂诗集序》谓：“阎湛庵来秉孟津铎，持《稽古堂》示予。”④知阎湛庵曾任孟津文教之官。阎氏所撰《四六话》今不详其下落，亦未见他书言及。唯张汉所撰序文尚存于《滇南文略》之中，得以知晓清代曾有此书，今将张序移录于此。

---

①张维骧：《清代毗陵书目》，常州旅沪同乡会 1944 年印本。
②汤成烈等编纂：《（光绪）武进阳湖县志》卷二十三，光绪年间刊本。
③徐世昌：《晚晴簃诗汇》，中华书局 1990 年版，第 1586 页。
④李敏修辑录、申畅等校补：《中州艺文录校补》卷二十二，中州古籍出版社 1996 年版，第 424 页。

若夫子野歌风，梁园赋雪。邹枚何在，忆笔札以犹芬；杜李云亡，想文章而如见。慷当以慨，我思古人；《诗》变为《骚》，谁称作者？汴城阎孝廉湛庵，生于此地，韵想当年。出语不类寻常，欲参诗话；有才乃工四六，另置文坛。即彤管已见一斑，比吉光才窥片羽。偶因答问，一溯源流。原夫天地玄黄之象，色已平分；阴阳奇偶之占，形元俪举。字从天造，结绳想无字之初；言乃心声，《断竹》启二言之始。（自注：古歌："续竹、断竹、飞土、逐宍。"此二言之始也。）寖开骈体，遂有长篇。艳乃盛于六朝，技复工于四杰。至宋则别为一体，于明亦各有专家。且略前贤，以方时彦。风斯下矣，国有人焉。爱迦陵之排场，句嫌堆垛（自注：陈太史维崧）；奉慕庐为定论，语抉精微（自注：韩宗伯论迦陵四六一则甚当）。酌乎亦今亦古之间，味在有文有情之外。西堂工为富丽，略近痴肥（自注：尤太史侗）；紫沧大有丰神，间入妩媚（自注：汪太史）。难于挺拔，久重我家匠门（自注：家太史大受）；擅其风流，当数吾乡官渡（自注：王太史思训家滇之官渡）。一不为少，谁当与日容齐名；我若无卿，人或许月槎独步①。

张汉（1680—1759），字月槎，号莪思，云南石屏人。康熙五十二年（1713）进士，官翰林院检讨。乾隆元年（1736）举博学鸿词，再入翰林，有《留砚堂诗选》《留砚堂集》等传世。《阎湛庵四六话序》将骈文萌芽追溯至上古《断竹歌》，为他人所

---

①张汉：《阎湛庵四六话序》，《滇南文略》卷四十三，《云南丛书》第38册，中华书局2009年版，第20090页。按：张汉《留砚堂集》卷下亦收录此文，惟版面漫漶不清。

未道。另值得注意的是,此文“且略前贤,以方时彦”,对清中叶以前的骈文作者进行了评论,显示了清人在骈文批评上的总结意识。他评论的陈维崧、尤侗等人,久以骈体著称,而汪灏、王思训等人骈文,则少有人称道。汪灏(1658—?),字紫沧,安徽休宁人,康熙四十二年(1703)进士,官翰林院编修,编有《广群芳谱》等。王思训(1659—1728),字畴五,号永斋,云南昆明官渡镇人,康熙四十五年(1706)进士,授翰林院侍读、编修,主编有《云南通志》等,著有《见山楼诗文集》。另张大受(1660—1723),字日容,号匠门,江苏嘉定(今属上海)人,康熙四十八年(1709)进士,官翰林院检讨,有《匠门书屋文集》等,沈德潜《清诗别裁集》谓其“骈语、韵语皆清新独出”①。张汉评论的这数人,与其一样,皆是进士出身,且均为其翰林前辈。张汉虽也指出诸人或有“略近痴肥”“间入妩媚”等不足,但主要还是出于表彰的目的叙录于此的。而清初的骈文名家陈维崧、尤侗二人均曾在康熙十八年(1679)举博学鸿儒,授翰林院检讨。由此可见,张汉在此梳理的实则是清代翰林院系统的骈文发展史,他将清代骈文的代表作家归于翰林系统,当与自己“二入翰林”的出身有关。文末“人或许月槎独步”一句更是将自己也续入该骈文谱系,表现了对自身骈文的高度自信。今传张汉《留砚堂集》三卷,其中两卷均是骈体文,一卷是集句诗,未收录散体文,亦可见其独重骈文之意。

---

①沈德潜:《清诗别裁集》卷二十二,上海古籍出版社 2013 年版,下册,第 880 页。

《归震川文谱》一卷

汪琬 编

按：汪琬(1624—1691)，字苕文，号钝庵，长洲(今江苏苏州)人，晚年隐居太湖尧峰山，学者称尧峰先生，清初著名散文家、学者。刘声木《桐城文学渊源考》著录有汪琬《归震川文谱》一卷，似是研究归有光文章之作。今传《钝翁前后类稿》《钝翁类稿别录》等著述中未见此书。

《衎烈堂论文》卷数不详

缪诜 撰

按：缪诜，字绳孙，室名思亲斋、衎烈堂，江苏江阴人，康熙四十五年(1706)进士。著有《思亲斋遗训》《醒心笔记》《觉轩文编》等。缪荃孙等撰《江苏省通志稿·经籍志》卷十一著录此书。

《文法辑要》不分卷

张大受 编

按：张大受(1660—1723)，字日容，号匠门、拙斋，江苏嘉定(今属上海)人,康熙四十八年(1709)进士,改庶吉士,官翰林院检讨。

是书有道光刻本,王绍曾《清史稿艺文志拾遗》著录。今本张大受文集《匠门书屋文集》卷三十有《劝学十六条》,其中九则为论文条目,尚可见张氏文章学之一斑。张氏重视经学涵养之于文章的重要影响,《劝学十六条》云:"作文在读书明理,而必贵乎有养。"他将文与道结合:"文章贵乎用经之义,师古文之法,不可蹈袭字句。"他对明以来只知有唐宋八大家不知有唐宋的现象有所批评:"古文如《唐文粹》《宋文鉴》《元文类》,备一代之作者,考数百年之典故,自后世专为唐宋八大家之说,后生株守圉拘,不务博览。"张大受指出,"唐之文以韩柳为至而不尽于韩柳,宋之文以欧苏曾王为至而不尽于欧苏曾王"①,观点较为通达。

《宋四六话》不分卷

周之麟、柴升 撰

按:是书为稿本,十册,藏于台北"中央图书馆",据《"国立中央图书馆"善本书目》(增订二版)著录,待访。周、柴二人另合作编有《宋四名家诗》,《四库全书总目》卷一九四《〈宋四名家诗〉提要》云:"之鳞,字雪苍,海宁人。升,字锦川,仁和人。"②

---

①以上引自张大受《匠门书屋文集》卷三十,《四库未收书辑刊》第8辑第24册,第786—788页。

②永瑢:《四库全书总目》卷一九四,中华书局1965年版,第1770页。

《全浙诗话》则称:“之麟,字石公,萧山人,康熙庚戌进士。授翰林院编修,官至通政司使。”据王士禛《池北偶谈》记载,周之麟为“己亥”进士①,即顺治十六年(1659)登科,《全浙诗话》误。

《诗文话》八卷

王文清　撰

按:王文清(1688—1779),字廷鉴,号九溪,湖南宁乡人,雍正二年(1724)进士,乾隆十三年(1748)、二十九年(1764)曾两次被聘为岳麓书院山长。曾国荃等撰光绪十一年(1885)重刊本《湖南通志》卷二五八《艺文志十四·集部六》著录此书。是书为诗、文合话。岳麓书社有《王文清集》整理本,亦未见其收录。

《古文指授》四卷,又名《文章指南》

沈廷芳　编

按:沈廷芳(1702—1772),字椒园,又字畹秋,号荻林,浙江杭州人,从方苞学古文法,著有《十三经注疏正字》《续经义考》等。钱林《文献征存录》卷五著录是书。

①王士禛:《池北偶谈》卷一,齐鲁书社2007年版,第12页。

《诸名家文集笔记》七卷

褚寅亮 撰

按：褚寅亮（1715—1790），字搢升，号宗郑，长洲（今江苏苏州）人，乾隆十六年（1751）举人，著有《仪礼管见》《读史笔记》《诸子笔记》等。钱思元《吴门补乘》“艺文”部分、《苏州府志》“艺文”部分及缪荃孙等撰《江苏省通志稿·经籍志》卷三均著录其有《诸名家文集笔记》七卷。

《史汉唐宋文集评》卷数不详

程杞 撰

按：程杞，字献可，号森崖，安徽休宁人，乾隆三十五年（1770）举人。何绍基等撰光绪三年（1877）重修本《安徽通志》卷三四六《艺文志·集部》著录此书。

《骈体源流》一卷

吴蔚光 撰

按：吴蔚光（1743—1803），字哲甫、执虚，号竹桥，又号湖田外史，原籍安徽休宁，乡举后改入昭文(今江苏常熟)籍，乾隆四十五年(1780)进士。治古文，兼长骈体，尤擅诗词。有《杜诗义法》《金石斋诗集》《素修堂文集》《小湖田乐府》等。何绍基等撰光绪三年(1877)重修本《安徽通志》卷三四六《艺文志・集部》著录，不过此书是骈文话还是骈文选本，据书名尚难以确定。

《四书文话》卷数不详

阮元等 编

按：阮元(1764—1849)，字伯元，号芸台，江苏仪征人，清代著名学者、教育家、出版家。《四书文话》为制艺话专著，"四书文"即指时文八股。此书并未刊刻，稿本也早已下落不明。商衍鎏将其与梁章钜《制义丛话》并称，视二书为"总论制艺之书""巨细兼包"，称此书"极为精详"①。不过商衍鎏并未见到原书，他对《四书文话》的了解，应是通过阮元所撰《四书文话序》获得。《四书文话序》被收入阮元《揅经室集》，又被阮元弟子梁章钜所编《制艺丛话》卷一收录，故得流传。梁章钜《制艺丛话》云："此吾师所自作《四书文话》序，已刻入《揅经室集》中，而其时《文话》尚未成书。余以道光丙申入觐京师，曾向师乞读此书，师曰：'此书初稿有两本，一存扬州家塾，一留广州学海堂。君此去广西，可就近索阅耳。'"梁章钜

①商衍鎏：《清代科举考试述录》，故宫出版社2014年版，第275页。

既称“其时《文话》尚未成书”，又引阮元语，称“初稿有两本”，前后矛盾。也可能是阮元所说的“初稿”亦指书未定稿之义，故梁章钜称“其时《文话》尚未成书”。阮元《四书文话序》撰于道光四年(1824)，其文云：

> 唐宋诗话多，文话少，而明以来四书文话更少，非无话也，无纂之者也。余令学海堂诸生周以清、侯康、胡调德纂之，诸生共议分二十四门编之。一原始，二功令，三格式，四法律，五体裁，六命题，七程文，八稿本，九选本，十墨卷，十一社稿，十二元灯，十三名誉，十四考核，十五师承，十六风气，十七兴废，十八流弊，十九起衰，二十假借，二十一咎毁，二十二谈薮，二十三轶事，二十四五经文。虽未甚精详，然已积卷帙矣。录成二部，一存粤东学海堂，一携归江南。盖江南遗文旧说，为岭南所无者尚多，俟再令家塾子弟补成之，时甲申冬日。①

阮元此篇自序对于后人了解《四书文话》有重要价值，据序文可得的信息有。其一，此书体式。此书为辑录体，乃选择编辑历来时文话而成，此非原创型文话。其二，此书编者。阮元为此书的策划者，具体的编纂者是其弟子周以清、侯康、胡调德等人，这在他书中亦得到印证。徐世昌辑《晚晴簃诗汇》卷一三八“侯康”条云：“阮文达督粤时，命佐辑《四书文话》，一代功令程序、场屋风气，于斯具备，亦论世者所不能废也。”②民国《番

①阮元：《四书文话序》，《揅经室续集》卷三，中华书局1985年版，第130—131页。

②徐世昌：《晚晴簃诗汇》，中华书局1990年版，第6016页。

禺续县志》则直接将《四书文话》作者署为侯康等①。其三，此书内容与结构。《四书文话》失传已久，有赖阮元自序告知后人其分为二十四门。全书结构紧密，在文话中并不多见。其四，此书版本与流传。据阮序，知《四书文话》初稿只抄存两部，一部存广州学海堂，一部存江南。后梁章钜编纂《制艺丛话》，急于参考《四书文话》，但其于两广并未见到此书，可能此时学海堂藏《四书文话》已经散失。于是在回江南以后，梁氏“乃得从吾师借观所存家塾稿本”。梁章钜《制艺丛话》从江南所藏稿本《四书文话》中借鉴不少：“计增入余稿者十之一二。惟余稿不细分门类，专标举名篇俊句，旁及琐闻谐语。义例既定，与吾师所纂面目稍异，固不妨两行其书也。”②此后，江南所藏《四书文话》亦不得传，殊为憾事。

《文评三种》

吴德旋 撰

按：吴德旋（1767—1840），前已著录其《初月楼古文绪论》。钱泰吉跋吴德旋《初月楼古文绪论》云：“蒋生沐茂才方刻丛书，愿以此卷传示学者。先生尚有《文评三种》，他日当

①《民国辛未年（1931年）番禺县续县志（点注本）》卷三十二《艺文志五》，广东人民出版社2000年版，第563页。

②陈水云、陈晓红校注：《梁章钜科举文献校注二种》，武汉大学出版社2009年版，第24页。

副墨以赠生沐。”①据此，知其曾撰《文评三种》。

《见星庐文话》卷数不详

林联桂 撰

按：林联桂（1775—1836），字道子，又字辛山，吴川（今属广东）人，道光六年（1826）进士，曾官绥宁、新化、邵阳知县。光绪十六年（1890）《高州府志》卷三九云：“（林联桂）有《文话》《赋话》《诗话》《馆阁诗话》《作吏韵话》《讲学偶话》《续清秘述闻》《日下推星录》诸书。”②又，光绪《吴川县志》卷九引《作吏韵话》自序亦云：“曩桂有《见星庐文话》《赋话》《诗话》二十余卷。”

《读集札记》一卷

涂鸿仪 撰

按：涂鸿仪（1791—?），字羽皋，号澹轩，江西新城人，嘉庆十九年（1814）进士，曾任遂宁知县、崖州知州等，编有《（道光）兰州府志》等。赵之谦等撰光绪七年（1881）刊本《江西通志》卷一〇六《艺文略·子部二》著录《读集札记》一卷。

---

①吴德旋：《初月楼古文绪论》，人民文学出版社1959年与刘大櫆《论文偶记》、林纾《春觉斋论文》合刊本，第35页。

②陈兰彬等纂：《（光绪）高州府志》卷三九，光绪十五年（1889）刻本。

《论文迂见》一卷

张玉堂 撰

按：张玉堂（1801—1873），字翰斋，号大迂，晚号养真山人，直隶故城（今属河北）人，道光八年（1828）举人，曾任江西瑞昌、高安等地知县。著有《四书测疑》《史鉴录要》《读左随笔》《养真文集》等。徐世昌《大清畿辅书征》卷十九著录有《论文迂见》。

《论文汇语》卷数不详

余龙光 撰

按：余龙光（1803—1867），字灿云、黼山，号拙庵，安徽婺源（今属江西）人，道光十五年（1835）举人，曾任娄县知县、昆山知县，清代理学家，著有《元明儒学正宗录》《吴康斋学案》《汪双池年谱》等。何绍基等撰光绪三年（1877）重修本《安徽通志》卷三四二《艺文志・子部》著录有《论文汇语》。

《论文肯綮》二卷

刘存仁 撰

按：刘存仁（1805—1880），字炯甫，号念莪，晚号蘧园，福建闽县(今属福建福州)人,道光二十九年(1849)举人,曾入林则徐幕府,官秦州知州,著有《屺云楼诗选》《屺云楼诗话》《诗经口义》等。《清代硃卷集成》刘孝祐硃卷著录有《论文肯綮》二卷(按,刘孝祐为刘存仁之孙)。

《论文臆说》二卷

曾国藩 撰

按:曾国藩(1811—1872),初名子城,字伯涵,号涤生,湖南湘乡人,晚清重臣,著名古文理论家。曾氏于书信、日记、序跋中颇喜论文,但未见其结撰成书的文话,后人颇有辑录其文论者,如薛福成《论文集要》卷三专门辑录曾国藩论文之语,钱基博《国学必读·文学通论》亦曾辑录"《求阙斋日记》论文九则"。不过据曾国藩日记,他本人似乎曾有结撰之举。曾氏于《致刘蓉(咸丰八年正月初三)》一信中说:"《论文臆说》当录出以污尊册,然决无百叶之多,得四十叶为幸耳。"①刘声木《苌楚斋四笔》卷六则云:"湘乡曾文正公国藩,撰《论文臆说》二卷,未刊。文正致同邑刘孟容中丞蓉书,自云:'只四十页',见于文正书牍。"②不过刘声木亦未得见其书。薛福成《论文集要》多录曾国藩语,刘氏认为据之可窥《论文臆说》一斑。

---

①《曾国藩全集·书信一》,岳麓书社1990年版,第612页。

②刘声木:《苌楚斋四笔》卷六,见《苌楚斋随笔续笔三笔四笔五笔》,中华书局1998年版,第791页。

《古文话》六十四卷

李元度 撰

按:李元度(1821—1887),字次青,一字笏庭,自号天岳山樵,晚更号超园老人,湖南平江人,道光二十三年(1843)举人,官贵州布政使。其生平事迹详见于王先谦《诰授光禄大夫贵州布政使李公神道碑》(《虚受堂文集》卷九),据此文著录,李氏著述有"《国朝先正事略》六十卷、《平江县志》五十六卷、《平江十三君子事略》二卷、《十忠祠纪略》二卷、《南岳志》二十六卷、《天岳山馆文钞》六十卷,未刊者有《四书广义》六十四卷、《国朝彤史略》十卷、《名贤遗事录》二卷、《国朝先正文略》二百卷、《求实用斋丛书》若十卷、《安贫录》四卷、《古文话》六十四卷、《天岳山馆诗集》十二卷、《文续集》若干卷、《四六文》二卷。"①据此,知其《古文话》未刊,时人亦未得见。李元度长于为文,刘声木称:"其为文,才识宏裕,语皆心得。多发前人所未发。"②李氏《古文话》是否尚存人间,不得而知,不过其《古文话》自序收录于《天岳山馆文钞》卷二六之中,可以略窥一斑。

> 自梁锺嵘、唐司空图作《诗品》,繇宋汔今,撰诗话者,几于汗牛充栋矣。宋王铚有《四六话》,近世毛西河

---

①王先谦:《诰授光禄大夫贵州布政使李公神道碑》,《虚受堂文集》卷九,梅季整理《王先谦诗文集》,岳麓书社2008年版,第204页。

②刘声木:《桐城文学渊源考》卷十一,《历代文话》第10册,第9429页。

> 有《词话》，梁茝邻有《楹联话》《制艺话》《试律话》，而文话独无闻焉。文莫盛于汉，汉之文浑浑灏灏，初无格律可言，逮建安黄初，体裁渐备，于是论文之说出，《典论》其首也。嗣是晋挚虞有《文章流别》，梁刘勰有《文心雕龙》，任昉有《文章缘起》，宋陈骙有《文则》，王正德有《余师录》，李淦有《文章精义》。然自《雕龙》外，卷帙无多，其说亦未备。《明史·艺文志》有闵文振《兰庄文话》，《绛云楼书目》有李云《文话》，则皆轶不传，而日本国人所撰《拙堂文话》《渔村文话》，反流传于中国。圣清文治昌明，登三咸五，求诸著述家，转无文话之目，非艺林中一阙典欤？元度侍养山居，取古今论文语，博观而类录之，凡十门：曰宗经，曰考史，曰征子，曰衡集，曰辨体，曰问途，曰辑评，曰操选，曰纠谬，曰摭谈，综为《古文话》六十有四卷。盖古人编集，诗与四六，统谓之文。今诗话、四六话既有专书，则凡论诗、论四六者，皆当沟而出之。专以论古文为主，是古文对时文言，古文话则又对诗话、四六话而言，要在各明一义而已。①

据自序，知李元度《古文话》有两大鲜明特点，其一，李氏有极强的文体辨析意识，他特意将己作命名为“古文话”，意在与时文话、四六话、诗话、词话等“话”体批评样式区别开来，其所谓“文”专指狭义的“古文”，“凡论诗、论四六者，皆当沟而出之”，这也是目前所发现的唯一一部以“古文话”命名的文话。其二，李元度既撰写了唯一一部名为“古文话”的著作，又有意

①李元度：《〈古文话〉序》，《天岳山馆文钞》卷二六，《续修四库全书》第1549册，第407页。

为古文话发凡起例，他在书中将文话内容分为宗经、考史、征子、衡集、辨体等十类，有着较强的体系性。这是继承了《文心雕龙》的特点，但在清代文话中并不多见，较为难能可贵。

《高太史论文抄》十卷

高熙喆　撰

按：高熙喆（1854—1938），字亦愚，山东滕州人。据王绍曾主编《山东文献书目》著录，宣统元年（1909）滕县高氏家刻本。今按，上海图书馆、国家图书馆均藏有高熙喆《高太史论抄》四卷，分别为光绪三十三年（1907）、宣统元年（1909）刻本，均为史论选本，非论文专书。疑《山东文献书目》或将“高太史论抄”之名衍一“文”字，而成“高太史论文抄”。

《六字课斋文话初编》八卷

宋恕　撰

按：宋恕（1862—1910），前已著录其《六字课斋津谈·词章类》《国朝先辈文话举是》。宋恕在其《六字课斋津谈·词章类》中介绍了《六字课斋文话初编》的撰写情况，并特别拈出其在文体分类上的创新：“永昼闭门，辑弱冠后七八年来论古今文之语，为《六字课斋文话初编》八卷，凡数万言。皆一空依傍，不拾唾余，而体例尤创。计分宗目五：‘曰散体，曰无韵骈体，曰有韵骈体，曰散体兼无韵骈体，曰散体兼有韵骈体。’每宗目下细分支目，亦与前人所分大异。如经解为散体之一支目，楹联为无韵骈体之一支目，诗为有韵骈体之一支目，制义为散体兼无韵骈体之一支目，传奇为散体兼有韵骈体之一支目是也。’”①今此书下落不详。

《国朝骈体文家小传》六卷

胡念修 撰

按：胡念修（1873—?），前已著录其《四家纂文叙录汇编》。胡氏曾撰《国朝骈体文家小传》六卷，《刻鹄斋丛书》未收，待访。《国朝骈体文家小传》前有自序，收入《四家纂文叙录汇编》之中。胡念修一生推重骈文，自序言其曾历经寒暑十余载而“访求国朝骈体遗集，不下数十百种”。他所蒐集的清人骈文著作，不仅数量宏富，而且经过他一番去粗存精的挑选，品质亦高：“精华所在，虽碎金亦可名家；滓渣难融，虽充栋亦多割爱。”《国朝骈体文家小传》的成书，即建立在他丰富的骈文文集收藏基础之上。他将所藏清人骈文文集“顺治以来作者，各系一传，计得六卷，间抒管见，附论传后”②，而成

①宋恕：《六字课斋津谈》词章类第十二，胡珠生编《宋恕集》，中华书局1993年版，第91页。

②胡念修：《国朝骈体文家小传叙》收入《〈四家纂文叙录汇编〉》，光绪二十五年(1899)《刻鹄斋丛书》本。

此书。书首自序的最末二段既记录了成书过程，也反映了其推尊骈文的文章学观念。其云：

……居今之世，而思化今之弊，非骈体，其谁与归？盖散行之文，笔贵奔放，立异矜奇，势必至于横议。夫言为心声，其言既诡，其心术必不可问。若骈体，则绳以词句，诱以研炼，既取朴茂渊懿为本，难作飞扬跋扈之言。不善学者，虽有繁冗之议，卑靡之累，于心术固无恙也。即甚而决防逾阈，亦不过如"烟霞万古楼"而已。故曰：正人心，厘文体，必自崇尚骈俪始。

蒙从事此道，寒暑十余易矣。访求国朝骈体遗集，不下数十百种。精华所在，虽碎金亦可名家；滓渣难融，虽充栋亦多割爱。著录频年，不觉逾尺。卷帙繁重，梨枣艰难。姑置巾箱，待诸好事。惟前贤呕心镂肝，卓然孤谊，任彼沉浮，是谁之过？今将顺治以来作者，各系一传，计得六卷，间抒管见，附论传后。固知小儿学语，必嗤大方，然由前而言，有靡灭之忧；由后而言，有诬惑之惧，则区区愚妄之咎，或尚可以苟免也。

《桐城文学论文汇编》未成稿

刘声木　编

按：刘声木（1878—1959），原名体信，字述之，辛亥后改名声木，字十枝，安徽庐江人，四川总督刘秉璋子。是书为未竟稿，刘声木钟情桐城文学，曾于民国时编成《桐城文学渊源考》《桐城文学撰述考》，对桐城派研究甚有功绩。而据其《苌楚斋四笔》卷十“吴德旋论诗书”条云，知其少时曾有汇编桐城文论之志：“予少时亦欲编辑《桐城文学论文汇编》□[1]卷，仅钞录建宁朱仕琇、桐城姚范等数家，已有二三万言。后以家贫出门谋食中止，此愿竟不能偿矣。”[2]其《桐城文学论文汇编》为桐城文家论文之言的汇编，虽未最终成书，但清末这一总结桐城派文论的编撰活动，仍值得关注。

《文法金针》卷数不详

杜瀛 撰

按：杜瀛，山东高唐人，乾隆四十六年(1781)岁贡。《山东通志艺文志订补》据光绪《高唐州志·著述》转录[3]。

《诗文发明》四卷

陈九龄 撰

按：陈九龄，字补堂，福建福清人，乾隆元年(1736)进士。

---

①此处缺字。

②刘声木：《苌楚斋四笔》卷十，见《苌楚斋随笔续笔三笔四笔五笔》，中华书局1998年版，第873页。

③徐泳：《山东通志艺文志订补》集部第三册，山东人民出版社2016年版，第444页。

著有《易卦发明》《诗经发明》《左氏发明》《屈子发明》等。是书为诗、文合话，有乾隆三十八年(1773)自刊《二物堂全集》本，待访。

《论文》四卷

王棻　撰

按：王棻，字香甫，号吾溪，嘉庆十四年(1809)进士，顺天府教授，著有《四书心得》《吾溪诗钞》等。民国《河北通志稿·文献志·艺文》卷四据《高阳县志》著录。

《作文五要》卷数不详

董銮　撰

按：董銮，字金坡，嘉庆十八年(1813)拔贡，山东青州府同知。民国《河北通志稿·文献志·艺文》卷四据《文安县志》著录。

《文话》二卷

朱曾武　撰

按：朱曾武，字绳武，号蒨圃，山东历城(今属山东济南)

人,乾隆四十八年(1783)举人,曾官广东开平知县,著有《四书字义说略》《唐诗绎律》等。《文话》有嘉庆十九年(1814)绿玉堂刻本,《贩书偶记续编》著录。

《古文笔谱》二卷

朱曾武 撰

按:是书有道光十六年(1836)刻本,孙葆田等纂《(宣统)山东通志》、王绍曾主编《山东文献书目》等著录。《(宣统)山东通志》著录其书云:"是书刊于道光丙申,其论作文之法,为目凡十有七,曰论、曰攻、曰剥、曰叠、曰代、曰转进、曰纵擒、曰顿跌、曰撇转、曰折转、曰转深、曰难而解、曰往复、曰形容、曰拟议、曰设想、曰反掉。每一法中,摘古文各篇之一二段评之,其自序略云:'古文、时文,规模不同,而其用笔,未尝不同。意欲集笔法之大成,而匆匆未暇。兹仅就所得,先为付梓,窃以公同好焉。'"①对此,《(宣统)山东通志》加按语评论云:"古文与时文异趣,而自序谓其用笔未尝不同,是以时文之法衡古文矣。无怪其说之支离烦碎也。"②

①孙葆田等纂:《(宣统)山东通志》卷一四六《艺文志第十》,《中国地方志集成》,凤凰出版社 2010 年版,第 4357 页。

②孙葆田等纂:《(宣统)山东通志》卷一四六《艺文志第十》,《中国地方志集成》,凤凰出版社 2010 年版,第 4357 页。

《古文绪论》三卷

孙思奋　辑

按：孙思奋，字滂伯，据徐世昌《晚晴簃诗汇》："原名澄清，字靖江，浙江山阴人，官江西知县。有《天鬻山房集》。"①据刘声木《苌楚斋四笔》卷十记载，孙氏"以古文辞非明体别流派，无由引伸触类，而渐跻古作者之林，于是撷拾国朝桐城、阳湖诸名大家，成《古文绪论》三卷"，有光绪三十三年(1907)徐祖贡家刊袖珍本。

《骈文答问》一卷

杨嘉兴　撰

按：是书专论骈文，一册。民国九年(1920)文炯蓝格抄本，据阳海清主编《中南、西南地区省、市图书馆馆藏古籍稿本提要》著录，广东省立中山图书馆藏，今已由该馆捐赠或移送至他地。

①徐世昌：《晚晴簃诗汇》，中华书局1990年版，第7856页。

《时文法》卷数不详

李荣绶 撰

按:李荣绶,字荫堂,同治举人。是书为抄本,据李正德《陕西著述志》著录(三秦出版社 1996 年版)。

《文话》八卷

张山 撰

按:张山,字亦仙,一字景君,河北乐亭人,九鼎子,同治间贡生,有《退学斋文稿》六卷。民国《河北通志稿·文献志·艺文》卷四据《永平府志》著录,徐世昌《大清畿辅书征》卷十四亦著录。史梦兰《永平诗存》引《止园诗话》评张山云:"骈散诸文,于古作者俱具体而微,著有《文话》数卷。"①

《文法》不分卷

郝朝昇 撰

按:据武作成《清史稿艺文志补编》著录。

---

①史梦兰:《永平诗存》,石向骞主编《史梦兰集》,天津古籍出版社 2015 年版,第 581 页。

《文章指南》卷数不详

万修 撰

按:万修,安徽芜湖人。余谊密修、鲍寔纂《民国芜湖县志》卷五十六《艺文志》著录。

《文论》二十卷

江际和 撰

按:江际和,安徽黟县人。何绍基等撰光绪三年(1877)重修本《安徽通志》卷三四六《艺文志·集部》著录。

《蠡解文诀》卷数不详

吴粤省 撰

按:吴粤省,湖北人。张仲炘、杨承禧等撰民国七年(1918)重刊本《湖北通志》卷九十《艺文志十四·集部》著录。

《诗文正论》卷数不详

唐成珀 撰

按：唐成珀，湖南常宁人。曾国荃等撰光绪十一年(1885)重刊本《湖南通志》卷二五八《艺文志十四·集部六》据《常宁县志》著录。

《墓铭举例》卷数不详

马宗良 撰

按：马宗良，湖南澧州(今澧县)人。曾国荃等撰光绪十一年(1885)重刊本《湖南通志》卷二五八《艺文志十四·集部六》著录。

《文法训》卷数不详

陈菁 撰

按：陈菁，江苏南京人。缪荃孙等撰《江苏省通志稿·经籍志》卷一著录。

《酌雅堂骈体文评语》卷数不详

龚樵襟、卜贞甫等　评

按：是书专论骈文，据王绍曾《清史稿艺文志拾遗》著录。

《读书作文谱》卷数不详

吴维震　撰

按：吴维震，字东长，号屺堂，长洲（今江苏苏州）人，廪贡生，据凌寿祺《浒墅关志》人物志记载，其人“四岁能写唐诗，神童名噪一时”①，有《诗词遗稿》。凌寿祺《浒墅关志》、缪荃孙等撰《江苏省通志稿·经籍志》均著录有《读书作文谱》，《浒墅关志》称此书“纂录诸儒精要语”②。

《论文》二卷

程均　撰

按：程均，安东（今江苏涟水）人。缪荃孙等撰《江苏省通

①凌寿祺纂、钦瑞兴点校：《浒墅关志》，广陵书社2012年版，第243页。
②凌寿祺纂、钦瑞兴点校：《浒墅关志》，广陵书社2012年版，第298页。

志稿·经籍志》卷十三著录。

《论文》一卷

张瑞荫 撰

按：张瑞荫，字兰浦，张之万子，张之洞族侄，河北南皮人，官山西道监察御史，著有《敦朴堂诗文集》六卷。民国《河北通志稿·文献志·艺文》卷八著录。

《论文琐言》三卷

徐士梅 编

按：李文藻等纂《（乾隆）历城县志》卷二十二《艺文考四》称："士梅，县诸生，集师友谈宴之语为《论文琐言》一书，颇有心得。"①知此书为徐士梅辑录的同时代人论文之语。

《菱溪精舍论文》四卷

湘潭黄氏 编

按：据晚清王葆心《古文辞通义》卷九著录，其称湘潭黄

①李文藻等纂：《（乾隆）历城县志》卷二十二，《中国地方志集成》，凤凰出版社2004年版，第414页。

氏有家塾刻本《菱溪精舍论文》四卷。

《国朝古文辞说》，又名《清代文话》卷数不详

曹振勋 辑

按：此书署“新安曹振勋致垚辑”。是书为稿本，为中国嘉德2004年秋季拍卖会拍品，1函6册。原名《国朝古文辞说》，后改名为《清代文话》，则此书当编成于清、民交接之际。从网站流出的拍品图片来看，卷一为“源流第一”，可见其颇有体系。卷一“古之知道者，未有不明于文字者也”一段，出自曾国藩《致刘蓉》（道光二十三年），据此，推测此书是一部辑录前人文论而分类系之的辑录体文话。

清代文话总目

B

《跋潘文僖公〈金石例〉》九则　　第203页

徐湘潭撰，见载于《徐睦堂先生集》卷二十三，道光二十二年(1842)刻本，今《清代诗文集汇编》第558册据之影印。

《碑版文广例》十卷　　第185页

王芑孙撰，有道光二十一年(1841)写刻本，《石刻史料新编》据之影印。

《笔法论》一卷　　第156页

李梅冬撰，有嘉庆二十五年(1820)于学训《文法合刻》本，整理本有《历代文话续编》本。

《盋山谈艺录》一卷　　第273页

顾云撰，有宣统二年(1910)两江法政学堂铅印本，《历代文话》据之排印。

《伯子论文》一卷　　第29页

魏际瑞撰，有《昭代丛书》《文学津梁》《历代文话》本等。

C

《菜根堂论文》一卷　　第111页

D

康浚撰，有嘉庆八年(1803)刻本。又有嘉庆十二年(1807)与《孟子文说》合刻本。

《东皋遗选前集论文一则》《东皋遗选今集论文三则》《程墨观略论文三则》 第45页

吕留良撰，收录于《吕晚村先生文集》卷五之中，有雍正三年(1725)吕氏天盖楼刻本，《四库禁毁书丛刊》据之影印。

《读古撮要》四则 第157页

王万里撰，有嘉庆二十五年(1820)于学训《文法合刻》本，整理本有《历代文话续编》本。

《读集札记》一卷 第384页

涂鸿仪撰，赵之谦等撰光绪七年(1881)刊本《江西通志》卷一〇六《艺文略·子部二》著录。

《读江西闱墨评》五则 第290页

顾家相撰，存录于《勵堂文集》卷八，有台湾文海出版社《近代中国史料丛刊》第八十三辑、台湾文听阁《民国文集丛刊》第一编影印本。

《读书谱》四卷 第373页

周清原编，张维骧《清代毗陵书目》卷五著录。

《读书作文谱》卷数不详 第399页

吴维震撰，凌寿祺《浒墅关志》、缪荃孙等撰《江苏省通志稿·经籍志》均著录。

《读书作文谱》十二卷 第42页

唐彪编撰，有康熙三十八年(1699)、康熙四十七年(1708)与《父师善诱法》合刻本、《历代文话》排印本等。

《读书作文要论》一卷 第274页

赵皇梅撰,据民国《大名县志》著录。

《古人论文大义》二卷　　第 321 页

唐文治编,有民国九年(1920)上海徐家汇工业专门学校发行本。

《古文笔谱》二卷　　第 394 页

朱曾武撰,孙葆田等纂《(宣统)山东通志》、王绍曾主编《山东文献书目》等著录。

《古文辞丛说》三卷　《附录》一卷　　第 366 页

崔昱编,南京图书馆藏清稿本。

《古文辞禁八条》　　第 95 页

李绂撰,有乾隆十二年(1747)刻李氏《穆堂先生别稿》本、《续修四库全书》影印本、《历代文话》排印本等。

《古文辞类纂诸家评识》一卷　　第 352 页

吴闿生、高步瀛辑,有民国三年(1914)京师国群铸一社印行本、《历代文话续编》本。

《古文辞通义》二十卷　　第 332 页

王葆心撰,有光绪三十二年(1906)《高等文学讲义》版、1916 年《晦堂丛书》本。排印本有 2007 年复旦大学出版社《历代文话》本等、2008 年武汉大学出版社本等。

《古文凡例》十五则　　第 131 页

范泰恒撰,收录于嘉庆十四年(1809)范照藜重刊《燕川集》卷十四。

《古文方》三种　　第 271 页

何家琪撰,许鼎臣编,附于《天根文钞》之后,有光绪三十二年(1906)刊本,单行本有民国四年(1915)本,《历代文话》据之排印。

《缓堂文述》二卷　　第119页

顾诒禄编,有乾隆五年(1740)刻本。

《晦堂文钥》一卷　　第309页

陈澹然撰,有1916年《原学三编》本、1923年《晦堂丛著》本,《历代文话》本据《晦堂丛著》本录入。

J

《见星庐文话》,卷数不详　　第384页

林联桂撰,据光绪十六年(1890)《高州府志》卷三九著录。

《絸斋论文》六卷　　第67页

张谦宜撰,张颀编,有乾隆二十三年(1758)刻本、《续修四库全书》《山东文献集成》影印本、《历代文话》排印本等。

《缙山书院文话》四卷　　第270页

孙万春撰,有光绪十一年(1885)刊本,《历代文话》本据之排印。

《金石称例》四卷《续金石称例》一卷　　第222页

梁廷枏撰,有光绪十三年(1887)朱记容《槐庐丛书》本,《丛书集成续编》(上海书店)、《石刻史料新编》据之影印。

《金石订例》四卷　　第228页

鲍振方撰,有光绪十年(1884)常熟鲍廷爵《后知不足斋》刻本,凤凰出版社2010年《后知不足斋丛书》、《石刻史料新编》第3辑据之影印。排印本有《丛书集成初编(补印本)》等。

《金石例补》二卷　　第191页

郭麐撰，有道光十二年(1832)本，李瑶将是书与《金石三例》合刊排印(泥活字本)，称《校补金石例四种》，又有光绪三年(1877)行素草堂刻本、《丛书集成初编》排印本等。

《金石例札记》一卷　　第 272 页

缪荃孙撰，有光绪三十四年(1908)徐乃昌刻《随庵徐氏丛书》本，附《苍崖先生金石例》后，《丛书集成续编》(上海书店)第 74 册据之影印。整理本有张廷银、朱玉麒主编《缪荃孙全集·杂著》本，此为单行本，凤凰出版社 2014 年版。

《金石要例》一卷附《论文管见》一卷　　第 16 页

黄宗羲撰，有《金石三例》《金石例四种》《金石全例》《四库全书》《昭代丛书》《丛书集成初编》《历代文话》《黄宗羲全集》等多种版本。

《金石余论》一卷　　第 190 页

李遇孙撰，有《古学汇刊》第二集本，常见有《丛书集成续编》《石刻史料新编》影印本等。

《金石综例》四卷　　第 207 页

冯登府撰，有道光年间刻本、光绪十三年(1887)朱记荣《槐庐丛书》本、《石刻史料新编》《丛书集成续编》(上海书店)影印本等。

《金针五法》一卷　　第 169 页

胡延撰，有清代写刻本。

《经书卮言》九则　　第 128 页

范泰恒撰，收录于嘉庆十四年(1809)范照藜重刊《燕川集》卷十四，单行本有道光间《昭代丛书》辛集本，上海书

余龙光撰，据何绍基等撰光绪三年(1877)重修本《安徽通志》卷三四二《艺文志·子部》著录。

《论文集钞》二卷　　第143页

高塘编，有乾隆五十一年(1786)广郡永邑培元堂杨氏刊《高梅亭读书丛钞》本，北京图书馆出版社2006年版《华东师范大学图书馆藏稀见丛书汇刊》第24册等据之影印。

《论文集要》四卷　　第266页

薛福成编，有光绪二十八年(1902)石印本，另有《文学津梁》本等。《历代文话》据《文学津梁》本排印。

《论文肯綮》二卷　　第385页

刘存仁撰，据《清代硃卷集成》刘孝祐硃卷著录。

《论文连珠》一卷　　第330页

唐才常撰，有《大陆报》第三年第二号(1905年)版、《民权素》第六集(1915年)版、《古今文艺丛书》第一集版。整理本有王佩良校点《唐才常集》本(岳麓书社2011年《湖湘文库》甲编本)、《历代文话》本等。

《论文偶记》一卷　　第117页

刘大櫆撰，有道光二十七年(1847)黄秩模刊活字本、光绪十四年(1888)《刘海峰文集》本等，整理本有1959年人民文学出版社与《初月楼古文绪论》《春觉斋论文》合刊本、《历代文话》本等。

《论文十四则》不分卷　　第60页

赵俞撰，收录于赵俞《绀寒亭文集》卷二中，有康熙年间刻本，《四库全书存目丛书》《清代诗文集汇编》影印。

《论文示照藜》五则　　第136页

范泰恒撰，有嘉庆十四年(1809)范照藜重刊《燕川集》本。

《论文四则》 第27页

谷应泰撰，收入李渔编辑《资治新书》(初集)卷六《文告部》之《训士》部分，题为《正文体示》，有康熙二年(1662)刻本。

《论文四则》一卷 第55页

杨绳武撰，有《昭代丛书》戊集本、《丛书集成续编》影印本、《历代文话》排印本等。

《论文随笔》不分卷 第359页

佚名撰，上海图书馆藏稿本。

《论文琐言》，卷数不详 第372页

黄中编，据黄中《黄雪瀑集》中《论文琐言》自序著录。

《论文琐言》三卷 第400页

徐士梅编，据李文藻等纂《(乾隆)历城县志》卷二十二《艺文考四》著录。

《论文五则》 第174页

彭绍升撰，收录于《二林居集》卷三《杂著·书问一》，有清嘉庆味初堂刻本，影印本有《续修四库全书》第1461册、《清代诗文集汇编》第397册、《清儒四家集》(学苑出版社2015年版)等。

《论文要言》一卷 第327页

邹寿祺编，有光绪二十一年(1895)《古文举例初二三四五集附论文要言》本，又有光绪三十一年(1905)苏州刻本，《历代文话续编》据后者排印。

《论文臆说》二卷 第386页

曾国藩撰，据曾国藩《致刘蓉(咸丰八年正月初三)》著录。

《论文迂见》一卷 第385页

张玉堂撰，据徐世昌《大清畿辅书征》卷十九著录。

《论文约旨》不分卷附《论文摘谬》 第109页

张泰开撰，有光绪十七年(1891)活字本。

《论文杂记》不分卷 第355页

刘师培撰，有光绪三十一年(1905)《国粹学报》本、《刘申叔先生遗书》本、人民文学出版社1959年本、《历代文话》本等。

《论文杂录》不分卷 358页

佚名编，上海图书馆藏抄本。

《论文杂说》一卷 第148页

倪世宽撰，上海图书馆藏抄本。

《论文杂言四十一则》不分卷 第159页

管世铭撰，有嘉庆六年(1801)读雪山房版。

《论文杂语》二种 第34页

徐枋撰，有康熙二十三年(1684)《居易堂集》本、《四部丛刊三编》《续修四库全书》影印本、《历代文话》整理本等。

《论文杂著》二卷 第72页

黄越撰，有雍正九年(1731)刻本、《四库全书存目丛书》《清代诗文集汇编》影印本。

《论文章本原》三卷 第241页

方宗诚撰，随《柏堂读书笔记》流传，有光绪四年(1878)刻本，单行本有《历代文话》本。

《论文枕秘》一卷 第172页

史祐著，有清代写刻本。

《论学三说·文说》十一则 第31页

黄与坚撰，有《学海类编》本，单行本首见于《历代文话》。

《吕晚村先生论文汇钞》一卷　　第48页

吕留良撰，曹鎓、程先辑，有康熙五十三年(1714)吕氏家塾刻本、《四库禁毁书丛刊》影印本、《历代文话》排印本、《吕留良全集》本等。

M

《梦陔堂文说》一卷　　第196页

黄承吉撰，有清道光刻本，《清代诗文集汇编》第503册影印。

《孟子文说·杂论》十则　　第176页

康浚撰，有嘉庆八年(1803)版、嘉庆十二年(1807)与《大学文说中庸文说》合刻本、《续修四库全书》影印本。

《墓铭举例》，卷数不详　　第398页

马宗良撰，据曾国荃等撰光绪十一年(1885)重刊本《湖南通志》卷二五八《艺文志十四·集部六》著录。

N

《耐俗轩课儿文训》　　第50页

申颋撰，有康熙年间刻本。

P

《骈体源流》一卷　　第380页

吴蔚光撰，据何绍基等撰光绪三年(1877)重修本《安徽通志》卷三四六《艺文志·集部》著录。

《骈文丛话》二卷　　第362页

郑好事编，有民国初年油印本。

《日知录·论文》一卷　　第 21 页

顾炎武撰，常见有黄汝成《日知录集释》本等，《历代文话》首次将《日知录》卷十九完整录入。

《榕村语录·诗文一》一卷、《榕村续语录·诗文》一卷　　第 64 页

李光地撰，徐用锡、李清植、李清馥编，有《四库全书》本、道光《榕村全集》本等。

《睿吾楼文话》十六卷　　第 201 页

叶元垲编，有道光十三年(1833)刻本，《历代文话》本据之排印。

S

《少学》一卷　　第 11 页

崔学古撰，王晫、张潮辑，有《檀几丛书》本等。

《史汉唐宋文集评》，卷数不详　　第 380 页

程杞撰，据何绍基等撰光绪三年(1877)重修本《安徽通志》卷三四六《艺文志·集部》著录。

《史记评语》一卷　　第 84 页

方苞撰，王拯编，见于方苞《读书笔记》，《四部备要》《万有文库》版《望溪先生全集》均有收录。

《石例简钞》四卷　　第 349 页

黄任恒编，有民国十七年(1928)刊本。

《史论初阶》不分卷　　第 317 页

李绂编，有光绪二十四年(1898)广州福芸楼刻本、晚清硃批本《硃批史论初阶》、宣统元年(1909)由广州文明书局翻印、民国初年广益书局版、民国佛山同文堂书局本、

民国十年(1921)义和书局与《正义启蒙》合刊本等。

《史论启蒙·论作文之法》不分卷　　第 316 页

嵇铨撰,有光绪十五年(1889)味经官书局铅印本。

《十室遗语·论文》一卷　　第 182 页

蒋励常撰,蒋琦龄编注,有同治五年(1866)四月既望刻本。

《时文法》,卷数不详　　第 396 页

李荣绶撰,据李正德《陕西著述志》著录。

《诗文发明》四卷　　第 392 页

陈九龄撰,有乾隆三十八年(1773)自刊《二物堂全集》本。

《诗文话》八卷　　第 379 页

王文清撰,据曾国荃等撰光绪十一年(1885)重刊本《湖南通志》卷二五八《艺文志十四·集部六》著录。

《时文蠡测》一卷　　第 125 页

袁守定撰,此为《占毕丛谈》附录,独立成卷,有嘉庆十九年(1814)刊本、光绪十二年(1886)重刊本,《四库未收书辑刊》第 6 辑第 12 册据光绪本影印。

《时文论》十八则　　第 115 页

刘大槐撰,有光绪元年(1875)刻《刘海峰稿》本等。

《诗文题解》一卷　　第 223 页

况澄编,桂林图书馆藏《况氏丛书》稿本。

《诗文正论》,卷数不详　　第 398 页

唐成珀撰,据曾国荃等撰光绪十一年(1885)重刊本《湖南通志》卷二五八《艺文志十四·集部六》著录。

《时艺书评》一卷　　第 78 页

何焯撰,上海图书馆藏稿本。

《史席闲话》一卷　　第 97 页

鞠濂讲授，董元赓记录，有嘉庆二十五年(1820)于学训《文法合刻》本、宣统二年(1910)海隅山馆斠刊《悦轩文钞附史席闲话》本、《历代文话续编》排印本等。

《授砚堂集抄古今尺牍》　第105页

佚名编，乾隆四十四年(1779)于光华刻《增订集录》本。

《述庵论文别录》一卷　第146页

王昶撰，金学莲辑，有清刊本。

《书韩文》七则、《书柳文》五则　第134页

范泰恒撰，收录于嘉庆十四年(1809)范照藜重刊《燕川集》卷十二。

《塾课小题分编论文》不分卷　第84页

王步青撰，有乾隆十七年(1752)敦复堂刻本。

《塾课分编注释・先正论文》一卷　第88页

王步青编，于光华注，有乾隆五十一年(1786)敦化堂写刻本。

《四家纂文叙录汇编》四卷《附录》一卷　第344页

胡念修编，有光绪二十五年(1899)《刻鹄斋丛书》刻本，《历代文话》本据之排印。

《四六丛话》三十三卷，附《选诗丛话》一卷　第164页

孙梅编撰，有嘉庆三年(1798)吴兴旧言堂本、光绪七年(1881)许应鑅重刊本。排印本有商务印书馆1937年《万有文库》本、台北世界书局1970年《中国学术名著》第三辑本、复旦大学出版社2007年《历代文话》本、人民文学出版社2010年《中国古典文学理论批评专著选辑》本等。

《四六话》，卷数不详　第374页

阎湛庵撰，据《滇南文略》所载张汉《阎湛庵四六话序》著录。

T

W

代文话》本。

《文式五则》 第262页

张行简撰，整理本有徐梓、王雪梅编《蒙学须知》（山西教育出版社1991年版）、北京师联教育科学研究所编选《历代训蒙教育与训蒙要籍选读》（中国环境科学出版社、学苑音像出版社2006年版）等。

《文说》不分卷 第355页

刘师培撰，有光绪三十一年（1905）、三十二年（1906）《国粹学报》本，又有《刘申叔先生遗书》本、《历代文话》本等。

《文说二首》 第123页

全祖望撰，有乾隆间刻本、嘉庆十六年（1811）刻本等。整理本有上海古籍出版社2000年朱铸禹汇校集注《全祖望集汇校集注》等。

《文说三则》 第188页

焦循撰，《文说三则》收于焦循《雕菰集》卷十，有《文选楼丛书》本、《文学山房丛书》本、《历代文话》排印本等。

《文颂》一卷 第106页

马荣祖撰，有道光《昭代丛书》己集广编第三十八卷本，《丛书集成续编》据之影印。整理本有1929年北平朴社郭绍虞《文品汇钞》本、《历代文话》本等。

《文谈》一卷 第113页

张秉直撰，李元春评，有道光十五年（1835）《青照楼丛书》本，台北新文丰出版有限公司《丛书集成续编》影印，《历代文话》据之排印。另有光绪十八年（1892）关中书院刊本。

《文体刍言》不分卷　　第 299 页

吴曾祺撰，原附于《涵芬楼文钞》卷首，有宣统三年(1911)上海商务印书馆铅印本等；后附于《涵芬楼文谈》之后，有宣统三年(1911)商务印书馆本、台湾商务印书馆 1966 年杨承祖点校本、《历代文话》排印整理本等。

《文宪例言》一卷　　第 308 页

陈澹然撰，有光绪二十五年(1899)版、1916 年《原学三编》本、1923 年《晦堂丛著》本，《历代文话》本据《晦堂丛著》本录入。

《文训》四则　　第 12 页

傅山撰，常见有宣统三年(1911)山阳丁宝铨刊《霜红龛集》本，《续修四库全书》《清代诗文集汇编》影印本等。

《文钥》二卷　　第 288 页

邹福保编，有宣统元年(1909)江苏存古堂铅印本。

《文翼》三卷　　第 224 页

吴铤撰，罗继祖叙录四卷本为稿本(含论诗一卷)，常见有道光十六年(1836)刻三卷本。

《文章鼻祖例言》五则　　第 58 页

杨绳武撰，收录于古文选本《文章正宗》，有乾隆二十八年(1763)刻本、《四库全书存目丛书》影印本。

《文章二论》二卷　　第 360 页

孙学濂撰，有民国初年铅印本、上海崇文书局 1919 年《文艺全书》本、《历代文话续编》整理本等。

《文章释》一卷　　第 310 页

王兆芳撰，有光绪二十九年(1903)刊本，《历代文话》本据之排印。

X

《刘氏传家集》本。

《学规类编·论文》二十六则　　第 69 页

张伯行撰，有康熙四十六年(1707)《正谊堂全书》本等。

Y

《姚曾论文合刊》一卷　　第 365 页

佚名编，有民国成都存古山房本、成都昌福公司本。

《仰萧楼文话》二卷　　第 243 页

张星鉴撰，上海图书馆藏咸丰九年(1859)手稿本。

《艺概·经义概》一卷　　第 238 页

刘熙载撰，有同治《古桐书屋六种》本等。

《艺概·文概》一卷　　第 237 页

刘熙载撰，有同治《古桐书屋六种》本，《文学津梁》本，上海古籍出版社 1978 年王国安《艺概》校点本，贵州人民出版社 1986 年王气中《艺概笺注》本，巴蜀书社 1990 年徐中玉、萧华荣整理《刘熙载论艺六种》本，华东师范大学出版社 1993 年刘立人、陈文和点校《刘熙载集》本，江苏古籍出版社 2001 年薛正兴点校《刘熙载文集》本，复旦大学出版社 2007 年《历代文话》本，中华书局 2009 年袁津琥《艺概注稿》本等。

《逸楼论文》一卷　　第 3 页

李中黄撰，有康熙年间刊《逸楼论史》《逸楼论文》合刻本。

《亦园文话》不分卷　　第 364 页

超尘编撰，发表于 1916 年天津《益世报》。

《艺舟双楫·论文》四卷　　第 199 页

包世臣撰，有《安吴四种》(道光、咸丰、光绪)本、黄山书社《包世臣全集》整理本、《历代文话》本等。

《游艺约言》一卷　　第239页

刘熙载撰，有光绪十三年（1887）《古桐书屋续刻三种》本，《刘熙载文集》本、《历代文话》本均据之排印。

《阅黄梨洲〈金石要例〉》九则　　第205页

徐湘潭撰，见载于《徐睦堂先生集》卷二十三，道光二十二年（1842）刻本，《清代诗文集汇编》第558册据之影印。

Z

《藻川堂谭艺》四卷　　第253页

邓绎撰，有光绪十四年（1888）刻本，北京图书馆出版社《中国诗话珍本丛书》将其视为诗话影印。排印本有《历代文话》本、光明日报出版社2016年杨式仁主编《邓绎集》本等。

《占毕丛谈·谈文》（与《谈诗》合为一卷）　　第123页

袁守定撰，有嘉庆十九年（1814）刊本、光绪十二年（1886）重刊本，《四库未收书辑刊》第6辑第12册据光绪本影印。

《张廉卿论文语》一卷　　第248页

张裕钊撰，吴闿生、高步瀛辑，有民国三年（1914）京师国群铸一社铅印本。

《张廉卿先生论文书牍摘抄》上下篇　　第250页

张裕钊撰，江瀚辑，北京《中国学报》1912年第2期、1913第3期刊载。

《志铭广例》二卷　　第180页

梁玉绳撰，有光绪十四年（1888）刻本，《丛书集成初编》

李伯元撰，收入《南亭四话》，有1925年大东书局石印本、台北《近代中国史料丛刊三编》影印本、江苏古籍出版社2000年薛正兴点校整理本等。

《酌雅堂骈体文评语》，卷数不详　　第399页

龚樵襟、卜贞甫等评，据王绍曾《清史稿艺文志拾遗》著录。

《菑播櫟论文》二卷　　第277页

赵曾望撰，有民国八年(1919)石印本。

《纂言内篇·辞章》五则　　第108页

谢济世撰，随《纂言》流传，有光绪三十四年(1908)铅印本。

《樽酒余论》不分卷　　第150页

佚名编，国家图书馆藏抄本，整理本有《历代文话续编》本。

《作文家法》一卷　　第54页

吴自肃撰，有乾隆三十一年(1766)刻本、嘉庆八年(1803)玉环重刻本、嘉庆十年(1805)黄州重刻本、光绪七年(1881)陈州府署本等。

《作文五要》，卷数不详　　第393页

董銮撰，据民国《河北通志稿·文献志·艺文》卷四著录。